BROKEN VOWS

SHAIN ROSE

BROKEN VOWS

Traduit de l'anglais (États-Unis) par
JOËL MALLET

NEW ADULT

&H

Titre original :
SHATTERED VOWS

Cette œuvre est une œuvre de fiction. Les noms propres, les personnages, les lieux, les intrigues sont soit le fruit de l'imagination de l'auteur, soit utilisés dans le cadre d'une œuvre de fiction. Toute ressemblance avec des personnes réelles, vivantes ou décédées, des entreprises, des événements ou des lieux serait une pure coïncidence.

HARPERCOLLINS FRANCE
83-85, boulevard Vincent-Auriol, 75646 PARIS CEDEX 13.
www.harlequin.fr

ISBN 978-2-2805-0617-5 — ISSN 2271-0256

À Lily Alexander et Danielle Keil.
On écrit et on meurt ensemble.
Autrices à la vie à la mort.

Chapitre 1

Morina

— Et si on pimentait un peu la soirée ?

Linny, ma meilleure amie, flirtait constamment avec les limites du raisonnable, toujours prête à renverser les obstacles sur sa route. La preuve : elle tenait un blog de voyage très prisé qui lui donnait l'occasion d'arpenter le monde entier, en véritable influenceuse.

— C'est-à-dire ?

Mes longues boucles noires cascadèrent sur mon épaule nue quand je penchai la tête de côté. Je n'avais pas trouvé la foi de mieux me coiffer pour cette soirée. On apercevait mon tatouage de soleil sous mon haut court foncé assorti à mon jeans.

Je ne m'étais même pas embêtée à mettre des talons après que notre limousine nous avait emmenées de notre petite bourgade jusqu'à cet hôtel de la grande ville. Mes boots me procuraient un confort dont j'allais avoir besoin étant donné que je sortais rarement.

— On se donne chacune un défi pour la soirée.

Linny sautillait à droite à gauche dans la limousine. Son petit ami, Chet, nous avait loué une chambre à Miami afin que nous puissions le rejoindre dans un club, ce soir-là. C'était également lui qui nous avait envoyé cette voiture de luxe, même si nous logions à seulement trente minutes.

— Et si je te disais de tromper Chet ?

J'exagérai volontairement afin de souligner son comportement à risque.

Loin d'être une rabat-joie, Linny haussa les épaules.

— Je m'en arrangerais. Et puis, tu es trop gentille pour me demander ça.

Je lâchai un grognement dépité. Je détestais quand on voyait clair dans mon jeu.

— Bon, ça va, c'est d'accord. Je te mets au défi de deviner son métier puis de l'inviter à dîner quelque part près de chez nous.

Elle plissa les paupières, ombrageant d'autant plus son maquillage. J'imagine que mes yeux bleus donnaient la même impression, elle les avait soulignés de noir avant notre départ. Sans doute pour compenser ma chevelure relâchée.

— Personne n'aime notre petit port.

Coralville, environ deux mille âmes, vivait grâce aux terminaux pétroliers d'une grande agglomération voisine. Les touristes affluaient tout au long de l'année, sans jamais rester pour autant.

— Moi, si, répondis-je avec un haussement d'épaules. S'il tient à toi, il l'appréciera aussi.

— Entendu, fit-elle en désignant mon shot que je vidai alors. À moi. Tu te dégotes le type le plus canon de la soirée.

Je lui souris : cela ne présentait rien de difficile.

— Ensuite, tu le baratines à fond. Tu entames une vraie conversation d'au moins trente minutes. Et s'il t'invite ailleurs, tu le suis. Sans hésiter.

Je plissai immédiatement le nez. Je repassai en revue la liste des garçons qui m'avaient plu ces derniers mois et frissonnai de dégoût.

— Ce sera sans doute impossible, Linny.

Elle rit, agitant la bouteille de vodka qu'elle tenait encore.

— Pourquoi ?

Je m'esclaffai aussi avant de pouvoir répondre.

— Oh ! sérieux… Tous les mecs avec qui je sors sont bien incapables d'avoir une vraie conversation !

Elle éclata de rire tandis que les lumières de la ville s'invitaient dans la limousine.

Certaines choses devenaient hilarantes lorsqu'on les acceptait telles quelles. Depuis un bon moment maintenant, j'orbitais autour de types musclés au QI rabougri. Sans raison particulière. Ils me paraissaient simplement plus sûrs, faciles… sans complications.

Linny retrouva peu à peu son calme puis trinqua avec moi. Ses ongles écarlates marquaient un contraste certain avec le naturel des miens, cependant ses yeux noirs s'emplirent d'un amour sincère quand elle reprit la parole.

— Je lève mon verre à ta bonne humeur, Morina. Tout ira mieux après la tempête. Tu pourras toujours compter sur moi.

Je soupirai et l'accompagnai pour un nouveau shot. Le goût atroce me fit tousser et mon manque d'expérience avec l'alcool, en comparaison de mon amie, m'amusa d'autant plus.

— Bon sang, ça brûle, je ne m'y habituerai jamais. Je vais pourtant en avoir besoin dans les semaines à venir, je le sens.

— Comment se porte grand-mère Maribel ? murmura-t-elle, ses cheveux coupés à l'iroquoise et teints en noir lui retombant sur l'épaule.

Je posai la tête contre la sienne et nous nous avachîmes dans les sièges de cuir.

— Mal. Elle refuse les soins. Les métastases se sont étendues aux poumons, et le médecin lui a appris qu'il lui restait deux semaines à vivre, il y a deux semaines.

— Bordel, soupira-t-elle. Tu as bien plus besoin de t'aérer que moi.

— Il me faut surtout une machine pour arrêter le temps. J'ai fait un vœu, mais les étoiles se moquent bien de moi. Mon horoscope me prédit de la malchance toute la semaine prochaine.

— Ah ! Seigneur, s'exclama-t-elle en levant les yeux au ciel.

— Hé ! Je n'ai pris ni mes bracelets ni mes pierres. Tu devrais être fière de moi.

— Seulement quand tu auras relevé le défi, me taquina-t-elle en me piquant le ventre du bout du doigt.

— Pour ma défense, les types avec qui je couche sont gentils et incroyables au lit.

— Vraiment ? Genre, qu'y a-t-il d'extraordinaire s'il n'existe aucune magie entre vous ?

Linny avait aimé toutes ses conquêtes, et je l'enviais. Moi, je ne cherchais que du sexe. Je trouvais les liens émotionnels inutiles. Les complications ? Non, merci.

— S'ils savent manier le manche, je ne m'en plains pas, OK ?

Linny s'esclaffa puis se tourna vers la rue pour me montrer le club quand le chauffeur ralentit.

— Nous y voilà. Viens faire un selfie, petite sirène. J'en veux un avant qu'on aille danser et qu'on finisse tout en sueur... Enfin, toi tu seras trop occupée à discuter.

Je me penchai sur elle, le regard concentré sur son téléphone. Quelles bombes avec notre maquillage et nos sourires à tomber ! Si Linny exhibait une beauté plus tape-à-l'œil, je ne manquais pas d'atours. Je m'arrangeais toujours pour me trouver un mec... sans doute grâce à ma poitrine et mes fesses opulentes. Ne pas compter les calories m'avait valu une silhouette en sablier.

Linny prit deux photos.

— C'est bon, là ? demandai-je sans m'arrêter de sourire.

— Encore une ! m'implora-t-elle en inclinant la tête de côté.

— Tu filmes un documentaire ou quoi ?

Elle rangea alors son portable dans sa pochette, réajusta son haut et ouvrit la portière.

— Toi et ta peur des photos... Pour une fois que tu te fais belle et que tu sors, il me faut des souvenirs. C'était quand la dernière fois où je t'ai vue maquillée et affublée d'autre chose qu'un maillot de bain ?

Si j'avais soupiré, j'aurais certainement perdu une amie.

Je lui intimai d'avancer d'un geste quand le videur nous fit signe.

— Nous sommes avec Chet, annonça Linny, si fort que même les gens dans la boîte de nuit à l'autre bout de la rue avaient dû l'entendre.

Le gorille se dressait en véritable montagne, et je n'avais rien d'une demi-portion. Il nous dévisagea de sous ses épais sourcils froncés avant d'ouvrir le cordon et de nous indiquer nos mains. J'observai Linny sans trop comprendre ce qu'il attendait. J'avais l'habitude du bar hawaïen où j'allais avant même d'être majeure. Là-bas, Bradley me laissait entrer avec un sourire sans poser de questions.

Linny leva le poing en douceur, et le type y tamponna de grosses lettres majuscules.

« VIP ».

Tout de suite après, un autre videur à l'eau de Cologne épicée nous guida le long d'un couloir visiblement réservé à de rares élus. Nous montâmes des marches en regardant la masse de fêtards danser au rythme des basses, au rez-de-chaussée. Le premier étage abritait une oasis d'hommes et femmes en train de boire ou de profiter du spectacle en contrebas.

Quand je m'avançai vers la salle, l'employé trop parfumé secoua la tête puis me montra un autre escalier mal éclairé.

— C'est encore plus haut.

Je plissai les yeux, seulement Linny me fit nonchalamment signe de continuer.

Je voyais à peine où je posais les pieds. Je remerciais le ciel d'avoir opté pour des boots.

Lorsque la porte s'ouvrit, les diamants, le verre et le cristal brillèrent tel l'océan au crépuscule, sur un décor entièrement noir. Je restai bouche bée... Même le sol était en verre. Nous nous tenions directement au-dessus de la pièce où j'avais failli entrer.

— Intéressant, murmurai-je à mon amie en lui montrant le spectacle en dessous de nous.

Elle préféra néanmoins chercher son chéri du regard. Elle passa la foule en revue et se mit à hurler en repérant un homme aux joues creuses et aux yeux fantomatiques. Il s'illumina aussitôt, comme face au remède à sa misère.

Il l'enlaça et lui susurra quelque chose à l'oreille quand elle se pendit à son cou. Elle s'esclaffa avant de faire les présentations.

— Voici Morina, Chet. Tu vois, je ne suis pas toute seule.

— Morina, fit-il en me tendant la main. De si belles femmes ne devraient jamais sortir sans gardes du corps.

Que répondre à cela ? Sa remarque me déstabilisa.

— Merci. Nous ne sommes pas si importantes.

— Si tu accompagnes Linny, alors tu l'es.

Il enfouit le nez dans le cou de ma copine, et même si je n'y entendais pas grand-chose à l'amour, son sourire à ce moment-là sembla sincère, contagieux, voire béat.

Une overdose de livres et films romantiques me donnait envie d'une histoire dont je n'avais pas besoin.

— N'oublie pas ton défi, Morina, me rappela Linny en se tournant vers moi.

Elle écarquilla les yeux en désignant du menton un inconnu en costume bleu marine qui arrivait derrière Chet.

Disons plutôt qu'il glissait, comme si la gravité ne l'intéressait pas. Son regard sombre m'analysa, puis la salle et tout le décor, cependant son visage captait l'attention de tout le monde. Il était grand et bien bâti, et ses lèvres pleines me laissèrent coite.

Le problème venait de ses vêtements. Ils m'indiquèrent aussitôt que je ne le reverrais jamais. Quand on portait un ensemble d'une telle qualité, on ne venait pas deux fois au même endroit. L'argent entraîne les gens dans toutes sortes de directions. Il aurait fait une belle conquête. Or, Linny aurait voulu que je le baratine, et je craignais fort que son QI ne s'avère aussi marquant que son charme. Il me reluqua de pied en cap puis se détourna comme si je ne valais pas la peine.

Je ne m'en offusquai pas.

Je ne devais sans doute pas cocher toutes les cases des top models auxquels un riche homme d'affaires s'intéressait d'habitude. Moi, je jetais plutôt mon dévolu sur les négociants de passage traitant avec la raffinerie de chez nous.

Chet se retourna pour les saluer, lui et son acolyte posté à ses côtés.

— Bastian, je te présente Linny.

Bastian afficha un grand sourire chaleureux en lui tendant la main.

— Enchanté.

— Moi de même, répondit-elle. Voici Morina, ma meilleure amie. Elle vient profiter de la soirée avec nous.

— Je m'en doutais, murmura-t-il en me saluant.

Il parut moins jovial tout à coup et se tourna vers le type à ses basques. Celui-ci se pencha aussitôt sur son téléphone.

Je les regardai de travers. Se méfiaient-ils de moi ?

— Je vais me chercher un verre, marmonnai-je.

Cependant, Chet attira l'attention d'une serveuse. Dans son short moulant en cuir, elle flirtait sans vergogne avec les trois hommes. Bastian prit même le temps de discuter un peu avec elle tandis que je m'efforçais de ne pas lever les yeux au ciel. En voilà une qui rentrerait sans doute chez elle avec un gros pourboire et un rencard.

Au lieu de rêvasser, je les contournai pour aller parler à l'ami de Bastian. Il se fendit d'un sourire doux quand il se détourna de son portable. Ses iris verts ressortaient tant sur son teint hâlé que je le dévisageai peut-être un peu trop longuement.

— Prends-moi en photo, sinon, Morina..., ironisa-t-il de sa voix grave, douce et rassurante telle une vague chaleureuse.

— Oups, pardon, m'excusai-je. Tu as vraiment de beaux yeux.

Il me lança alors un regard de travers, perçant, mauvais. Je faillis reculer ; devais-je sonner la retraite ou l'ignorer ? Puis il afficha une moue si solaire que j'en titubai. Pourtant, je me pris à lui sourire en retour.

— Je te taquine. On me le dit souvent. Je m'appelle Dante.

Je me mordis la lèvre et me détendis assez pour plaisanter moi aussi.

— Il vaudrait peut-être mieux me payer un verre avant de te moquer de moi.

— C'est moi qui invite, me transperça la voix de Bastian, puissante et fatale, cette fois-ci.

Rien à voir avec une vague de chaleur. Non, un torrent glacial m'emporta, me coupa le souffle, et il obtint alors toute mon attention.

La grande main de Bastian me tendit un verre de liquide clair et acidulé, avec des glaçons. Sa bague en or s'accordait à la montre de luxe à demi cachée sous sa manche. J'avais appris à juger une aventure sans lendemain à ses tenues et accessoires, car je ne passais jamais plus d'une soirée ou deux avec les mecs.

— Tout est en ordre, Dante ? lui demanda-t-il sans même le regarder.

Il se concentrait sur moi, comme à l'affût de quelque mystère, et je cherchai bien trop le véritable sens de cet échange.

Sans compter ce pari stupide. Devais-je passer la demi-heure suivante avec lui ou Dante ? Je me détournai de Bastian pour observer Linny. Elle et Chet occupaient déjà une méridienne.

— Aucun problème, Bast', assura Dante en hochant la tête dans ma direction.

— Bien, Morina, apparemment, tu es bien une amie de Linny, commenta Bastian en sirotant l'ambre dans son verre.

— Euh, pardon ? balbutiai-je, les yeux ronds. Venez-vous d'enquêter sur moi, tous les deux ?

Dante m'effleura l'épaule et alla se fondre dans la foule comme s'il ne voulait plus rien avoir à faire avec ma bouche bée.

— Non, mais quelle blague ! soufflai-je en foudroyant Bastian du regard. Pour ta gouverne, je suis sa meilleure amie.

— Il semblerait.

Il tapota son verre en scrutant la salle à la recherche de Chet et Linny. Il soupira alors en me montrant une table haute.

— Nos tourtereaux ont l'air très occupés pour l'instant.

J'aurais pu l'envoyer paître après ce manque de discrétion. J'aurais aussi pu l'ignorer. Or, j'avais un gros problème.

J'aimais un peu trop fouiner.

J'allai donc m'asseoir sur un tabouret à côté de lui.

— Pourquoi vérifier qui je suis ? Et comment ?

— Un nom et un visage uniques.

— Mon visage ? m'exclamai-je, la gorge serrée.

— La technologie actuelle, je n'y entends rien, mais elle n'a aucun secret pour Dante.

Je l'ennuyais déjà, il regardait tout autour de lui.

— Bref, je connais le passé de Linny. Dante n'a pas de mal à faire des miracles. C'est son travail.

— Il fiche tous ceux qui t'approchent ? m'enquis-je en posant mon cocktail avant de croiser les bras.

— En grande partie.

— Pourquoi ? Ça a l'air ennuyeux.

— Vraiment ? s'étonna-t-il en faisant tournoyer le liquide dans son verre.

— Ça manque de surprise.

— Ah ! les gens que je fréquente regorgent bien assez de surprises.

— Si tu le dis, grommelai-je en sirotant mon cocktail. À part ça, que peux-tu m'apprendre sur Dante ?

Je parcourus le club du regard, en quête d'un homme moins sophistiqué. Bastian dominait haut la main toute l'assemblée par son élégance, et son attention se portait désormais directement sur moi, sans plus aucun signe de lassitude.

— Bastian, je suis bien trop simple à ton goût.

Lui me paraissait d'ailleurs trop complexe.

— Dante a l'air sympa.

— Eh bien, si j'avais su que je me ferais couper l'herbe sous le pied par mon garde du corps ! s'exclama-t-il en frottant sa joue mal rasée. Quelle est ton histoire, Morina ?

— Oublie. Nous sommes à Miami pour la soirée puis nous retournerons à notre routine. Je travaille, je mange, je dors. Je ne doute pas que c'est bien plus barbant que ton quotidien. Ton ami s'y intéresserait probablement davantage.

Il soupira en sirotant son verre. J'avais déjà trop bu en chemin, je me sentais pompette. Je le sus au moment où mes yeux se posèrent sur le cou de Bastian. Le liquide coula sur ses lèvres pleines, papillonna sur sa langue puis descendit au fond de cette gorge virile. Avec une bouche si charnue, je me demandais s'il menait la danse.

— Je mène toujours la danse, chuchota-t-il.

— Je...

Je me plaquai une main sur la bouche, à court d'une réplique salvatrice.

— Ah ! la honte ! Je pensais tout haut. C'est l'alcool...

— Ça s'avère parfois traître quand on n'a pas l'habitude.

Il hocha la tête sans se moquer de ce fantasme soudain.

— Et donc, Dante..., continuai-je pour ramener la discussion sur le réel, la sécurité.

— Je ne crois pas que ce soit une bonne idée de draguer un de mes meilleurs amis après avoir flirté avec moi, Morina.

— Je ne flirtais pas avec toi, j'admirais ta beauté, rétorquai-je avant de me taire en grimaçant.

Il se mit à ricaner et je lui indiquai d'arrêter.

— Je ne suis pas comme ça, d'habitude. Je ne montre jamais mon attirance pour quelqu'un.

— Parce que je t'attire, maintenant ?

Il se pencha sur la table, une étincelle dans ses iris chocolat, et je me pris à vouloir m'approcher de lui. Je me tournai alors vers la salle.

— Ton copain aussi. Il me semble plus sûr. Plus réaliste.

— Qu'est-ce qui me rend si surréaliste ? me susurra-t-il à l'oreille, me donnant la chair de poule quand je vis à quel point il se trouvait près de moi.

— D'une, ton costume doit valoir plus cher que toute ma garde-robe.

— J'ignore le prix des bottines militaires, répondit-il en haussant les épaules. Peut-être que tu caches bien ton jeu.

— Oh ! arrête, m'écriai-je en balayant sa plaisanterie d'un geste, tout aussi consciente que lui que mes chaussures mettaient en avant le confort et non le style. Deuxièmement, personne ne t'a approché depuis ton arrivée, ce qui signifie que tu es le plus haut placé ici, et je ne veux même pas savoir dans quel commerce illégal vous baignez tous.

— Et si je t'avouais que tu n'as raison que sur un point ?

— Je te demanderais lequel, affirmai-je avec indifférence, l'esprit déjà ailleurs. Que viens-tu faire à Miami ?

Il hocha la tête avant de se redresser comme pour me lire son CV.

— Je fais le tour des entreprises de mon père. Il faisait de même quand il s'occupait davantage de ses investissements, puis l'économie a pris un coup. Enfin, il est mort depuis longtemps, et j'ai conservé une bonne partie de sa compagnie.

— Vraiment ? demandai-je, feignant l'intérêt.

— Non, admit-il, ses longs cils éclipsant ses yeux.

Il m'étudia tel un Rubik's Cube.

— J'ignore ce qui me pousse à te révéler la vérité, mais je dois sans doute en avoir assez de Miami, et il me faut un peu de piment. Mon travail n'a rien d'exaltant.

— On ne dirait pas, pourtant.

J'avais tenté de montrer le plus d'enthousiasme possible. Je ne voulais pas lui donner l'impression de m'en moquer, toutefois mes pensées vagabondaient rapidement si on n'attisait pas pleinement ma curiosité.

— C'est barbant à en mourir, et tu le sais.

Il me toucha le bout du nez, nos regards se croisèrent immédiatement. Ce simple contact me court-circuita, et Bastian semblait le comprendre, car il m'adressa un sourire, véritable éclair sur son visage.

Je me reculai.

— Peu importe. Je parie que ça passionnerait quelqu'un d'autre. Moi, c'est ton ami qui m'intéresse.

— Pourquoi donc ? lança-t-il en croisant les bras.

— La sécurité ! soupirai-je, agacée de devoir le lui répéter.

— D'où te vient cette obsession pour la sûreté ? Ça ne mène nulle part dans la vie.

— Je suis très satisfaite de ma situation.

Il se concentra alors sur Linny, derrière moi, avant de revenir sur moi.

— Sors-tu parfois de là où tu habites ?

— Je suis ici, ce soir, non ?

— Je pourrais t'emmener ailleurs, si tu veux.

— Oh ! me proposerais-tu de me ramener chez toi ou à ton hôtel pour me montrer un tour de baguette magique ?

Je ris à ma propre blague, persuadée qu'il allait me sortir une phrase de ce genre.

Il se rembrunit et me répondit avec froideur, pour ne pas dire condescendance, mais sans agressivité.

— Penses-tu que tu t'ennuierais en ma compagnie, Morina ? Que je ne te ferais pas découvrir quelque chose d'inédit ?

— Comment le pourrais-tu ? Tu n'es qu'un riche en costume comme les autres.

J'en avais vu passer dans ma petite ville touristique, des hommes de son acabit. Je les connaissais.

Plus ou moins.

Quelque chose dans ses yeux sombres, dans son sourire carnassier ou même dans les angles parfaits de son visage le rendait différent. Plutôt gentil, les lèvres douces, ou du moins je le croyais, il savait quoi dire au bon moment, à l'image d'un vrai gentleman conciliant… jusqu'au moment où il refermerait les portes de son antre pour me réduire en charpie.

— J'ai connu beaucoup d'hommes comme toi, lui expliquai-je en essayant de repérer Dante.

— Comme moi ?

Il sourit, mais toute chaleur l'avait abandonné. Le déguisement d'agneau de Bastian se disloquait, la bête entrait sur le devant de la scène. Il exhibait son pouvoir, son assurance, sa certitude implacable de valoir mieux que le commun des mortels.

Cela me donnait à la fois envie de fuir et de faire front.

Peut-être parce que cette soirée était spéciale, ou parce que grand-mère allait bientôt me laisser. Linny vivait dans l'extrême pour le plaisir, alors que je le côtoyais plus timidement. J'allais me retrouver seule en ce monde, et à vingt-trois ans cela paraissait quelque peu injuste. Cruel, en fait. Les bons comme les mauvais jours, je m'interrogeais énormément, je m'armais de mes pierres en espérant voir les planètes et les astres s'aligner en ma faveur.

Ce soir-là, je flottais à la frontière de l'extrême pour un tas de raisons, toutes étrangères au plaisir. Une voix dans ma tête me disait que nous étions fichus, en train d'avancer sur la pointe des pieds dans une vallée de roches acérées en attendant de glisser d'une seconde à l'autre.

Je fermai les yeux en m'efforçant du mieux possible de ne pas tomber en piqué.

— Écoute... Bastian, c'est ça ?

Il acquiesça.

— Bastian, tu es plus âgé, plus raisonnable et sûrement plus expérimenté avec les femmes. Je vais donc te faire un aveu. Je me distingue sans doute des autres filles que tu as pu connaître. Je suis une excentrique, de celles qu'on fuit, en général. J'observe les cycles lunaires. J'ai la réputation de tout purifier à la sauge, chez moi. Je crois en l'astrologie. D'après mon horoscope d'hier, la semaine est censée suivre cette même continuité. Il me conseillait de ne surtout pas m'enfoncer dans le terrier du lapin blanc.

— De quel signe es-tu ?

— Parce que tu t'y connais ?

SHAIN ROSE

Je n'avais encore jamais rencontré un type bien habillé intéressé par l'astrologie.

Peut-être, rien que peut-être, nos étoiles s'aligneraient ?

Chapitre 2

Bastian

La majeure partie des contrats que nous signions exigeait de travailler en équipe. Dante, mon garde du corps et cousin éloigné, pouvait toujours contacter les autres en quête d'informations, mais cela demeurait moins efficace.

Quand on hérite d'un empire du crime, rendre ses affaires légales demande précision, finesse et un temps fou.

Cade savait tout cela. Quelques années auparavant, nous avions lancé une prime sur la tête de notre père, mis fin à son règne et pris la décision réfléchie de redorer le blason familial. Une douloureuse étape après l'autre. Un sacré bazar, entre la drogue, le trafic sexuel et le blanchiment d'argent.

Je refusais cependant de ternir notre nom davantage. Mon royaume serait fondé sur un pouvoir différent. J'avais tout de même besoin de mes associés. Je comptais sur mes partenaires et établissais des liens de confiance avec chacun d'entre eux. Cela impliquait d'œuvrer avec mon frère pour optimiser la communication avec d'autres sociétés. Cade devait procéder à des contrôles, me fournir des historiques et me confirmer certaines clauses au moment de signer de nouveaux contrats. Aujourd'hui toutefois, Chet avait dû attendre que Dante déniche les informations nécessaires, compliquant la communication.

L'accord tarderait donc. Et à cause de ce contretemps, Chet ne me faisait pas assez confiance pour officialiser notre entente.

Voilà pourquoi je me retrouvais à sa soirée au lieu de reprendre le jet et rentrer chez moi.

Le bon côté des choses restait que cela ne durerait plus longtemps et que je rencontrerais peut-être une femme capable de me soulager du stress avant le lever du jour.

Mais certainement pas elle.

Tout en elle criait au désastre ambulant.

Une fille sur laquelle je me retournerais dans la rue, dont je parlerais peut-être à quelqu'un au téléphone pour lui décrire le ridicule de ladite calamité.

En toute franchise, tout Miami débordait de personnes pitoyables aux désirs grotesques.

Quant à leurs loisirs...

Ou même leurs croyances... Les pierres, par exemple.

Chez moi, je trimais jour et nuit en vue de conclure des ententes. Ici, ils se la coulaient douce et lisaient leur horoscope.

Morina cochait toutes les cases, à n'en pas douter. Elle s'était illuminée comme une fillette à Noël quand je lui avais demandé son signe.

Croyait-elle vraiment à ces idioties ?

Quelle absurdité !

— Non, répondis-je pour abréger. Je ne connais même pas le mien.

Tout à coup, ses grands yeux bleu foncé me rappelèrent ceux d'une biche blessée. Il fallait bien lui accorder cela, après tout. Un véritable ciel nocturne. Incomparable, en vérité.

— Pas étonnant, renâcla-t-elle en observant une fois de plus la salle à la recherche de Dante.

Cette préférence me paraissait risible, curieusement. Pourquoi désirer quelqu'un qui croyait à ces gris-gris ? Les étoiles décidaient-elles réellement de nos relations ?

Je ne me figurais même pas comment on pouvait rejeter quelqu'un pour la simple raison que cette personne n'était pas née le bon jour.

— Comptes-tu lui demander son signe ?

— Pas si tu me donnes sa date de naissance. Serait-ce le...

— Je ne la connais pas, l'interrompis-je.

— Sympa, ricana-t-elle.

Qu'elle me prenne pour un mufle ou un menteur. Je savais quand Dante était né, car nous nous étions juré de ne jamais fêter les anniversaires. C'était quelques mois auparavant, et il s'était absenté. Sans doute dans ce but précis.

— Voudrais-tu un autre cocktail ? demandai-je afin de changer de sujet.

— Mauvaise idée.

J'acquiesçai. J'avais moi aussi trop bu.

— Auriez-vous trop forcé sur la route, ta copine et toi ?

Elle me dévisagea une fois de plus. Peut-être pensait-elle que je la jugeais.

— Et toi ? C'est ton premier verre ?

— On s'en moque, non ?

— J'ai envie de croire que tu n'as pas beaucoup bu.

— Pourquoi donc ?

— Je te l'ai déjà dit, tu m'as l'air plus âgé, plus sage.

— Morina, ne vois-tu pas que mon expérience me permettrait de t'apprendre un truc ou deux ?

Elle se tut environ cinq secondes. Elle étudia de nouveau mes vêtements, mes chaussures, peut-être même mes cheveux, avant de marmonner quelque chose comme « Oh ! et puis merde ».

— Je suis de plus en plus d'humeur à te mettre au défi de me le prouver, Bastian.

— Comment ça ?

— Allons ailleurs, soupira-t-elle. Je n'aime pas ce genre d'endroits. Tout ça...

Elle agita les mains devant nous tout en désignant le club.

— Tout ça, ce n'est pas la vie. C'est une triste version au rabais de ce que le monde a à offrir. Linny devrait pourtant le savoir. Elle rédige un blog de voyages.

— Linny est amoureuse. Ça prime sur de nombreuses choses, selon la plupart des gens.

Morina posa les yeux sur son amie et grimaça.

— Oui, et pourvu que ce soit son âme sœur. Mais moi, je ne suis pas venue chercher l'amour. Juste un peu de bon temps et, pourquoi pas, de quoi oublier un peu la vie.

Je ne lui révélerais pas que Linny aurait dû quitter Chet, qu'il n'était pas un homme bien, que je ferais tout pour l'éviter une fois ce contrat signé, peu importe quand cela arriverait.

Leurs histoires ne me regardaient pas. Je ficherais le camp d'ici et conclurais cette entente à distance.

Morina soupira puis reporta son attention sur son verre.

— Peut-être me faut-il un autre cocktail pour passer le temps.

Elle s'ennuyait à mourir.

Elle m'avait par ailleurs placé au même rang que tous les gens fades de cette boîte de nuit où chacun se croyait important.

Pour être honnête, je me sentais las, moi aussi.

Las de mon existence, du fait que je suivais probablement la même voie de merde que mon père. D'accord, je m'efforçais de faire le ménage et ne plus salir notre nom, mais jouer avec les chiffres et les partenariats aurait ennuyé n'importe qui.

Même moi, cela ne me passionnait pas.

— Penses-tu que Dante s'intéresse à l'astrologie ? s'enquit-elle tout bas, sans doute plus pour elle-même.

— Il s'intéresse un peu à tout.

Mon ami avait beaucoup voyagé. Selon lui, explorer le monde l'aidait à se recentrer.

Si j'en éprouvais également le besoin, je ne croyais pas à toutes ces idioties de profondes inspirations, de yoga ou de signes astrologiques.

— Comment vous êtes-vous connus ? me demanda Morina, semblant espérer en vain des astuces pour séduire Dante.

— Nous avons grandi ensemble. Nous sommes de la même famille.

— Ah ? fit-elle en m'étudiant de pied en cap. On ne croirait pas.

— Pardon ?

— Toi, tu as l'air si..., commença-t-elle en agitant le bras comme pour clarifier une évidence. Inaccessible et... taciturne.

Je me frottai le menton en la dévisageant pour tenter de mieux la cerner.

— Je ne suis rien de tout ça.

— Vient-on souvent te parler sans te craindre ?

— Non, parce que tout le monde me craint. C'est moi le boss.

— Donc je maintiens mes propos. Inaccessible, taciturne, et j'ajouterai que tu fréquentes ce genre d'endroits uniquement pour les affaires.

— Parce que tu apprécies les clubs, toi ?

Je l'étudiai une fois de plus. Sa tenue sapait ses formes sans pour autant cacher sa beauté. Il fallait l'admettre, si on oubliait sa passion pour l'astrologie, elle comptait parmi les plus séduisantes femmes de la soirée. Cet effort minimal lui donnait d'appétissantes courbes naturelles.

Elle ne parut pas s'en soucier et se tourna, s'accoudant en arrière sur la table haute. Nous observâmes les fêtards aller et venir. Morina se mit à taper du pied.

— Mes chaussures ne sont pas appropriées au carré VIP, d'autant plus quand nous marchons sur du verre surplombant deux étages bondés.

— Le sol te préoccupe-t-il vraiment ?

— Ce qui me gêne le plus, c'est l'idée de croire que nous avons le droit de nous trouver au-dessus des autres, précisa-t-elle en balançant un pied d'avant en arrière. Je porte des bottes bon marché, mais je connais quelqu'un de haut placé. En quoi cela me rend-il plus importante ?

Ses paroles me firent l'effet d'une gifle. Combien de fois l'avais-je répété à mon père en grandissant ? Je ne valais pas mieux que les autres. Lui me rabâchait sans cesse le contraire.

J'étais un Armanelli, et je prendrais sa place un jour. Cela suffisait à me rendre bien plus important.

À mon sens, le plus essentiel demeurait l'égalité. Toujours.

Pourtant, j'étais là, au sommet de Miami, prêt à conclure une énième entente. Celle-ci visait à cimenter un nouveau pouvoir. J'étais devenu le plus puissant de mon milieu. Cela signifiait ne pas pouvoir me mélanger à des gens comme Morina. Je fronçai les sourcils en sentant mon ventre se nouer à cette pensée.

— Ne t'en fais pas pour tes chaussures.

— Les tiennes valent sans doute plus que ma voiture, s'amusa-t-elle en désignant mes Oxford en cuir italien.

Je les avais fait faire sur mesure en Europe.

— Ce ne sont que des mocassins.

— Arrête, combien ont-ils coûté ? insista-t-elle en plissant le nez. Plus de cinq mille dollars ?

Comme je ricanai face à ce chiffre dérisoire, elle écarquilla les yeux.

— Oh ! c'est pas vrai. Mais pourquoi ? Qu'est-ce qui ne tourne pas rond, chez toi ?

Je n'avais aucune raison de m'offusquer, toutefois…

— La plupart des femmes de ce club se réjouiraient de me voir si bien habillé.

— La plupart d'entre elles s'intéressent justement à toi pour ton argent.

— Et que cherche-t-on en général dans une boîte de nuit pareille, Morina ?

Je la regardai alors d'un air intrigué, mais uniquement parce que je me demandais qui elle était. Dante et mon frère avaient établi qu'elle n'avait pas de casier judiciaire et n'était pas une taupe.

Malgré tout, je ne saisissais pas sa raison de venir ici ou même de me parler. Elle n'entrait pas dans le moule de la femme sortie s'amuser. Sa chevelure sauvage mal peignée lui conférait un charme unique. Ses rondeurs naturelles et ses fesses se marieraient à la perfection à mes mains si je les empoignais.

Mon entrejambe me titillait bien plus qu'avec toutes les autres qui m'avaient fait des avances jusque-là.

Intéressant.

Elle m'attirait de façon étonnante, absurde, moi que plus grand-chose ne passionnait depuis longtemps.

Elle sembla de nouveau chercher Dante partout.

— Il me faut un mec sympa et qui me comprenne pour passer une nuit agréable. Ni plus ni moins.

— Un coup d'un soir ? murmurai-je, surpris.

— Oui, et ? lança-t-elle en tournant la tête vers moi sèchement, un feu glacial dans ses iris.

Une véritable couverture de magazine. Elle comptait parmi ces femmes soudain divines quand on les provoquait.

— Penses-tu que Dante te donnera ce que tu veux ? la défiai-je, en vue de découvrir à quoi elle songeait.

— Il m'a l'air assez cool pour aimer s'amuser. Et, franchement, j'y ai amplement droit. Non ?

Elle ne le cernait absolument pas.

— Tu te rends compte qu'on parle de mon garde du corps, j'espère ? Il est formé pour me défendre contre tout agresseur.

— Alors, c'est une montagne de muscles.

Elle prit une longue inspiration. Quand elle exhala, la flamme dans ses pupilles s'était envolée. Elle me percuta d'un grand sourire en faisant jouer ses sourcils.

— Je ne dirais pas non à un apollon.

Pourquoi voulais-je tout à coup lui prouver que moi aussi, je gardais la forme ?

— Ça t'arrive souvent ?

— Les aventures sans lendemain ? demanda-t-elle sans affection. Non. Pas vraiment. Linny est ma copine, c'est pour ça que j'ai accepté de l'accompagner, mais franchement le petit monde de Miami ne m'apportera rien qui ne me comblera plus que d'être chez moi.

— Pas même un amant miraculeux ?

Elle me reluqua, feignant de ne rien me trouver d'appétissant. Malgré tout, son frisson et sa façon de s'humecter les lèvres ne m'échappèrent pas.

— Si tu insinues qu'il se passera quoi que ce soit entre nous, alors non.

— Sincèrement ? insistai-je, un sourcil arqué. Tu serais surprise de voir ce que je peux t'apprendre.

— Ah, bon ? dit-elle en croisant les bras. Parce que tu es plus âgé que moi ? Il paraît que ça mine l'endurance.

Sa petite pique détournée m'arracha un rire. Je lui aurais seulement donné dix ans de moins que moi. Je n'avais pas pour habitude de perdre mon temps avec ce genre de filles, cependant ses paroles, ses plaisanteries et sa manière de me cataloguer étaient la goutte d'eau capable de faire déborder le vase d'une journée pourrie.

— Je vais te montrer, alors.

— Me montrer quoi ?

— Ce que tu as raté en restant dans ta grotte.

Chapitre 3

Morina

Linny parut méfiante lorsque Bastian annonça que nous partions.

— Il me semble que tu ne lui as pas assez parlé pour le suivre je ne sais où.

Insinuait-elle que j'avais perdu le pari ou s'inquiétait-elle de me voir m'enfuir avec un parfait inconnu ?

— J'aurai le temps de lui parler en chemin.

— En chemin vers où ? m'interrogea-t-elle en s'écartant de son petit ami.

Bien, elle se faisait du souci pour moi.

— Je...

— Tu as assurément le droit de te poser des questions. Tiens, je te laisse ceci.

Bastian lui tendit une carte de visite entièrement noire avec ses coordonnées et son nom. J'en profitai pour la lire.

— Sebastian Armanelli ? Ce n'est pas courant.

Il esquissa un sourire. J'ignorais si je l'amusais ou si je l'agaçais, mais j'aimais lui voir ce petit air. Il reprit la parole sans s'arrêter sur ma remarque.

— S'il arrive quoi que ce soit et que tu n'as pas de nouvelles d'elle dans vingt-quatre heures, va voir la police. D'ailleurs, appelle-moi.

Sortant son portable de sa pochette, elle composa le numéro sur la carte. Le téléphone de Bastian sonna.

— C'est ma ligne personnelle et, je te le promets, ton copain t'aidera à me retrouver. Il tient plus à toi qu'à ma famille.

Bastian se donnait un mal fou, contrairement à d'autres, et je ne savais pas pourquoi. Je m'étais entourée de beaucoup de gens qui suivaient le courant. Si les flots les emportaient, ils se laissaient aller. Je pouvais concevoir ça, cependant quand quelqu'un se pliait en quatre pour attirer mon attention, cela éveillait quelque chose en moi.

Je posai le regard sur le bras de Bastian quand il me tendit le coude.

— Je ne devrais peut-être pas. J'ai l'impression d'en faire un peu trop pour prouver que j'ai raison.

— Sauf que c'est moi qui en fais trop. Laisse-moi donc décider des efforts que je suis prêt à fournir.

Des efforts.

Pourquoi trouvais-je cela si attirant ? Et pourquoi redoutais-je tant une telle attention ?

Si la curiosité était un vilain défaut, j'imagine que j'allais en découvrir la raison. Quelque chose dans ses yeux noirs me charmait, comme s'il cherchait plus que ce que le club pouvait lui offrir et souhaitait me montrer que nous le trouverions ensemble.

Je soupirai en adressant un signe à Linny.

— Je t'ai donné accès à ma géolocalisation, si jamais.

Elle hocha la tête puis m'indiqua en silence de la rappeler.

Sortir de la boîte de nuit s'avéra bien plus rapide qu'y entrer. Bastian fendit le carré VIP pour m'entraîner en bas d'un escalier mal éclairé. Une voiture attendait juste devant la porte de service.

— Eh bien, ça, c'est pratique, marmonnai-je.

— Les petits plus de ma vie, j'imagine, commenta-t-il en arrêtant son chauffeur pour m'ouvrir lui-même la portière.

Je ne connaissais pas la marque du véhicule, mais il coûtait certainement plus cher que la limousine. Le cuir cousu à la perfection donnait l'impression qu'on se fondait dans du beurre plutôt que de se frotter à un alligator.

Bastian discuta avec le conducteur avant de monter, peut-être pour lui préciser notre destination.

— Où allons-nous ? l'interrogeai-je, consciente de suivre un parfait inconnu dans une ruelle sombre.

Cela me remit les idées en place.

— Un de mes endroits préférés... Une petite île non loin de la côte. Le lever de soleil sur l'océan ressemble à un tableau.

— Tiens donc, chuchotai-je. Je ne t'imaginais pas ainsi.

— Ah ! que d'a priori. Nous savons tous les deux qu'il ne faut pas juger un livre à sa couverture.

— Reconnais cependant que c'est le propre de l'humain. Sans ça, nous n'arriverions pas à cerner les pièges et nous nous empêtrerions toujours dans l'imprévu, ne crois-tu pas ?

— Je crois surtout que l'imprévu ne te dérange pas, étant donné que te voilà en compagnie d'un inconnu et en partance vers une destination incertaine.

Je jetais un regard par la vitre. J'aperçus au loin des lumières bien trop familières. Nous nous dirigions droit vers l'aéroport. Je pointai du doigt un avion en plein décollage.

— Voudrais-tu me faire profiter de l'aurore devant la piste ?

— Plus ou moins.

C'était nouveau, en tout cas je n'avais jamais observé un tel spectacle d'aussi près.

— Depuis toute petite, j'aime les aéroports. Nous y allions de temps à autre avec mes parents pour voir défiler les voyageurs, bien avant qu'on s'inquiète des virus et des questions de sécurité. J'admirais sincèrement ces engins gigantesques.

— Combien de fois as-tu pris l'avion ?

— Très peu. Juste assez pour savoir que je n'ai peur que d'une chose, l'atterrissage.

La commissure de ses lèvres se souleva légèrement.

— Tu disais aimer ta petite ville. Es-tu venue à Miami en avion ?

Je me parai d'un masque de suffisance. Il avait déterré davantage d'informations à mon sujet que tous mes amis. Nous parlions depuis plus de trente minutes et, si Linny se le demandait, la perspective d'établir une quelconque connexion avec une éventuelle conquête m'intriguait effectivement.

Or, quelque chose me tracassait, une sorte d'envie de prendre la fuite ou de me fermer entièrement et me taire.

Je me penchai sur lui.

— Se soucie-t-on vraiment d'où je viens, Bastian ? lui susurrai-je avant de poser mes lèvres sur les siennes.

Il embrassait en finesse avec une espèce de domination langoureuse, comme s'il refusait de s'aventurer trop loin dans le jeu que je venais de lancer. Je m'approchai davantage en attrapant un pan de sa veste. Il m'empoigna les reins quand je m'installai sur lui. Son excitation était palpable malgré la retenue dont il faisait preuve dans ses baisers.

D'un petit déhanché, je le découvris plus imposant que la plupart des hommes que j'avais connus. La raideur de ses muscles sous mes doigts m'indiqua que lui aussi devait ressentir cette volupté dans l'air. Je gémis. Nous allions bien nous entendre. Nous en avions tous les deux envie.

Il pouvait oublier ses histoires de lever de soleil, je retrouverais Linny à l'aéroport dans la matinée et nous rentrerions. Cette petite escapade me ferait un souvenir.

Il me saisit les bras pour m'arrêter lorsque la voiture se rangea à hauteur du terminal.

— Nous sommes arrivés.

— Il faut faire le tour, non ?

— Tu m'insulterais presque à vouloir me baiser comme ça, Morina, s'amusa-t-il avant d'incliner la tête de côté comme face à une énigme.

Je soufflai par réflexe.

— Mais non, je..., hésitai-je. Ne le prends pas comme ça. D'habitude, je ne parle pas autant, et ça a l'air sympa, un coucher de soleil, mais...

— Tu pensais que tu t'ennuierais avec moi.

— Je retire. Nous allons bien nous amuser dans la voiture.

— Non. Tu l'as déjà fait avec trop d'autres gars.

— Hé, pas tant que ça, le corrigeai-je d'un claquement de langue. Un peu. Seulement de quoi combler le vide. Je ne...

— Moi, je ne comble pas les vides, chérie. Je les annihile.

Il plissa les paupières, et j'aperçus pour la première fois ce que Bastian cachait sous son calme apparent : un dominateur.

— Je suis différent des autres. J'ai passé une journée pourrie, et ça me gave que tu me compares à tes ex.

Je n'avais pas anticipé un tel feu dans son regard. Le Bastian du club semblait se maîtriser, seulement ses doigts se resserrèrent sur mon bras à cet instant. Il dut s'en rendre compte, car la seconde d'après, il fit glisser sa paume sur ma peau, me donnant la chair de poule. Mon cœur papillonna comme si ce geste m'importait.

Absolument pas.

C'était une mauvaise idée.

Pourtant, je me sentais hypnotisée par la flamme. Tout en essayant de mieux le cerner, je finis par hausser les épaules et me rasseoir sur la banquette.

— Pourquoi tiens-tu tant à entrer en compétition avec les garçons avec qui je sors d'habitude ?

— Parce que je suis un homme, pas un garçon.

— C'est vrai que tu es carrément plus vieux, le provoquai-je.

Il me serra la cuisse, l'air amusé. Puis, sans me laisser le temps de dire quoi que ce soit d'autre, il appela le chauffeur.

— Amenez-nous derrière, s'il vous plaît.

— Monsieur ?

— Vous avez entendu. Faites le tour.

La voiture quitta à toute allure le dépose-minute pour prendre un virage sec sur une voie fermée que le conducteur ouvrit à l'aide d'un passe. J'observai Bastian puis son employé. Je n'avais encore rien vu de tel. On se serait cru dans un véritable film de gangsters.

Grand-mère allait rager si je mourais ainsi.

— N'oublie pas que j'ai activé ma géolocalisation.

— Tu allais me chevaucher sur la banquette arrière, et voilà que tu as peur, maintenant ?

— C'est une voie réservée, tout de même.

— Je sais bien que ton amie peut te retrouver quand elle veut. Appelle-la ou écris-lui, si ça te rassure.

— Mais où m'emmènes-tu, enfin ? demandai-je en agitant mon portable sous ses yeux comme si je devenais soudain une adulte responsable.

— À l'arrière de l'aéroport, là où on entrepose les jets privés.

— Les jets ? m'écriai-je en les voyant se dessiner dans le noir. Ne me dis pas que tu en as un.

— Plusieurs, même, mais un seul ici.

— C'est pas vrai... Tu es riche de chez riche. Du genre à ne plus savoir qu'en faire, je me trompe ?

— On s'en moque, non ?

Je crus céder à une crise d'angoisse. Les gens comme lui me donnaient de l'urticaire, me faisaient réfléchir à deux fois avant de parler ou d'agir. Pour jouir d'une telle fortune, ils devaient briller par leur intelligence, mais également par leur méchanceté, leur intransigeance ou tout autre terrible trait de caractère.

— Pas vraiment, non ! Vous devriez donner aux pauvres ou je ne sais quoi. Ne culpabilises-tu donc pas ?

— D'avoir travaillé pour en arriver là ? fit-il en balayant du bras le tarmac.

— Je ne comprends pas ce mode de vie.

— Je ne t'en demande pas tant, simplement de venir faire un tour avec moi.

— Moi, je voulais faire un petit tour sur toi.

Il se tut un instant avant d'éclater de rire.

— Je crois que je me distingue enfin de tes autres conquêtes.

— Oui, peut-être. Je ne discute même pas assez pour savoir s'ils possèdent des jets. Ils passent en ville en coup de vent. Mais je... tout ça... c'est absurde, Bastian.

— Bon, bon, d'accord, s'exclama-t-il pour tenter de me calmer. Je te propose une petite virée sur mon île, c'est à une demi-heure à peine.

Je restai sans voix. Abasourdie. Jamais l'alcool n'avait quitté mon système si rapidement.

— Allez, tu verras bien si je suis aussi ennuyeux que ce club VIP.

Il sortit de la voiture puis me tendit la main. Je la pris.

Tant pis ! Je trempais déjà dans cette histoire jusqu'au cou.

Que pouvait-il bien m'arriver de si atroce ?

Chapitre 4

Bastian

— Un gros jet privé, Bastian. Ça cache un truc minuscule à compenser.

Sa nouvelle petite blague ridicule la fit rire. Morina dégageait un je-ne-sais-quoi d'unique. Elle avait peur des inventions humaines et de l'argent… ou du moins, elle ne semblait pas les porter dans son cœur. Cela dit, sa curiosité la poussa à embarquer puis elle alla bassiner le pilote pour s'assurer de ses compétences. Ce dernier lui sourit tout le long, sans doute parce qu'elle était sympathique.

Lorsqu'elle salua l'hôtesse de l'air, je compris ce qui la rendait si charmante.

— Vous êtes absolument magnifique. J'espère qu'il vous paie bien pour vous forcer à l'attendre pendant qu'il se pavane dans tout Miami.

Un volcan. Cette absence de filtre ne la gênait pas du tout, elle disait ce qui lui fonçait sur le bout de la langue sans songer aux conséquences. Incomparable. En présence d'un homme comme moi, la plupart des gens réfléchissaient à deux fois avant de parler, préférant bien ruminer leurs pensées avant de s'exprimer.

L'hôtesse comptait parmi celles que j'avais eu le plaisir de connaître maintes et maintes fois. Elle n'hésita pas un seul instant.

— Ne vous inquiétez pas pour ça, il sait me récompenser de bien des façons.

— Fantastique, s'exclama Morina. Ravie de l'apprendre.

Mon employée se dirigea alors vers le nez de l'appareil pour s'entretenir avec le pilote.

— Et donc, un gros avion, une fille qui vante tes mérites..., me chuchota Morina. Tu compenses assurément quelque chose.

Elle afficha un nouveau sourire suffisant.

Ses insultes mêlées à ses doutes ne titillaient que plus mon sexe. J'avais à peine pu me retenir de la prendre dans la voiture. Cette femme plantureuse aux boucles en bataille n'entrait pas dans mes standards, mais bon sang, que j'avais envie de la baiser pour lui faire ravaler ce maudit sourire !

— Veux-tu en avoir le cœur net, *piccola ragazza* ?

— Ce qui signifie ? s'enquit-elle, une pointe de curiosité dans ses iris.

— Petite fille.

Elle était effectivement jeune, mais cela m'avait échappé, d'autant que je ne parlais plus beaucoup l'italien.

— Petite, gloussa-t-elle tandis que l'avion remontait le tarmac. Ton hôtesse l'est, oui. Pas moi. Et je n'ai probablement pas le même gabarit que toutes tes copines.

— Tu es plus petite, en fait, affirmai-je en l'observant. Et plus jeune, vraiment plus jeune.

Pourquoi diable l'avais-je invitée ? Elle m'avait certes provoqué, mais c'était également Miami qui me poussait à faire des conneries.

Je ne passais plus autant de temps avec les femmes qu'avant. J'avais appris la leçon, coup après coup. Elles me décevaient à chaque fois, comme presque tout en ce monde.

Miami ne faisait pas exception. Je venais déjà dans les parages durant mon enfance, je me rappelais ces nuits noires où mon père m'ordonnait de bien l'observer pendant qu'il échangeait des mallettes mystérieuses et concluait des accords.

Miami incarnait une absence d'émotions. Un lieu où mon être se réduisait à néant.

Devais-je faire mes preuves face à cette fille, tout à coup ? Ou face à cette ville ?

Elle renâcla, pas impressionnée le moins du monde.

— Tu m'en aurais davantage mis plein la vue si tu m'avais prise dans la voiture.

Je gardai le silence. L'hôtesse vint nous apporter deux verres d'eau puis donna les consignes de routine réservées aux invités. Elle pouvait lui préparer un en-cas, mais le vol restait court, et nous devrions rattacher nos ceintures pour l'atterrissage lorsque le pilote nous le demanderait.

Morina se mit à taper du pied sur la moquette quand l'appareil s'éleva au-dessus des nuages. Nous survolerions bientôt l'océan, mais la nuit voilerait le spectacle. Qu'importe. Nous nous observions et elle affichait un air de défi, comme si elle ne me croyait toujours pas.

— Ce n'est jamais très confortable dans une voiture, Morina.

— Parce que ça l'est à bord d'un avion ?

— De celui-ci, oui. J'ai fait installer un lit, à l'arrière.

— Forcément. Serais-tu donc aimable ? Un homme d'affaires bien élevé et rien d'autre ?

— Parfois, répondis-je, pensif. La plupart du temps, oui, je me montre aimable. Mais soyons clair, peut-être que je souhaitais simplement voir le soleil se lever en bonne compagnie.

Ce n'était pas tout à fait vrai, mais inutile d'entrer dans les détails.

— Tu m'as embrassée.

— Je n'ai fait que te rendre ton baiser. Nuance.

— Alors, ne veux-tu pas coucher avec moi ?

— Il faudrait être un sacré menteur pour oser l'affirmer.

— Oh ! tu ne serais pas le premier, s'amusa-t-elle. Mais ça me va, je suis venue prendre du bon temps. Cependant, j'ignore si tu as un petit côté sale comme le commun des mortels. Tout semble indiquer le contraire.

— *Piccola ragazza*, je suis bien plus sale que vous autres. Je suis né dans la crasse.

Je n'attendis pas davantage, je réduisis l'écart entre nous pour conquérir sa bouche. Sans retenue, cette fois-ci. Il me fallait m'en emparer et non rester spectateur.

Si elle voulait prendre du bon temps, moi aussi.

Je devais décompresser. Je lui mordis la lèvre, la suçotai, et Morina gémit. J'enroulai la main dans sa chevelure pour l'empoigner avec ardeur, la faire basculer en arrière afin d'enflammer ce baiser. En un cri étouffé, elle ouvrit les lèvres plus grand, presque prête à accueillir ma sauvagerie déchaînée.

Or, je préférais me maîtriser, pour l'heure.

Je me reculai, le souffle court. Quelque chose cédait après cette journée dans cette ville, il me fallait me ressaisir. Toutefois, Morina me dévisagea avant de se fendre de son sourire moqueur.

— Bon, tu ne seras pas à la hauteur des fantasmes que tu as provoqués en m'appelant « petite fille ». Ce baiser entre dans la catégorie médiocre au mieux.

Je soufflai, et l'atmosphère changea. La plupart des femmes m'auraient félicité, adulé. Celle-ci cherchait quelque chose de vicieux et s'enfonçait toujours plus loin dans la provocation.

— Mets-toi à genoux, ma belle, lui ordonnai-je, les mots coulant de ma gorge telle de la soie. Je vais te faire admettre des fantasmes insoupçonnés.

Elle s'humecta les lèvres, véritable phare pour mon sexe. Elle dégageait une touche de pureté, de candeur, mais ronronnait comme un chat sauvage attendant qu'on le dresse.

Ses mains trouvèrent ma braguette, je lui ouvris sa ceinture en lui dévorant la bouche. Douce et pleine, assez grande pour accueillir mon pénis.

Lorsqu'elle me caressa, elle prit une légère inspiration. Je faillis me perdre en une seconde. Quelque chose chez cette fille alanguie en train de gémir me titillait à la perfection.

— À genoux, *ragazza*.

Elle chancela, puis me lâcha avant de s'agenouiller lentement, bien obéissante.

Sa mâchoire se décrocha quand je lui dévoilai ma virilité. Je lui effleurai la joue.

— Ouvre plus grand, chérie. Voyons si tu arrives à la prendre tout entière, comme une gentille fille.

Elle s'exécuta, une lueur piquante dans ses iris de saphir, puis fit glisser mon sexe là où il désirait aller.

Ses lèvres se refermèrent autour de moi et je lui attrapai les cheveux pour calmer le rythme. Mais bon sang, quel mal elle me donnait en étant déjà si chaude et trempée !

— Bordel, je savais que cette bouche ferait des merveilles.

Elle leva les yeux vers moi d'un air soudain si innocent que je faillis jouir dans sa gorge.

Elle devait bien se rappeler qu'il ne s'agissait que d'un coup d'un soir, nous n'allions pas établir de lien ou quoi que ce soit.

— Allez, ma jolie, montre-moi comme tu es douée, grognai-je en enfonçant mon pénis dans sa bouche. Fais ça mieux que mon hôtesse de l'air.

Son regard s'embrasa, et je crus avoir poussé le bouchon trop loin, mais alors elle prit son temps pour m'accueillir entièrement dans sa gorge. Sa langue traîna sur la base de mon sexe en remontant. Elle m'arracha un juron, si bien que je me retirai.

— Debout.

Elle se releva avec un sourire triomphant.

— Enlève ton haut.

Elle l'ôta, la vue de son corps me paralysant malgré son soutien-gorge. J'avais deviné sa poitrine de rêve sans pour autant l'imaginer aussi opulente, naturelle et impatiente de sentir mes mains. En contraste avec un petit tatouage sur son épaule hâlée, tout son être semblait vibrer de fragilité.

La bretelle rouge peinait à contenir ses seins, par ailleurs la couleur vive du tissu trahissait le fait que Morina savait très bien dans quoi elle s'était aventurée, ce soir-là.

Cela m'amusa.

— Tu veux que je te prenne sur le siège ou dans le lit ? lui demandai-je.

Elle haussa les épaules, ses yeux toujours posés sur mon entrejambe.

— Tu veux encore y goûter avant, Morina ?

Chapitre 5

Morina

J'aurais dû refuser. Seigneur, qu'elle était énorme, pourtant !

Je l'avais sentie dans la voiture, et j'avais bien voulu suivre le lapin de ce soir, non pas pour cela, mais parce qu'il ne m'avait rien fait sur la banquette.

Bastian avait beau jouer les gentlemen, son sexe dévoilait ses véritables intentions.

Sans même évoquer la façon dont il me regardait désormais. Tout en retenue, un barrage en train de céder peu à peu, quand moi j'avais déjà lâché prise depuis un bon moment.

Par ailleurs, je ne me mettais pas à genoux devant le premier venu. Je les comptais sur les doigts de la main.

Je n'avais même jamais avalé. Et voilà que je me retrouvai entre ses jambes, à le prendre en bouche comme jamais auparavant. Pour la deuxième fois.

Je n'en revenais pas d'en arriver là après qu'il m'avait comparée à l'hôtesse de l'air. Je détestais cela, et j'allais lui faire regretter ses préjugés en lui prouvant que c'était moi la meilleure. Or, ce n'était pas la raison de ma présence, à la base.

Notre baiser avait brisé des remparts dressés entre moi et mes autres conquêtes jusqu'ici. La majorité des hommes se montraient doux, mais Bastian m'avait embrassée vicieusement, telle une bête déchaînée. Il ne s'était plus contenu la deuxième fois, aussi avais-je voulu découvrir les joies du sexe sans réserve. Le pousserais-je dans les retranchements que je visais ? Avais-je encore la moindre limite, à ce stade ?

Nul homme ne renonçait à toute pudeur pour un coup d'un soir. Je n'en avais jamais demandé autant.

Bastian possédait cependant assez d'assurance pour cela. Je me sentais prête à courir le risque.

Et puis, je voulais le voir craquer quand je faisais de mon mieux pour l'accueillir entièrement dans ma gorge.

Ses doigts s'enroulèrent dans mes cheveux lorsque je lui léchai de nouveau la verge, du liquide préséminal me nappant déjà les papilles tandis qu'il me murmurait des obscénités.

Je le pris en bouche bien lentement, centimètre par centimètre, en aspirant, une main serrée à sa base.

Ma langue explorait du mieux possible, cependant je ne parvins qu'à l'accueillir à moitié. J'étais sur le point de suffoquer, de pleurer tant il était gros.

Il me caressa la joue pour souffler :

— J'adore te voir dans cette position. Continue de me regarder, ma belle.

De sa main, il reprit un peu le contrôle en me reculant, et je parvins à enrouler la langue tout autour de la pointe de son sexe en le masturbant.

Long, dur, écrasant. Tout ce que je voulais.

Il me piégeait entre ses jambes et les sièges derrière moi pour mieux mener la danse. Il se pencha ensuite en avant de manière à s'enfoncer davantage dans ma bouche, plus loin que jamais.

— C'est trop pour toi, *ragazza* ? s'enquit-il en voyant mes larmes.

Je fis non de la tête après avoir perçu ses muscles crispés et même son front en sueur.

— Bon sang, gronda-t-il lorsque je le prenais davantage en bouche en manquant m'étouffer. J'ai envie de venir en toi et que tu boives tout. Tu serais si douée. Tu aimes ça, je le sens. Ah ! c'est trop bon.

Je le pensais à la limite. Je m'y préparais déjà, seulement il me tira la tête en arrière.

— Allons dans la chambre. Tu m'appartiens pour la nuit, ma belle.

Un brin étourdie, les lèvres me picotant, je le suivis vers une petite porte en chêne à l'arrière du jet, donnant sur une pièce tout droit sortie d'un hôtel de luxe. Des verres en cristal trônaient sur un bar en granit. La douce moquette crème en harmonie avec les murs beiges amortissait mes pas. Et Bastian avait acheté un lit king size, bien évidemment, lui qui n'exigeait que l'excellence.

— Laisse-moi deviner, les draps sont en coton égyptien.

J'entendis Bastian rire dans mon dos avant qu'il me fasse un suçon dans le cou. Mon point le plus sensible. Je ne pus réprimer un cri de plaisir. Quand il m'enlaça, je guidai ses mains sur mes seins.

Ça alors, de vrais doigts de fée, et son sexe entre mes fesses allait m'occuper toute la nuit. Je lui tendis mes reins, il s'écrasa vigoureusement contre.

— Tu aimes me tenter, Morina.

Je souris. En vérité, j'avais cru comprendre que cela lui plaisait, aussi continuai-je.

— Franchement, je ne devrais pas. Elle est impressionnante, mais je ne suis pas sûre que tu tiennes toute la nuit.

— Et pourquoi ça ? fit-il en resserrant sa poigne sur ma poitrine.

— Tu sais, les autres hommes…

— N'étaient que des gamins, Morina.

Je lui adressai un regard de biche faussement innocent.

— Mais les gamins jouent longtemps, Bastian.

— Les grands ne jouent pas. Allez.

Quelque chose changea dans ses yeux noirs. Fini la rigolade. Fini la provocation. Bastian Armanelli laissa tomber le voile qu'il portait devant le reste du monde.

Dans mon dos se dressait le roi des monstres, commandeur en chef d'une armée de débauche. Son regard me transperça, traça un sillon de lave dans ma nuque, me coupa le souffle.

— Penche-toi.

Il me poussa en avant, et je me rattrapai sur le lit. Mes fesses se tendaient bien, il ne se fit pas prier pour baisser mon pantalon. Il se délecta de ma culotte rouge, cependant il tira également dessus.

Je l'entendis ouvrir un préservatif puis attendis de le sentir me pénétrer.

Rien.

Je tournai finalement la tête en arrière, mais à peine avais-je croisé son regard qu'il écrasa sa main sur ma fesse avec vigueur. Je poussai un cri, malgré la déferlante de plaisir qui me submergea.

— Ça ne suffit pas, assura-t-il en secouant la tête.

Cette puissante paume calleuse s'abattit de plus belle. Je hurlai son nom.

— Je te punirai dès que tu me compareras à un autre, *ragazza*, grogna-t-il en malaxant ma chair rougie.

Il m'arracha encore un gémissement, mon sexe déjà contracté dans l'attente de mon châtiment. Cette limite que la plupart des mecs ne franchissaient pas pour une aventure sans lendemain… Bastian bondissait par-dessus sans scrupules, et mon corps adorait. Je n'avais pas cru être la proie d'un tel fantasme, mais mes paroles à ce moment précis le confirmèrent.

— Punis-moi bien si tu veux que je retienne la leçon. Je ne pense toujours pas que tu tiendras toute la nuit.

Une main glissa sur ma hanche, l'autre me pinça le clitoris pour jauger mon excitation. Une vague de plaisir indicible m'emporta plus intensément qu'un raz-de-marée.

— Tu es si trempée… C'est toi qui risques de ne pas tenir.

Je me mordillai la lèvre quand il glissa deux doigts en moi. Je me noyais en lui dorénavant, je me perdais dans les sensations qu'il éveillait en moi.

— Et serrée. Tu ne baises vraiment que des gamins, hein ?

Je ne me sentais plus en état d'entrer dans son jeu. J'allais sombrer dans l'extase.

— C'est bien, gémis comme une gentille fille, me susurra-t-il à l'oreille. Dis-moi pour qui tu mouilles.

Avant de me jeter dans l'oubli absolu, il arrêta de me masturber pour me donner une nouvelle fessée.

— Morina, tu vas apprendre à crier mon nom quand je te l'ordonne.

Je le foudroyai du regard, furieuse de le voir prendre en otage mon orgasme.

— Plein d'autres mecs m'auraient fait le même effet, ce soir.

Il m'agrippa la mâchoire en ancrant ses yeux aux miens, un pouce sur ma lèvre.

— Je vais de nouveau baiser ta bouche pour te calmer. Tu la prendras encore et encore, chérie. Tu es très douée.

C'est alors qu'il me pénétra d'un coup sec. Je n'eus le temps de songer à rien. La douleur sur mes fesses mêlée au plaisir de son pénis écartant ma chair me submergea.

Le sang affluant dans mes reins et les contractions de mon vagin autour de son sexe palpitant me firent tourner la tête. J'arrivais à peine à respirer, encore moins à parler.

Bastian me prenait comme sa chose, comme si la Terre entière lui appartenait. Il avait traité tout le monde avec égard, seulement il me dévoilait son autre visage. J'assistai à sa domination implacable, où plus aucune concession n'existait.

Cela ne me refroidit pas pour autant. Je lui rendais coup de reins pour coup de reins, me pressant en arrière contre lui, à hurler son nom encore et encore.

Lorsque j'atteignis le sommet de la vague, il cria lui aussi pour glisser avec moi en me tirant les cheveux afin de mieux me cambrer.

Essoufflée, je tombais en avant sur les draps pour m'évanouir dans les ténèbres de la volupté.

Lorsque je me réveillai, un temps incertain plus tard, un rayon de soleil s'invitait par le hublot. Les moteurs de l'avion ne ronronnaient plus, nous avions atterri. Bastian était assis contre la tête de lit, un bras tatoué derrière la nuque, le regard tourné vers l'extérieur.

Je ne sus pas trop comment il devina que j'avais rouvert les yeux quand il prit la parole.

— Content que nous ayons pu te distraire de l'atterrissage.

J'écartai avec insouciance la douceur dans ma poitrine face à cette petite attention.

— Si tu le dis, grommelai-je.

— Cette île n'a pas été souillée par la civilisation, continua-t-il en pointant le hublot du menton. Je l'ai achetée uniquement pour observer le soleil se lever. Sans doute mon caprice le plus absurde… mais le plus judicieux.

Tendre. Gentil. L'homme d'affaires était revenu.

Je me redressai en enroulant le drap autour de moi.

— Dans ce cas, autant aller en profiter sur la plage.

Il interrompit sa contemplation pour me regarder, et le sourire dont il se fendit semblait appartenir à un autre homme que celui de la nuit passée.

Je laissai mes vêtements par terre et décidai de garder le drap, mais Bastian enfila un caleçon pour aller demander au pilote d'abaisser la passerelle.

Le sable étincelait sous les rayons du soleil. Les flots dansaient comme sur toutes les plages du monde, et moi, j'inspirais une bouffée de cet air incomparable. Quand j'étais petite, j'allais tous les jours voir l'océan avec mon père. Il était originaire des Caraïbes et d'Océanie, ses ancêtres venant de Haïti et des îles Samoa. L'amour de la mer coulait dans mes veines.

— Je ne trouverai jamais rien de plus beau qu'une plage.

— Je partage ton avis, admit-il tout bas.

Je sentais son regard sur moi… Je le voyais du coin de l'œil. Cela me donna l'impression d'être assez unique pour lui, au point de me serrer contre lui le temps d'admirer le spectacle quelques instants encore.

Nous regagnâmes ensuite l'avion puis perdîmes le drap et son caleçon en chemin.

L'étreinte qui suivit alors fut plus douce, et mon aventure d'un soir se mua en une autre de ces matinées où je me prenais à vivre dans un monde imaginaire.

Chapitre 6

Morina

Le faible bourdonnement des moteurs me berça presque.

Jusqu'au moment où les événements de la nuit dernière défilèrent dans mes souvenirs tels un mauvais film.

— Bordel !

J'ouvris les yeux d'un coup.

Le grand bras de Bastian glissa alors. S'était-il blotti contre moi ?

Oh ! mon Dieu.

On ne parlait plus d'un mauvais film. Mais d'un véritable navet. Une insulte au cinéma. Je sautai du lit pour rassembler mes vêtements éparpillés dans le jet.

Le jet...

— Morina, tu as vraiment déconné, cette fois-ci, pestai-je en arpentant la chambre à la recherche de mon soutien-gorge, nue comme un ver.

Il était rouge. Qui ne retrouvait pas un soutien-gorge rouge ?

Je l'avais mis sur un coup de tête en me préparant. Je ne me faisais pas belle, je ne m'habillais pas pour sortir, cependant j'avais anticipé une petite incartade en lisant un horoscope qui disait plus ou moins : « Éclatez-vous, la mort vous guette. »

Les astres n'avaient pas menti.

Le retour de bâton concernait sans doute grand-mère. J'avais vrillé. J'avais sauté à pieds joints dans le précipice d'autodestruction que représentait Bastian Armanelli. Quelque part, on parlait peut-être du décès de mon amour propre.

J'étais montée à bord d'un avion avec un type louche, en vue de me faire prendre jusqu'à l'oubli total.

Je devais l'admettre, il avait réussi son coup. Mon fantasme avait atteint un pic inédit. Cette façon de commander, de satisfaire ses désirs tout en me faisant du bien… Il avait mieux deviné mes envies que moi.

Quand bien même, cela importait peu. Je ne le reverrais plus. Il ne s'agissait pas du début d'un conte de fées.

Rien qu'une foire à la bourde. La plus grande parade de la honte pour des décennies à venir.

Un vol dans l'embarras.

En essayant d'ajuster ma poitrine dans ce stupide soutien-gorge censé m'aller à la perfection, j'entendis sa voix grave à moitié endormie.

— Tu as l'air d'avoir oublié qu'il faut une demi-heure pour rejoindre l'aéroport.

Je me figeai pour bien intégrer ses paroles. Je n'étais pas du matin, encore moins après une nuit d'ébats incessants.

— Mince !

J'enfilai ma culotte en me tortillant puis commençai à foncer vers l'avant de l'appareil sans laisser le temps à Bastian de m'en empêcher. Le pilote se détendait dans le petit espace adjacent au cockpit.

— Pouvez-vous nous ramener ? Je dois rentrer. Je crois que Chet va nous envoyer une limousine. Il faut que je prenne un Uber.

Il faillit tomber à la renverse quand il se retourna pour me trouver à demi nue. Ses yeux lui sortirent à moitié des orbites puis il se ressaisit, sans doute en voyant Bastian nous rejoindre pour m'envelopper d'un drap.

— Vous nous ramenez dès que possible, s'il vous plaît ? demanda-t-il avant de me guider vers l'arrière.

— Merci pour le drap, fis-je en levant les yeux au ciel.

— Évitons de faire peur à mon pilote.

Il semblait calme, pensif. Presque gentil. Aux antipodes du Bastian de la nuit dernière et ses envies de me voir à quatre pattes.

— Linny m'attend à l'hôtel, lui expliquai-je.

— Sais-tu quelle heure il est ?

— Euh..., hésitai-je en me tournant vers un hublot. Non, mais on dirait qu'il est tard.

— On dirait, Morina ? s'amusa-t-il en nous menant dans la chambre.

— Oui.

Je resserrai le drap autour de moi, contente de pouvoir me cacher en cherchant mon pantalon. Cela s'avéra inutile, en vérité. Il l'avait plié et posé sur le lit le temps que j'aille voir le pilote. Je me rhabillai entièrement.

— Et donc, quelle heure est-il ?

— 8 heures, répondit-il d'un coup d'œil à sa montre en or.

— Hmm, d'accord, je dois rendre ma chambre à 11 heures. Ça va aller.

— J'aurais pu te ramener chez toi, précisa-t-il dans sa barbe.

— Oublie, lançai-je sans ménagement avant de grimacer. Enfin, tu sais... c'était sympa.

— Sympa, ricana-t-il en arquant un sourcil.

Nous nous dévisageâmes alors.

Bastian Armanelli illuminait un club à lui tout seul, devenait vision de rêve dans sa nudité et sa sauvagerie quand il était devant moi à genoux, et il débordait de charme au lever du soleil sur une plage déserte. Bastian, au sortir du lit, torse nu, incarnait un chef-d'œuvre inestimable qu'on s'arracherait pendant des siècles. Les femmes jugeraient intemporels ses muscles ciselés, sa mâchoire solide, son épaisse chevelure noire et ses larges épaules. Je voulais le lécher tout entier.

Je me contentai de me détourner.

— Oui, sympa. Mais j'admets que nous aurions difficilement pu nous amuser davantage.

— Tu crois ça ?

Ah ! le masque tombait de nouveau. Il me dévora des pieds à la tête.

— Pour une fille qui m'a chevauché toute la nuit et a hurlé mon nom, tu parais bien pressée de regagner ton quotidien, *piccola ragazza*.

Je pris une longue inspiration dans l'espoir de ne pas céder à la tentation de cet accent italien.

— Bastian, le jour se lève, ne m'appelle plus comme ça.

— Alors je ne t'entendrai plus gémir non plus ? ironisa-t-il.

Je me cachai entre mes mains.

— Par pitié, ne parlons plus de la nuit dernière.

— Pourquoi ?

— Parce que c'est terminé ? répondis-je en lissant mes vêtements. Je ne m'embarrasse pas de discussions matinales, en général. Et nous regagnons la civilisation. Tu retournes d'où tu viens, et moi aussi.

— Tu tiens beaucoup à ta petite ville, semble-t-il.

— Comme tout le monde.

Il y songea un instant, le temps que l'avion s'élève dans les cieux. L'hôtesse nous épargna de revenir nous dire d'attacher nos ceintures. Heureusement, le pilote paraissait fendre les nuages à merveille.

— Je défends moi aussi ce qui m'appartient. Un foyer pourrait entrer dans cette catégorie.

Étrange réaction. Je ne m'y attardai pas, cela dit. Je préférais ne pas en apprendre trop à son sujet. J'en savais déjà bien plus qu'à l'accoutumée.

Cela me donnait de l'urticaire, me rendait nerveuse. Me jeter de l'appareil en plein vol n'était peut-être pas une mauvaise idée...

Je souffrais peut-être de problèmes d'attachement. Je me retrouvai donc assise là, tristement consciente de devoir supporter cet homme plus d'une vingtaine de minutes encore.

— Très bien, je vais à l'avant de l'avion, décrétai-je en fixant du vide sur mon portable.

Trop gênant… On me forçait plus ou moins à passer la matinée avec un plan d'un soir quand je désirais seulement rentrer chez moi dans la honte.

Il ne me suivit pas. Je l'entendis parler au téléphone, pousser un soupir de soulagement. Il valait mieux qu'il travaille au lieu de me bassiner. Je cherchai l'horoscope du jour.

— Tu es Sagittaire, murmura-t-il par-dessus mon épaule.

Je sursautai en éteignant mon portable.

— Je lis chaque signe, pas seulement le mien.

Il fit mine de se renfrogner puis m'indiqua de me pousser vers le hublot pour s'asseoir à ma place.

Lorsque je posai les yeux de l'autre côté du couloir, il comprit le message et alla s'y installer.

— J'imagine que nous n'échangerons pas nos numéros.

— On pourrait, répondis-je en jouant avec un pli de mon haut.

Je préférais éviter. D'habitude, on ne me le demandait pas ou je refusais. Voilà le problème du retour en jet. Trop de temps à combler en discussions ineptes. Il me sourit.

— Je crois que tu ne veux pas. Ce qui m'incite d'autant plus à insister, mystérieusement.

— C'est carrément malsain, Bastian.

— Je l'admets, notamment quand ma spécialité consiste à établir des rapports dans lesquels tout le monde trouve son compte.

Je lui répondis d'un marmonnement sans chercher à comprendre. Il évoluait dans des sphères où la curiosité s'avérait sans doute un très vilain défaut.

J'avais atteint mes limites avec lui.

J'en avais franchi bien trop également.

L'appareil entama sa descente, mon souffle se calma.

— Merci pour la visite de cette petite île, lâchai-je en faisant un signe vers le hublot.

— Merci d'avoir regardé le lever de soleil avec moi. Ce n'est pas pareil en compagnie d'une jolie fille qui apprécie elle aussi.

— La plupart des femmes se réjouiraient d'une virée en jet et d'un lever de soleil, Bastian.

Impossible de croire que j'étais la seule à l'avoir suivi pour ce genre de balade.

— Tu observais l'océan comme une sirène hors de l'eau, petite. C'est différent, avec toi.

— Tu te fais des idées.

— Ah, bon ? dit-il en croisant les bras, la tête inclinée sur le côté. Comment le saurais-tu ? Te vois-tu dans la glace à chaque fois que tu es sur une plage ?

Je me mordillai la joue afin de réprimer une repartie cinglante.

— Pour un homme habitué à établir des relations et mettre les autres à l'aise, tu sembles peiner avec moi.

— Notre relation est à part. Il faut le reconnaître.

— Oui, eh bien, elle touche à sa fin, lui rappelai-je, blasée.

Il se tut ensuite. Nous disparûmes dans nos téléphones, nos vies, nos priorités personnelles.

Chapitre 7

Morina

Je regagnai l'hôtel à temps et rentrai en limousine avec Linny. Nous dormîmes pendant le plus long du trajet, après nos intenses nuits respectives.

Quand j'arrivai à Coralville, grand-mère voulut marcher sur la plage. Nous nous y rendions le plus souvent possible. Parfois de façon quotidienne. Ou une fois par semaine. Dans tous les cas, nous adorions ces balades.

— Grand-mère, je préférerais répandre tes cendres au vent ou à un endroit de ton choix au lieu de les garder chez nous.

— C'est moi qui vais mourir bientôt. J'ai mon mot à dire, non ?

La brise jouait avec ses cheveux gris. Je pris une grande bouffée d'air iodé pour rester calme face à l'inéluctable.

— C'est mauvais pour l'esprit de te conserver dans une urne dans la cuisine.

— D'après qui ? s'enquit-elle en se tournant vers moi.

Elle s'était rabougrie en dix ans, je la surplombais. J'avais toujours été grande, mais elle aussi.

Quand le cancer des poumons s'était déclaré, la posture de grand-mère en avait d'autant plus pâti. Son dernier rendez-vous chez le médecin ne nous avait rien appris de neuf. Elle avait refusé tout traitement, si bien que la maladie s'était vite propagée. Elle voulait mourir chez elle puis qu'on y entrepose ses cendres.

Près de moi. Parce que j'y vivrais encore. Cette perspective m'arracha un frisson.

— D'après moi, répondis-je en croisant les doigts pour m'étirer les bras.

Il m'avait fallu des années pour apprendre à défendre mon point de vue. J'avais été une petite fille taciturne, toujours à courir sur la plage, une solitaire sans trop d'amis après la mort de mes parents dans un accident de la route. Ma grand-mère m'avait élevée, m'autorisant à me perdre dans mes pensées jusqu'au lycée.

Elle avait adopté une autre attitude alors et avait cherché mes limites, s'était mise à débattre de tout sans me laisser céder.

— Ah ! voilà ce que je voulais entendre, s'amusa-t-elle. Tu refuses donc de garder mes cendres ?

— Oui ! Bien sûr que oui. C'est bizarre. Ton esprit pourrait errer et se sentir pris au piège ou je ne sais quoi.

Mon ventre se noua à cette idée et je dus jouer avec mon bracelet de perles. Il me servait de rappel pour tout ressentir sans retenue et à suivre le courant.

Le rire de grand-mère retentit tel celui d'une sorcière. Dans son ample robe noire, avec ses cheveux crépus, elle en avait sans doute l'air aux yeux de ces enfants qui passèrent non loin et s'effrayèrent en l'entendant.

Elle s'esclaffa de plus belle face à leur réaction, mais ne les provoqua pas.

— D'accord, Mo. Je ne te hanterai pas, alors. Balance-moi où bon te semblera.

— Ne dis pas ça comme ça.

— Je ne serai qu'un tas de poussière, de toute manière, assura-t-elle en balayant ma remarque. Si les esprits existent, le mien ne s'attardera pas. Je m'envolerai dans l'espace pour explorer toutes ces planètes dont tu parles sans cesse. Je reviendrai peut-être te raconter mes aventures en rêve.

— Avec plaisir, m'amusai-je, incapable de réprimer un grand sourire.

— Même en pleine nuit, dans la cuisine ? Quand tu te serviras un verre de lait.

Elle me donna un petit coup d'épaule, et je passai le bras autour de son corps frêle en marchant.

Peut-être en raison des vagues qui nous chatouillaient les pieds, ou du vent dans nos cheveux, une certaine paix m'habitait. Nous avions versé nos larmes à l'annonce de la nouvelle. Nous avions dompté la douleur. Du moins, de mon point de vue.

Grand-mère ne semblait pas craindre la mort. Elle avait simplement haussé les épaules, surprise d'avoir pu tenir aussi longtemps. Le médecin avait marmonné quelque chose d'assez similaire.

Elle avait vécu de nombreuses vies. Dont une mystérieuse. Je restais dans mon coin quand je la voyais en compagnie de gens habillés comme des tueurs à gages et gardais mes questions pour moi. J'aimais fouiner, seulement je n'étais pas assez bête pour me mêler de ses affaires. Personne n'aurait osé la traiter d'ogresse, cependant elle n'hésitait pas à réduire les impudents en miettes. Elle avait enterré son mari, ses frères et même sa sœur cadette. Petite, je la croyais invincible. Mais aujourd'hui...

— Une autre requête ?

Elle s'arrêta afin d'admirer les eaux. L'océan Atlantique touchait l'horizon, enveloppait la moitié du monde sous ses balancements à la fois mélodieux et chaotiques.

— De nombreuses épreuves t'attendent, ma grande. Je t'ai protégée et gardée de choses dont j'aurais sans doute dû te parler.

Elle sembla hésiter. Elle ne m'apprenait rien. J'avais vécu dans un cocon, je m'en rendais compte. Nos moyens se voulaient modestes. Ses économies et celles de grand-père avaient sûrement dû nous garder à flot. Moi, j'aurais mon food truck et sa petite maison. Je m'en sortirais à merveille.

— N'oublie pas, des décisions s'imposeront, le moment venu. Je t'ai pavé la voie, choisis bien et tout ira à la perfection.

Elle me donna une tape sur la main.

— Par-dessus tout, j'aimerais que tu t'accroches à tes convictions. Ne crains pas l'inattendu et sois heureuse.

— Mon bonheur se résume à ma planche de surf et au camion.

— Je ne sais pas si tu pourras encore vivre ainsi quand je serai décédée. Tu devras payer les factures de la maison, Morina, et les hommes de cette ville...

— Je me moque bien d'eux, renâclai-je.

— Tu ne devrais pas. On s'ennuie sans eux, Mo.

Je fis la grimace : grand-mère adorait jouer les entremetteuses.

— Rappelle-moi quand grand-père est mort.

Elle émit un rire sarcastique.

— Ce n'était pas avec cet imbécile d'Irlandais que j'allais profiter de la vie. La crise cardiaque qui le guettait depuis des années a eu raison de lui.

— Tu as donc vécu seule très longtemps. Je devrais m'en sortir, moi aussi.

— Non, je vous avais, ta mère et toi.

Ces paroles m'allèrent droit au cœur. Je préférai néanmoins ne pas le lui montrer.

— Ne t'en fais pas pour moi.

— Ça ne te ferait pas de mal d'avoir un homme.

— Inutile de m'embêter avec les mecs du coin. Ils passent leur temps à chercher le pouvoir et à jouer à qui a la...

— La plus grosse ? ajouta-t-elle, un sourcil arqué. Je ne sais pas comment j'en suis arrivée là, mais crois-en mon expérience : ils ne font que ça. Essaie de ne pas oublier d'apprécier les choses simples. Et ignore ceux qui s'intéressent trop à l'engin de leurs copains.

Ce conseil m'amusa, mais le soir venu, je versai une ou deux larmes à l'idée de ne bientôt plus pouvoir profiter de ces instants en sa compagnie.

Le temps nous était compté. Je m'y étais faite. Grand-mère m'y avait aidée. Mais elle me manquerait. Cette vie d'insouciance me manquerait.

La mer me berça, comme si elle appelait l'une de ses filles. J'espérais que cela ne changerait jamais.

Chapitre 8

Morina

Si les vagues m'endormaient, les rayons chauds du soleil me réveillaient. Je le regardai se lever en approchant du rivage avec ma planche. Je saluai d'un signe de tête les deux surfeurs que je croisais tous les jours. Nous venions entamer la journée avec les éléments, pas avec d'autres êtres humains.

L'eau me balaya quand je m'immergeai. Elle écarta ma chevelure en bataille de mon visage, la lissa naturellement en arrière comme le vent ne le pourrait jamais.

J'accueillais d'un bond les vagues, l'une après l'autre. Dans le zéphyr et dans les flots. L'air et l'eau. L'air et l'eau. Un rythme créé par l'océan ou par la brise. Le soleil nous réchauffait lorsque nous domptions la première déferlante puis la mer nous refroidissait en nous reprenant entre ses bras avant de nous rejeter sur le sable.

Je ne venais pas ici pour réfléchir.

Je venais à la fois m'échapper et devenir otage. J'en avais besoin. J'avais développé une véritable addiction, cependant il s'agissait d'un des seuls endroits où je me sentais libre.

Tandis que l'air se réchauffait peu à peu, la ville s'éveillait, puis je me décidai à sortir de l'eau.

— Fini pour aujourd'hui ? me demanda Bradley, se souciant moins de moi que du smoothie qu'il voulait que je lui prépare.

— J'ouvre bientôt. Tu n'as pas faim, si ?

Ce garçon de mon âge comptait parmi mes plus fidèles clients depuis que je tenais le camion.

— Ce n'est pas comme si un smoothie allait me remplir le ventre.

— Alors, va au café en bas de la rue, rétorquai-je, consciente qu'il ne s'y résignerait pas.

— Pour faire la queue ? s'amusa-t-il avec une moue. Non, merci.

Je levai les yeux au ciel en m'essorant les cheveux du mieux possible.

— Tu ferais la queue toute la journée pour moi, Bradley.

Il me reluqua dans mon bikini. Je trouvais mes fesses un peu trop imposantes, mais lui ne semblait pas se lasser de les admirer à la moindre occasion.

— Tu m'étonnes, assura-t-il avec un clin d'œil.

Je m'esclaffai. J'aimais bien cette amitié facile. Nous étions tous les deux célibataires et nous profitions parfois l'un de l'autre. Ce beau garçon aux cheveux noirs et au corps de rêve comblait nombre de mes désirs, même s'il ne faisait pas battre mon cœur et n'éprouvait sans doute rien à mon égard.

Cependant, depuis la semaine dernière, personne n'aurait su me satisfaire autant qu'un certain propriétaire de jet.

— Si tu attends dix minutes, je te prépare une Petite Princesse.

— Tu devrais vraiment changer ce nom, me cria-t-il quand je filai vers le food truck.

Des gens patientaient déjà devant, probablement pour leur dose matinale.

Ce n'était pas courant.

D'habitude, j'avais le temps d'ouvrir et d'enfiler les vêtements froissés que je gardais en boule dans le véhicule. Je saluai deux habitués, dont un autre surfeur, puis fis un pas en arrière en voyant une Rolls-Royce noire se ranger sur le parking.

Je connaissais cette voiture. J'étais montée à bord, une semaine plus tôt.

Un nœud me vrilla le ventre, suivi d'un malaise. Cela n'annonçait rien de bon. Prise de sueurs froides, je chassai l'envie de me cacher.

J'avais honte de l'admettre, mais j'étouffai un hoquet de stupeur quand deux hommes sortirent du véhicule. Grands, costauds, en costumes noirs bien taillés. Leurs chaussures brillaient, comme serties de diamants, et lorsque mes yeux s'aventurèrent plus haut, leurs visages ne me déçurent en rien.

Des visages connus.

Des visages que j'avais cru ne jamais revoir.

Bastian s'égaya comme s'il m'avait entendue. Je refermai la bouche d'un coup.

Je pestai en levant les yeux au ciel, mais l'aspect mécanique de son sourire ne m'échappa pas. Aux antipodes de la dernière fois. À bord de l'avion, il avait paru plus jeune, drôle, voire un peu attaché à moi. J'avais éprouvé la sensation d'appartenir à son univers.

Aujourd'hui, je le trouvai exempt de toute émotion.

Il aurait tout aussi bien pu orbiter autour de Jupiter ou à des années-lumière. Il se détourna alors de moi pour passer la plage en revue et peut-être prendre des notes.

Grand-mère traitait avec des types dans son genre. Les affaires, selon elle, et moi je préférais laisser couler afin de satisfaire mon insouciance.

La venue de ces hommes n'augurait de rien de bon. Une mauvaise nouvelle m'attendait, mêlée au souvenir d'une soirée que je voulais oublier.

Bastian approchait, plus terrible encore en plein jour, comme si la nuit avait voilé sa férocité. Il comptait hanter mes jours et non mes rêves.

En entrant par la portière arrière de mon petit sanctuaire, je ne pris pas la peine de m'habiller. Il faisait assez chaud, de toute manière, malgré le vent frais. Sans doute un des derniers jours de chaleur. Les saisons changeaient, tout comme ma vie bientôt.

Je lançai des fraises, du yaourt, de l'ananas et des glaçons dans le mixeur en me penchant par la fenêtre coulissante afin d'accueillir mon premier client. Il s'agissait d'un vieux surfeur qui passait de temps à autre.

— Jonah, dis-moi tout.

— Que prépares-tu ?

— Le Petite Princesse de Bradley. Une vraie gamine, celui-là.

Jonah éclata de rire en se tournant vers l'autre homme qui lui adressa un doigt d'honneur. Il haussa alors les épaules puis tendit le menton vers le robot.

— On est deux, dans ce cas. Je prendrai la même chose.

J'ajoutai des ingrédients ainsi que deux sachets d'épices. Je mis de la cannelle râpée, des graines de chia et de lin, de la poudre d'agave et d'autres apports nutritionnels pour le tonus. Encore un cube d'herbe de blé congelée et j'activai le mixeur.

Je pris les commandes d'une file toujours plus longue, les endimanchés avançant lentement en attendant leur tour. Ils inspectaient les environs comme une propriété à vendre. Ils comprendraient vite que cet endroit n'avait pas de prix, qu'il n'appartenait qu'à la terre et à l'eau. Les mouettes s'en réservaient peut-être une part, également.

Je servis un autre Petite Princesse puis attrapai l'écriteau noir suspendu sur le côté du camion au moment où mes deux belles connaissances fondaient sur mon comptoir.

Tout à coup, l'ouverture laissait bien trop passer le soleil.

Je modifiai une ligne du menu en les saluant sans les regarder.

— Et pour ces messieurs ?

En temps normal, je souhaitais la bienvenue aux nouveaux clients et leur détaillais la carte, cependant, quand on venait si bien habillé sur le sable, refusant de ne faire qu'un avec la plage, cela m'irritait.

D'autant plus quand l'une des personnes concernées était un homme avec qui j'avais couché sans compter le revoir.

— Je ne sais pas.

Les cheveux de Bastian bouclaient dans tous les sens. Prenait-il le temps de se faire beau ou était-il né avec cette couleur et ces ondulations parfaites ?

— Comment faire, sans menu ?

— Oui, eh bien, presque tout le monde a commandé une Petite Princesse, aujourd'hui, répondis-je avec nonchalance tout en continuant d'écrire.

— Le patron n'aimerait certainement pas que son employée ignore les clients et ne leur détaille pas la carte.

— La propriétaire comprend tout à fait, assurai-je de but en blanc. Selon elle, les types en costard qui en demandent trop manquent de politesse.

Je me penchai alors assez par l'ouverture pour les forcer à reculer. En suspendant le tableau, je leur fis un signe de façon théâtrale.

— Oh ! mais qu'est-ce donc ? La carte !

— Petite Princesse, Baisers d'arc-en-ciel et... Pingouins tout raides ?

Il hésita, mais sourit aussitôt, comme s'il ne manquait pas d'humour en fin de compte.

Cette moue solaire éclipsa tout. Fatale, extraordinaire et, en toute franchise, le plus incroyable spectacle après l'océan. Ses iris sombres étincelèrent, mais la noirceur tapie dessous abritait quelque chose que je ne souhaitais assurément pas découvrir.

— Je vous écoute, messieurs, ajoutai-je, les bras croisés tandis qu'il explorait mon corps du regard.

— Morina.

Sa façon de prononcer mon nom me rappela ces instants dans l'avion, après notre nuit ensemble. Il avait écarté une mèche de cheveux de ma joue et me l'avait chuchoté comme si j'étais la seule femme au monde.

Peut-être cela avait-il été le cas, alors.

Depuis, nous avions regagné la réalité, loin des levers de soleil ou des jets privés. Et cet homme n'appartenait pas à mon univers.

Absolument pas.

— Comment m'as-tu retrouvée ? Et pourquoi avoir pris cette peine ?

Il écarquilla les yeux, visiblement troublé par cette question.

— Ce n'est pas toi que je cherche, mais la propriétaire de ce camion.

— C'est moi, rétorquai-je.

— Non. Certainement pas. C'est Maribel.

Le prénom de grand-mère coula sur sa langue, soyeux, mais me frappa tel un coup de fouet.

— Maribel Bailey est ma grand-mère. Elle me l'a donné.

Il adressa un bref regard à Dante qui pianota immédiatement sur son téléphone.

— Que se passe-t-il ?

Bastian ignorait déjà ma question d'un geste pour me garder hors des confidences.

— Peu importe, grommela-t-il. Nous nous en occupons.

— Oh ! tu ne veux plus rien partager avec une simple fillette ?

Cela m'échappa par réflexe. Il se crispa, apparemment étonné. Je me reculai, comprenant soudain que les provocations anodines n'étaient plus de mise. Nos mondes se mélangeaient, seulement cela n'avait rien d'un jeu.

Je me tournai vers le mixeur sans laisser le choix aux deux hommes.

— Je vous prépare vos smoothies.

— Dis-moi, est-ce bien hygiénique de servir à boire dans cette tenue ? s'enquit-il gentiment.

— Je ne sers pas à boire dans cette tenue, mais dans des gobelets.

De quel droit venait-il sur mon lieu de travail, parlait-il de ma grand-mère sans aucune explication et, par-dessus tout, se permettait-il de critiquer mes vêtements ? Je ne savais pas bien cacher mes émotions. Typique des Sagittaire. Je me raclais la gorge, dans l'espoir de chasser ma colère face à son silence.

— Si ça te gêne, va voir ailleurs.

— Voilà justement le plus curieux avec cet emplacement.

Bastian s'appuya contre le comptoir, comme s'il lui appartenait, comme si l'univers entier lui appartenait. Il me prouvait son statut de ce simple geste. Grand-mère le connaissait certainement, mais je ne voulais rien savoir à son sujet.

— Il n'y a qu'un seul food truck sur environ cinq kilomètres de plage. D'après nos sources, c'est dû à ta grand-mère. Il va falloir que tu m'expliques comment vous vous êtes arrangées.

Je n'aimais pas admettre ma candeur. Je ne me croyais pas non plus idiote, cependant sa remarque me rappela brutalement le contraire. Je n'y avais jamais vraiment songé. J'avais repris les affaires à quinze ans. J'ouvrais le soir, le week-end et l'été, quand j'étais encore au lycée. Par la suite, j'avais commencé à y travailler à plein temps.

Le commerce avait toujours plus ou moins bien fonctionné.

— N'y as-tu jamais réfléchi, *piccola ragazza* ?

— Oublie ce surnom, le coupai-je d'un ton équivoque.

Cela le fit ricaner. Je retournai à mon mixeur. Lui et Dante avaient fait la queue. Ils avaient voulu être servis en dernier, et donc ils espéraient plus qu'un smoothie.

Bastian n'obtiendrait plus jamais rien de ma part.

Je n'appréciais pas quand une aventure d'un soir revenait m'intimider.

Je versai des myrtilles dans l'appareil, la banane, la glace, des épices pour colorer le mélange, puis j'enclenchai la machine quand Bastian reprit la parole.

Je lui lançai un sourire malicieux et un clin d'œil. Il me répondit en arquant un sourcil.

Bienvenue au food truck de Mo, crétin. Ici, c'est moi la patronne.

Il se tourna vers la plage en sifflant entre ses dents. Cela m'offrit une vue claire sur son cou musclé, la tension de ses tendons, un infime aperçu de ses tatouages. Je les avais parcourus du bout des doigts et il avait effleuré le mien. Un rappel qu'il n'était pas si coincé, mais cachait bien son jeu...

Quand le bruit se résuma à un bourdonnement plus léger, je sus que je devais éteindre. Je pris deux gobelets en polystyrène puis détachai la cruche pour les remplir. Les fruits soulignaient bien les épices dans ce mélange. J'en avais déjà préparé des millions, et son vrai nom était Plage Nocturne. Le petit ajout était uniquement pour Bastian et Dante.

— Dois-tu garder la tête froide ou rester aux aguets, aujourd'hui, Dante ?

— Quelle importance ? cracha son patron.

Malgré tout, son ami aux yeux verts perçants répondit rapidement.

— Il va nous falloir des forces.

— Bien, dans ce cas, ce sera la même chose pour M. Ronchon.

J'ajoutai quelques gouttes d'huile d'agrumes et de lavande à leur smoothie avant de les leur tendre avec une paille. J'allais leur annoncer le total quand Bastian posa cinquante dollars entre nous.

— C'est donc toi, la patronne ?

Je fixai le billet, hésitant à accepter un tel pourboire. Des hommes venaient tous les jours sur ma petite plage. Ils jetaient l'argent par les fenêtres avec insouciance, à croire que cela leur permettait de tirer toutes les ficelles du monde.

— Et alors ?

— J'aimerais savoir si ta grand-mère a conclu des partenariats avec d'autres entreprises de la ville, répondit-il en glissant l'argent vers moi.

Je me rembrunis, encaissai le billet puis lui rendis la monnaie.

— Je l'ignore.

— Arrête un peu. Tu gères le seul food truck des environs, pour ne pas dire le seul petit commerce, et tu ne te demandes même pas si ta grand-mère a signé des accords ?

— Je ne gagne pas une fortune, Bastian, affirmai-je, plus douce cette fois-ci, passant de lui à son acolyte.

Une mouette cria dans le ciel et le bruit du ressac sembla redoubler d'intensité.

— Tu pourrais si tu me répondais.

Il me parlait sur un ton apaisant tout à coup, presque hypnotique, pour m'inciter à coopérer. Il laissa la monnaie sur le comptoir.

Me croyait-il si naïve ?

— Garde ton argent, dis-je en secouant la tête.

Il plissa les yeux, les dents manifestement serrées. Il déballa ensuite la paille lentement sans me quitter du regard. Il la plongea dans son smoothie puis la porta à ses lèvres. Ses lèvres pleines. Des lèvres enveloppant la paille pour boire ma création.

Cela n'aurait pas dû m'exciter. On aurait cru un dieu coincé, un empereur habité par le besoin irrépressible de se lâcher.

Je me sentis à la fois curieuse, nerveuse, effrayée et en feu tout à coup.

Je n'aurais rien dû éprouver de la sorte. Le seul sentiment légitime, mais absent aujourd'hui, demeurait bien le regret.

Il me fit sursauter en s'éclaircissant la voix, tant je me perdais dans mes fantasmes en observant sa bouche. Elle se souleva avant d'épouser une ligne plate dans la seconde.

— Délicieux, ce smoothie.

— Divin, même, s'extasia Dante en s'imposant dans l'espace, la main tendue en une sorte de geste amical. Ravi de te revoir. Je ne pensais pas en avoir l'occasion. Morina, c'est bien ça ?

— Pourquoi, Dante ? l'interrogeai-je, suspicieuse. Aurais-tu trouvé quelque chose de douteux à mon sujet dans tes archives ?

— D'après mes sources, tu résides à Coralville, mais tu n'as pas l'air liée à Maribel.

— Ma mère a un peu bâclé mon acte de naissance. Seul mon père figure dessus.

— Je n'aurais pas pu le deviner, dit-il à Bastian en haussant les épaules.

— Cade l'aurait su.

— Cade est né avec un ordinateur entre les mains. Je combattais pour notre pays, moi. Faut-il énumérer nos mérites respectifs ?

— Pas vraiment. Étant donné que mon frère peut déclencher une guerre en deux secondes depuis son fauteuil, tu ne fais pas vraiment le poids.

Dante éclata de rire, parfaitement sûr de lui, même quand on doutait de ses compétences...

— C'est vrai. Ce type, c'est une bombe atomique stockée dans une boîte en plastique.

— Ne m'en parle pas, pesta Bastian.

Les yeux d'émeraude de Dante se posèrent de nouveau sur moi, et il leva sa boisson avec un sourire satisfait.

— J'imagine que nous allons apprendre à mieux nous connaître, mademoiselle Bailey. Commençons par la recette de ce smoothie. J'ai cru reconnaître des agrumes, de la lavande et des graines de chia.

L'intérêt de Dante était sincère et il n'hésitait pas à faire passer sa curiosité avant son patron. Bastian se renfrogna derrière lui.

— Exact, répondis-je. J'ai tout un arsenal de bonnes choses. J'espère que les agrumes vous donneront du tonus, mais que la lavande vous aidera à garder votre calme.

— Ah ! pas d'inquiétude. C'est le mélange parfait. Je reviendrai, je te le garantis.

Sa façon de hocher la tête vigoureusement m'amusa. J'adorais quand mes recettes égayaient la journée de quelqu'un.

Bastian donna une tape sur l'épaule de son camarade qui s'écarta aussitôt puis regagna la voiture en me saluant sans un mot. Bien, ils partaient. Pourvu que, tant qu'ils séjourneraient à Coralville, seul Dante revienne.

Une fois son garde du corps assez éloigné, Bastian anéantit tous mes espoirs.

— Tu connais bien cette ville, Morina, et moi, j'ai fort à faire dans les parages.

— C'est tout petit par ici. Tout le monde sait quelque chose. Demande à qui tu voudras.

— C'est à toi que je le demande. Je dois discuter avec ta grand-mère. Vous avez l'air d'avoir trouvé une faille, et j'aimerais comprendre laquelle.

— Dans quoi travaillez-vous, monsieur... Armanelli, si je ne m'abuse ?

J'attendis qu'il confirme.

— Tu peux m'appeler Bastian, voyons.

— Tu ne préfères pas quand je gémis ? répliquai-je, incapable de résister.

S'il se permettait de me surnommer « petite fille », j'allais me défendre. Je me tournai afin de mettre la cruche dans l'évier.

— Ah ! mais pourquoi pas, *piccola ragazza* ? grogna-t-il tout bas, si bien que je faillis ne pas l'entendre.

Mon corps réagit au quart de tour. Bon sang, le gentilhomme cédait à la bête de sexe en un instant. Je le savais dangereux et comprenais de plus en plus à quel point il baignait dans des histoires louches. Quand bien même, j'étais apparemment assez stupide pour le trouver séduisant.

— Non, merci, refusai-je en repoussant mes cheveux derrière mon épaule avant de le fusiller du regard.

Nous nous dévisageâmes un long moment. Peut-être s'agissait-il du combat d'adieu, celui après lequel il me ficherait la paix à tout jamais. Au lieu de quoi, il me demanda :

— M'expliqueras-tu au moins pourquoi tu te montres si agressive ?

— Je n'aime pas qu'on insinue que j'ai pu tremper dans de sales affaires avec mon food truck. Ma famille l'a ouvert, je suis ici depuis des années. C'est devenu une figure emblématique de la ville. Il n'y a rien de bizarre là-dedans.

— Hormis le fait que tu sois la seule.

— Ça ne rapporte pas énormément. Peut-être les autres commerçants préfèrent-ils gagner davantage dans un vrai bâtiment. La plage ne convient pas à tout le monde.

Il émit un son guttural, visiblement peu convaincu. À moi, cette histoire paraissait plausible, car tout s'était déroulé ainsi. Je m'en sortais à peine financièrement, mais j'avais peu de frais généraux. J'avais hérité de cette entreprise. Nous avions perpétué la tradition, et peu importe si nous n'avions pas eu l'idée du siècle.

— Je dois prendre une douche et me préparer.

— Hum, tu vas enfiler enfin quelque chose de plus professionnel...

Son regard erra dans le coin où reposaient la plupart de mes vêtements, au milieu du bric-à-brac.

J'éprouvai l'envie soudaine de tout ranger, ce qui me mit hors de moi. Je ne pus m'empêcher de froncer les sourcils.

— Si tu as peur de tomber malade à cause de ton smoothie, je te le rembourse.

Je tendis la main pour le lui reprendre, mais il esquiva. Il l'aimait donc autant que Dante.

— Ça ira.

— Pense à tous ces germes, chantonnai-je.

— Étonnamment, il est bon... pour un pingouin tout raide. Très plaisant, même.

Je me fendis d'une moue ironique.

— Serait-ce le moment où je te dis que tu es étonnamment sympathique malgré ton air coincé ? N'y compte pas trop. Je n'ai pas du tout apprécié cette discussion.

Il se recula enfin, comprenant peut-être le message. Ses chaussures s'enfonçaient légèrement dans le sable, pas du tout taillées pour un tel environnement.

— À bientôt.

— Par pitié, non, marmonnai-je une fois qu'il fut hors de portée.

Je lavai ensuite le mixeur. Je le frottai plus fort que nécessaire, à défaut de pouvoir me défouler autrement. Il se prenait vraiment pour le roi du monde ! Que venait-il faire dans le coin ?

Sûrement ouvrir un bar à smoothies dans la rue.

J'avais appris à repérer les requins... dans l'eau ou à la surface. Ils s'approchaient en silence puis tournaient tout autour de leur proie, à l'affût d'une faiblesse. Mais je ne lui fournirais aucune information.

Je pivotai une fois de plus afin de me préparer un smoothie. Je mis bien trop de fraises et de sirop de fraise dans du yaourt à la fraise. Tant pis pour le sucre. Je cherchais un brin de réconfort.

Je laissai la machine bourdonner en observant l'océan. Un client leva son gobelet vers moi en guise de félicitations, et je lui souris.

C'était chez moi, ici.

Ma ville. Ma plage.

Mon oasis. Personne ne me l'ôterait.

Chapitre 9

Bastian

Je m'étais attendu à quelqu'un de plus âgé ou de plus mature.

Pas à cette aventure d'un soir.

Bon sang, Morina vibrait de beauté dans son environnement naturel.

Non pas que cela importât. Elle allait découvrir une autre de mes facettes. J'atteignais enfin la dernière étape sur mon chemin pour rectifier toutes les exactions de mon père. Cela m'avait pris des années.

La famille Armanelli, les mafieux les plus notoires de tous les États-Unis, entrerait bientôt dans la légalité totale.

Miami et ses environs restaient les ultimes maillons faibles de cette opération, des filins à sécuriser ou à trancher net. Maribel avait joué sur les deux tableaux. Elle avait payé des Irlandais dans le but de garantir un monopole à son food truck. Puis elle s'était associée à un gang italien, ou plutôt à mon père, pour la gestion de la compagnie pétrolière.

Par ces partenariats avec des clans opposés, elle avait forcément doublé l'un ou l'autre.

Morina me cachait quelque chose.

J'en étais persuadé. Seulement, au vu de son regard quand j'avais accusé sa grand-mère, ces deux saphirs empreints de confusion et de brume, je n'étais plus sûr de rien.

Cette histoire à Miami allait finir par me retomber dessus.

— Où nous sommes-nous trompés ?

— Rien qu'une anomalie sur le radar. Nous nous sommes renseignés sur la ville et Maribel, pas au sujet d'un food truck. Nous nous en occuperons si nécessaire.

— Cette bourgade relie les terminaux pétroliers, les agriculteurs et les zones industrielles des environs, Dante. Cette compagnie rapporte des millions, et si l'actionnaire majoritaire s'adonne à un double jeu, ça risque de poser problème. Mon père investissait dans la ville, pas dans le pétrole en lui-même.

— Ah ! donc Mario appréciait peut-être Maribel.

— Il n'était qu'un pauvre abruti qui n'aimait que son argent, m'esclaffai-je face à cette remarque. Tu le sais pertinemment. Tu as connu ma mère. S'il était incapable de la chérir assez pour devenir meilleur, alors il n'aurait pu montrer de tendresse à personne.

Dante ne dit rien. Ma mère nous couvait tous d'amour italien par sa cuisine, ses chansons, sa soif de vivre. Mario l'admirait certes pour sa beauté, cependant il l'ignorait jour après jour pour aller assassiner des rivaux, conclure une affaire, agrandir son empire.

Et il m'avait entraîné dans son monde.

Je me rappelais la première fois où je lui avais demandé si je pouvais rester avec ma mère au lieu de le suivre. Il avait dégainé son arme, cachée sous sa veste de costume, pour m'ordonner d'agir comme l'homme qu'il m'avait appris à être.

Voilà comment les choses se passaient selon Mario Armanelli, sa manière de nous conditionner dès le berceau. Il m'avait façonné dans un moule de cruauté, d'intimidation et d'avarice.

Je m'efforçais d'incarner tout l'opposé de ce personnage.

J'observais les palmiers par la fenêtre. Je sentais le soleil me réchauffer entre les feuilles. Cette ville pittoresque et discrète n'exploitait pas son plein potentiel. Peu importe, les crimes de mon père m'avaient forcé à établir nombre de partenariats ces dernières années. Je refusais dorénavant de m'y résoudre.

Maribel devrait m'autoriser à lui racheter ses parts et à remettre sa compagnie aux normes ou je la priverais de ma protection.

Je n'appréciais pas particulièrement cet état d'esprit. J'avais besoin d'alliés, cependant il fallait qu'ils respectent la loi. Ma famille méritait de diriger des entreprises légales tout en garantissant leur stabilité financière. Des décennies à vivre l'enfer nous avaient octroyé ce droit.

— Remontons à la source, dans ce cas, décrétai-je en me frottant le menton.

— Maribel est malade, elle n'accepte que les visioconférences.

— Impossible, Dante. Nous le savons tous les deux. Je n'arriverai pas à l'analyser sur un écran.

Il soupira puis envoya un message.

Nous organisâmes une visite surprise le soir même, ce qui nous conduisit à une maison qui donnait sur l'Atlantique, assez proche de l'océan pour que la vieille dame puisse s'y rendre à pied si elle en trouvait encore la force.

Nous nous avançâmes sur une allée de terre. Les plantes se voulaient modestes, à l'image de la bâtisse. La propriétaire ne semblait pas vivre dans le luxe ni avoir accumulé un pécule secret.

On avait récemment repeint le porche en blanc et, lorsque je m'engageai dessous, les planches s'avérèrent assez robustes, même si le moindre signe de vent ou de pluie semblait pouvoir les emporter.

— Que fabriquez-vous devant chez moi ? croassa une dame aux rides marquées, derrière une porte à moustiquaire.

— Nous venons parler affaires, lui indiquai-je en resserrant ma cravate face à son air renfrogné.

— Je ne discutais qu'avec ton père, Bastian, souffla-t-elle, me donnant l'impression qu'elle avait prévu ma visite.

— Je ne me suis pas présenté, ajoutai-je en étudiant sa posture.

Elle n'avait toujours pas ouvert, et je n'entrerais pas sans son autorisation.

— Pas la peine. Nous nous connaissons déjà. Tu es le portrait craché de ton père. Et je parie que je ne ressemble en rien au portrait qu'il n'a pas dû te dresser. Je dis qu'il n'a pas dû te le dresser, car il va de soi qu'il n'a jamais prononcé mon nom en ta présence.

Je m'intimai de rester neutre face à son œil interrogateur.

Elle sourit en comprenant que je ne laisserai rien paraître. Je m'étais donné un mal fou pour apprendre ce truc.

— J'ai l'impression d'avoir trouvé un adversaire de choix. Ton père aurait déjà commencé à me rabâcher les oreilles. De toute manière, je te l'ai dit et te le répète… je ne traitais qu'avec Mario.

Elle lissa les plis de sa robe de chambre blanche. Elle se moquait éperdument de son apparence. Par ce geste, elle dénigrait ma présence, l'importance de ma venue.

— Mon père est mort, Maribel.

Elle releva le menton puis étudia le décor derrière moi.

— J'ai mis une prime sur sa tête, précisai-je.

J'étais devenu moi-même à l'heure de son décès. J'avais lancé ce contrat puis l'avais observé se vider de son sang, j'avais regardé la digue de nos péchés commencer à céder.

Elle renâcla, mais se concentra sur mon garde du corps. Dante comptait parmi mes amis les plus proches, je lui faisais assez confiance pour m'accompagner lors de telles visites.

— Ma petite-fille est à la maison, expliqua-t-elle, toujours rembrunie. Pas un mot au sujet de mes parts dans la compagnie pétrolière. Compris ? Et je te les vendrai en bonne et due forme. Toi, tu gardes ma ville à flot. Voilà le deal.

Je hochai la tête en me balançant sur les talons. Nos regards se croisèrent et nous restâmes ainsi, de chaque côté de nos traditions et héritages respectifs, à nous jauger, à gratter le vernis de cette confiance mutuelle.

— Je serai intransigeante à ce sujet. Protège cette ville, Bastian.

— Vous avez payé des Irlandais pour installer ce camion sur la plage.

— Une fois, cracha-t-elle. Pour le bonheur de ma petite-fille. N'y vois pas une attaque personnelle. Ce n'est pas comparable à ce que ton père nous infligeait sans cesse. Bien, je vais aller m'habiller.

Elle nous claqua la porte au nez. Dante gloussa.

— On a connu plus chaleureux.

— Tu m'étonnes, maugréai-je.

Morina ne savait donc rien.

Mince.

— Ça se complique de seconde en seconde, marmonnai-je.

— Nous la surveillons si jamais elle tente quoi que ce soit, m'apprit Dante.

— Pas d'inquiétude, le rassurai-je, soucieux pour d'autres raisons. Si elle ne nous fait pas confiance, c'est parce que mon père a dû la doubler.

— Mario n'était gentil que s'il en profitait. Il faisait ce qu'il fallait pour subvenir aux besoins de la famille.

— Ce n'est pas comme ça qu'on établit des alliances. Parfois, la famille doit se sacrifier pour le bien de tous les partenaires.

— Je ne te contredirai pas.

Dante fit alors craquer ses phalanges, et je me tournai vers lui. Ses yeux clairs contrastaient avec sa peau de bronze et les tatouages dans son cou.

— Gardons la tête froide. On m'a raconté beaucoup de choses à son sujet.

Je regardai l'heure quand le vent automnal se leva. Cela ne suffisait pas à rafraîchir l'air de Floride, l'humidité alourdissant tout sous sa chaleur étouffante.

— Il me faut des vacances.

— Tu n'en prendras jamais.

— Pourquoi pas ?

Il ne répondit pas. Nous le savions tous les deux : le boss de la mafia ne trouverait jamais un instant de répit. Impossible.

Je n'avais pas eu le choix. Dès le départ.

On ouvrit la porte à la volée, mais à la place d'une vieillarde se tenait une jeune femme. Morina avait les mêmes yeux que sa grand-mère. Mon cerveau chauffait trop pour faire le calcul, cependant le résultat n'allait pas me plaire.

— Non, mais c'est une blague, j'espère ! s'écria-t-elle d'une voix aiguë. Tu m'as suivie ?

— Je viens voir ta grand-mère, lui expliquai-je en reculant face à ses accusations.

— Ma grand-mère ? pesta-t-elle. Va-t'en immédiatement.

J'ignorai sa véhémence.

— Mon père n'avait pas précisé que Maribel avait une petite-fille.

— Sans doute parce qu'elle et moi ne parlons pas de notre vie privée aux types comme toi.

Sa grand-mère l'appela soudain depuis l'arrière de la maison pour lui demander de nous inviter à l'intérieur. Je resserrai un bouton de manchette en attendant de voir si Morina allait s'exécuter ou non.

— Quoi qu'il arrive, nous entrerons.

Ses paupières se plissèrent, signe annonciateur d'une remarque cinglante.

— Je regrette assurément ma décision de la semaine dernière.

Et moi donc, piccola ragazza. Je préférai me taire. Inutile de jeter de l'huile sur le feu.

Elle s'écarta, et je franchis le seuil en examinant le décor de cette maison au charme désuet. Des plantes flanquaient le vestibule directement ouvert sur la cuisine, où une table en bois éraflée me confirma que Maribel n'exhibait pas sa fortune. Si ma famille savait, alors la plupart des cartels, gangs et autres clans en avaient eu vent.

Mais elle cachait autre chose sous le nez de tous : sa petite-fille.

Celle-ci nous indiqua des chaises.

— Asseyez-vous, mais n'hésitez pas à rentrer chez vous. Grand-mère ne va pas tarder.

— Nous ne resterons pas longtemps, répondis-je dans ma barbe.

Si seulement elle avait pu s'en aller... Je préférais ne pas discuter affaires devant elle.

— Vous allez nous extorquer de l'argent, j'imagine, fit-elle d'un air sombre, la tête sur le côté.

— Pardon ?

— Tu viens récolter ta part pour la protection et la loyauté de la ville, non ?

— Nous ne devrions pas parler de ça.

— Grand-mère est mourante, Bastian, continua-t-elle à mi-voix, pleine d'un amour que je n'avais jamais éprouvé.

Elle fit courir son ongle sur la table puis sur un bracelet de perles à son poignet.

— Elle me lègue tout. Y compris ses dettes et alliances. Nous devrions donc aborder le sujet, étant donné que c'est moi qui te paierai, bientôt.

Je posai les yeux sur Dante qui se pinça l'arête du nez avant de se passer une main dans les cheveux.

— Elle est plus maligne que je ne le pense, vous savez, dit Maribel en apparaissant sur le seuil.

Elle avait enfilé une robe noire au plissage complexe et à plusieurs pans.

Dante et moi l'analysâmes immédiatement. Elle était armée, à n'en pas douter, mais impossible de déterminer comment... et mon acolyte ne le savait sûrement pas non plus.

— Quand j'ai dit que j'étais malade, je n'exagérais pas. Mo reprendra nos affaires, que ça lui plaise ou non.

— Ça ne me plaît pas, protesta la jeune femme en soupirant et en jouant avec une de ses mèches. Je ne veux pas faire partie de cet absurde...

— On ne mène jamais la vie qu'on veut, Mo, la coupa l'autre dame. Je n'ai rien demandé, non plus. Tu reprendras les rênes et tu feras avec.

— Je ne suis pas faite pour..., commença-t-elle avant d'hésiter, nous désignant d'un geste vague. Pour traiter avec des gorilles. Moi, j'aimerais m'occuper du food truck et...

Elle dévisagea Maribel. Elle semblait retenir des larmes, elle se frottait la poitrine. Son autre main s'agrippait si fort au dossier d'une chaise que ses phalanges blanchissaient.

— Il ne s'agit que de quelques détails à régler, Mo.

— Désolée. Pardon. Tout ira bien.

Morina alla alors la prendre au creux de son épaule. Elles restèrent ainsi enlacées un moment.

J'avais grandi dans le milieu. Je ne connaissais pas un tel amour. Or je comprenais les réticences de Morina. Je n'avais jamais voulu de cet empire.

J'avais fini par m'emparer de mon dû, malgré tout. J'avais accepté le fait d'avoir vu le jour dans un univers de vice et d'avarice. J'avais décidé de me débarrasser de l'intolérable et d'apprendre à vivre avec ce que je ne pourrais pas changer.

Je me raclai la gorge afin d'attirer leur attention.

— C'est toi qui nous as infligé ça, pesta Morina en me lançant un regard noir.

— Le manque de respect et les accusations sont rarement un signe de bienvenue, me défendis-je en croisant les bras.

— Je n'ai aucune raison de bien te recevoir, rétorqua-t-elle en serrant davantage sa grand-mère et en nous observant, Dante et moi. Tu ne viens pas saluer une amie. Tu veux de l'argent.

Elle marquait un point. Toujours est-il que la plupart des associés de mon père avaient gentiment accepté de s'allier à nous sans que nous devions leur forcer la main. J'avais par la suite su rallier plus de monde à ma cause là où lui avait échoué, car j'appliquais une tactique plus fine avec les familles.

Je traitais chacune d'entre elles avec égard.

Même quand elles n'étaient pas si proches.

— J'ai l'impression que vous aimeriez toutes les deux maintenir un partenariat avec les Armanelli.

— Comme si on avait le choix, commenta Morina d'un air suspicieux.

— Tu t'en sortiras très bien sans moi, gloussa alors Maribel en lui donnant une légère tape sur la joue. Une vraie tornade, même quand tu passes ton temps à rêvasser au bord de l'eau.

Je ne compris pas l'allusion. D'ailleurs, je m'en moquais. Morina ne devrait être présente et disponible que le temps de régler l'accord. Pour le reste, elle ferait bien ce qu'elle voudrait.

— Respectez votre part du marché, Maribel. J'aimerais savoir ce qui se passe avec ce food truck.

— Tout sera réglé. Rien ne changera si nous nous en occupons, n'est-ce pas ? Quand je ne serai plus là, il faudra aussi protéger Mo.

La vieille dame leva alors les sourcils, pleine d'espoir.

— Je n'ai pas besoin qu'on veille sur moi, intervint Morina. Personne ne s'intéresse à moi. Je ne risque rien avec le shérif et la police.

Grand-mère Maribel se mit à tousser au point d'ébranler les murs de la maison. Au lieu de lui éclaircir la gorge, sa gêne s'aggrava. Elle suffoquait à demi, et Morina la fit s'asseoir. Sa peau blêmit encore. Elle serra les doigts de sa petite-fille et dit d'une voix chuintante :

— Personne ne sera plus à l'abri, sans moi.

Morina nous admonesta du regard en frictionnant le dos de sa grand-mère comme si nous avions provoqué cette crise. Dante, un peu en retrait, prit alors la parole.

— Voulez-vous un verre d'eau ?

Elle acquiesça en lui montrant un placard en pin. Dante préférait une ambiance saine. Selon lui, c'était quand l'énergie d'une pièce se déséquilibrait que les catastrophes survenaient. Curieusement, je partageais son point de vue.

— Nous sécuriserons le secteur, Maribel. Les conditions ne changeront pas.

— Ça ne suffira pas, soupira-t-elle.

Cette remarque peinée me poussa à m'asseoir à mon tour. Il me fallait le plus d'informations possible pour l'aider.

— Comment ça ?

— Ah ! ton père avait compris tout aussi bien que moi qu'après notre mort, vous alliez devoir vous débrouiller tout seuls. Toi, tu t'en sortiras. Ma petite Mo, en revanche, est plus désinvolte que le vent. Elle fonce sans s'arrêter un jour puis ralentit le lendemain.

Morina tenta de se défendre, mais sa grand-mère retira sa main ridée de la sienne pour la faire taire.

— J'ai raison, et tu le sais. Ce n'est pas grave. C'est ce que nous avons toujours aimé chez toi. C'est pour ça que j'ai acheté ton secteur aux Irlandais. C'était bien la seule chose sur laquelle tu arrivais à te concentrer pleinement.

— Bordel, maugréai-je, non sans entendre le soupir de Dante.

— Qu'y a-t-il ? s'inquiéta Morina.

— On ne multiplie pas les alliances comme ça, répondis-je d'un ton menaçant.

— Personne n'aurait dû le savoir, affirma Maribel en haussant les épaules. Un minuscule versement pour un food truck.

— Ils vous respectent, j'imagine, ajoutai-je, essayant de bien cerner toute la situation.

— Bien évidemment. Ils m'accordent cette faveur en raison de mon âge. J'ai cet avantage. Et je suis plus hargneuse que ma petite. Je trancherai la main au prem...

— Grand-mère !

— Du calme, gamine, ce n'est qu'une main !

Dante ricana, mais j'observais Mo. Elle ne trouvait rien de drôle là-dedans. Face à ses yeux écarquillés, je compris sur-le-champ : elle ne saurait pas s'occuper d'un de mes territoires. Elle n'avait rien d'une femme du milieu. Jeune, fêtarde, entièrement étrangère à la violence.

— Bref..., reprit Maribel. Si je m'en vais, elle doit intégrer un programme de protection des témoins, mourir ou...

Le silence s'éternisa et je le laissai s'installer, dans l'attente des exigences de la vieille dame. L'absence de bruit et une ambiance pesante ne me dérangeaient pas. Cela exacerbait les sens, forçait à bien réfléchir à ses intentions, à en contempler la gravité.

— Tu pourrais lui faire épouser un de tes lieutenants, quelque temps. La mettre au pouvoir pour dissuader tes ennemis de s'en prendre à elle.

— Tu plaisantes ? pesta Morina en se relevant avant de hurler. Tu te fous de moi, grand-mère ?

— Quelques années seulement, précisa Maribel. Ça te sauverait la vie !

Je levai les mains afin d'empêcher les deux femmes de s'emporter ou de paniquer.

— Je refuse d'infliger ça à un de mes hommes.

Je secouai la tête. Non, hors de question de leur imposer cela.

— D'infliger quoi, au juste ? m'interrogea Morina, prête à se déchaîner contre le premier venu.

— Ça suffit, *piccola ragazza*, la coupai-je d'un éclat de voix impossible à contenir. J'essaie de t'épargner un mariage arrangé.

Au lieu de se recroqueviller dans la peur, elle leva le menton, pleine d'un feu ardent.

— Tes hommes se réjouiraient de vivre avec moi.

— Ils aiment les femmes, pas les gamines, répondis-je en la toisant. Tu es trop jeune au goût de la plupart d'entre eux.

Sa mâchoire faillit se décrocher. Morina s'approcha, presque prête à me gifler. Et je me pris à le vouloir. Il n'était sans doute pas normal que sa fureur allume un tel feu autour de moi. Quand bien même, je la désirais.

Secouant la tête après avoir soutenu mon regard près d'une minute, elle alla se poster à la fenêtre pour observer le jardin.

— Sur quelle planète rétrograde me suis-je réveillée, ce matin ? Rien ne va, sérieusement.

Sa grand-mère grogna, je sentis Dante bouger.

— Tu dois être Sagittaire.

— Exact, affirma-t-elle en lui souriant. Et toi, Lion. Je m'entends bien avec eux.

— Je crois même que nous nous entendrons à la perfection.

Dante s'égaya. Avait-elle raison ? Allais-je devoir étudier l'astrologie à cause de tout cela ?

Je sentis ma nuque se raidir, tel un foutu chien enragé désireux de la prendre sur place.

— On se reverra. Maribel, j'espère que vous avez inclus le nécessaire dans votre testament. Je n'aimerais pas qu'un oubli de votre part me pousse dans l'illégalité.

— Un vrai gentleman de la mafia, s'esclaffa-t-elle en se levant. Tout sera en ordre.

Nous ne nous attardâmes pas plus longtemps. Dante les salua d'un geste et nous reprîmes la route.

Chapitre 10

Morina

Je passai le reste de la soirée à attendre tel un mouton à l'abattoir. Je sursautais au moindre bruit, si bien que grand-mère finit par s'énerver.

— Mo, de quoi as-tu si peur ? Pourquoi es-tu si tendue ?

— Oh ! va savoir. Peut-être parce que la mafia gouverne notre ville.

Elle souffla puis se frotta le front.

— Ne te fais pas trop d'idées. Si j'agis comme si nous étions encore en guerre, c'est pour mon ego. Un peu à l'instar d'un soldat blessé au combat qui finirait par considérer les batailles comme les plus grandes preuves de sa bravoure, j'aime bien agir comme si ce temps n'était pas révolu, tu comprends ? Inutile de faire dans ta culotte. Ce sont des hommes d'affaires, pour la plupart. Des mafieux bien élevés.

— Comment ça ? demandai-je après avoir pris une longue inspiration.

— Peuh... Ils ont du cœur, maintenant. Ils obéissent à un code différent. Ils s'enrichissent proprement au lieu de cribler de plomb ceux qui se mettent en travers de leur route.

Elle agita la main en direction de la grande ville.

— Ils ont appris à déplacer des montagnes sans verser de sang. Je trouve ça préférable, mais également plus cruel en quelque sorte. J'ai eu vent des méthodes de Bastian. Il rompt des contrats s'il ne souhaite pas travailler avec quelqu'un et laisse les loups tapis dans l'ombre mettre en pièces ceux qu'il ne protège pas. Il tient à la légalité sans pour autant vouloir distribuer les atouts.

— C'est tout aussi effrayant, m'exclamai-je en frissonnant sous l'effet d'un courant d'air soudain.

— Peut-être, mais il suit une éthique. Il respecte bien plus la morale que son père n'en a jamais été capable.

Résignée, je me plantai les ongles dans la paume afin de ne pas sauter à la gorge de grand-mère.

Elle ne pensait pas à mal. Selon elle, le mariage arrangeait bien des situations. Elle affirmait que le nom de Bastian me protégerait, seulement elle ne comprenait pas.

— On m'adore ici, grand-mère. Tu le sais, non ? Jonah vient surfer avec moi tous les jours, Iago attend son smoothie aux aurores, et je travaille au refuge pour animaux. Le Dr Nathan...

— Ne sois pas naïve, Mo. Les garçons aiment les jolies filles, mais pas au point de risquer leur vie pour elles. Et qui prendra soin de toi quand je serai partie ?

Cette question me fit flancher. Je tentai de maîtriser mes émotions, mais elle me démasqua.

— Oui, je sais. Tu te crois indépendante, cependant, c'est moi qui paie les factures. C'est moi qui dirige notre vraie entreprise. C'est moi, ton bouclier.

J'eus l'impression de recevoir un coup dans le ventre.

— Je suis parfaitement capable de m'en occuper, grand-mère.

— Nous verrons bien, murmura-t-elle en allant se coucher.

Elle mourut le soir même. Ses dernières paroles flottaient désormais au-dessus de moi tel un couperet.

Sans un bruit. Pas de verre tombé par terre, pas d'appel à l'aide, pas même un léger râle. Elle s'en alla comme tout le monde espérait partir : calmement, dans la chaleur de ses draps.

Grand-mère avait toujours saisi la vie par les cornes, aussi avait-elle sans doute souhaité la lâcher avec une gentille petite tape amicale. Vrai ou non, je préférais me persuader qu'elle avait choisi son moment. Elle avait mené la barque, tout ce temps. Alors, pourquoi pas dans la mort également ?

J'avais dû respirer lentement, une fois, deux fois puis cinquante autres en la trouvant le matin.

Nous avions déjà organisé ses funérailles, la veillée, tout...

Tout avait été arrangé à la perfection.

Hormis ma réaction le jour venu.

Je me retrouvai seule, sans un bruit dans sa chambre autre que mon souffle. Pas le sien. Les mouettes, les vagues, leur rythme devenait le mien.

Pas le sien.

Uniquement le mien.

La vie me paraissait trop silencieuse sans sa respiration hachée. La pièce me semblait trop vide sans elle.

Le soleil s'invita par la fenêtre pour se moquer de moi, et je tournai et retournai mes bracelets bien trop longtemps avant d'appeler une ambulance.

Elle arriva très vite, presque autant que lors d'une urgence.

Aucune sirène. Le silence.

Peut-être l'avantage d'une petite ville. Le shérif me donna une accolade. Il avait décidé de venir après avoir capté la discussion de l'ambulance. Il me dit de passer au Tiki-bar plus tard, il demanderait à Bradley de me préparer un verre.

Je n'y allai pas.

Je restai assise dans cette maison déserte, à écouter le néant.

Je pleurai moi aussi en silence, ce soir-là.

Et le lendemain.

Puis le jour d'après encore.

Rien d'autre que ma respiration et le ressac.

Nous travaillions de concert pour que je me relève de cette épreuve.

Perdre ma grand-mère équivalait à perdre ma vie. Elle remplaçait mes parents depuis si longtemps... Elle avait veillé sur moi à leur mort.

Elle avait toujours joué un rôle prépondérant, même avant leur disparition.

Devoir me passer d'elle s'avérait plus important, plus tragique et bien plus déchirant.

J'avais tout organisé, mais comment prévoir ce chagrin ou ce sentiment de ne plus être moi-même ?

On m'envoya énormément de cadeaux. Des fleurs, une avalanche de fleurs, et des tartes, et des plats… à croire que je voulais me noyer dans la nourriture et qu'il me fallait une maison aux odeurs de prairie.

J'entreposai le tout près de l'urne que je dus garder jusqu'à la cérémonie.

J'ignorai mon téléphone et les gens à ma porte en attendant.

Le jour où je devais enfiler ma robe de grande fille et entrer dans la danse arriva.

Le monde continuait sa marche et grand-mère était partie malgré mon désir de la garder encore.

Le funérarium, un lieu exigu et sombre, ne lui aurait pas plu. Je ne l'aimais pas non plus, pas avec le tissu des chaises jauni par tant de personnes venues pour d'ultimes adieux, tant de gens tous assis au même endroit.

Tellement de tristesse.

Tellement de morts.

Ces derniers jours, un battement s'était manifesté en mon âme. Colère. Chagrin. Imaginez un funeste tambour et vous comprendrez. Parfois, les coups rugissaient si fort qu'on aurait cru le tonnerre assourdissant tout alentour. Peut-être s'agissait-il de mon cœur.

Il montait et plongeait, s'élevait et retombait à l'image de l'océan, ou de ma poitrine serrée.

— Morina.

La main de Bradley sur mon épaule me fit sursauter. Il l'écarta en grimaçant.

— Désolé.

— Non, non, dis-je en tentant de me ressaisir. Ça va. Je suis à cran.

— Rien de plus normal, c'est dur de se retrouver seule, répondit-il sans réfléchir avant de se corriger. Enfin, pas toute seule. Nous sommes tous là.

— Oui, je sais.

Je lui caressai le dos en lui donnant une bise. Il chercha à lire en moi de ses yeux doux. Bradley m'aurait consolée en n'importe quelles circonstances, son corps musclé me faisant paraître toute petite et m'offrant un abri. Cependant, personne n'aurait pu me protéger de ma peine.

Comme il sembla hésiter un instant, je m'agaçai légèrement de sa gêne.

— Ne tourne pas autour du pot, ça n'a jamais été ton fort.

— C'est une journée difficile, Mo, soupira-t-il en se redressant. Tout le monde va marcher sur des œufs.

Je pivotai pour observer la ville entière agglutinée dans le funérarium.

— Je n'avais pas remarqué...

Je jouai avec mes bracelets, dont un vert foncé moucheté de rouge vif ; des héliotropes pour le courage. Le deuxième en howlite pour la patience et la compassion. J'avais également glissé un quartz rose dans la poche de ma robe. Je le serrais dès que je manquais d'assurance et de sang-froid, ce dont j'aurais bien besoin.

Les gens s'asseyaient ou se pelotonnaient là où ils le pouvaient, et la plupart ne se contentaient pas de papoter. Ils déplaçaient les fleurs, se faisaient signe, enlaçaient ceux en larmes, riaient à l'évocation de bons souvenirs.

Coralville constituait une grande famille, ce qui me fit sourire, car grand-mère avait joué un rôle important dans la communauté.

Le directeur du funérarium vint s'enquérir du déroulement de la cérémonie, cependant grand-mère avait exigé une intervention du pasteur, rien de ma part, ainsi qu'une chanson.

Rien de ma part. Au fond, elle souhaitait sans doute m'épargner des tracas. Elle avait toujours détesté dépendre des autres. Aujourd'hui plus que jamais, je l'en remerciais.

Je m'assis à côté de Bradley qui me prit par l'épaule quand le pasteur parla de l'amour de Maribel pour Coralville, de son œuvre avec grand-père, de la façon dont chaque instant passé en sa compagnie vibrait de joie.

Tous acquiescèrent tout le long.

Aucune larme ne m'échappa au cours du sermon. Je pleurerais seule, au cœur du silence, le soir venu.

Pour l'heure, je laissais la ville porter son deuil.

Le pasteur annonça alors que grand-mère avait souhaité nous faire partager une dernière chanson puis donna le signal au directeur.

Elle ne m'avait pas dit quel artiste elle avait choisi, mais quand les premières notes retentirent, je dus être la première à rire. Nous délirions toujours en écoutant Eminem, ainsi ne pus-je me retenir en reconnaissant *Without Me*.

Les paroles étaient absurdes, et ceux qui les connaissaient s'esclaffèrent eux aussi.

Nous chantâmes tous en chœur et les larmes que je versai furent emplies de bonheur.

À la fin, le directeur s'avança vers le pupitre, mais je me précipitai pour prendre la parole à sa place.

— J'aimerais dire quelque chose, balbutiai-je face à la foule. Je ne suis pas très douée avec les mots. Vous me connaissez, je suis lunatique. Merci à mes parents.

La plaisanterie amusa une bonne partie de l'assistance.

— Grand-mère a dû être assez troublée quand ma mère a épousé un homme qui ployait sous la brise. Une certaine colère a même dû l'habiter après leur accident. Cependant, elle ne pliait devant rien… le vent, l'océan, la ville auraient pu tenter de la faire vaciller, elle leur aurait tenu tête. Nous avons de la chance qu'elle se soit battue pour nous.

Je repris mon souffle en tremblotant puis m'efforçai de sourire et non de pleurer. Je croisai le regard de Bradley qui m'encouragea à continuer d'un signe.

— Nous pouvions toujours compter sur elle. Bradley se reposait tout le temps sur elle pour les concours de boisson. Je ne doute pas qu'elle t'a rapporté une fortune avec les paris que tu gagnais dès qu'un requin de la finance s'arrêtait en ville.

Des éclats de rire retentirent.

— J'imagine que cela n'arrivera pas avec moi. Je suis trop dans mon monde.

De nouveaux rires.

— Sans compter le food truck, les chiots du refuge et l'océan… Vous savez que je serai toujours là pour vous, du mieux que je le pourrai. Elle est partie, mais restera une pierre angulaire de Coralville, alors espérons que sa volonté nous donne la force de devenir un peu comme elle.

Bradley m'acclama d'un cri puis tout le monde applaudit.

Je quittai le pupitre afin d'aller effleurer l'urne. Un poids indescriptible s'envola de mes épaules. Je croyais aux esprits, aux changements dans l'air, et si elle se trouvait parmi nous, alors son fantôme venait de pousser un soupir de soulagement.

— Je m'en sortirai, grand-mère, murmurai-je.

Je le compris à cet instant précis. Coralville deviendrait le lieu où je ne me sentirai jamais seule.

Lorsque je posai de nouveau les yeux sur la foule depuis l'estrade, quelque chose changea. Peut-être parce que j'avais couché avec lui ou à cause de son aura, Bastian chamboulait le monde dès qu'il arrivait quelque part. Que fabriquait-il donc ici ?

J'eus finalement besoin du quartz rose. Je le serrai.

Je posai les yeux sur mes bracelets, notamment ma dernière acquisition. De la tourmaline noire pure pour la protection, l'assurance, la stabilité émotionnelle et la force. Je l'avais également mis pour grand-mère. Afin de porter son courage à elle en tout temps.

Il croisa mon regard. J'adoptai un air sombre. Il hocha la tête puis s'en fut.

Bien.

Cette journée était réservée aux gens du coin. Un touriste n'avait rien à faire ici.

On m'adressa de nouvelles condoléances, on me donna de nouvelles accolades et toujours plus de cadeaux.

Bradley resta avec moi jusqu'au départ de tout le monde, puis lorsque le directeur m'expliqua les démarches à suivre.

Plus tard, sous sortîmes en plein soleil.

Je croulais de fatigue et pensais ramper chez moi me pelotonner devant un verre de vin, cependant Bastian m'attendait dehors dans son costume bleu marine, adossé à sa Rolls-Royce, mains dans les poches, jambes croisées. Ses Ray-Ban cachaient ses yeux noirs aptes à explorer le fond de mon âme.

La lumière se posait sur lui comme si tout allait bien dans le meilleur des mondes. Les oiseaux chantaient encore, les voitures défilaient, le vent soufflait toujours, et au loin j'entendais le reflux incessant des vagues.

Elles allaient et venaient.

Respirais-je de la même manière ? Ou de façon plus saccadée en raison de ma colère ?

Je sentais mon cœur battre plus fort, pris dans un rythme plus frénétique, plus profond et plus douloureux.

— Ça va ? s'inquiéta Bradley quand je serrai les poings.

— Oui, le rassurai-je sans le regarder. J'ai à faire. Je t'appelle plus tard.

Il pinça les lèvres, mais m'embrassa sur le front avant de me dire de lui écrire en cas de besoin. Je le laissai pour m'approcher de Bastian.

— Que veux-tu ? Pourquoi m'avoir attendue ?

— Je venais te présenter mes condoléances.

Il ne bougea pas. Il ne sortit même pas les mains de ses poches pour tenter de me prendre dans ses bras ou m'exprimer sa compassion.

Nous n'étions pas amis. Nous ne nous connaissions pas. Ma grand-mère avait voulu que nous nous revoyions après sa mort… Cela au moins, elle me l'avait appris. Bastian me l'avait fait comprendre, lui aussi. Cependant, ce n'était ni le lieu ni le moment.

— Merci. Mais la veillée est réservée aux amis et à la famille.

— D'accord. La lecture de son testament aura lieu demain. Apparemment, j'y figure. Je venais te dire que nous avons rendez-vous à 10 heures.

Son testament ? Avec lui ? Rien de cela ne sonnait juste.

— N'est-ce pas un peu trop rapide ?

— J'ai demandé à tout régler le plus vite possible pour ne plus traîner dans vos pattes, à toi et aux gens de la ville, répondit-il avec une nonchalance visiblement justifiée à son sens. Il faut que je m'assure que les partenariats avec les ports ne bougent pas et que Maribel a tenu parole.

— Elle vient à peine de mourir, crachai-je à moitié, moi-même surprise par ma voix brisée.

Il sourcilla face à la fureur et la douleur entrelacées en moi.

— Désolé, Morina, fit-il gentiment en levant la main comme pour me consoler avant de la laisser retomber aussi subitement. Elle manquera à énormément de monde.

— Pas à toi. Tu viens nous tourner autour comme le requin que tu es. Je ne suis pas d'humeur pour ces petits jeux.

— Du calme, Morina.

Son ton mielleux ne prendrait pas.

— Du calme ?

Je touchai aussitôt les perles pour invoquer leur énergie. Courage. Sang-froid. Force. Peut-être aussi cette fureur noire tenue en bride.

— Il vaudrait mieux que tu t'en ailles, ajoutai-je en criant presque.

— Arrête, ne me fais pas une scène, pas à moi, répliqua-t-il, imperturbable, comme s'il avait l'audace de vouloir m'apaiser par des ordres de velours.

— Sinon quoi ? rétorquai-je, surprise par ma témérité.

— Tu découvriras bien vite qui dirige cette petite ville et tout l'État. Ne me manque pas de respect, surtout pas en public, sauf si tu veux que je te punisse devant tout le monde, *piccola ragazza*.

Ce nom sortit de sa bouche tel un laser mortel, tout à coup dépourvu de douceur et cajoleries.

— Tiens donc..., répliquai-je.

Peut-être m'attendais-je à une réaction. Ou alors je partais en vrille. Car je ne me contentai pas de si peu.

— Tu es incapable de me punir pour me mettre au pas.

J'avais toujours suivi mes sentiments, mais cela n'avait rien à voir. Là, je titillais un dragon enragé, une bête que tous pensaient endormie, seulement j'avais senti ses flammes. Il avait beau chercher à paraître docile, Bastian m'avait sauvagement donné la fessée tel le maître du monde.

Sa colère devint palpable. Son être tout entier se raidit, prêt à se jeter sur moi. Or, il me murmura :

— Pas ici. Pas maintenant. Je t'accorde cette journée, Morina.

Je me retins de répliquer, préférant mettre fin à cet esclandre.

Avec un soupir, il sortit un petit flacon de sa poche. Quand il me le tendit et que je ne bougeai pas, il me prit le poignet en douceur pour poser la fiole dans ma paume.

— Un mélange d'huiles de rose, de lavande et de camomille pour la guérison et le réconfort.

— Tu... Où as-tu trouvé ça ? bredouillai-je.

Il m'avait vue utiliser ce genre de produits une seule et unique fois pour son smoothie, mais s'en était souvenu comme si cela lui tenait à cœur.

— Ça vient d'Europe, si je ne m'abuse. Biologique et issue de l'agriculture durable.

Il s'éclaircit la voix en regardant autour de lui.

— Je me suis renseigné pour en être sûr.

— Pour moi ? couinai-je, incrédule.

— Pour le décès de ta grand-mère, oui, répondit-il en resserrant sa cravate, l'air mal à l'aise. Bref, je veux que cette ville reste entre de bonnes mains. S'il te plaît, ne nous complique pas les choses, Morina. J'aimerais que tu assistes à l'ouverture du testament.

— Coralville peut se débrouiller sans toi, assurai-je en empochant l'huile, essayant d'oublier cet échange froid. Les seuls maîtres ici sont les habitants.

— Vous êtes cernés par de grandes agglomérations, *piccola ragazza*.

Il se balança sur les talons, ce petit surnom en italien se parant tout à coup d'une condescendance infinie.

— Franchement, Bastian, là, je n'en ai strictement rien à faire. Ni de ton notaire ni de ce rendez-vous, encore moins du testament.

— J'ai l'impression que l'héritage de Maribel sera plus conséquent qu'elle ne le laissait entendre.

Je m'avançai d'un pas rapide, martelant le bitume de mes bottes.

— Traiterais-tu ma grand-mère de menteuse le jour de sa veillée ?

— Non, j'insinue que cette femme aimante tenait à protéger sa petite-fille le plus longtemps possible. Tu vas devoir endosser énormément de responsabilités.

Personne n'écoutait son instinct lorsque la nature s'en mêlait. Mon cœur penchait vers Bastian comme vers aucun autre. J'ignorais s'il s'agissait d'une simple attirance physique ou de quelque chose de différent. Ma seule conviction : la raison me hurlait de prendre la fuite.

Le soleil brillait au-dessus de lui comme si une puissance supérieure lui conférait une autorité inégalée. Il vivait dans une dimension étrangère à la mienne. Je ne désirais pas la découvrir. Je voulais simplement suivre le vent et les flots, et laisser ces univers alambiqués aux types dans son genre.

— Toi, ton costume, tes gardes du corps..., commençai-je en regardant Dante, encore en voiture, mais paré d'un air plein de remords, ... et ta Rolls-Royce pouvez bien aller chez le notaire sans moi. Tu peux même te carrer le testament où je pense, si ça te chante.

Il essaya de prendre la parole, cependant je le coupai.

— Je ne veux rien savoir de cet héritage. Je ne veux rien. Seulement mon food truck et que tu t'en ailles.

J'agitais les bras en l'air telle une enfant, mes bracelets s'entrechoquant.

— C'est inutile que je vienne. On m'expliquera tout par courriel, pour ce que ça change. Moi, je reste chez moi. Pour des jours et des jours entiers. Je ne crois pas avoir envie de quoi que ce soit d'autre après avoir perdu la personne que j'aime le plus au monde. Fais ce que tu voudras, je n'irai pas chez le notaire.

— Morina, fit-il d'un ton menaçant, aux antipodes de sa gentillesse de tout à l'heure.

Un avertissement censé ramener un peu de raison dans mon chaos intérieur. Les yeux de Bastian s'assombrirent, son visage changea. Disparu, le négociateur.

— Tu te ramènes chez le notaire ou je t'y traînerai de force.

Chapitre 11

Morina

Ces mots résonnèrent dans ma tête toute la nuit.

Après m'être tournée et retournée des heures durant, je lus mon horoscope sur mon téléphone.

Les astres devaient m'en vouloir.

« Écoutez les présages de la veille. Cela vous rendra un fier service. »

Taisez-vous donc.

J'avais volontairement éteint mon réveil. Je ne comptais pas non plus me lever avec le soleil ou les vagues. J'avais décidé de faire la grasse matinée et de rater ce rendez-vous chez le notaire.

Malgré tout, quelque chose tomba dans la cuisine et me réveilla à 8 h 30. Si grand-mère me hantait, elle tentait de communiquer. Je retirai ma couverture lestée en battant des jambes.

— Grand-mère, je te jure, c'est n'importe quoi.

Pester toute seule suffit à me calmer tandis que je me préparais. Je n'enfilai ni un beau chemisier ni une jolie robe. Je me contentai d'un débardeur jaune sur mon bikini noir et mon short de surf puis sortis.

Hors de question de me presser pour qui que ce soit. J'irais profiter des vagues tout de suite après pour oublier cette histoire.

Je pris donc mon temps et roulai tranquillement dans mon vieux pick-up. Le véhicule, un cadeau de Jonah pour mes dix-sept ans, ne semblait pas à sa place sur le parking du cabinet de notaire. Bastian arqua les sourcils quand j'arrivai.

Sans surprise, il portait un costume bleu marine, et Dante pianotait sur son téléphone. Je levai les yeux au ciel en les voyant, mais en avisant le notaire et un autre homme, je faillis m'excuser de mon accoutrement ou d'être arrivée à l'heure.

Forcément, tous s'étaient présentés en avance.

Je pris place sur le dernier siège vacant puis montrai ma carte d'identité quand on me le demanda.

— Bien, merci à tous d'être venus, commença l'homme mince aux lunettes fines en mettant de l'ordre dans des documents sur son bureau usé. Je suis M. Finley, Maribel m'a chargé de vous énumérer les conditions testamentaires en personne plutôt que par courrier. Les circonstances pourraient s'avérer plus agréables, toutefois elle nous a dicté ses dernières volontés il y a des années et y a apporté des modifications avec le temps. Elle a insisté pour que vous soyez tous les deux présents pour en comprendre les tenants et aboutissants.

Mon ventre se noua. Il devait bien s'agir du seul endroit où grand-mère ne m'avait pas emmenée en vue de ses funérailles. Elle m'avait assuré vouloir se « dépatouiller toute seule » avec la banque ou ce cabinet. Elle m'avait à chaque fois envoyée ouvrir le food truck ou voir si on avait besoin de moi au refuge.

— Alors, fit M. Finley, son index osseux pointé au plafond. Ce testament présente quelques particularités, d'où la présence de l'avocat de M. Armanelli.

J'admonestai du regard mon aventure d'un soir devenue mon pire cauchemar. Il avait fait venir son avocat ?

— Comme par hasard, grommelai-je.

M. Finley se racla la gorge.

— Autant ne pas vous le cacher, votre grand-mère vous explique tout dans cette lettre en termes courants, mais je tiens également à tout vous détailler.

Il me tendit une enveloppe.

— Excusez-moi, ça vient de ma grand-mère ? m'enquis-je, les doigts serrés plus fermement sur le papier.

— Oui. Elle l'a rédigée à votre attention après avoir apporté les dernières modifications à son testament.

Je vis soudain la date. Deux jours avant son décès.

Ce mot contenait des informations qu'elle n'avait jamais partagées avec moi. Une ultime manière de me faire part de ses pensées ; un lien d'outre-tombe. Lorsque je le lirais, je ne serais plus seule pendant quelques instants.

Une larme solitaire coula sur ma joue, mais je l'essuyai brusquement. Lorsque je relevai la tête, Bastian m'observait, les sourcils froncés. Concevait-il le chagrin de perdre un être cher ? Ou de se retrouver seul ?

Il sombra de nouveau dans l'indifférence. Bien évidemment, il ne comprenait pas. Je me tournai légèrement pour me tenir plus droite.

— Je la lirai plus tard. J'aimerais entendre ses dernières volontés afin que nous puissions tous reprendre nos vies.

— Aucun problème.

M. Finley passa alors en revue des termes juridiques puis stipula que le testament faisait autorité suprême pour toute notion de legs. Il nous raconta ensuite une histoire dont je n'avais jamais entendu parler.

— Votre arrière-arrière-grand-père était le cofondateur de Tropical Oil and Fuel. Il supervisait les ports, les entrepôts et le transport.

— Mon arrière-arrière-grand-père ? m'étonnai-je, absolument sidérée à l'évocation de la compagnie pétrolière dirigeant la ville.

Nous n'avions aucun lien avec cette entreprise.

— Oui, il avait émigré d'Irlande avec une fortune déjà assez conséquente. Celle-ci, en plus de son entourage, lui a permis de se lancer dans les affaires.

Bastian pivota sur sa chaise afin de faire signe à Dante qui se plongea aussitôt sur son fichu portable.

— Ils ont établi toutes sortes de partenariats. Votre grand-mère faisait bouger les choses. Elle connaissait des gens en Irlande. Les associés laissaient donc la compagnie pétrolière fonctionner ainsi. Ils ne le verront sans doute plus de cet œil. Ils aimeraient que tout revienne à un actionnaire en particulier, Ronald, également propriétaire de leur concurrent, SeashellOil.

Ce nom me fit renâcler. Tout le monde les connaissait à Coralville. SeashellOil voulait tout réunir en une seule corporation : réservoirs, ports et autres. Ils pousseraient les terminaux dans leurs derniers retranchements.

— Autant dire que ça n'arrivera jamais, ces deux sociétés se détestent.

— Votre grand-mère les détestait, me corrigea le notaire. Elle disposait de la majorité des voix, néanmoins Tropical Oil reviendra au plus généreux. Nous savons tous de qui il s'agit.

Toutes les pièces de ma vie s'imbriquèrent en un éclair. L'obsession de grand-mère pour la compagnie pétrolière quand on en parlait à la télévision ou sa colère lorsque quelque chose clochait chez Tropical Oil. Moi qui pensais qu'elle s'inquiétait pour la ville - et peut-être était-ce aussi le cas -, désormais tout devenait limpide.

— Mais tout le monde les déteste. Enfin, je...

— Le conseil d'administration serait prêt à vendre, intervint l'avocat en s'éclaircissant la voix. Il veut vendre.

— Et toi ? fulminai-je en regardant Bastian. Viens-tu aussi récupérer ta part du gâteau ?

— Seulement si elle le souhaitait, Morina. Je suis là pour respecter sa dernière volonté. J'ai été très clair : j'aimerais obtenir ces actions. J'ai expliqué à tous mon objectif de faire vivre Coralville grâce à une énergie plus durable. Je voulais le faire légalement, sans tous ces partenariats que vous avez entretenus.

— Entretenus ?

Il pencha la tête en arrière, signe équivoque de son agacement.

— Ton food truck n'aurait jamais tenu aussi longtemps sans un accord avec les Irlandais. Nous en avons déjà parlé. Je refuse de collaborer avec eux.

— Nous n'avons rien entretenu du tout...

— Ce n'est qu'un exemple parmi d'autres, me coupa-t-il. Je te rachèterai tes parts. À un bon prix. Je prendrai soin de la ville... et de toi. Je te donne ma parole.

M. Finley reprit alors comme si de rien n'était.

— Donc, votre grand-mère a hérité de ces biens et la compagnie a accepté de ne pas divulguer son identité. Maribel s'est installée dans la région, a changé de nom. Personne ne savait qu'elle menait la barque.

Je marmonnai dans ma barbe en croisant les bras. Non, mais quelle plaie ! Grand-mère me jetait dans la fosse aux lions sans crier gare. Mon cœur battit de plus en plus fort tandis que j'assimilais les paroles du notaire.

— Elle a changé de nom ? Pourquoi ?

— C'est un milieu dangereux, m'expliqua Bastian, sa voix comblant le silence ambiant, tout comme sa présence s'imposait partout où il entrait. Elle cherchait un moyen de protection, sans doute pour toi et tes parents.

La vie s'avérait plus simple quand je baignais dans l'ignorance, dans la légèreté où naissait un bonheur dont j'aurais préféré profiter.

— Désolée, soufflai-je, les doigts crispés sur l'accoudoir en métal de cette chaise inconfortable.

Le monde se retournait sur son axe. Les eaux habituellement calmes des marées s'élevaient désormais pour venir emporter ma petite vie simple et soigneusement établie.

L'univers entier se figea. Même les flots auxquels ma respiration s'était mariée. En cet instant, j'aurais pu croire que la Terre était devenue plate avant de se retourner, me propulsant dans une cataracte infinie.

M. Finley reprit la lecture. Je voyais ses lèvres bouger. Je le regardais articuler chaque mot, cependant je n'y entendais rien.

Tout ce que je compris demeura cette responsabilité que je me sentais incapable d'endosser.

— Elle vous confie le sort de la compagnie. Elle fait de vous l'actionnaire majoritaire. Elle tenait à ce qu'il soit clair pour vous que ce rôle ne va pas sans risques.

Il jeta un œil rapide à Bastian.

— Vous comprenez, j'espère, Morina ?

— Si Bastian sait quoi faire..., fis-je en balayant toute la discussion d'un geste avant de reprendre mon souffle, alors j'agirai au mieux pour Coralville. Je lui vendrai mes parts.

La mafia. J'allais céder mes biens à la mafia. Si personne n'osait parler du fait que nous étions entourés d'hommes capables de tuer, cela ne changeait rien à la situation.

— Il y a une condition, ajouta M. Finley.

Bastian sembla bouillonner de rage. Il s'adressa au notaire d'un ton au bord de la fureur.

— Nous vous écoutons.

M. Finley déglutit avant de reprendre, sans doute face à une annonce difficile.

— Afin de protéger la ville et Morina, le testament stipule qu'elle doit épouser un membre de la famille Armanelli, bien évidemment. C'est votre grand-mère qui a insisté pour que j'ajoute « bien évidemment ».

Il gloussa, comme si nous l'avions deviné.

— Non, mais c'est quoi ce...

J'inspirai autant d'air que possible. Cependant, cela s'avéra trop. Ou pas assez.

Je me relevai avec une telle violence que ma chaise bascula en arrière.

Elle ne percuta pas le sol, Bastian l'avait rattrapée, sa Rolex se permettant une petite apparition sous sa manche.

Je le regardai remettre le siège en place comme s'il l'avait vu venir, comme s'il avait toujours deux coups d'avance sur moi. Son air suffisant me donna envie de hurler.

— C'est une blague ! m'exclamai-je, mes cheveux volant dans tous les sens tandis que je scrutais ces hommes l'un après l'autre.

— Je crains que non, assura M. Finley en remontant ses lunettes sur son nez, ses phalanges craquant au passage. Maribel croyait que cela profiterait grandement à la ville et à vous, Morina.

Est-ce qu'on m'arrêterait si je bondissais par-dessus son bureau pour l'étrangler ?

— Tout est ta faute.

Ces mots m'avaient échappé. Je les avais crachés telle une vipère prête à mordre Bastian.

— Tu l'as incitée à prendre cette décision.

— Non, Morina, je ne l'ai poussée à rien, rétorqua-t-il, lui aussi en colère, visiblement. Tout ceci ne semble pratique pour personne.

— Pratique ? hurlai-je. Tu te fous de moi ? Ce n'est peut-être rien pour toi, mais pour moi, c'est extrêmement important ! Je refuse de t'épouser.

— Rien pour moi ? murmura-t-il.

Il se leva alors lentement puis lissa les plis de ce satané costume trop guindé.

— Je ne te supporte pas pour le plaisir. Il me faut ces actions, pas une gamine capricieuse qui gère un food truck. Je n'ai vraiment aucune envie de me retrouver coincé avec toi à cause de détails légaux, quels qu'ils soient. Toutefois, la compagnie est en jeu.

— La compagnie ? répliquai-je en tapant du pied. Et la ville ?

— Coralville dépend de Tropical Oil, ajouta-t-il, ses mots tombant un à un tels des dominos. La moitié des habitants y travaillent. Vends tes parts à SeashellOil et tu peux dire adieu à tout ça. Ils remplaceront les gens du coin par leurs employés puis exploiteront le port sans retenue.

— Je ne veux rien avoir à faire avec ces histoires.

— Votre grand-mère vous explique tout en détail dans sa lettre, intervint le notaire. Cependant, j'aimerais vous lire la fin du testament, au cas où vous n'en accepteriez pas les termes.

Il nous indiqua de nous rasseoir. Je soufflai et me laissai tomber sur ma chaise, une main sur mes bracelets. Je tentai de puiser leur énergie. Il m'en aurait fallu au moins une dizaine de plus pour supporter ce rendez-vous.

— Si vous ne vous mariez pas, vous céderez vos parts à SeashellOil. Vous perdrez tout pouvoir décisionnel sur l'avenir du port et vous ne passerez pas par la case départ ni ne toucherez les 200 dollars.

M. Finley releva la tête.

— C'est également Maribel qui m'a demandé d'écrire cela.

Si grand-mère avait été là, je l'aurais tuée. Elle avait toujours espéré que je me marie un jour pour je ne sais quelle raison. J'aurais juré que c'était sa façon absurde de me hanter, et bon sang, elle s'en tirait à merveille.

— Les clauses sont strictes. Une semaine pour vous fiancer, un mois pour vous marier. Vous assistez à deux réunions trimestrielles le temps de votre union. Après cela, à savoir dans six mois à compter de ce jour, Morina pourra vendre ou faire don de ses actions à n'importe qui. D'ici là, elles doivent rester en sa possession ou revenir à SeashellOil.

— Un ultimatum ? chuchota Bastian en se frottant le front.

Avait-elle cru qu'il me suffirait d'une semaine pour accepter des fiançailles, emménager avec Bastian, l'épouser, et qu'au bout de six mois je saurais si je pouvais lui faire confiance ?

— Pourquoi ne pourrais-je pas tout lui vendre dès aujourd'hui ? demandai-je en agitant les mains.

Il avait l'air de mieux cerner le monde des affaires.

— Tu n'en aurais pas le droit, en fait, ronchonna-t-il comme s'il connaissait déjà toutes les réponses et qu'aucune ne lui convenait. Il faut attendre l'authentification et l'évaluation des biens.

— Et donc ?

— Tu ne comprends rien, fit-il en secouant la tête.

Je voulais lui crier que, sans blague, je ne comprenais effectivement rien du tout. Tout ça restait nouveau pour moi.

— Quelle façon idiote de gérer son héritage, pestai-je en priant pour que grand-mère m'entende. Est-ce au moins légal ?

L'avocat des Armanelli choisit cet instant pour prendre la parole.

— Le testament regorge de jargon juridique, cependant je vous assure que M. Finley dit la vérité.

Je fis rouler les perles sur mon poignet encore et encore, dans le silence pesant. Je tentai de respirer profondément. Je comptai jusqu'à dix.

En vain. Aucune épiphanie ne me vint, et la tranquillité ne m'habita absolument pas.

— Il doit bien exister une façon de priver SeashellOil de ces parts.

— Oui, nous nous marions légalement pour six mois, ni plus ni moins. Ensuite, je te les rachèterai.

— Oublie.

Je refusais d'épouser ce type.

— Comme tu voudras.

Bastian se leva puis posa les yeux sur Dante qui l'imita.

Le notaire s'empressa alors d'ajouter :

— Assurez-vous simplement de déposer les papiers à la mairie à temps. Mieux vaut éviter de rompre les termes du testament à cause d'une bourde administrative, si vous changez d'avis.

Il parlait du statut de Bastian tout en me fixant comme si je devenais soudainement importante.

— Je ne vois pas ce que vous voulez dire par là, affirmai-je.

— Le juge est lui aussi lié à la compagnie, Morina, murmura-t-il comme si Bastian pouvait ne pas l'entendre.

Je devais sortir. Il me fallait de l'air.

— Je ne peux pas.

Le seul visiblement capable de me comprendre ou de m'aider se manifesta soudain.

— Morina, commença Dante de sa voix rassurante. Tu dois être tiraillée entre des tas de possibilités.

Il semblait déborder de compassion.

— Tout va bien, continua-t-il en m'effleurant l'épaule. Pose la main sur ton ventre. Cherche la chaleur et débarrasse-t'en.

Une technique de reiki. J'avais succinctement pratiqué cette discipline sans jamais vraiment me pencher dessus. Je ne bougeai pas, aussi Dante plaça sa paume à quelques centimètres de mon abdomen.

— Maintenant, relâche toutes ces pensées négatives.

Je hochai la tête, les yeux fermés. Il me prit le poignet pour remplacer sa main par la mienne. Je perçus la chaleur, bien plus intense que partout ailleurs en moi. L'énergie se diffusait peut-être de moi à lui et il la rejetait à ma place.

Je sentis les mauvaises ondes s'envoler d'une manière ou d'une autre, puis un peu de paix.

Quand je rouvris les paupières, je le remerciai en silence et reprit mon souffle calmement.

— Donnez-moi vingt-quatre heures. Je dois réfléchir.

Bastian voulut répondre, cependant je l'en empêchai du bout du doigt.

— Vingt-quatre heures, Bastian. Je mérite bien ça.

Je vis onduler les muscles tendus de l'homme que j'abhorrais désormais, comme si tout son être allait s'opposer à moi. Il tira d'un coup sec sur sa veste bleue puis ferma les yeux, peut-être plus stressé qu'en apparence.

— Je tiens à travailler de concert avec toi. J'aimerais établir une relation équitable et te montrer que je compte optimiser la compagnie.

Sa voix se parait d'une douceur sincère. Or, nous n'évoluions pas dans le même monde. Comment lui accorder ma confiance ? Bon sang, on ne pouvait absolument plus parler de mondes... nous ne vivions pas dans la même dimension. La sienne reposait sur la complexité, la ruse ; rien à voir avec la mienne.

Je pris mon sac et me dirigeai vers la porte. Bastian m'attrapa le coude. Il me fit pivoter pour ancrer son regard au mien. Ses yeux percèrent mon âme, mes peurs, les repoussèrent pour baigner ma vulnérabilité de lumière.

Je dus me mordre la lèvre afin d'étouffer un orage que j'avais tenté d'ignorer depuis des jours. Et voilà que le tonnerre grondait à nouveau, et il allait falloir que je me jette dedans six mois durant.

— De quoi as-tu peur, Mo ? me susurra-t-il, essayant sûrement de mieux comprendre. De moi ? De nous ? Tu n'en tireras que des avantages. Je te paierai généreusement. Il y aura peu de règles. Nous pouvons y arriver. Ça ne tient qu'à nous.

— Il n'y a pas de nous ! criai-je assez fort pour leur signifier ma volonté de déclarer la guerre s'il le fallait.

Je m'arrachai à sa poigne et mes bracelets tintèrent, le noir bien prononcé sur le pastel des deux autres.

La force dans ma rage. Je la ressentais désormais.

En véritable tragédienne, je tournai les talons si vite que mes cheveux virevoltèrent.

— Morina, m'arrêta de nouveau Bastian quand j'atteignis le seuil. Tu en as plus besoin que moi. Ta ville aussi. Moi, non. Mais je préférerais. Tu dois voir ça comme un partenariat. Une chance d'agir légalement sans blesser personne.

— Tu me demandes de tout abandonner, m'étouffai-je. Et de te faire confiance, à toi, un inconnu au passé douteux. Ne comprends-tu pas que j'ai une vie ? Je suis heureuse. J'ai mon travail et un mec ou deux pour passer le temps. J'aime pouvoir rentrer chez moi pour regarder ce dont j'ai envie et m'occuper de ma grand...

Ma grand-mère.

— Morina...

Il avait prononcé mon prénom avec douceur, presque capable de ressentir des émotions au lieu de se focaliser sur les transactions. Il tendit la main, mais je me reculai en sursaut.

— Non, fis-je en fermant les yeux et en secouant la tête. Je sais. Elle est partie. C'est juste que... ça m'a échappé. Et... et je mérite un jour de réflexion. Non ? Dites-moi que j'ai raison. Dante ? La lune est...

J'avais oublié quel jour nous étions. Je perdais pied.

— Ce sera la pleine lune, Mo. Tout ira bien. Respire. L'univers avance en harmonie avec toi.

Je hochai la tête en suivant son conseil. Une autre bouffée de cet air qu'il m'avait garanti empli de tranquillité, et mes épaules se relâchèrent. J'osai un nouveau regard vers Bastian et baissai ma garde. Il fallait qu'il comprenne.

— Je me rends compte que ce n'est rien pour toi. Tu as toujours vécu comme ça. Ma vie ne fonctionne pas du tout de la même manière. Je jouis de la liberté la plus totale depuis toute petite. Ce qui est probablement trop. J'insiste, donne-moi un peu de temps.

— Tu ne dois en parler à personne avant que nous ayons pris une décision, répondit-il, un sourcil arqué pour bien marquer son insistance. Ce déséquilibre sur l'échiquier va semer la pagaille. Il nous faut un plan. Je te laisse mon numéro.

Il intima à Dante de me donner sa carte.

— Demain, nous verrons mieux comment agir.

J'acquiesçai puis jetai un œil à la pièce pour compter le nombre de personnes au courant de cette mascarade. Les avocats, Dante et lui. Personne d'autre.

— Je t'appelle.

Chapitre 12

Bastian

Le lendemain, mon téléphone ne sonna pas.

Le jour suivant, le silence radio devint inquiétant.

Forcément, elle n'avait pas appelé. Elle avait déjà eu du mal à venir à un rendez-vous, alors me prévenir… Je lui accordai ces quarante-huit heures, ce que je trouvais amplement suffisant. J'attendis patiemment. Et même si je me faisais violence, la patience n'était pas mon fort. J'avais pris très jeune la tête d'un empire. Aujourd'hui, je dirigeais le pays depuis les coulisses de bien des façons.

Les hommes d'affaires de ma trempe n'attendaient pas. Personne n'aurait même osé envisager de le leur demander.

Et voilà que je me montrais conciliant avec une sale gamine immature. Elle ne savait rien du monde des adultes, et elle me faisait mariner le temps de prendre la décision de sa vie.

Je dirigeais le pays. Je changeais la crasse en or, je rendais légal l'illégal. J'incitais le diable à signer des contrats, et cette ville n'échapperait pas à la règle.

On ne me faisait pas attendre. Elle aurait dû réaliser son erreur.

— Tu vas devoir y aller en douceur, me conseilla Dante, sur le chemin vers chez Morina.

— En douceur ? Je ne fais que ça.

Je crispai les doigts sur le tissu de mon pantalon puis desserrai les poings pour éviter de le froisser. Je m'étais même donné la peine de me renseigner sur les huiles essentielles. Allez savoir pourquoi. Ce n'était pas comme si nous étions amis. Malgré tout, je voulais voir ses deux saphirs vides de colère ou de déception à mon égard, rien qu'un instant, comme dans le jet.

Je devenais dingue.

— Il faut qu'elle comprenne que je ne la traiterai pas comme un bébé, grommelai-je.

— Elle n'a pas grandi dans ce monde.

— Elle nous le répète assez.

— Elle a sa vie et...

— Ses responsabilités ont changé. Aucun de nous n'a choisi cette existence, Dante. Nous avons pris les choses en main quand il le fallait. Sa ville repose sur elle, que les habitants le sachent ou non. Elle va devoir grandir ou rester une enfant. Dans tous les cas, je ne peux pas la materner. Cette décision appartient à une adulte.

J'ouvris la fenêtre pour savourer l'air iodé. Dante se moqua de moi et, je le jure sur ma vie, j'aurais souhaité me laisser aller à ce que j'aurais fait plus jeune et le frapper.

— Elle s'insinue dans ta tête alors que vous n'êtes même pas encore mariés.

— Fous-moi la paix.

Je tournai ma montre sur mon poignet une fois puis une autre afin de me calmer. En arrivant devant la maison, je fusillais mon acolyte du regard.

— Reste là, abruti.

— Ah ! oui, c'est très prudent niveau sécurité.

Il leva les yeux au ciel, mais envoyait déjà un SMS. Quelqu'un surveillerait le périmètre, comme d'habitude.

— Ce n'est pas toi qui l'empêcherais de m'agresser, de toute manière...

Nous savions tous les deux que mon intégrité physique ne courait aucun risque, contrairement à ma santé mentale.

Cette fille allait me rendre fou. Tous mes muscles se raidirent tandis que je remontais l'allée.

Elle ouvrit la porte à la volée sans me laisser le temps de frapper.

— Que viens-tu faire ici ?

Elle respirait par à-coups, transpirait légèrement et avait attaché ses cheveux en un chignon haut négligé.

— Je te dérange ? demandai-je, un sourcil arqué.

Je jetai un œil à l'intérieur de la maison, cependant elle poussa la porte pour me cacher la vue.

— Écoute, peut-on discuter plus tard ? répondit-elle en mordant sa lèvre pulpeuse.

Que fabriquait-elle donc là-dedans ? Je baissai la tête et vis sa brassière, ses courbes moulées par le tissu, les gouttes de sueur sur son ventre bronzé.

Mon sexe réagit, je dus me maîtriser. Je ne la désirais pas, me dis-je. Même avec ses longues jambes hâlées et ces jolies fesses à empoigner à l'infini. Je l'avais possédée par le passé, cependant elle ne me plaisait plus.

Un partenariat légal s'était imposé entre nous depuis.

Je refusai de ternir des ententes ou de les rendre bancales. J'avais enquêté plus profondément sur Tropical Oil et l'implication de mon père dans cette compagnie. Mario Armanelli avait toujours été une vraie fouine. Sans avoir jamais batifolé avec Maribel, il s'était arrangé pour la forcer à un partenariat et lui avait offert sa protection en échange d'un accès aux ports pour des transactions illégales.

Il l'avait roulée plus d'une fois. Ainsi, il n'était pas étonnant qu'elle ne m'ait pas cru. Voilà pourquoi je ferais amende honorable en assurant l'essor de son entreprise. Il me fallait simplement le prouver à Morina puis devenir actionnaire majoritaire. Cela impliquait de bâillonner ma libido.

Facile à dire quand, mystérieusement, en dépit des nombreuses complications ou de son sale caractère, mon corps ne voulait qu'elle. Il vibrait face à cette femme qui me regardait de travers. Il ne se souciait pas de son immaturité d'adolescente aux superstitions bancales ou de nos dix ans d'écart. Mon sexe ne voyait que le fait qu'elle m'avait ouvert dans un mini short et une brassière qui ne laissaient que très peu de place à l'imagination.

— Réponds-tu toujours à moitié nue ?

Elle leva la main à hauteur de son visage, saisit quelque chose d'invisible puis baissa le bras en expirant longuement.

— Tu brasses de l'air ? m'enquis-je, pas amusé du tout.

— Dante comprendrait, lui, pesta-t-elle.

Comment bien entamer la conversation…

— Morina…

— Je n'ai pas envie de me disputer avec toi.

— Moi non plus.

Bien, nous pouvions agir en adultes.

— Je voulais discuter de notre situation. As-tu le temps ?

Une légère inquiétude lui voila le visage avant qu'elle ferme ses grands yeux de biche. Ses longs cils se posèrent sur ses joues puis elle se tourna et appela quelqu'un.

— Bradley, nous allons devoir reporter.

— Bébé, une passe décisive, ce n'est pas un coup au but, répondit le Bradley en question depuis le salon en enroulant son tapis de yoga. Et on n'a même pas commencé notre yo…

Je m'avançai à côté de Morina pour le foudroyer du regard. Il interrompit immédiatement ses jérémiades.

— Bastian, c'est ça ? fit-il en me pointant du doigt, les paupières plissées, feignant d'avoir oublié. L'homme d'affaires du food truck.

J'acquiesçai. Je passai ensuite de l'un à l'autre.

— Morina et moi entretenons une relation compliquée qui remonte à très loin.

— N'exagère pas, grommela-t-elle.

— Morina, *piccola ragazza*, ne dénigre pas notre histoire.

— Votre histoire ? s'étonna Bradley, circonspect.

Un feu grandissait dans mes entrailles. Je n'aurais pas su décrire ce sentiment. Je ne l'avais plus éprouvé depuis des années. Peut-être la frustration, pure, chauffée à blanc, de savoir qu'elle baisait un autre type et avait eu l'audace de l'appeler lui alors qu'elle n'avait pas pris le temps de me contacter.

Ou cette sale bestiole nommée jalousie. Je n'en aurais pas mis ma main au feu, non plus.

Toujours est-il qu'il était grand, costaud, et semblait à l'aise chez Morina. Il traîna dans le salon et rangea un peu en attendant des explications.

— Vois-tu, Morina et moi sommes censés nous fiancer, annonçai-je. Donc, elle ne t'accordera sans doute plus de tirs au but à l'avenir.

La mâchoire de la jeune femme se décrocha. Et celle de Bradley roula quasiment à ses pieds.

— Mo, fit-il en se tournant aussitôt vers elle. Bébé, ton esprit libre n'écoute que la passion. Je comprends. J'aime ça en toi, aussi. Et le deuil de ta grand-mère t'attriste, mais tu n'es pas seule. Tu ne peux pas épouser quelqu'un par caprice. Ce n'est pas...

— Bradley, l'interrompis-je sèchement, submergé par quelque chose que je ne pensais pas pouvoir maîtriser même avec toute la volonté du monde. Ma fiancée et moi devons parler. Je te prierais de t'en aller.

Ce fut à son tour de rester perplexe.

Morina ne réagit pas tout de suite. Sa brassière montait et descendait à chaque respiration ; peut-être l'avais-je prise de court. Se redressant soudain, elle passa une main dans ses longues boucles puis indiqua la sortie à son invité.

— Je te rappelle, d'accord ? C'est compliqué.

— Je suis là pour toi, tu le sais. N'hésite pas.

Il ancra son regard au sien, me prouvant qu'il en serait venu aux mains sur place si elle le lui avait demandé.

— Tu n'as rien à lui offrir que je ne lui apporte déjà, affirmai-je sans réfléchir.

Créer des alliances à Coralville allait peut-être s'avérer plus complexe que prévu.

Il nous observa encore un instant, chuchota à Morina de l'appeler en cas de besoin puis partit.

Chapitre 13

Morina

— Tu te fiches de moi ? m'écriai-je en refermant violemment. Tu te prends pour qui à sortir des trucs pareils ?

— Quels trucs ?

— Je ne suis pas ta fiancée !

Je tapai sur une chaise trop éloignée de quelques centimètres de la table de la cuisine. Le bois claqua, les pieds raclèrent le sol.

Cela ne suffisait pas. Je voulais lui jeter quelque chose au visage. Les cendres de grand-mère auraient parfaitement fait l'affaire si je les avais conservées. Elle aurait adoré avoir assommé un gros casse-pieds autoritaire après sa mort.

Seulement, elle souhaitait que je l'épouse.

Des détails, grand-mère.

— Eh bien, tu pourrais si tu voulais. Et puis, tu n'as pas dit non.

Il se moquait complètement de mon éclat de rage. S'il avait affiché davantage de désinvolture et d'austérité dans son costume bleu marine, avec ses maudits boutons de manchettes dorés hors de prix, on ne m'en aurait pas voulu de lui verser une bouteille de vin sur la tête.

— Il me faut un verre, déclarai-je en me tournant vers les placards.

— Il n'est même pas 11 heures, je prendrai de l'eau, dit-il, sa voix soulignée par le bruit de ses pas juste derrière moi.

— Je rêve ou tu me juges ? D'après grand-mère, vous êtes tous bien élevés de nos jours, mais elle a dû se tromper.

Je pivotai pour me retrouver collée à lui, mais ne reculai pas, même quand son torse effleura ma poitrine.

Il baissait les yeux sur moi, tentait de lire en moi. Je le vis s'intéresser à ma bouche, étudier le moindre de mes traits comme s'il allait en tirer profit.

— Je ne crois pas bon de te juger, aujourd'hui. Ta grand-mère avait raison. J'aimerais collaborer avec toi, et je souhaite le faire de façon cordiale.

Je ne décelai aucune fourberie en lui. Peu importe, il s'agissait d'un mafieux. J'avais regardé des films, entendu les rumeurs en ville.

— Si grand-mère se méfiait de vous, ce n'était pas pour rien.

— Ta grand-mère voulait me faire confiance. Elle n'avait pas digéré les conneries de mon père. Nous devons travailler ensemble.

— C'est juste que...

J'ouvris le réfrigérateur d'un coup sec pour me concentrer sur les boissons. Il me fallait garder mon calme. Du champagne et du jus d'orange. Des mimosas au petit déjeuner... parfait.

— Ça te va ? me moquai-je en lui montrant les bouteilles.

— De l'eau suffira.

Je posai le tout bruyamment sur la table avant de chercher des verres et de la glace. Il dut y voir une invitation à ouvrir le champagne. Lorsque le bouchon fut sur le point de sauter, Bastian le retint un instant, me prouvant qu'il en savait bien plus long que moi sur cet alcool, l'étiquette et les ententes cordiales. Il le déboucha sans un bruit, sans en renverser.

Il me servit sans me regarder puis alla prendre son verre d'eau.

— Merci, marmonnai-je après quelques gorgées.

Il haussa les sourcils.

— Bien, allons-nous nous marier et sauver cette petite ville que tu défendais tant le soir de notre rencontre ou faudra-t-il employer la manière forte ?

— Alors, répondis-je à contrecœur, m'efforçant de garder le fil chaotique de mes pensées. Comprends-tu que si je ne t'ai pas appelé, c'est parce que je ne sais pas quoi te répondre ?

— Oui, je m'en rends compte. Le temps presse cependant. Le testament joue contre nous, et le conseil de Tropical Oil prendra bientôt des décisions sans toi. Épouse-moi et finissons-en. Tu retrouveras ta vie dans six mois, tout au plus. Ta routine restera plus ou moins la même.

— Si nous couchons de nouveau ensemble, ce ne sera pas à cause de cette alliance, lançai-je sans réfléchir. Je ne changerai pas d'avis à ton sujet.

Pourquoi diable était-ce la première idée à me venir à l'esprit ? Celle-ci me trottait en tête depuis le rendez-vous chez le notaire. Je me rappelai encore ses mains sur mes fesses, ses mots à mon oreille, ses lèvres sur mon cou. Si je restais trop longtemps près de lui, cela se reproduirait. Nous ne pouvions nous permettre de ternir cette entente à cause de cela. Je pouvais séparer les affaires et notre mariage fictif.

— Je ne veux plus coucher avec toi, Morina, soupira Bastian comme s'il était face à une demeurée.

Un camion-poubelle aurait tout aussi bien pu enfoncer le mur de la maison pour me déverser une benne pleine à craquer dessus. Il ne me désirait plus ? Lui avais-je fait si mauvaise impression, à lui qui m'avait marquée de façon irrémédiable ?

— Tant mieux. Parfait.

Naturellement, mon assurance venait d'en prendre un coup malgré mes grands airs. Je m'éclaircis la voix.

— Enfin, ça pourrait arriver si nous restons ensemble six mois, sachant que nous avons déjà exploré ces eaux et que nous nous entendons bien sur la question.

— Comprends bien que je tiens trop à la croissance de cette compagnie pour tout gâcher au nom d'une bonne baise. Je veux t'acheter ces parts et te prouver qu'il n'y a rien de plus.

— Te rendrais-je nerveux ? répliquai-je d'une voix blessée, sans trop savoir pourquoi je relançais ce sujet. Aurais-tu peur de tomber amoureux après une nuit passable ?

— Asseyons-nous pour discuter, veux-tu ?

Il m'indiqua les chaises, en gentil homme d'affaires arrangeant dans son costume repassé à la perfection. Je traitais avec un type qui avait passé sa vie à arrondir les angles pour obtenir gain de cause.

— Je n'ai jamais dit « passable », j'ai dit « bonne ». Vraiment bonne, *ragazza*. Je te prendrais ici et maintenant contre cette table de façon encore plus mémorable sans ce testament.

Je hochai la tête puis avalai la moitié de mon verre, me resservis du champagne et m'installai.

Il arqua un sourcil.

Je fis de même.

— Établissons une règle selon laquelle tu ne me jugeras pas tout au long de cette histoire, car tu me juges déjà bien trop, proposai-je, ce qui sembla l'amuser. Je ne plaisante pas, Bastian.

— Je n'ai pas dit le contraire.

Il prit lui aussi un siège et s'adossa contre le dossier. En le voyant lever la tête au plafond et soupirer, je me demandai s'il lui arrivait de se détendre vraiment, comme à bord du jet.

Bastian Armanelli m'évoquait un dragon enchaîné. J'avais à peine senti son feu quand sa main s'était écrasée sur mes fesses. Aujourd'hui, je le retrouvai bien habillé, cependant je percevais presque sa tension extrême et ses efforts pour conserver son calme.

Assise face à lui, je me tenais à mon verre comme à une bouée de sauvetage.

— Si j'accepte...

Je me mis à hésiter quand il se concentra sur moi avec un air de détermination implacable. Il ne tolérerait pas de « si ».

— Me forcerais-tu à t'épouser ? repris-je tout bas. Et si je refuse ?

— Me trouves-tu repoussant au point de ne pouvoir vivre six mois avec moi ?

— En vérité, je crois que je ne supporterais personne aussi longtemps.

Il émit un léger grognement pensif puis tapota sèchement sur la table.

— Je n'ai pas pour habitude de forcer la main à qui que ce soit. Pas comme mon père.

— Vous ne vous entendiez pas ?

Je voulais en apprendre davantage sur la relation de grand-mère avec son père, voire sur d'autres sujets.

— Je n'irais pas jusque-là. Nous avons connu de plus en plus de différends quand j'ai grandi, mais parfois, nous étions assez proches.

— Et t'entends-tu avec tout le monde ?

— J'essaie.

— Eh bien, ça doit être fatigant.

Il sourit aussitôt, d'un air solaire bien accordé avec cette aisance entre nous. Je me pris soudain à vouloir fuir cette sincérité... et les sentiments soulevés en moi, trop légers et enjoués. Je me raclai la gorge en me détournant.

— Bien, si j'accepte, tu dois savoir que je ne suis pas comme toi. Je préfère rester dans mon coin. Je ne tisse pas d'alliances et je ne lèche les bottes de personne. Ma seule et unique amie voyage tout le temps, si bien que je lui parle rarement. Je vis dans ma bulle.

— J'avais plus ou moins compris.

Mes bracelets tintèrent quand je me passai une main dans les cheveux pour me détendre.

— J'ai l'impression que tu ne me cernes pas encore bien et que notre relation te décevra, rien de plus.

— Eh bien, commença-t-il avec un haussement d'épaules, c'est une bonne chose que ça ne dure pas plus de six mois, dans ce cas.

— Exactement, continuai-je en nouant mes doigts. Tu disais qu'on devait nous voir en public. Pourquoi ?

— Tu dois être protégée. Selon une vieille tradition, toute femme qui intègre ma famille devient intouchable. Aucun gang, aucun syndicat ni aucun clan n'osera s'en prendre à toi. En somme, tu seras mienne.

Mienne. Il me fallait un autre verre. Ce simple mot sur ses lèvres me brûlait les reins. Bastian me rappelait un dieu quand il parlait de contrôle et de possession. Il s'en délectait quand bien même il le niait. Il avait beau s'efforcer de jouer les alliés, je n'en voyais pas moins le roi en lui. Je fis tourner mon verre sur la table.

— Feras-tu semblant de t'installer ici ?

— Ça ne prendrait pas.

— Pourquoi pas ?

— Parce que je ne suis pas du genre à vivre dans un milieu mal protégé.

— Quel est le problème avec la maison ?

— Tout d'abord, je pourrais enfoncer la porte d'un coup de pied et t'attaquer dans ta chambre en un clin d'œil. Les fenêtres offrent des accès trop évidents et une vue trop ouverte dans chaque pièce. Je t'espionnerais facilement sous la douche si je le voulais.

— Oh ! mon Dieu. N'exagère pas. Grand-mère...

— Elle bénéficiait d'une protection, Morina. Nous devons rester prudents, nous aussi. Pour la plupart des gens, je suis un homme d'affaires célèbre. On me prend en photo à travers tout le pays. On me suit en permanence.

Je me redressai, les yeux écarquillés.

— On te suit ?

— Tu ne regardes peut-être pas les journaux télévisés, mais je dispose d'une fortune assez conséquente pour que, oui, on me surveille. Et on te tiendra également à l'œil, dorénavant... ceux qui connaissaient ta grand-mère. Des familles et syndicats s'intéressent de très près à toi, je n'en doute pas. Ton identité en tant qu'actionnaire majoritaire de ce port pourrait susciter les inquiétudes de gangs obscurs, d'entrepreneurs gourmands et, de manière générale, de gens dangereux.

— Je ne crois pas. Ils savaient déjà pour grand-mère, j'en suis sûre.

Mes pensées filaient tout de même à vive allure. S'était-elle arrangée pour me protéger ? Et en quoi cela consistait-il ? Je bus un peu de champagne, le regard de nouveau posé sur la bouteille.

— Ta grand-mère disposait de l'aide de mon père. Elle traitait avec d'autres clans. Tout ça s'est envolé avec elle. Par ses dernières volontés, elle m'a en quelque sorte désigné comme ton protecteur.

Il marqua une pause.

— Si je ne m'en réjouis pas, je suis sûr qu'elle le voyait ainsi.

— Et donc ? Suis-je censée emménager chez toi pour rester à l'abri ?

— Ou simplement parce que c'est ce que font les jeunes couples. Ils s'installent à deux. Nous pourrons chercher des logements près du port demain.

— Et ma maison ?

— Garde-la ou revends-la.

— Je ne sais pas quoi faire.

— Peux-tu aller ailleurs ?

— Je vis principalement dans le food truck, ces jours-ci, avouai-je à mi-voix, ne l'ayant révélé qu'à une poignée de personnes. Je laisse ma planche sur place et il y a un petit lit au-dessus des placards. C'est incroyable.

Je ne discernai aucun jugement dans ses iris sombres. Je l'en remerciai.

— As-tu lu sa lettre ?

— Hum, je n'ai pas pris le temps.

Quelle excuse minable ! Au point de me faire grimacer. Ce sourcil si prompt à me remettre en question se manifesta, attisant légèrement ma colère. Il garda cependant pour lui le fond évident de sa pensée : j'avais disposé d'assez de temps.

— Oui, d'accord, Bradley est venu ce matin, mais j'avais du travail au camion et au refuge.

J'attendis qu'il me dise qu'il comprenait, néanmoins il leva un autre sourcil. Une telle accusation se passait de mots.

— Excuse-moi si j'ai autre chose à l'esprit que les affaires, contrairement à toi, Bastian, me défendis-je face à son air peu convaincu.

Il le méritait.

Il hocha la tête puis observa la pièce.

— J'imagine que c'est crédible si nous batifolons un peu, au tout début. Bradley ne devrait donc pas poser problème. Tout le monde hésite à un moment donné.

— Et une fois que nous serons mariés ? Vas-tu vraiment vivre dans l'abstinence ?

— Nous devrions nous en remettre.

— Nous remettre d'un mariage arrangé ? m'étonnai-je en me mordant la joue. Non, mais tu t'entends ?

— C'est l'idée de ta grand-mère, *piccola ragazza*, pas la mienne.

— Trouve un meilleur surnom pour ta fiancée, Bastian.

— Tu ne t'en plaignais pas, à bord du jet.

— Oh ! sérieusement. Ne me parle plus jamais de ce soir-là. Plus ja-mais !

— Je laisse notre vie sexuelle au passé sans remords, ajouta-t-il avec insouciance. Six mois à faire semblant, Morina. Rien de plus. T'en sens-tu capable ?

— M'est avis que ta condescendance me sortira par les trous de nez tellement je n'en peux déjà plus.

— Je ne suis pas condescendant, fit-il en réajustant ses boutons de manchettes avant de se lever. Je n'ai pas vraiment le temps pour ce genre de petites discussions, voilà tout. Nous pouvons nous arranger pour nous montrer ensemble et apporter toutes tes affaires quelque part près de la compagnie, la semaine prochaine.

— La semaine prochaine ? couinai-je. C'est rapide. Voyons déjà comment les choses se déroulent.

— Très bien, céda-t-il, conscient que je me berçais d'illusions, mais enclin à ne pas me brusquer. Femme contente, union rayonnante.

— Non, évite, s'il te plaît.

Mon ventre se nouait en une boule de craintes et de rébellion.

— Bien, Dante m'attend dans la voiture.

— Fais-le entrer, la prochaine fois, dis-je.

— Nous devons passer du temps seuls. Nous devons avoir l'air d'un couple, Morina.

Cette mascarade frisait le ridicule.

— J'aimerais comprendre pourquoi tu y tiens tant. Combien de personnes trouvent tous les jours des failles à ce genre de testaments ? Nous pouvons nous marier, mais vivre chacun de notre côté tout en respectant les dernières volontés de grand-mère, sans nous embarrasser de détails. Ça ne durera pas jusqu'à ce que la mort nous sépare, en réalité.

Il poussa un nouveau petit « hum » en resserrant sa cravate. Il n'était pas d'accord. Il ne voulait plus perdre de temps à discuter ou à se chamailler. Parfait.

— Bon, je t'écrirai pour peaufiner les détails.

— Le feras-tu vraiment, cette fois-ci ?

— Mais oui.

Je posai la main sur mon abdomen pour canaliser l'énergie dont Dante m'avait parlé. Je devais me pencher plus avant sur le reiki.

— Je ferai tout ce qui est en mon pouvoir pour éviter les accrocs.

Il acquiesça puis vint m'effleurer la joue.

— Tu es une gentille fille, Morina. J'aimerais que nous profitions tous les deux de cette situation.

Le contact fut alors rompu. Et, d'un pas rapide, il disparut lui aussi.

Le souffle que j'avais retenu sans m'en apercevoir m'échappa.

— Sérieusement, grand-mère ! criai-je dans le vide, au cas où elle m'entendrait.

Bastian m'avait regardée comme si tout allait bien se passer, comme si nous pouvions œuvrer de concert. Je voulais le croire, cependant je m'imaginais mal devenir cette femme-là.

Il venait d'un milieu douteux. En dépit de tout, grand-mère leur accordait assez de confiance, à son père et lui, pour nous réunir.

Je soupirai en allant dans la chambre où je ne dormais plus. Le food truck me convenait bien mieux depuis la mort de grand-mère. Je n'avais jamais aimé vivre avec elle, de toute façon. Désormais, cela me semblait incongru. Je passais tous les jours me laver et chercher le courrier. Puis je filais travailler ou apporter mon aide au refuge.

Je me retrouvai soudain assise au bord du lit de la chambre d'amis, hypnotisée par l'enveloppe blanche. Ses pattes de mouches n'avaient rien d'enluminures et je ne m'attendais à aucun trésor caché en dépliant sa lettre.

Morina,
Si tu lis ces mots, c'est que je te hante. Ou que je me donne un mal fou pour revenir te harceler. Seigneur, j'espère être partie en silence ou sans trop t'effrayer. Enfin bon, venons-en au fait : tu épouseras Bastian afin de rester en vie et d'épargner ta ville, aussi.
Mario et moi avons parfaitement réussi à garder nos affaires sous couvert. J'étais en contact avec lui et deux autres personnes en Irlande. Ceux-là se moquent bien de la croissance de Coralville. En tout cas, pas comme avant. Ils en ont après le pétrole et les ports, ils cherchent à les étendre à notre territoire. Ronald, ce vieux vautour, veut s'approprier tes parts. Et toutes les raffineries du pays s'y intéressent aussi.
Il se peut que Bastian ne vaille pas mieux. Je ne sais pas. Il semble penser différemment. J'aimerais lui faire confiance, mais c'est chez nous ici, Mo. Le doute n'est pas permis. Six mois, ça passe vite. Assure-toi qu'il tienne assez à ce

port pour effacer ce que sa famille a fait, ce que tous les syndicats aimeraient salir.
Je n'ai rien trouvé de mieux. Toi et la ville serez protégés quelque temps. À toi de t'occuper de la suite. Tu surfes et prends des décisions urgentes tous les jours. Ne l'oublie pas, ça devrait t'aider.
Ah ! Mo, tu m'en veux. Je le sais. Mais tu es aussi forte que ton père. Ça t'étonne que je le complimente ? J'ai fini par le détester, à la fin. Il charmait cependant tout le monde avant son addiction. Et je pense qu'il vous aimait, ta mère et toi. Il la soutenait en toutes circonstances, et il a appris à surfer à probablement toute la ville. Il disait toujours de rester vif et de se fier à sa planche. C'était un sacré bonhomme avant que la drogue les emporte. Il faut leur pardonner leurs faiblesses, non ?
Ton charme et ton courage, quand tu seras au bras de ce Bastian, suffiront selon moi. Apprends à connaître la compagnie. Cerne sa vision. Prends le temps de voir si tu crois en lui. Ensuite, donne-lui les parts si tu n'en veux pas, ça m'est égal. Ce mariage assurera ta sécurité. Tu deviendras l'épouse d'un parrain de la mafia. Tant qu'il détiendra le pouvoir, il ne t'arrivera rien. J'ai dû me résoudre à cette idée, pour toi et notre ville. Il protégera ce qui lui appartient, même s'il ne s'intéresse pas à toi. Une question d'orgueil. Le jeu de qui a la plus grosse, tout ça…
Quant à toi, cette ville est tout ce que tu chéris. Je ne voulais pas la salir sans te donner une chance de la préserver. J'ai fait tourner la machine. Je me moque de l'argent. Je me soucie des habitants et de toi plus que tout. Voilà pourquoi j'ai agi de la sorte. Et aussi parce que je voulais

que tu te maries, bien entendu. Tu es une sale gosse trop frivole quand tu t'y mets. Et donc je te pousse du haut du pont en guise d'adieu. En espérant que vous respectiez vos futurs vœux et que vous restiez ensemble jusqu'à ce que la mort vous sépare.

N'aie pas si peur de t'attacher, Morina. Je me demande si tu es ainsi à cause du décès de tes parents ou parce qu'ils s'enfuyaient sans cesse. Ça, je ne le leur pardonnerai jamais, tu sais. Pourvu que je puisse leur botter le train, maintenant que je ne suis plus là. Souviens-toi seulement que tout le monde n'est pas comme eux. Regarde : moi, je ne t'ai abandonnée qu'en rendant mon dernier soupir. Tout comme Bastian, je l'espère.

Jusqu'à ce que la mort nous sépare, hein ?

Sincèrement,

Le spectre de ta grand-mère

— Tu tiens réellement à ce que je brûle la maison, j'ai l'impression, commentai-je comme si elle se trouvait face à moi. Dois-je aussi jeter cette lettre au feu ?

Une vraie sorcière manipulatrice quand elle s'y mettait ! Je l'adorais et la détestais au plus haut point.

Je ne supportais pas l'idée qu'elle m'ait placé un poids si lourd sur les épaules.

Je chiffonnai son mot en versant une larme.

— Ton absence me pèse tellement, grand-mère...

Les vagues se jetaient sur la plage à leur rythme habituel. S'il y avait bien une chose à laquelle j'étais attachée, c'était les flots.

J'allai mettre un bikini et attrapai ma planche sur un coup de tête, laissant la lettre sur la table. Je ne voulais plus rien avoir à faire avec le fardeau qu'elle me confiait. Je devais dompter les vagues, conquérir des déferlantes imprenables. Je me ruai vers l'océan, devenu centre de toute gravité, et m'y jetai sans hésiter, laissant le froid m'engloutir.

L'eau me coula sur le visage, me plaqua les cheveux en arrière. Elle adoucit ma peau brûlante, me montra juste assez de résistance pour me rappeler qui dominait ici. Voilà ce que j'avais épousé. J'appartenais à la mer d'aussi loin que remontait ma mémoire. C'était là que je pouvais m'épuiser pour occulter le reste du monde.

J'y avais oublié les voyages incessants de mes parents en quête d'eux-mêmes. J'y avais mis de côté les rendez-vous désastreux et les amitiés perdues. J'y avais abandonné ce jour où grand-mère m'avait fait m'asseoir pour m'apprendre que papa et maman ne rentreraient pas parce qu'ils avaient percuté un mur je ne sais où à bord de leur minibus.

Certains n'avaient pas hésité à dire que c'était mieux ainsi.

Je me souviens avoir foncé jusqu'à la mer pour me faire emporter par le courant. Il m'avait éloignée rapidement, j'étais restée au large des heures durant, tout comme aujourd'hui. Je prenais vague après vague après vague.

Mes membres me lançaient à chaque mouvement, je cherchais à me dépasser, à atteindre la vitesse nécessaire pour changer le liquide en solide, à m'élever encore et encore à m'en arracher les jambes. Je puisais dans mes dernières forces afin de ne plus rien ressentir.

Grand-mère me disait frivole. Elle se trompait. J'étais attachée à ma ville, à l'océan, au food truck. Je ferais le nécessaire.

À la nuit tombée, je me traînai jusqu'au camion, éreintée au point de ne même pas vouloir me laver. Je suspendis la planche aux crochets extérieurs, déverrouillai et attrapai un T-shirt dans un coin. À l'odeur, il paraissait propre. Je me changeai dans le noir puis levai la trappe au plafond. Une vraie petite perle cachée, cet espace que presque personne ne connaissait. J'empruntai l'échelle rétractable qui remonta automatiquement quand je me roulai sur le matelas. Je refermai le compartiment et m'endormis.

Je rêvai que des inconnus s'invitaient dans le camion pour me trouver.

Quelque chose de très différent me réveilla.

Chapitre 14

Bastian

— Comment ça « viens immédiatement au food truck » ? Il est 5 heures du matin.

Je hurlais au téléphone, mais mon frère avait toujours été particulier. S'il appelait, il fallait répondre et obéir.

— J'ai orienté une caméra de surveillance de la ville vers la plage de Morina. Elle est montée dans son camion. Quelques heures plus tard, trois types sont entrés. Tu devrais au moins envoyer quelqu'un sur place.

Je l'écoutais tout en m'habillant puis allai tambouriner à la porte de Dante. Nous séjournions encore dans un hôtel hors de Coralville.

J'avais déjà trouvé un appartement idéal pour un couple. Une équipe s'occupait de le meubler et le décorer à cet instant même. Cela me semblait judicieux que Morina emménage avec moi le plus tôt possible.

Dante sortit tandis que j'enfilais mes chaussures.

— Ils y sont encore ? Combien de temps sont-ils restés dans le camion ?

— Pas longtemps, répondit Cade. Elle n'a sûrement rien. Elle s'est changée et s'est glissée dans une sorte d'écoutille.

— Elle s'est changée ? grondai je. Tu l'as regardée ?

— Je dois tout voir, mais pas pour me tripoter, crétin, protesta mon frère, sa voix apparemment lointaine.

— Tu es en train d'écrire ? Je t'entends, bordel.

Je bouillonnais. Il ne prenait pas cette menace au sérieux. J'indiquai à Dante de me suivre puis nous empruntâmes un ascenseur vers le parking.

— Un bug énervant dont je n'arrive pas à me débarrasser, m'expliqua Cade, visiblement peu inquiet de l'éventuel meurtre de la fille que je devais épouser. Un pirate se paie notre tête...

— Je t'étrangle dès que je te vois, pestai-je, on ne peut plus sérieux.

— Oui, eh bien, tu vas devoir attendre un bon moment. Je développe de nouveaux programmes et...

Je lui raccrochai au nez.

— Bordel de merde ! m'écriai-je en frappant le toit de la Rolls-Royce avant de monter à bord.

Dante ne sourcilla pas. Il s'installa au volant et démarra. Trop énervé, je ne dis rien jusqu'au moment où nous arrivâmes à hauteur de la plage.

— Pourquoi rien ne va dans cette ville ?

— Parce que nous ne la contrôlons pas encore. Ça viendra.

— Tu me soules avec ton optimisme, là.

J'appelai Morina. Pas de réponse.

— Ben voyons, pourquoi décrocher ? râlai-je pour moi-même.

Je n'avais jamais connu de femme aussi énervante, mais pour quelle raison aurait-elle changé du jour au lendemain ?

— Plus vite, ordonnai-je à Dante qui se contenta de rire.

— Je suis déjà à soixante-dix sur une route à trente. Je n'ai pas envie d'écraser quelqu'un.

— Et tant pis pour Morina ?

— Ah ! parce qu'on tient à elle, tout à coup ? Ou s'agit-il simplement de la compagnie ?

Il finit tout de même par accélérer. Cela me suffit. Je ne me disputerais pas avec lui. Inutile de céder aux prises de bec futiles alors que c'était justement la source de tous nos problèmes à ce moment-là.

Nous dépassâmes des palmiers et la petite route pavée du centre-ville. Les rues dormaient encore, cependant le premier soleil faisait naître une atmosphère que bien des bourgades auraient enviée. Je compris mieux l'intérêt des touristes pour ce lieu. Des gens accueillants, un paysage de rêve, des exploitations pétrolières assez proches pour offrir une situation stable aux habitants et leur permettre de rentrer tôt le soir.

Or, à l'instar de tout coin de paradis proche d'une grande agglomération, les coulisses regorgeaient de crasse. Les types comme mon père tentaient toujours d'en profiter sans se soucier de qui il fallait piétiner pour cela.

Avant même de nous arrêter complètement, je dis à Dante de surveiller le périmètre et fonçai à grandes enjambées vers le camion. On avait forcé la serrure de la portière arrière. Ces types étaient entrés discrètement. Tant d'efforts pour ensuite vider les placards, renverser la vaisselle et briser les mixeurs.

— Morina ? l'appelai-je, essayant de me montrer ferme et doux à la fois. Morina ?

J'entendis un bruissement au plafond puis un panneau coulissa.

Ses cheveux en bataille, des marques d'oreiller sur la joue, Morina sortit la tête de sa cachette.

— Qu'est-ce que tu fabriques ici ? me demanda-t-elle, encore endormie.

Elle disparut une seconde puis ses longues jambes sculptées pendouillèrent et elle descendit.

Elle se frotta les yeux et observa la scène, sidérée. Son T-shirt presque transparent trahissait l'absence de sous-vêtements, me donnant un aperçu de tout ce que je ne voulais pas voir.

Elle croisa les bras sur sa poitrine, où mon regard s'attardait assurément, puis se mordilla la lèvre lorsque je relevai la tête.

— Bon, j'imagine que je n'ai pas rêvé, alors.

— Tout dépend de ce dont tu as rêvé.

Elle se renfrogna davantage.

— J'étais tellement fatiguée après avoir surfé que je me suis effondrée. À un moment, j'ai entendu des coups et un homme jurer qu'il m'avait vue entrer. Mon cœur battait très fort, et je me souviens avoir eu le réflexe de ne pas bouger et de me cacher sous le drap au cas où ils découvriraient le renfoncement.

— Mon frère va les retrouver.

Nous restâmes quelques secondes sans rien dire, à observer ses affaires.

— J'imagine que je n'ouvrirai pas, aujourd'hui, murmura-t-elle.

— Je t'aiderai à tout remplacer.

— Je ne veux pas de ton aide, rétorqua-t-elle avant de danser d'un pied sur l'autre en se frottant le front. Désolée. Je suis exténuée, je sais que tu ne penses pas à mal, mais il me faut un peu de temps. Je ne suis pas du matin, sauf si on me met dans l'eau.

— Veux-tu que je t'y accompagne ? lui demandai-je sans comprendre pourquoi.

— Je..., hésita-t-elle. Ce serait sympa, oui.

Je lui tins la porte et elle sortit sans s'habiller. Inutile de lui expliquer que je ne pourrais pas lui parler, encore moins me sentir à l'aise, si elle s'exhibait de la sorte.

La plage était déserte cependant, le soleil poignait timidement à l'horizon.

Elle enfonça ses pieds dans le sable où les vagues vinrent les engloutir. Je restai au sec, ne sachant pas si je voulais retirer mes chaussures et la rejoindre.

La sonnerie de mon portable la fit sursauter. Je le pris, juste le temps de le mettre en silencieux, et le rangeai.

— Tu peux répondre.

— Non. J'ai oublié de l'éteindre.

Elle soupira, comme si le fait que j'ignore mon empire un instant l'apaisait.

— Merci.

Nous laissâmes les minutes s'écouler face au soleil levant.

— Nous nous retrouvons de nouveau aux aurores, murmurai-je.

Si nous étions convenus de ne plus parler de cette soirée, mes pensées se tournèrent vers ces instants où nous nous étions bien entendus. Voilà une bonne manière de repartir sur des bases saines. J'en avais besoin, et elle aussi.

— J'en profite très souvent. C'était joli aussi, sur ton île.

— Je comprends mieux pourquoi tu te plais ici. C'est un vrai paradis.

— Je présume que je déménagerai plus tôt que prévu, soupira-t-elle.

Elle s'imprégna de l'air marin, je fis de même. Étrangement rafraîchissant pour une brise chaude, à demi capable de laver nos péchés et même de nous offrir une raison de vivre.

— À cause du food truck ?

Il valait mieux la laisser accepter petit à petit le testament au lieu de lui forcer la main.

— Peut-être. Ou parce que j'ai lu la lettre de grand-mère.

Elle poussa ses pieds dans le sable jusqu'à les faire disparaître entièrement.

— Tu avais raison, je crois, elle t'a piégé pour que tu me protèges.

— Nous avons désormais la preuve qu'elle a bien fait. Personne n'aurait jamais osé vandaliser le camion de ma petite amie.

— Es-tu donc si puissant et célèbre ? s'étonna-t-elle en se tournant vers moi.

— Hors de cette ville, *ragazza*, je suis un dieu.

Elle observa le soleil, semblant voir quelque chose au loin.

— Penses-tu que si les dieux existaient vraiment, ils apprécieraient leurs pouvoirs ? Toutes ces décisions, tant de vies entre leurs mains, devoir déplacer des montagnes malgré la fatigue ?

Ses yeux de saphir se posèrent sur moi.

— N'en as-tu jamais assez, Bastian ?

Je ne répondis rien. Dans le cas contraire, j'aurais dit quelque chose dont nous n'avions pas besoin. Morina lisait en moi ce que je ne voulais montrer à personne. Ses pensées si promptes à s'échapper de ses lèvres s'avéraient dangereuses.

En tout cas pour moi.

Le vent écarta ses cheveux bruns de ses épaules, le soleil s'était levé juste assez pour embrasser sa peau dorée. La silhouette ainsi créée contre l'horizon marin aurait inspiré n'importe quel artiste.

Elle se racla la gorge, réalisant peut-être que je ne répondrais pas.

— Enfin bref, tu me crois stupide de ne pas avoir cédé tout de suite, de ne pas avoir accepté ta main dans la seconde. Tu as peut-être raison. Il me fallait un peu de temps.

— Je veux bien le concevoir, mais nous devons agir vite.

— Oui, je commence à le voir.

Elle tâtonna sur son poignet, sans doute en quête de ces bracelets que j'avais repérés, mais elle ne les portait pas. Elle laissa tout de même sa paume errer là pour se rassurer.

— Veux-tu que mes hommes fassent tes cartons ?

— À ma place ? gloussa-t-elle. Je me demande combien de fois tu as déménagé et envoyé quelqu'un tout empaqueter pour toi.

Elle aimait mettre l'accent sur nos différences. Cela créait une barrière nécessaire, à son sens. Je l'acceptai. Il nous fallait des limites, de toute manière.

— Si tu préfères t'en occuper toute seule, je demanderai à Dante de te ramener.

— J'ai un pick-up. Je ne m'en sers pas souvent... Nous pouvons chercher un appartement ensemble. J'ai un budget restreint, mais je paierai ma part.

— Je possède déjà un immeuble près de la compagnie pétrolière.

Celui que je venais tout juste d'acquérir. Inutile de le lui révéler cependant. J'ignorais pourquoi je me donnais tant de mal à assurer son confort. En tout cas, personne ne pourrait jouer les voyeurs.

— Garde ton argent, je suis tout aussi impliqué que toi dans cette histoire. J'espère rester assez longtemps dans tes bonnes grâces afin de racheter tes parts le moment venu.

— Je dois m'assurer que tu veilleras sur cette ville, Bastian. Grand-mère...

— Elle ne me faisait pas confiance.

— Oui, voilà.

— Mon père ne l'a pas traitée avec les égards qu'elle méritait, admis-je, conscient que seul le nettoyage de cette entreprise aurait dû justifier ma présence ici.

— D'accord.

Cela sembla lui écorcher la langue, preuve de sa gêne, qu'elle ne savait pas quoi faire.

Lorsque le vent souffla pour lui arracher un frisson, je ne pus m'empêcher de m'agacer face à sa tenue légère. J'enlevai mon sweat à capuche pour le lui tendre. Elle se rembrunit en reculant.

— Ça va.

— Tu trembles.

Elle secoua la tête, comme face à la plus grave insulte. J'insistai pour qu'elle se couvre.

— Vraiment, Morina ?

— C'est toi qui vas avoir froid. Et puis je n'en reviens pas que tu ne portes pas de costume. Je ne me remets déjà pas de ce gilet, mais un T-shirt aussi ?

Son sérieux mêlé à son incrédulité absolue me poussa à baisser les yeux pour voir de quoi j'avais l'air. Puis j'éclatai de rire.

— Tu te fiches de moi ?

— Non ! s'exclama-t-elle en m'arrachant le vêtement des mains pour l'enfiler tandis que je gloussais encore. C'est perturbant, tous tes costumes, mais c'est encore moins naturel quand tu portes autre chose.

— Oui, bon, je dormais quand on m'a appris que quelqu'un voulait s'en prendre à toi.

— As-tu volé à mon secours ? dit-elle, les yeux ronds, avec un sourire mielleux.

— Moi qui m'attendais à des remerciements, rouspétai-je en pivotant vers le food truck.

— Je suis un peu troublée, rien de plus. Je ne pourrai pas ouvrir, et ils n'ont même pas été fichus de me trouver. Enfin, n'était-ce pas une tentative d'enlèvement ?

Je l'entendis piétiner derrière moi.

— Ce n'était pas la peine de tout saccager.

Réaliser qu'on aurait pu la torturer altéra mon humeur, néanmoins je continuai de remonter vers le camion d'un pas vif.

— Un mot ou un coup de fil poli aurait été préférable, commenta-t-elle, insouciante. Qui sait ? Peut-être désirent-ils la même chose que nous.

Quelle candeur ! Mais elle n'avait pas vécu ma vie, me rappelai-je en resongeant aux paroles de Dante.

— Je ne comprends pas pourquoi nous ne trouvons pas tous un terrain d'entente. Non, il faut agir comme des animaux enragés, à établir des clauses ou envoyer des brutes entrer par effraction chez les autres.

Elle divaguait simplement toute seule, cependant cette attitude m'agaça.

— On a saccagé ton food truck, Morina, grondai-je en faisant volte-face.

Elle s'arrêta net, mon gilet pendouillant sur ses épaules, si grand qu'il lui descendait sur les cuisses, les pans en train de flotter aux vents car elle ne s'était pas donné la peine de le fermer.

Quelle négligence, pareille à cette nuit dans le jet, et cela me poussa au bord de la rage.

J'avais beau m'efforcer de ne pas devenir fou, je n'y arrivais pas avec elle.

Ils l'auraient enlevée sans hésitation, et la tentation se serait avérée très forte.

Ils auraient anéanti le peu d'innocence et d'amour qui lui restait pour ce monde.

Je m'approchai alors afin de refermer ce sweat.

— Que... Que fais-tu ? grogna-t-elle tandis que je remontai la fermeture Éclair jusque sous son menton.

— Je te couvre et te garde au chaud.

— Il ne fait pas si froid que ça.

— Non, mais on voit tout.

Je ne m'arrêtai pas en si bon chemin. Je lui relevai la capuche sur les oreilles puis y enfonçai ses cheveux.

— Tu étais trop exposée dans ce camion. Je ne peux pas courir ce risque.

Elle me dévisagea, les yeux plissés. Elle leva ensuite la main pour m'effleurer le menton.

— Grand-mère avait raison, apparemment. Tu tiens à veiller sur les autres.

Cependant, elle secoua la tête puis se détourna.

— Je n'ai pas besoin que tu me protèges, Bastian. Les crimes de ton père n'auraient pas dû devenir ton fardeau. Et grand-mère n'aurait pas non plus dû t'imposer de veiller sur moi.

Pourquoi ces paroles me donnaient-elles d'autant plus envie d'assurer sa sécurité ? Morina avait raison. Je n'étais pas responsable d'elle. Or, dans ce milieu, j'étais garant de tout. Une famille tout entière comptait sur moi.

— Le sang et la vie des autres sont entre mes mains depuis le jour de ma naissance.

Personne n'avait jamais affirmé le contraire. Que Morina le pense éveilla en moi des sentiments indésirables. Une vraie petite bourrasque capable de se muer en typhon. J'aurais très facilement pu m'attacher à elle, et je ne le voulais pas.

Nous avions démarré sur une plage lors d'un moment intime. Et nous remettions cela, à partager des bribes de nous que nous aurions dû taire.

— Il est temps d'entrer dans la danse, d'accord ? fis-je en reculant d'un pas.

— Oui, acquiesça-t-elle en relâchant les bras avant de désigner le food truck à quelques mètres. Je peux déjà tout ranger et dormir ici encore quelques jours.

— Comment ça ?

J'observai les alentours. Elle s'imaginait sincèrement loger dans sa boîte de conserve... même après cette nuit ? Je lui accordai une chance de changer d'avis.

— Il faudra bien que je nettoie, et ça me donnerait le temps de...

— Nous n'avons fait que ça, te donner du temps, répondis-je de but en blanc. Tu t'installes chez nous dès aujourd'hui, même si je dois te traîner par la peau du cou.

Elle cligna des yeux, bouche bée.

— Je te jure, Morina. On ne me dit pas non, à moi. Ce n'est pas pour rien que mes propositions restent raisonnables et efficaces. Je me suis montré plus que conciliant dans ton cas.

— Conciliant ? Tu veux que j'emménage avec toi et que je t'épouse alors que je ne sais rien de toi.

Je la reluquai des pieds à la tête.

— Tu sais deux ou trois choses à mon sujet.

Elle m'énervait, mais au lieu d'agir en adulte, je préférai la provoquer en retour.

— Va te faire voir ! me lança-t-elle en tapant du pied. Ce devait être une aventure d'un soir, et voilà qu'elle se change en véritable enfer. Il me faut du temps.

— Impossible, fulminai-je. Tu ne dormiras plus une seule nuit dans ce camion pendant les six prochains mois. Tu deviendras bientôt mon intouchable, mais si toi, tu es prête à jouer avec ta sécurité, je refuse de te mettre en danger. Tu as bien trop de valeur.

— Pardon ? s'exclama-t-elle en croisant les bras. À cause de la compagnie ?

— Évidemment.

Cette excursion au petit jour éveillait de sérieux doutes en moi, cela dit. Que représentait Morina à mes yeux ?

— Vas-tu retrouver les coupables ? s'enquit-elle en avisant le bazar d'un œil noir. Je crois qu'ils me doivent des comptes.

— Oui. Ils vont le regretter.

La simple perspective de l'imaginer entre les griffes de ces types me donnait envie de leur faire subir bien pire encore.

— Je défends ce qui m'appartient. Toi y compris. Ma fiancée.

— Si tu veux, renâcla-t-elle en me contournant pour s'approcher du camion. Mais je le fais pour Coralville. J'espère que tu en as conscience. Sans cela, je ne me tracasserais pas. Je donnerais ces actions. Je me débarrasserais de ce cadeau empoisonné. C'est pitoyable d'aller aussi loin pour de l'argent, Bastian. Vraiment.

Je la regardai entrer en trombe dans le camion. Elle remplit un sac sans me prêter attention.

Je partageais tout à fait son point de vue.

L'argent importait peu.

Je n'en avais jamais fait ma motivation première.

Seule la famille comptait, l'espoir de laisser un héritage plus vertueux que celui de mon père.

Je le sentais à chaque souffle, je vivais pour cela et en souffrais en permanence. Je ne prenais pas mes responsabilités à la légère.

Je passai la tête à l'intérieur pour demander à Morina :

— Dois-je annoncer nos fiançailles à M. Finley ou veux-tu t'en occuper ?

— Et si on l'appelait ensemble ? ironisa-t-elle d'une voix faussement niaise. Nous sommes en couple, après tout.

Ce sale caractère exigeait de la patience. J'aimais à croire que j'en disposais quelque peu.

— Ce soir. Je vais demander à Dante de surveiller les environs pendant que tu fais tes valises. Il t'emmènera chez nous quand tu auras terminé.

Je la laissai ensuite sur la plage et appelai un chauffeur.

J'allais devoir retrouver les responsables. Il en allait du respect envers les Armanelli et de la vie de Morina.

Le sentiment désagréable qu'il aurait pu lui arriver malheur ne s'envola pas quand je téléphonai à Cade pour lui ordonner de prendre des mesures.

— De quel genre, grand frère ? s'amusa-t-il. On ne va pas les jeter au fond du canal. Nous n'avons plus utilisé de telles méthodes depuis un moment. Je vais parler de tes fiançailles à tous les syndicats du coin.

— Je compte sur toi.

Je massai ce nœud dans ma nuque avant de continuer.

— Cade, il faut en faire un exemple. Montrons-nous légèrement violents, cette fois-ci. Ils auraient pu lui faire beaucoup de mal.

Mon cadet ne répondit rien un moment, mais j'entendis un bruissement.

— Tu vas bien, Bastian ?

— Oui, je me porterai mieux quand on en aura terminé avec ces conneries.

Chapitre 15

Morina

Il me fallait davantage de temps sur l'eau… ou toute seule.

Rien n'était plus pareil.

Bastian me regardait désormais comme si le fardeau de ma vie pesait sur ses épaules et rien de tout cela ne me paraissait juste.

Il avait traversé des épreuves bien différentes des miennes. Je l'avais vu à sa façon de secouer la tête en observant le food truck, à ses sourcils froncés quand il avait appelé quelqu'un pour exiger qu'on me surveille.

J'ignorais comment ils s'y prendraient ou si j'allais supporter d'être suivie ces six prochains mois, mais je devais essayer.

Je fis signe à Bradley après avoir accroché ma planche à mon pick-up. Il me rejoignit, ses cheveux noirs encore mouillés. Ses muscles saillants se bandèrent quand il agita les mains dans sa chevelure pour la sécher du mieux possible.

— Tu ouvres bientôt ?

— Non, pas aujourd'hui.

Je me tournai vers ma devanture afin de contempler le panneau fermé. J'aurais dû créer un compte sur les réseaux ou un site pour ce genre de nouvelles, cependant cela m'aurait donné l'impression de gâcher ce charme de restaurant de petite ville portuaire.

— C'est vraiment trop dommage, fit-il remarquer en croisant les bras, lui aussi concentré sur le camion. Que regardes-tu ?

— Il me faut de quoi annoncer la fermeture.

— Ah ! fit-il en tournant les talons. T'inquiète ! Je reviens.

Il courut vers le parking sans me poser la moindre question, simplement heureux de m'aider. Je souris, ne comprenant pas pourquoi je n'avais jamais rien attendu de plus de sa part au fil des années. Il s'était révélé un ami loyal, un bon coup, et tenait autant que moi à ne pas s'attacher. Voilà peut-être pourquoi nous nous entendions si bien.

Je soupirai quand je repérai Dante en train de rôder près des voitures, consciente de toutes les complications à venir.

Bradley sauta à l'arrière de sa jeep rouge pour en redescendre deux minutes plus tard, muni d'un panneau de bois. On aurait dit un couvercle en planches de pin clouées, mais il venait d'y peindre à la bombe « Fermé jusqu'à nouvel ordre ». Il irradiait de joie en me rejoignant.

— Est-ce que ça te convient ?

— Je suis à la fois impressionnée et inquiète que tu gardes tout ça dans ta voiture.

— Tu devrais m'admirer, Mo, je trouve une solution à tout, plaisanta-t-il en posant l'écriteau contre le food truck avant de marmonner : Bon, je l'accrocherai plus tard. J'en conclus que tu vas repartir avec le pingouin sur le parking.

— Oui, c'est compliqué, soufflai-je tandis que Bradley revenait à mes côtés sans me harceler de questions. Je ne sais pas quand je pourrai rouvrir.

— Ça veut dire que nous ne coucherons plus ensemble avant un moment ? s'amusa-t-il.

Je comprenais ses doutes, d'autant plus maintenant que Bastian m'avait présentée comme sa fiancée, la veille.

— Oui, ça aussi, avouai-je en jouant avec mes cheveux. Je te l'ai dit, c'est compliqué.

— Je déteste ce mot, mais je suis là en cas de besoin.

— Et toi, ton seul besoin, c'est d'apprendre à surfer, ricanai-je en lui donnant un coup d'épaule.

Que ferais-je sans une amitié aussi simple que celle-ci ? Ou sans une ville si parfaite ? Je me tournai une dernière fois vers l'océan avant de verrouiller le camion et de saluer Bradley.

Dante finit par me rejoindre.

Je traînai du sable et de l'eau dans sa voiture en plus de ma valise à moitié vide.

— Dois-tu passer chez ta grand-mère ? s'enquit-il, visiblement inquiet des grains de sable qui parsemaient le tapis de sol.

— Oui. Je dois récupérer des affaires. Les meubles attendront, je présume. Ou est-ce que Bastian a déjà un style de prédilection ?

— On peut dire ça, s'amusa-t-il.

— C'est-à-dire ?

— Euh..., hésita-t-il en regardant mes pieds une fois de plus avant de secouer la tête et de prendre la route. Sans sable partout. Disons ça comme ça.

— Génial, lançai-je en m'affalant dans le siège.

— Ne t'en fais pas, répondit-il en me tendant un dossier. Tiens, un peu de lecture. Un contrat de mariage et d'autres détails pour vous protéger, toi et Bastian. Et la réunion chez Tropical Oil aura lieu bientôt. Tu dois te renseigner sur la compagnie, te familiariser avec ce milieu et avec les membres du conseil.

— Très bien.

Je pinçai les lèvres devant ce dossier. Il me paraissait gros. Trop gros. Une pile de devoirs dont je ne voulais pas. Savaient-ils au moins que j'avais laissé tomber la fac ? En vérité, je n'avais même pas suivi un seul cours. Une université de la région avait accepté ma candidature, cependant, le jour de la rentrée, j'avais décrété que cette pression ne me convenait pas.

La remarque de grand-mère au sujet de l'engagement et de l'attachement me revint en tête.

Hormis le food truck et le refuge pour animaux, avais-je déjà consacré plus de quelques mois à quoi que ce soit ?

Comme par hasard, mon téléphone vibra.

Dr Nathan : Les chiots veulent vous voir. Je crois que c'est parce que Tiffany n'arrête pas de se tromper dans leurs jouets et croquettes préférés.

Morina : Ils me manquent aussi. Je viendrai demain. C'est un peu la folie en ce moment.

Voilà, j'en avais, des passions. On donne de son temps à ce qu'on aime et ce en quoi on croit.

— Je n'aurais donc pas la force de lire tout ça, fis-je remarquer en me grattant la joue et en posant les documents sur la banquette arrière.

— Franchement, j'ai tendance à agir comme toi... Foncer à l'aveuglette, improviser au fur et à mesure. À l'ancienne. Cependant, Bastian se charge d'une bonne partie des affaires, et il tient absolument à ce que tout soit carré.

Je renâclai, en désaccord total.

Une fois chez grand-mère, Dante entra avec moi puis attendit que je remplisse une autre valise. J'emportai trop de pierres, la lampe en cristal de sel de la chambre d'amis, mes bracelets, beaucoup d'accessoires de toilette. Deux semaines de vêtements de rechange suffiraient pour l'heure. Je reviendrais.

Je me rappelai les quelques plantes que j'avais promis à grand-mère d'arroser. Elles étaient toutes fanées. Je maugréai puis en posai une sur ma valise après avoir pris les deux autres sous le bras.

— C'est bon.

Dante releva les yeux, hocha la tête puis observa le salon.

— Tu en tirerais un prix correct si tu la mettais sur le marché dès aujourd'hui.

Je pivotais afin de poser un regard objectif sur les lieux. Des plans de travail en granit. Un parquet robuste. Elle avait entretenu sa maison sans manquer de la moderniser.

— Oui, dis-je tout bas. J'ignore pourquoi j'hésite, mais j'ai l'impression qu'elle est encore là. Je ne sais pas. C'est trop récent.

— Je comprends, répondit-il, à mi-voix lui aussi.

Puis il plaqua une main brûlante et réconfortante sur mon épaule.

— Prends ton temps. L'univers te montrera la voie.

J'acquiesçai. En dépit de tous mes bracelets et de mes lampes en cristal de sel, je savais que je devais l'écouter. Dante aurait probablement pu ressusciter les morts avec son reiki. Il m'avait aidée, quelques jours plus tôt. Je voulais me fier à l'univers, et j'aurais bien besoin d'un ami de sa trempe dans les mois à venir.

— Cette situation va devenir un véritable cauchemar, hein ?

— Sûrement.

Il s'esclaffa de bon cœur en prenant la valise sans faire tomber la plante. Il se dirigea vers l'entrée puis désigna les pots sous mon bras.

— Et bonne chance pour convaincre Bastian de ne pas les jeter.

— Oui, bon, ça va, pestai-je tout bas. Elles ont juste besoin d'eau.

Son ricanement se changea en un nouvel éclat de rire tandis qu'il revenait me délester de ma lampe en cristal de sel.

— Allons donc salir son environnement bien net.

Nous chargeâmes la Rolls-Royce et prîmes la route, passant devant la compagnie où une bonne partie de la ville travaillait.

Vingt minutes plus tard, nous arrivions sur les lieux.

— Y a-t-il une place de parking pour ma voiture ? demandai-je à Dante qui tapait un code devant l'entrée du garage. J'aimerais laisser mon pick-up ici pour pouvoir aller et venir comme je veux.

— Nous nous arrangerons. Nous t'en réserverons une près de celle de Bastian.

Il se rangea dans une zone entourée de murs métalliques, séparée par d'autres portes. Je n'en revenais pas.

— Un garage dans un garage ?

— Il tient à sa tranquillité, dit Dante avec nonchalance. Il y a même un ascenseur personnel.

— Jets et ascenseurs privés. Ça en fait, des choses à cacher pour un seul homme.

Les fossettes de Dante se creusèrent sous l'effet de son sourire.

— Il ne te cache pas grand-chose, à toi. On l'épiait quand il était petit parce que sa mère n'avait pas bonne réputation, Morina. On l'a élevé en meneur. Ses parents lui faisaient suivre l'école à domicile pour des raisons de sécurité puis il a fini par établir tellement de partenariats que, de nos jours, même les paparazzis le harcèlent.

Je me penchai vers la portière, Dante me l'ouvrit. J'ignorais comment interpréter ces révélations nouvelles, aussi ne dis-je rien. Bastian et moi avions connu des enfances opposées. Nous avions partagé une nuit amusante et voilà que nous devions mélanger nos styles de vie pendant quelques mois.

Nous déchargeâmes la voiture. Dante laissa les valises sur place.

— Quelqu'un montera le tout.

— Je prends mes plantes et ma lampe, affirmai-je en les serrant plus fort.

— Fantastique.

Il me guida vers un ascenseur aux parois couvertes de miroirs et d'une grande vitre donnant du sol au plafond sur l'extérieur.

Je déglutis et m'agrippai de toutes mes forces aux mains courantes à mesure que nous montions.

— À quel étage habite-t-il ?

— Vous vivrez au cinquantième, répondit-il en mettant l'accent sur le pronom.

— Incroyable, murmurai-je quand les portes s'ouvrirent sur un appartement terrasse blanc.

La baie vitrée fut le premier détail à attirer mon attention. Plus je m'approchai et plus l'océan et tout Coralville, ma ville, se dévoilaient. Je sentis ma mâchoire se décrocher. Les petites bourgades et les choses minuscules m'avaient toujours inspirée. La mer représentait ce monstre dans lequel je m'immergeais. Aujourd'hui, je pouvais le surplomber.

Pourtant, là, si loin au-dessus des flots, de tout ce qui me tenait à cœur, ma perception du monde changea.

Je me retournai pour expliquer à Dante à quel point cet univers s'avérait différent du mien, au point que je ne savais pas si j'y survivrais, mais il s'affairait déjà dans la cuisine ouverte, et je trouvai Bastian près de moi.

Il posa immédiatement les yeux sur mes plantes.

— Non.

Voilà comment il m'accueillit.

— Quoi ? demandai-je tout bas, sans trop comprendre ce qu'il avait dit.

Je le dévisageai, là, dans son appartement, dans son milieu naturel. Dans son univers.

Tout en lignes nettes. Tout en costume bleu marine et en cuir marron contre un décor blanc immaculé. Ses sourcils froncés s'accordaient à merveille à sa mâchoire solide, en contraste évident avec ses douces lèvres. Tout en lui se résumait à une dureté séduisante, à la dominance désirable.

— Non, nous ne garderons pas des lampes roses et des plantes mortes ici.

Le ricanement de Dante sauva Bastian d'une repartie cinglante de ma part puis la femme au corps le plus sublime que j'avais jamais vu arriva depuis un couloir sur ma gauche. Toute de noir vêtue. Son haut s'arrêtait sous sa poitrine, des tatouages embrassaient sa peau métisse.

— C'est elle ? s'enquit-elle en me pointant d'un ongle rouge manucuré.

— Katie..., maugréa Bastian en se pinçant l'arête du nez. Que fais-tu encore là ?

Je faillis en lâcher mes fleurs. Avait-il fait venir une de ses maîtresses alors qu'il m'attendait ? Il en avait le droit, je le savais, néanmoins cela n'empêcha pas mon ventre de se nouer.

Elle s'approcha pour lui donner de petites claques assez sèches sur la joue. Il grinça des dents, elle s'en amusa. Elle dégageait une aura de terreur et de beauté à la fois.

— Je suis toujours la bienvenue, n'est-ce pas ? C'est toi qui me sors des conneries pareilles, pas moi.

Les yeux de Bastian sautillèrent entre elle et moi.

— C'est une collègue. Ni plus ni moins.

— Ah ! il a quand même failli me baiser, reprit Katie en allant fouiller dans le réfrigérateur.

Dante lui marmonna de ne pas me brusquer.

— Quoi ? C'est vrai. Même si maintenant je le considère un peu comme mon frère. Il n'est pas que mon collègue. Plutôt un ami qui sait qu'il ne faut pas me chercher.

Bastian secoua la tête tandis que nous regardions cette femme et le garde du corps. Celui-ci croqua dans une pomme et elle se pencha sur lui, visiblement très à l'aise avec ces deux-là.

— Je m'appelle Katalina. Cheffe de la bratva et partenaire de ton futur mari. Je compte bien nettoyer les ports s'il n'y parvient pas. Alors, je vous en prie, épargnez-moi cette peine.

— Je suis..., hésitai-je, concentrée sur Bastian, en levant mes plantes et ma lampe. Ça commence bien.

Au moment où je pensai le voir tomber d'accord avec moi, la sonnette retentit, car pourquoi n'aurait-on pas installé une sonnette au lieu de laisser les gens toquer ? Il alla ouvrir au portier qui apportait mes valises. Sa tenue rouge sur le marbre blanc manqua m'éblouir.

— Ouaip, ça commence bien, reprit Katie en se dirigeant vers l'entrée. Je partais, de toute manière. Mon mari se transforme en chien enragé si je ne rentre pas m'occuper de lui et de la petite. Voilà, rappelle-toi simplement que je ne suis pas là pour devenir ta meilleure copine, mais pour que tu saches que je rôde dans le coin, prête à intervenir si tu déconnes.

— Casse-toi, Katie, ronchonna Bastian.

— Je te raccompagne à l'aéroport, lui proposa Dante en la suivant. Ces deux-là n'ont pas besoin de mes services, ici.

Sur ce, Katie claqua la porte derrière eux.

Ses menaces me laissèrent telle une biche mal fagotée face à une voiture de luxe, en pleine nuit.

— Elle aboie plus qu'elle ne mord, m'expliqua Bastian avant de réfléchir. Non, elle mord tout autant, mais c'est à moi qu'elle s'adressait.

— Hmm, hmm.

Pourquoi voulais-je soudain éclater en sanglots ? J'étais dépassée. Sous le choc, je pense. Plus encore même, ils se parlaient tous comme les membres d'une famille que je m'apprêtais à intégrer.

— Je ne peux pas devenir comme ça, expliquai-je à Bastian en lui adressant un bref regard. Enfin, on peut dire ce qu'on veut de moi, je ne suis pas assez forte pour m'imposer aussi bien qu'elle.

— Je ne t'en demande pas tant.

— Qu'attends-tu de moi, dans ce cas ? Parce que figure-toi que j'ai fui bien des situations dans la vie pour éviter qu'on place trop d'espoirs en moi, et j'ai tout à coup l'impression que vous vous attendez tous à ce que je réalise quelque chose dont je suis incapable. Dante m'a donné ce dossier et...

— Respire, Morina, me coupa-t-il en venant me prendre les pots et la lampe.

Je m'y accrochai de toutes mes forces, je n'allais pas les lâcher.

— Que fais-tu ?

— Je te débarrasse.

— Non, me défendis-je en faisant un pas en arrière. Nous les gardons, Bastian. Elles se remettront. Il leur faut un peu d'eau, c'est tout.

Il se pencha sur les végétaux outrageants.

— Elles sont mortes, *piccola ragazza*, insista-t-il d'un ton sans doute destiné à m'apaiser.

— Non.

Mon cœur se pinça en entendant ce surnom. Pourquoi me demandai-je s'il s'était attaché à moi au cours d'une aventure sans importance ? Je fis un autre bond de géant en arrière.

— Sais-tu ramener les plantes à la vie ?

— Je...

Il hésita, sans doute parce que mon point de vue devenait insultant à ce stade.

— Bien sûr que non.

— Alors, je ne veux rien entendre ! m'écriai-je.

Je fonçai d'un pas lourd vers le plan de travail en granit pour poser les plantes en plein milieu.

— Morina, non.

Il serra les dents en fixant les pots noirs pleins d'une terre devenue friable.

Je l'ignorai puis me dirigeai vers une table d'appoint sur laquelle j'installai ma lampe. Il se passa une main dans les cheveux.

— Écoute, tu as le droit d'apporter ta touche à cet appartement... plus ou moins. Je vais m'efforcer de ne pas te déranger et je te saurais gré d'en faire autant. Il y a largement assez de place pour nous deux.

— Donc, les plantes ne te gênent pas, répondis-je en désignant mes nouveaux objets préférés.

Je m'enorgueillis bien trop de pousser Bastian vers la crise d'urticaire. Il fallait bien que quelqu'un lui vole dans les plumes, car, que le ciel me vienne en aide, toute cette histoire me tapait sur les nerfs.

Il mit les mains dans les poches, mais je distinguai tout de même ses poings serrés sous le tissu.

— D'accord, dit-il entre ses dents. La lampe et tes valises vont dans ta chambre, par contre.

— Les valises, oui. La lampe reste ici. Il me faut du calme.

— Du calme ? Je serai absent la plupart du temps.

— Tu es là, pour l'instant. Et cet appartement n'est pas équilibré.

— Tu n'aimes pas ? s'étonna-t-il, l'air soudain peiné.

— Est-ce important ?

— Non, pas vraiment, j'imagine, admit-il en se frottant la nuque. Je prends tes bagages et te montre ta chambre.

— Nous ferons donc semblant d'être en couple et de dormir ensemble quand nous aurons de la visite ?

— Le roi et la reine d'Angleterre font chambre à part, fit-il remarquer sans avoir l'air de voir le ridicule de la situation.

— Aucun de mes amis ne croirait que j'ai épousé un homme avec qui je ne partage pas mon lit...

Un léger mensonge ; je n'avais pas vraiment de proches.

— Quels amis ? renâcla-t-il, pensant visiblement déjà mieux me connaître que n'importe qui d'autre. Linny ? Je ne l'ai toujours pas revue depuis la dernière fois.

— Elle voyage beaucoup, précisai-je en me braquant. Passons. Les tiens goberaient-ils une telle histoire ?

— J'ai vécu avec Katie quelque temps.

Bizarrement, cela me mit en rogne, et j'aurais dû étouffer ce sentiment, cependant les mots m'échappèrent.

— Elle disait que vous aviez failli coucher ensemble !

— C'était compliqué.

Je jetai ma curiosité aux oubliettes et soudai mes lèvres afin de réprimer toute question.

Pivotant sur la gauche, il m'invita à entrer dans une pièce plus grande que la maison de grand-mère. Une vue vertigineuse sur la ville s'offrit de nouveau à moi. Les murs et le lit arboraient de douces couleurs pastel.

Je passai la main sur le dessus de la commode en chêne avant de me diriger vers la porte du fond. Elle donnait sur une salle de bains avec une mosaïque en dégradé de bleus dans toute la douche, et des miroirs dorés assortis aux robinets.

Le bout de mes doigts s'attarda sur le carrelage bleu nuit.

— Une vague...

— Je me suis dit que ça te plairait.

Cette remarque me poussa à lui faire face, intriguée.

— Comment ça ?

— Il y a encore une autre chambre, expliqua-t-il en s'éclaircissant la voix. Mais celle-ci te convient mieux, je trouve.

J'émis un petit son sarcastique. Je tenais à lui signifier qu'il ne me connaissait pas, toutefois je commençais à me demander si nous savions réellement si peu l'un de l'autre. Il m'imposait des situations nouvelles et me voyait si vulnérable que j'en vins à remettre en question toutes mes relations jusque-là.

— Ça ira parfaitement, acquiesçai-je tandis qu'il posait mes valises près de la commode.

J'entrecroisai les doigts, pressée d'installer toutes mes pierres.

— Me feras-tu visiter les autres pièces ?

— Oui. Il faudra bien que tu voies où nous devrons faire semblant de dormir.

Bastian avait beau faire preuve de légèreté, je sentis mon corps sonner l'alerte à l'idée de me retrouver seule dans son milieu naturel.

Cet homme faisait partie des énigmes irréelles. Il débordait de charme, mais demeurait trop insaisissable et puissant pour qu'on ne le fuie pas. Il évoluait en ce lieu en maître incontesté, aussi me demandai-je s'il pensait que tout lui appartenait en ce monde.

Possible… Il le dominait assurément plus que moi, même avec la perspective nouvelle de posséder une compagnie pétrolière.

Le couloir s'allongeait encore et encore, flanqué de deux portes doubles.

— Une chambre d'amis et une troisième salle de bains, m'apprit Bastian.

Nous dépassâmes une autre porte coulissante et il marmonna qu'il s'agissait d'un placard.

— Est-ce que je devrai acheter des produits d'entretien ou quelque chose de ce genre ? l'interrogeai-je. Il faudra me dire quoi faire, je ne suis pas très douée avec le ménage.

Il tira sur son col, apparemment mal à l'aise.

— La femme de ménage vient tous les jours pour s'assurer que nous ne manquons de rien. Demande-lui s'il te faut quoi que ce soit, même un simple chemisier. Donne-lui tes mensurations. Un chef passe également cuisiner de temps en temps, mais il remplit principalement le réfrigérateur.

— Une femme de ménage et un chef ? m'exclamai-je sans pouvoir réprimer une moue.

— Ça a l'air ridicule, mais je ne savais pas trop comment nous fonctionnerions, et je trouvais ça plus simple.

— Est-ce parce que je suis là ou as-tu l'habitude de ce genre de luxe ?

Il jeta un bref regard vers le fond du couloir. D'après la double porte en arche, je déduisis qu'il s'agissait de la chambre principale.

— Tiens-tu réellement à savoir ce dont je dispose ailleurs, Morina ?

— Eh bien, si nous vivons ensemble six mois...

— Cet appartement est assez grand pour qu'on ne se croise même pas, m'arrêta-t-il. Je voyage beaucoup.

— D'où le jet privé, marmonnai-je en me dirigeant vers la suite.

J'ignorais pourquoi je lui en voulais de nous séparer ou de me rappeler nos origines différentes.

Peut-être pour la simple raison que sa vie avait l'air plus faste, comparée à la mienne que je souhaitais plus modeste, sans complications. Je préférais désirer le minimum. Le contraire engendrait uniquement de malheureuses jalousies.

Cette attirance n'avait rien de réel, bien sûr, je n'avais pas besoin de faire macérer ces tentations six mois durant. Si mon bonheur se résumait aux flots de Coralville, le luxe avait une fâcheuse tendance à se présenter comme la chose la plus séduisante au monde.

Je saisis les deux poignées de la porte puis lançai un regard en arrière à Bastian.

— Voyons voir cette chambre.

— Quand tu veux, répondit-il avec un petit sourire en coin.

Au risque de me faire des idées, j'aurais juré que ses yeux erraient sur mes lèvres au moment où je les humectai. Je poussai les battants d'un grand geste en ignorant mes palpitations.

Le lit placé au centre de la pièce surpassait la vue elle aussi spectaculaire. Les baies vitrées couvraient toute la surface jusqu'à la salle de bains. Que dire d'autre à part « Ouah ! ». Je m'émerveillai à mi-voix en avançant sur la moquette moelleuse pour m'approcher de la fenêtre. Bastian vint se poster à mes côtés, si près que je dus étouffer un hoquet de stupeur quand il leva le bras. Je crus qu'il allait m'enlacer, reprendre notre petite aventure.

Le fait d'errer dans ces eaux-là alors que je m'efforçais de ne plus le vouloir me prouva que le moment était venu pour une mise au point, seule dans mes quartiers.

Or il ne me toucha même pas. Il ouvrit simplement la porte-fenêtre qui glissa rapidement derrière un renfoncement dans le mur.

Bastian sortit et m'invita à venir admirer la ville depuis la terrasse à la balustrade de verre.

Je fis non de la tête. Il pencha la sienne sur le côté, étonné.

— Aurais-tu peur ?

C'était nouveau, ça.

— On dirait, oui.

— J'ai bu mon café ici, Morina. On ne risque rien.

— Si tu le dis. Moi, je suis bien, là.

— Allez, tenta-t-il en me tendant les mains. Au moins un pied.

— Pour quoi faire ?

— Pour te prouver que tu y arriveras. Tu peux essayer quelque chose de nouveau.

— Je surfe et me lance dans des choses nouvelles en permanence.

Il ne semblait pas me croire.

Je pris une grande inspiration avant de poser la moitié du pied dehors. Je vacillai légèrement, si bien que j'attrapai immédiatement la main de Bastian.

L'éclair instantané en moi me terrifia autant que la terrasse. Mon regard croisa le sien, un petit sourire suffisant se dessina sur ses lèvres pleines.

Rien de plus, rien de moins.

L'avait-il senti lui aussi ?

Ou s'efforçait-il de ne pas se moquer de mes phobies ? Je posai mon autre bottine et pris appui dessus.

— Si on meurt, tu peux être sûr que tu vas m'entendre dans l'au-delà.

— Si nous mourons, ta grand-mère et mon père me harcèleront bien avant toi.

Je me mis à rire. Il marquait sans doute un point. Une lueur étincela dans ses yeux et le vent lui ébouriffa les cheveux, le rendant presque abordable, à ma hauteur.

Voilà peut-être pourquoi les mots m'échappèrent plus librement que de raison.

— J'ignore si j'ai peur de ce mariage ou de ne pas me montrer digne de mes responsabilités. Je termine rarement ce que je commence.

— Pourquoi cela ?

— Mon cerveau ne doit pas être fichu pareil. Grand-mère disait toujours que j'étais une boule de nerfs. Selon mes professeurs, il fallait y voir un trouble de la concentration, mais je crois que tout le monde est différent et que, dans le fond, c'est ce qui nous rend tous semblables. J'ai du mal à me focaliser sur quelque chose assez longtemps pour en voir le bout.

— D'accord, il suffira de varier de temps en temps.

— Ou de serrer les dents pendant six mois, proposai-je, mal à l'aise d'entendre Bastian accepter un défaut dont j'avais honte en général.

— Pas de problème, Morina, murmura-t-il. Pas de problème.

Il me fit signe de rentrer en me rappelant que nous devions prévenir M. Finley.

Nous écoutâmes le téléphone sonner et sonner encore. Lorsque le notaire décrocha, Bastian lui apprit la nouvelle que je confirmai ensuite.

— Je vais cocher cette case et m'assurer de rendre légale cette décision capitale. Félicitations.

Ou condoléances.

Je me retirai dans ma chambre. Que faire d'autre en compagnie d'un inconnu ?

Plus tard, j'entendis la porte d'entrée se fermer.

Je ne vis plus Bastian pendant trois jours.

Chapitre 16

Bastian

— Comment ça, tu te pointes à mon nouvel appartement ?

Pourquoi fallait-il toujours que je hurle après mon frère au téléphone ?

— Je dois faire des contrôles de sécurité, vérifier que les caméras sont bien installées.

— Ce qui est impossible depuis Chicago ?

Je fis un signe au chauffeur pour lui indiquer de rentrer. Il réagit sans attendre. Cela m'aurait sans doute valu une remarque de Dante, cependant il était affairé à l'autre bout du pays.

— En effet, répondit-il en marquant une pause. De plus, nous avons dû employer la force pour cette Morina. J'aimerais la rencontrer et, tu vois, je suis de gardiennage.

— De quoi ?

— Je suis avec notre nièce, grommela-t-il, conscient qu'il me mettrait en rogne avec ce petit oubli.

— Ne me dis pas que tu as fait monter ma nièce dans le jet. Ses parents vont te tuer. As-tu au moins prévenu Katie ?

— Non. Ils me l'ont confiée pour l'après-midi. À quoi s'attendaient-ils ?

— Ils vont te massacrer. Je te jure, Katie est une vraie malade.

J'avais baissé d'un ton, comme d'habitude quand nous évoquions nos méthodes.

— Elle a épousé notre tueur à gages. Comprends-tu seulement leur vision du baby-sitting ?

Rome et Katie s'étaient rencontrés quand nous n'étions encore que des enfants et leur amour avait grandi assez pour qu'ils donnent naissance à un bébé. Cette fillette de quatre ans représentait tout pour nous, ce que nous protégions le plus ardemment.

— Ivy voulait aller dans un parc d'attractions. Tu as dû entendre parler du plus connu de Floride, avec le château et les mascottes... Je l'y emmène quelques heures.

— Il faut prendre la journée et s'organiser, Cade. Il faut acheter les billets à l'avance !

Je serrai les poings, en vue d'étrangler ma fureur face à son ignorance. C'était lui le cadet. Il ne croulait pas sous les mêmes responsabilités que moi et avait le chic pour foncer sans réfléchir.

— Ne t'inquiète pas, je les ai piratés pendant le vol.

— Forcément, soufflai-je. Tu ne peux pas y aller. Ma nièce sera trop fatiguée. Et attache-lui sa ceinture.

— Techniquement, elle n'est pas ta nièce. Rome est notre cousin, tu sais.

— Bien sûr que si. Nous sommes des Armanelli. Elle appartient à la *famiglia*, abruti. Évite ce genre de débilités devant elle.

— Ne t'en fais pas. Elle pleurniche pour aller aux toilettes. J'essaie simplement de t'agacer pour voir si tu vas exploser avant qu'on arrive.

Il me forçait à retourner à l'appartement. Une éruption l'attendait bel et bien.

— Quand atterrissez-vous ?

— Dans une demi-heure environ. Nous serons là dans une heure et nous aurons faim.

— Je ne serai pas chez moi dans les temps, emmène-la manger avant. Morina est sur place et je n'ai pas...

— Tu n'as pas quoi ?

— Je n'habite pas vraiment là-bas, avouai-je en me passant une main sur le front.

Je préférais que Cade ne mette pas en doute ma façon de gérer la situation.

— Pardon ? Vous devez jouer à la dînette et vous ne faites même pas connaissance ? Ça ne te ressemble pas.

— Ce qui veut dire ?

— Que vous trouverez un terrain d'entente. Tu n'en es pas à ton premier partenariat bancal. Est-elle si insupportable que ça ?

— Pas du tout, la défendis-je aussitôt, tentant immédiatement de me rattraper. Elle s'impose dans mon espace, voilà tout.

— Un peu comme dans toute relation…

— As-tu compris qu'il s'agit d'un mariage légal, au moins ?

— Oui, plus ou moins. Vous devez avoir l'air crédibles. Si on venait à croire qu'elle n'est pas intouchable, elle courrait de nouveau un danger.

Je cognais la banquette de la Rolls-Royce. Je n'aurais pas dû sentir le poids du fichu testament de Maribel.

— J'en ai assez de rattraper les erreurs de Mario.

— Papa était le roi des partenariats foireux.

— Morina ignore tout des imports illégaux, lui expliquai-je après m'être éclairci la voix. Inutile d'amener ça sur le tapis. J'essaie de lui montrer que nous visons la transition de Tropical Oil vers des énergies plus vertes, au nom de sa ville. Nous nous occuperons du reste discrètement. Compris ?

— Pourquoi ? Nous avons mis un terme aux trafics de drogue il y a des années, à la mort de papa. Elle devrait nous remercier.

— Maribel ne me faisait pas confiance justement à cause de ça. Crois-tu que sa petite-fille nous vendra ses parts si elle apprend que notre père a menti à sa grand-mère ?

— D'accord, soupira-t-il. J'effacerai le maximum de traces possible. On trouve peut-être encore des liens vers la drogue, sur le *dark web*.

— Ne tarde pas trop. Évitons les problèmes supplémentaires. Ces fiançailles attirent déjà trop l'attention.

— Tu m'étonnes, on n'a rien vu venir, admit-il avant de s'arrêter une seconde. Si on m'avait dit que ce serait toi qui te marierais !

— Comment ça ?

— Je ne sais pas... Tu es le chef de la famille. Tu as bien assez de travail. Tu répares tous les torts de papa et tu le prends bien plus à cœur que tu ne le devrais.

J'entendis du bruit à l'autre bout de la ligne.

— Ivy est revenue. C'est l'heure du goûter. Petit conseil, frangin. Explique doucement à ta chérie ce qui l'attend. Vous devez vous rendre à un gala de charité pour les ports pétroliers, la semaine prochaine. Est-elle au courant ?

— Ça n'a rien de bien compliqué. Elle s'habillera et ira. Nous y annoncerons nos fiançailles et organiserons une petite cérémonie la semaine d'après.

— Tu prévois tout sans elle en pensant que ça ne t'attirera pas de problèmes, ricana-t-il. J'ai hâte de voir quand ça t'explosera au visage.

— Tu n'es qu'un gros taré, Cade.

— Et j'en suis fier, répondit-il en murmurant quelque chose à Ivy avant de reprendre. Sois sympa, dis à Katie que tout va bien si elle t'appelle.

Il raccrocha.

Moins de vingt minutes plus tard, le numéro de Katie s'afficha sur mon téléphone.

Autrefois, j'avais cru pouvoir partager plus avec elle, cette femme puissante et inflexible. Nous avions alors découvert ses liens avec la bratva, et elle s'était mise à gérer ses affaires et les nôtres. Elle était devenue l'une des personnes les plus influentes au monde, mais j'adorais notre relation ; nous étions à la fois collègues et membres d'une même famille.

Nous travaillions de concert pour opérer sans accrocs, pour que nos clans prennent les choses en main.

— Oui, Katie ? répondis-je à la cinquième sonnerie.

J'avisai alors le gratte-ciel où attendait ma femme. Je n'y serais pas avant une demi-heure.

— Ton frère vient de m'apprendre qu'il a atterri avec ma fille, fit-elle, pleine de venin.

— Je n'ai rien à voir là-dedans.

— Je ne te crois qu'à moitié. Quoique, c'est probable, tu te caches sans doute de ta fiancée. Ivy ne peut pas veiller toute la nuit pour le vol de retour. Elle dormira chez Morina et toi. Sortez avec elle, nourrissez-la bien, ne la quittez pas des yeux. Si les parcs sont bondés... Cade doit monter une équipe pour sa sécurité. Je ne serai pas là à temps, Bastian.

Derrière toutes ses invectives, l'inquiétude dans sa voix me calma.

— Je m'en occupe, Katie. Tout ira bien. Nous allons bien nous amuser, d'accord ?

— Ah ! tu rêves. Attends-toi à un véritable enfer. Par contre, si elle rentre en boudant, je te brise tous les os et j'écorche Cade vivant.

Elle fut la deuxième à me raccrocher au nez, ce jour-là.

Je ne m'arrêtai pas sur ses menaces. Combien en avais-je déjà reçu ? Elle était toutefois sérieuse. Mais plutôt mourir que de laisser quoi que ce soit arriver au petit monstre qui allait mettre mon appartement sens dessus dessous.

Je demandai au chauffeur d'accélérer, ce qui ne suffit tout de même pas à devancer mon frère. Je me retrouverais donc à affronter la femme que j'évitais depuis des jours, avec Cade et Ivy en plein milieu.

Une fois dans l'ascenseur, je pouvais déjà sentir son odeur. Le parfum de Morina s'avérait assez épicé pour avoir imprégné le jet des jours durant. J'aurais voulu me réjouir quand il s'était estompé, mais au lieu de cela, j'avais failli me renseigner sur cette fragrance.

Désormais, elle ne me quitterait plus pendant six mois.

Sans doute un vicieux retour de ce karma auquel elle devait croire.

Je fermai les yeux, agacé de lui en vouloir. Elle n'était pas responsable des dernières volontés de sa grand-mère. Ni de nos ébats ou du fait que je ne parvenais pas à m'ôter du crâne ces visions d'elle nue et bien cambrée.

Sa compagnie ne me répugnait pas. J'avais seulement cru ne plus jamais la revoir. Elle était jeune, parlait trop sans réfléchir et n'incarnait pas celle dont j'avais besoin dans cette entreprise. La dernière. L'ultime fardeau légué par mon père. Et autant dire qu'il m'en avait fait, des cadeaux empoisonnés.

Il s'agissait désormais de la seule branche à redresser afin d'offrir à ma famille un nouveau départ. En somme, j'allais suivre la procédure à la lettre. Aucun imprévu.

Aucune entourloupe.

Si Maribel exigeait un mariage pour lui prouver que je développerais sa compagnie, alors soit. Morina verrait mon sérieux.

Et tant pis pour le plaisir, même si j'avais salivé devant sa main en train de glisser sur les mosaïques, souhaitant pouvoir la lui prendre et la poser sur mon sexe à la place. Le bruit de ses bracelets à ce moment-là, le contact délicat de ses ongles sur les carreaux... Elle m'attirait tant...

Et m'énervait. Je n'avais pas besoin de ce désir. D'où cette distance que j'imposais entre nous.

Et voilà que mon frère, même s'il n'en savait rien, me forçait à la revoir.

Quand je sortis de l'ascenseur, Ivy courait autour de l'îlot central couronné des plantes à moitié mortes. Les feuilles évoquaient une telle désolation ! La lampe de sel les avait rejointes, sorte d'élément naturel supplémentaire dans la décoration.

L'effet n'y était pas vraiment.

Morina croyait en ces gris-gris. Je n'en voyais pas l'intérêt, mais au lieu de l'accepter, j'avais complètement vrillé.

Cela ne me ressemblait pas. En temps normal, j'aurais trouvé un terrain d'entente.

Elle soulevait en moi des sentiments incontrôlables uniquement prompts à m'agacer davantage.

Cade m'adressa un clin d'œil lorsqu'Ivy courut pour me saluer, ses longues bouclettes lâchées au vent. J'étais déjà en position de réception quand elle se jeta sur moi.

Je ne représentais certes pas le meilleur colocataire pour Morina, mais j'étais le roi des tontons. J'attrapai la fillette en plein vol.

— Ma petite Poison Ivy. Comment as-tu fait pour venir ?

— J'ai pris l'avion, tonton Bastian, gloussa-t-elle en m'appuyant sur les deux joues en même temps. T'es bête.

— Moi, bête ? demandai-je en feignant la stupeur. Je ne suis pas bête. Je suis ton oncle très intelligent.

Elle réfléchit un instant puis se tourna vers Cade qui agitait un doigt tatoué dans sa direction, avant de m'enlacer.

— C'est vrai. Cade est plus bête que toi.

Je hochai la tête solennellement.

— Il faut bien que quelqu'un soit l'adulte.

— Alors, c'est toi, le chef, hein ? Maman, elle dit toujours que c'est elle, la cheffe, mais je crois que papa et toi aussi.

Elle se pencha pour me tirer l'oreille sans aucun ménagement. Je restai impassible, subjugué par cette fillette aux cheveux noirs et aux yeux gris, afin de ne pas la priver de son sourire un seul instant.

— Cade, c'est pas le chef.

— Attention, petit monstre, intervint Cade, penché sur son téléphone. J'entends tout. C'est mon super pouvoir, et ça fait de moi le plus costaud des chefs.

Elle se mit à rire en secouant la tête.

Elle ne se fatiguait jamais, ce pour quoi nous n'étions sans doute pas prêts, cependant nous devions la garder et nous en arranger. Je la lançai en l'air, lui arrachant un fou rire. Je la calai ensuite sur mon bras.

— Tu as faim ?

— Ta copine Morina m'a donné un goûter, m'expliqua-t-elle en désignant la femme que j'avais ignorée jusque-là.

Un bonjour ou un merci semblait de rigueur, mais au vu de toutes les mises au point à venir, je décidai de m'en passer. Nous appliquerions mon plan et elle s'y plierait comme tout le monde. Ivy l'avait dit, c'était moi, le chef.

En tout cas l'un d'eux.

— C'est très gentil de la part de Morina, fis-je remarquer à la fillette en observant celle que je n'avais pas revue depuis des jours.

Sa chevelure lui retombait, encore une fois, chaotiquement autour du visage. Elle portait un débardeur bien trop ample, sur lequel une main faisait un signe de paix. En dessous, sa brassière bleue laissait peu de place à l'imagination. Son jeans troué lui moulait mieux les fesses que dans mon souvenir, et elle me jetait un regard noir que je commençais à sincèrement apprécier.

Je reposai Ivy en lui disant d'aller voir Cade. Il la prit sur ses genoux pour jouer sur son portable.

— Désolé pour la visite.

Je mis les mains dans mes poches, ignorant comment dissiper cette gêne entre nous.

— J'aime bien les petites invitées, assura-t-elle avec un sourire taquin vers Ivy qui agita les doigts dans sa direction, toujours aux aguets. Ivy m'a tenu compagnie pendant que je lui préparais un sandwich. Le chef a rempli le réfrigérateur de toutes sortes de fromages après s'être renseigné sur mes goûts, j'imagine.

— D'accord, dis-je avant de me racler la gorge. Nous partons pour le parc d'attractions, tôt demain matin. Nous la ramènerons ensuite.

— Demain ? s'étonna Cade.

— Cade, ce n'est pas la peine d'y aller maintenant. Il faut attendre des heures pour certains manèges, et même si tu les pirates et que nous coupons les files, nous n'aurons pas le temps de tout visiter. Tiens-tu sincèrement à emmener une fillette fatiguée tout en sachant qu'elle ne pourra pas voir tout le parc ?

Ivy hocha la tête et tourna vers Cade ses grands yeux de chien battu.

— Je veux tout voir, tonton Cade.

— Mais oui, la rassura-t-il en descendant du tabouret avec elle. Dans ce cas, on va devoir fouiller chez tonton Bastian. Il faut trouver de quoi faire une cabane pour le film de ce soir.

— Oui ! cria Ivy.

Puis, au lieu de venir m'en taper cinq, elle sautilla vers Morina.

— Tu regardes le film avec moi, dis ?

— Euh…, hésita-t-elle en me dévisageant avant de se concentrer sur ma nièce en se frottant les mains nerveusement. Oui. Je crois. Mais je… Il faut que j'aille m'occuper de chiens d'abord, puis je reviens.

J'aurais juré voir le corps tout entier d'Ivy, jusqu'à ses boucles, se raidir en entendant le mot « chien ». Je fermai les paupières, vaincu, et Cade se frappa le front.

— Je veux dire bonjour aux chiens, décréta Ivy.

Je grattai ma joue mal rasée pour voir comment Morina allait se tirer de ce guêpier.

Elle chercha de nouveau mon aide, comme prise entre deux feux.

Eh oui, tu t'es mise dans le pétrin toute seule.

Je me détournai pour errer près du réfrigérateur. Qu'elle se débrouille pour refuser quelque chose à la plus mignonne des enfants.

— Euh, tu sais, tes tontons préfèrent sûrement que tu restes avec eux.

— Ils viennent avec nous. Tonton Bastian, tu peux nous emmener, dis ?

Quand elle posa ses yeux à demi larmoyants sur moi, je n'hésitai pas une seconde.

— Bien sûr, petit monstre.

— Vous..., balbutia Morina, bouche bée. Vous ne pouvez pas.

— Pourquoi, Morina ? l'interrogeai-je en battant des cils comme un enfant.

— Bon, d'accord... si tu tiens à passer du temps avec moi, mais tu ne voulais pas vraiment...

— Youpi ! la coupa Ivy en se précipitant dans ses jambes.

Morina posa une main maladroite sur le dos de la petite en me lançant un regard en coin.

— Je vais me changer, nous partons dans dix minutes si vous êtes prêts. Je dois jeter un œil rapide aux chenils. Je n'en aurai pas pour longtemps.

— Mais j'aurai le droit de caresser des chiens ? s'enquit Ivy, son petit index dressé.

— Hmm, hmm.

Morina se dirigea vers sa chambre, talonnée par Ivy. Cade se tourna vers moi, mais je haussai les épaules.

— Bon sang, pesta-t-il. Ivy, viens chercher de quoi faire une cabane. Morina doit discuter avec Bastian.

Notre nièce se mit à courir vers le couloir, mais Cade se rua derrière elle en rugissant.

Morina ne revint pas même en ayant entendu Cade dire que nous devions parler.

Je soupirai puis la suivit. Comme la porte était entrouverte et que Mo venait à peine d'entrer, je ne jugeai pas indispensable de toquer. Elle fit volte-face quand je toussotai pour attirer son attention.

— Tu pourrais frapper.

— Pardon ?

— C'est ma chambre, pesta-t-elle, pleine de reproches et de hargne.

Ce ton fit immédiatement naître en moi une tension inutile.

— C'est notre chambre. Tout comme cet appartement nous appartient à tous les deux.

— Comment le saurais-je ? J'y vis seule.

— M'en voudrais-tu de ne pas être là ?

— Non, répondit-elle si fort que ce mot ricocha sur les murs.

— Je travaille, je t'avais prévenue que je ne serais pas très présent, affirmai-je en croisant les bras. Au moins, tu es tranquille.

— Super, c'est parfait.

Elle ne semblait pas trouver la situation si parfaite…

— Je rentre après trois jours et tu pars d'un coup t'occuper de tes chiens. Ne viens pas me dire que tu veux me voir.

— Oui, oui.

— Comptes-tu m'expliquer ce qu'il y a ?

— Non ! lança-t-elle en tapant du pied, le souffle court, les poings serrés le long du corps. Je préfère ne pas te parler pour l'instant.

— Peut-on savoir pourquoi ?

— Parce que tu m'énerves !

Elle grimaça, ses mots semblaient lui avoir échappé.

— Je ne… Je ne me sens pas bien, ici. Mes pierres, mes huiles et le surf me permettent de me construire une bulle. Je vis dans le confort, Bastian. Je n'aime pas le luxe, les chefs ou les plans de travail blancs. Je dois me plier à ce testament parce que je ne peux plus acheter de mixeurs et d'ingrédients pour mon food truck et gagner ma vie. Je n'y arrive pas, car je patauge.

— Tu patauges ?

J'essayai d'intégrer ce qu'elle m'avait dit à la vitesse d'un faucon en chasse.

— Quant à ton ramassis de pages et de millions de mots, c'est du chinois. Et c'est rasoir, Bastian. À en mourir. Je sais bien que nous ne nous connaissons pas, hormis une nuit pas si ennuyeuse que ça, seulement je ne supporte pas de tourner en rond. Je… je ne pense pas être…

— Stop.

Elle posa le regard sur moi et parut enfin faire son âge. Dix ans plus jeune, ses yeux de saphir empreints de peur, de vulnérabilité. Je croyais qu'elle s'en moquait ou que ce n'était rien pour elle à cause de sa nonchalance ou de sa façon d'imposer les choses. Cependant... Je dus reprendre ma respiration.

— Dis donc, tu parles vite.

— Normalement, non.

— Depuis quand n'as-tu plus été aussi nerveuse ? m'enquis-je en plissant les yeux.

— C'est quoi, cette question ? lança-t-elle en jouant avec ses mains comme dans la cuisine.

— Non, rien.

Je le sentais, nous allions mieux nous connaître dans les mois à venir.

— Laissons tomber ce dossier barbant pour l'heure, si tu veux. Allons nous occuper des chiens, rentrons regarder un film et demain, nous irons au parc d'attractions oublier que nous sommes des adultes. Ensuite, nous passerons aux trucs ennuyeux.

— C'est vraiment une plaie, Bastian, murmura-t-elle en observant les documents sur son lit.

Sa remarque me fit mourir de rire, curieusement, et les plis de son front disparurent au profit d'un grand sourire.

Solaire. Merveilleux.

Et violent.

Voilà ce qu'était ce sourire.

Elle anéantirait mon univers si je manquais de prudence.

Chapitre 17

Morina

Nous arrivâmes au refuge à l'instant même où le Dr Nathan fermait derrière lui. Il rouvrit avec un grand sourire, mais adopta un air plus méfiant en voyant ma suite.

— J'ai de l'aide, aujourd'hui, expliquai-je en lui présentant tout le monde afin de le rassurer. Ivy aura bientôt cinq ans, dans huit mois, mais elle veut devenir vétérinaire parce qu'elle adore les chiens. Bastian et Cade sont, euh, de bons amis et les oncles de la petite.

Le médecin se détendit quand il comprit que des proches d'Ivy l'accompagnaient.

— Ravi de vous rencontrer.

Techniquement, il aurait fallu leur faire signer des décharges, cependant le Dr Nathan avait l'air fatigué, et nous n'imprimions presque plus ces documents. Les deux mille habitants du coin amenaient presque tous leurs enfants voir les chiots.

— Si vous voulez rentrer chez vous, nous nous en sortirons. Nous nourrirons les animaux et veillerons au grain. J'aimerais vérifier lesquels ont besoin qu'on leur coupe les griffes, et c'est Luna qui n'allait pas bien, n'est-ce pas ?

— Elle manque d'affection, rien de plus. Elle est jeune et perdue. Je lui aurais bien tenu compagnie plus longtemps, mais c'est mon anniversaire de mariage.

— Super. Félicitations.

Aurais-je dû lui demander quand il avait rencontré sa femme ? La lettre de grand-mère me tourmentait bien trop pour réfléchir. Elle désirait vraiment me hanter, et ces critiques quant à mon incapacité à m'attacher incarnaient un argument parfait pour ne pas vouloir me marier.

— Je la remercie toujours d'avoir réussi l'exploit de rester avec moi aussi longtemps. Si ce n'était pas pour la bonne cause que je m'absente autant, elle aurait déjà demandé le divorce.

Cette candeur me fit rire. Peut-être n'étais-je pas la seule à ne pas vouloir du mariage, mais ces deux-là semblaient très bien s'en accommoder.

— Merci d'être venue. Vous manquez aux bêtes.

Il serra la main à Bastian et Cade puis expliqua à Ivy qu'elle pouvait se servir dans les friandises pour chien dans l'entrée. Elle sautilla jusque derrière le bureau de l'accueil, ses cheveux rebondissant avec elle.

— Bien, commençai-je en prenant deux caisses de jouets dans un placard avant de pivoter. Vous irez vous occuper des animaux dans l'aile des visiteurs. Moi, je dois aller voir nos toutous stars.

— Vos toutous stars ? s'étonna Bastian, un sourcil levé.

— Ils requièrent et obtiennent énormément d'attention, d'où ce surnom. En vérité, je les appelle les enfants terribles, mais la plupart se font adopter.

Je les invitai à me précéder afin de ne plus perdre de temps. Les capteurs de mouvement allumèrent le couloir au carrelage moucheté, provoquant aboiements et miaulements.

— Voici la salle des visites. Il y a d'autres jouets et friandises sur cette table.

— Sais-tu lequel conviendrait le mieux à Ivy ? m'interrogea Cade, les sourcils froncés.

Le sérieux des deux frères et leur façon de se comporter en protecteurs étaient craquants.

Mes ovaires se réveillèrent après avoir longuement hiberné.

La relation d'Ivy avec ses oncles aurait fait cet effet à n'importe quelle femme. La petite était mignonne, pleine d'entrain, si débordante de joie qu'on aurait voulu s'imprégner de cet amour innocent à tout jamais.

— Je connais la candidate idéale. Une vraie diva, il lui faut de l'attention en permanence. Celle dont parlait le vétérinaire. Il m'a écrit pour me dire qu'elle déprimait, mais elle se sent seule, rien de plus. Nous la soupçonnons d'être la dernière de sa portée. Les gens chez qui elle vivait... Ils ont connu des jours difficiles après un accident de voiture.

Tandis que je divaguais, Bastian et Cade s'installèrent sur les chaises en métal. Ivy sautait sur place, les doigts noués.

— Tant qu'elle ne risque rien, répondit Bastian, concentré sur sa nièce.

— Je reviens tout de suite, les garçons.

Je me hâtai vers le chenil du fond où j'attrapai un petit rottweiler croisé. La chienne devait avoir environ sept semaines, mais paraissait déjà costaude. Ses pattes minuscules, son ventre rond et ses taches noires et brunes nous avaient immédiatement séduits à son arrivée.

Elle se recroquevilla contre moi quand je l'amenai dans la pièce des visites.

À l'instant où elle l'aperçut, Ivy se changea en un autre être humain. Finis les sauts et les cris, bonjour les chuchotements débordants d'amour.

— Elle est rikiki, murmura-t-elle.

— Eh oui.

Luna s'agita dans mes bras en voyant des visiteurs.

— C'est un bébé qui se sent seul sans sa maman, son papa, ses frères et ses sœurs.

— Je serai ta grande sœur, si tu veux, assura Ivy en hochant la tête, l'air grave, avant de me regarder. Comment elle s'appelle ?

— Luna, pour l'instant. Quand des gens l'adopteront, ils la baptiseront peut-être autrement.

— Pas très pratique, commenta Bastian.

— De quoi l'embrouiller, la pauvre, ajouta Cade en me faisant un signe. Donne-la-moi.

Je la tins par son ventre dodu tandis qu'elle jappait.

— Elle gigote beaucoup, compris ?

Cade acquiesça et la prit entre ses mains tatouées avec la délicatesse d'un professionnel. Il la caressa et la cajola comme s'ils étaient devenus les meilleurs amis du monde en une seconde.

— Elle t'aime bien, tonton, affirma Ivy en lui tapant le dos, fière de lui.

Je me mordillai la lèvre. Voilà ce que je préférais et détestais le plus lors des visites. Quand quelqu'un tombait amoureux d'un animal que j'adorais avant de le recueillir. Je savais qu'Ivy et Cade se contentaient de se taquiner, mais l'effet restait le même. Je me reculai.

— Je vais vite m'occuper des autres. Veillez bien sur Luna.

Mon cœur était trop serré pour que j'ose les regarder. Cette chienne trouverait un foyer fantastique. Tout irait bien pour elle. Toutefois, quand je la prenais dans mes bras, je ne ressentais pas la même chose que d'habitude. Elle se calmait toujours et me léchait le visage plus qu'avec n'importe qui d'autre.

Le Dr Nathan avait affirmé que sa place se trouvait avec moi. J'avais simplement secoué la tête. Je n'avais pas besoin d'un animal de compagnie.

— Je vais t'aider.

Bastian se releva, son costume encore bien repassé, miraculeusement. Il retira sa veste pour la poser sur une chaise. Sans me quitter des yeux, il se retroussa les manches.

Je m'éclaircis la voix, incapable de me détourner de ses tatouages. Il les cachait si bien au reste du monde que je les avais oubliés. Cette manière de s'enrouler sur sa peau, de se tisser un chemin autour de ses veines saillantes, m'assécha la gorge.

Bon sang. J'étais en manque. Je pris deux cagettes de matériel, dans l'espoir de revenir sur Terre.

Il me suivit dans la pièce d'à côté.

— Tu peux rester avec ton frère, si tu veux. C'est gentil à eux de venir, et j'ai l'habitude de faire ça toute seule.

— Hmm. Ce soir, je suis là.

— J'ai l'impression de prendre un virage à cent quatre-vingts degrés dans notre relation, marmottai-je.

Je n'arrivais plus à calmer mon cœur ni à penser à autre chose qu'à Bastian derrière moi, notamment quand il me dévorait sans doute du regard.

Je m'écartai alors des chenils.

— Attention, tous les chiens ne sont pas dociles.

— Ne t'inquiète pas, répondit-il en mettant les mains dans ses poches, les yeux posés sur les cagettes que je portais. Veux-tu de l'aide ?

— Non, ça va.

J'eus beau accélérer le pas, il me devança tout de même pour m'ouvrir la porte. Les aboiements assommèrent la plupart de mes pensées, et je levai les yeux au ciel en voyant certains des animaux se jeter contre les grilles.

— Hé, ne jouez pas les miséreux, je ne me suis pas absentée si longtemps que ça.

Une dizaine de bêtes demandaient un peu d'affection, ce soir-là. Je montrai un chiot blanc à Bastian.

— Il faut envelopper Tito dans une couverture chaude et le caresser quand il mange. Sans ça, il n'avale rien. Peux-tu t'en charger ?

— Ça te rendra vraiment service ? s'enquit Bastian, s'adaptant à la perfection.

Je ne comprenais pas trop son envie soudaine de m'aider et de passer du temps en ma compagnie. Je vérifiai qui avait besoin de quoi. Une caresse et une friandise suffiraient pour la plupart.

— Oui, j'ai des griffes à couper, Darcy doit sortir et il faut mélanger des médicaments à la nourriture de certains chiens. C'est Tito qui exige le plus de temps.

— Je m'en occupe, dans ce cas.

J'ouvris le chenil, quelque peu inquiète pour les vêtements de Bastian.

— Euh, je peux t'apporter une chaise, si tu veux.

Il claqua de la langue puis s'assit en tailleur à même le sol en béton, devant Tito.

— Arrête donc, Morina.

J'étouffai un hoquet.

— Tu vas devoir jeter ton pantalon.

— J'en rachèterai un.

— C'est du gaspillage.

— Pas si c'est pour aider ma fiancée, chantonna-t-il sans me regarder.

Me présentait-on la nouvelle version optimisée de Bastian, enfin décidé à s'investir ? S'attendait-il à ce que j'en fasse autant ?

Nos vœux ne signifieraient rien, notre union tiendrait à du vent, nos vies s'orienteraient en fonction d'un stupide contrat malsain. Je sortis une bougie de la cagette et la posai sur une étagère, près d'une des fenêtres. La lavande adoucissait l'atmosphère. Je l'allumai en lançant des sons de pluie sur mon téléphone.

M'imprégnant de l'odeur, je me persuadai que j'arriverais à traverser cette épreuve. Faire semblant ne devrait pas poser problème. Seulement, quand il se trouvait là, si près, dans mon espace, je me demandai si nous étions capables de nous supporter. Le charme qu'il pouvait dégager, assis sur un sol taché d'urine, décidé à arranger les choses entre nous après des jours d'absence, demeurait un mystère. Mystère que je ne cherchai pas à résoudre, par ailleurs.

Mes ongles, privés de manucure ou de vernis depuis des mois, me parurent trop bruts, tandis que je m'efforçais de trouver quelque chose à dire à Bastian.

Je bredouillai un vague remerciement puis allai me mettre au travail.

Chaque animal possédait un caractère différent. Les chatons courbaient le dos tant que je les caressais et ronronnaient parfois si fort que leur corps tout entier vibrait.

Certains chiots, en revanche, ne levaient pas la tête quand on entrait dans leur chenil. Darcy s'éloigna même d'un bond. Son côté caniche la rendait trop orgueilleuse pour prêter attention à la plus petite marque d'affection. Malgré tout, elle remua de la queue lorsque je l'emmenai faire ses besoins dans l'arrière-cour et lui lançai une balle.

Puis, quand les bêtes s'accoutumèrent à notre présence et que le calme retomba, je revins voir Tito. Bastian était adossé au mur de briques, le chien lové sur son giron. Il lui caressait la tête, tous deux avaient les paupières closes.

— Il aime qu'on lui tienne compagnie, et toi, tu as l'air de le comprendre, fis-je remarquer en m'appuyant contre un montant métallique.

— Il a bien mangé, chuchota-t-il sans cesser de le cajoler. Mais tu avais raison. Il a arrêté dès que j'ai retiré ma main.

Pourquoi mourais-je de chaud, tout à coup ? La douceur chez les grands hommes virils servait-elle de phare aux femmes ?

Je tâtonnai dans ma poche à la recherche de la petite pierre bleue que je transportais. Une source de tranquillité. Il m'aurait plutôt fallu des tranquillisants contre ma libido.

— À chaque animal ses manies, je dirais. Comme nous.

— Quelles sont les tiennes, Morina ?

Une question innocente, mais Bastian essayait de m'analyser.

— J'en ai sans doute tellement que ma manie consiste à en avoir.

Je toussotai puis écartai le pan de métal pour aller reprendre Tito. Il gémit quand je l'enveloppai d'une couverture faite pour les chiots câlins, puis le posai dans son panier.

— Allons voir Cade et Ivy. J'ai terminé.

— Comment se fait-il que tu n'aies pas de chien ?

Bastian ne s'était pas levé, apparemment peu pressé, désireux de papoter.

— C'est juste que… je n'en ai pas besoin. J'en ai bien assez ici.

— D'accord, mais ils trouvent tous un foyer. Tu dois bien t'attacher.

Sur ses grandes mains entrelacées, la chevalière d'or qu'il portait en permanence étincelait dans la lumière vacillante.

— C'est vrai. Je les adore, mais je n'ai pas le temps de leur offrir un foyer correct, contrairement aux gens qui nous les prennent.

— Lors de notre rencontre, tu affirmais ne jamais voyager.

Il parvint à s'élever du sol tel un dieu.

— Et donc ? demandai-je, les yeux plissés.

— Et donc un chien peut attendre huit heures pendant que tu t'occupes du food truck. C'est assez courant, j'ai l'impression. Pourquoi n'aurais-tu pas le temps ? Y aurait-il une autre raison ?

— Je… Est-ce si important ?

Je levai les yeux au ciel en croisant les bras. Cette insistance me rendait nerveuse, curieusement.

— Je le crois, oui. J'aimerais te connaître si nous devons vivre ensemble et j'ai du mal à te cerner.

— Heureusement que tu n'es jamais là, alors.

— Cela t'a-t-il dérangée ?

— Encore une fois, je ne suis pas à l'aise à l'appartement, lui expliquai-je, paumes vers le plafond, en lui tournant le dos pour rejoindre Cade et Ivy.

— Attends, fit-il en me saisissant par le coude.

— Quoi ? dis-je en me retournant.

— Tu affirmais ne pas avoir l'habitude d'autant d'espace, que tu ne te sentais pas bien. Pas que tu voulais que je sois là.

— Oui, bon, je ne sais pas. Je ne connais que toi, plus ou moins, par ici, et je n'aime pas vivre seule dans un appartement de luxe bizarre où j'ai l'impression de ne rien pouvoir toucher sans risquer de le salir ou de le casser. La table de la salle à manger est en verre. Il n'y a pas la moindre tache. Je voulais utiliser le mixeur, mais on le croirait fait de cristal. J'avais peur d'abîmer un de tes appareils...

— Ce sont les nôtres.

— Quoi ?

— Notre table, nos appareils. Nous vivons ensemble. Rien de tout ça n'est à moi.

— Très bien. Si tu veux. Tu as compris.

— Six mois, Morina... C'est long. Tu dois te sentir chez toi, alors cesse de croire que cet appartement n'est qu'à moi.

— Mais il n'appartient qu'à toi, criai-je à moitié.

Je serrai les dents puis m'écartai de lui. Ma main replongea dans ma poche.

— Tranquillité, chuchotai-je.

— De quoi ?

Je soupirai pour lui montrer de quoi je parlais.

— J'ai des pierres sur moi, parfois. C'est censé m'aider à me recentrer.

— Parce que je te décentre, Morina ?

Ses yeux se posèrent rapidement sur mon jeans puis remontèrent lentement. Une vraie torture de voir ses cils se soulever quand il arriva à hauteur de ma bouche. Je me mordillai la lèvre avant de répondre.

— Pas volontairement, je pense. Honnêtement, tu as l'air de vouloir que nous nous entendions bien. J'ai simplement l'impression que tu ne t'intéresses qu'à toi.

— Ce qui ferait de moi un narcissique, commenta-t-il, un sourcil levé.

Je soupirai en l'entendant déformer mes propos.

— Nous savons pertinemment que c'est faux. Tu n'aurais pas veillé sur ce chiot et tu pourrais dire non à Ivy, autrement. Tu ne m'aurais pas fait jouir autant de fois dans ce...

Je me plaquai une main sur la bouche en fermant les yeux.

— Désolée, je ne voulais pas aborder le sujet.

En réponse, il joua avec mes cheveux jusqu'à ce que j'ose à nouveau le regarder. Il se fendit alors d'une moue narquoise.

— Un narcissique ne t'aurait pas autant fait hurler son nom, tu crois ?

— Sérieusement, m'exclamai-je en vacillant, un doigt pointé sur lui. C'est un sujet de plaisanterie, maintenant ?

— Ce n'était qu'une nuit, Morina, ajouta-t-il avec insouciance.

— Je le sais bien, répondis-je en resserrant les bras autour de ma poitrine.

— Il faut que nous soyons à l'aise ensemble. Je n'aurais pas dû te laisser seule à l'appartement.

— D'accord.

Où cette conversation nous mènerait-elle ?

— Nous devons jouer la comédie en public. Autant avoir l'air détendus.

— Bien sûr.

Je triturai ma pierre en me retournant pour rejoindre Cade et Ivy.

— Emportes-tu toujours tes cristaux ? s'enquit-il en désignant ma poche.

— Pourquoi toutes ces questions ?

— Ah ! il faudra t'y faire. Nous allons beaucoup plus nous voir, dorénavant.

— Parce que ?

Tout à coup, Bastian se trouva trop proche de moi, je me sentis trop à nu.

— Parce que tu es ma fiancée, Morina.

Je ne le corrigeai pas. Inutile. Aux yeux du monde, c'était vrai.

Je serrai Luna contre moi quand nous fûmes retournés dans la salle des visites. Elle était la plus gentille chienne de l'univers, selon Ivy.

La joue contre le pelage du chiot, je souris à la fillette.

Puis je les quittai pour ramener Luna dans sa cage. Elle gémit quand je l'y déposai.

— Tout va bien, ma grande. Tu es à l'abri, ici. C'est chez toi, et je vais te trouver un foyer parfait tout aussi douillet que ton panier.

Elle tourna deux fois sur elle-même avant de s'avachir sur son coussin. J'éteignis la bougie à la fenêtre puis conduisis mon fiancé et ses proches vers la sortie.

Quand je verrouillai, Bastian se posta à mes côtés.

— À l'avenir, quand tu reviendras, il faudra que je t'accompagne, d'accord ?

Je levai les yeux vers cet homme enveloppé de nuit, penché sur moi telle une sentinelle. La perspective de ne plus pouvoir me déplacer seule m'étouffa quelque peu.

— Ça fait des années que je fais ça, Bastian.

— Le food truck aussi. Je ne courrai pas ce risque.

J'émis un vague murmure, sans vraiment répondre. Il s'absenterait sans doute d'autres nuits. Il faudrait bien que je vienne fermer si on me le demandait.

— Dis-moi que tu obéiras, *piccola ragazza*, me souffla-t-il.

Ses mots me plongèrent tout entière dans un torrent ardent. Il lui suffisait de si peu pour m'hypnotiser…

— Je te préviendrai à chaque fois, répondis-je en me mordillant la lèvre inférieure. Ça te va ?

Il me dévisagea comme s'il était face à une infinité de possibilités.

— Entendu.

Chapitre 18

Bastian

Morina était bien la seule personne que je souhaitais forcer à m'écouter. Elle ne pouvait plus se promener sans gardes du corps en pleine nuit, aussi allais-je le lui faire comprendre.

Je ne la comprenais pas.

À sa façon de tout vouloir accomplir seule et d'imposer une distance entre elle et les autres, elle me paraissait assez maligne pour se protéger de peines éventuelles. Je l'avais bien observée quand elle s'occupait de Luna. Elle s'était rembrunie puis s'était retournée discrètement afin de s'essuyer les yeux. Elle aimait ce chiot même si elle ne souhaitait pas l'adopter. Malgré tout, elle sortait seule le soir sans se soucier des risques.

Heureusement, Ivy nous avait demandé de l'accompagner, ce qui m'avait prouvé à quel point je devais protéger Morina.

Elle n'avait pas vérifié les alentours ni surveillé ses arrières en verrouillant le refuge.

Imprudente.

Et naïve.

Telle était ma future femme, bientôt morte si je ne veillais pas sur elle.

Devant le film, elle entortillait ses cheveux sur un doigt et, comme si cela ne suffisait pas, elle jouait avec ses bracelets. Pensait-elle vraiment que ces pierres dans sa poche fonctionnaient ?

Cela la calmait-il ?

— La cabane est pas assez grande si on veut tous dormir dedans, décréta Ivy par-dessus la chanson d'une princesse au sujet d'une maison magique.

— Nous dormirons dans nos lits, lui expliquai-je.

— Et si on dormait un peu là après le film et qu'ensuite on allait au lit ? tenta-t-elle en guise de compromis.

Cade se mit à rire, probablement à cause de mon penchant pour les négociations.

Morina me regardait de ses yeux perçants, curieuse de ma réponse. Sa mâchoire faillit se décrocher quand j'acceptai la requête de la petite.

Morina me prenait pour ce que je n'étais pas, je devais lui prouver le contraire. Il nous fallait faire front commun en public, sans compter qu'elle devait comprendre mes bonnes intentions à l'égard de son entreprise. La seule solution consistait à la convaincre.

Mon père aurait magouillé dans tous les sens, dans une telle situation. La peur, la contrainte, les menaces.

Je tenais à respecter le libre arbitre de Morina. Une transaction équitable.

— Pourquoi notre maison chante pas, tonton Cade ? s'enquit Ivy.

Il oublia son téléphone pour lui caresser les cheveux.

— Ça n'existe pas, Ivy.

— Mais on va voir un vrai château demain, dis ? reprit-elle d'une voix aiguë pleine d'inquiétude.

Morina nous observa alors tous les deux, déjà prête à nous entendre tout gâcher pour la petite.

— Tu sais, les châteaux de princesse existent pour de vrai, intervins-je sans laisser le temps à mon frère de briser ses rêves.

Il aurait manqué de tact. Personne n'avait jugé bon de lui enseigner ce principe.

— D'ailleurs, tonton Cade t'y emmènera dès qu'on arrivera au parc.

Mon frère rouspéta en silence quand notre nièce se tourna de nouveau vers la télé.

— La sécurité est stricte, là-bas. Il va falloir enregistrer nos empreintes sur ma tablette. Je suis dans le système. J'ai également écrit à la direction. S'ils lisent le message à temps, c'est bon. Au pire, tu appelleras.

— Pour quoi faire, Cade ? Pour faire entrer ma nièce dans un parc ? C'est ridicule.

— Non, ça l'est pas, tonton Bastian, chantonna Ivy.

Nous fîmes tous la grimace. La fillette avait le chic pour écouter aux portes en se concentrant sur autre chose. Elle saurait tout faire en même temps, plus tard.

Nous regardâmes ensuite le film, mais Ivy s'assoupit contre Morina. Cade se retira dans une des chambres avec son ordinateur. Ma fiancée se tourna vers moi.

— Quel est l'intérêt d'avoir le numéro du directeur du parc ?

Elle ne comprenait pas qu'un homme dans ma position avait énormément de personnes dans son répertoire, notamment si leurs responsabilités consistaient à amasser de l'argent.

— Il connaissait bien mon père.

— Et que faisait-il, au juste, Bastian ?

La tension m'habita soudain. Les muscles de mon cou, rarement si détendus, se raidirent une fois de plus.

— Nous cherchons tous à agrandir nos entreprises.

— Ou à protéger ce qui vous appartient, c'est bien ça ?

— Est-ce important ?

Elle se pencha vers moi.

— Si tu t'adonnes au banditisme et menaces d'autres sociétés, comme le faisait ton père selon ma grand-mère, alors oui. Je dois t'épouser et être liée à toi pendant six mois. Tu aimerais paraître crédible et me montrer tes véritables intentions, si je ne m'abuse...

Elle baissa rapidement les yeux sur Ivy.

— Sommes-nous en sécurité, près de toi ?

— Plus que vous le seriez sans moi. On a ravagé ton camion pendant que tu dormais à l'intérieur.

Je tentai de rester impassible face à ce souvenir désagréable. Morina me rappelait ces princesses innocentes des dessins animés. Elle savait la vérité, et pourtant j'aurais juré qu'elle évitait à tout prix de l'accepter. Elle évitait bien des choses, mais pas de me provoquer.

— Ivy est si mignonne…, reprit-elle en lui effleurant les cheveux.

— Oui, et elle le restera, affirmai-je d'un ton grave.

Insinuait-elle que je ferais du mal à ma nièce ?

— Je dis simplement que s'il vous arrivait quoi que ce soit à cause de vos activités illégales…

— Morina, mon père était un criminel bien avant ma naissance.

Elle ne se détourna pas un seul instant d'Ivy.

— Et donc, vous faites tous partie de la mafia. J'épouse le parrain au lieu de m'éloigner de la pègre.

— Nous ne nous voyons plus comme ça.

Je me frottai la nuque, la tête en arrière, en quête des mots justes.

— Je remets peu à peu ses affaires sur le droit chemin. Nous avons aussi des familles. Nous sommes les fruits de cette vie foireuse dans laquelle on nous a plongés, mais je suis sur le point de tout légaliser. Il me faut encore…

Impossible de lui expliquer que je devais m'assurer qu'aucun trafic n'avait lieu dans la compagnie de sa grand-mère, même quand elle m'étudiait intensément, prête à tout entendre.

— Tu dois me faire confiance. Nous devons travailler en équipe.

— Alors, il faut que je lise ces documents…, fit-elle en se mordillant la lèvre.

Sa façon d'évoquer ce dossier au milieu d'une conversation sur les millions de dollars et la vie des gens m'arracha un rire malgré tout mon stress.

— Oui, tu dois tout lire.

— D'accord, soupira-t-elle. Mais laisse tourner le film si elle se réveille pendant que je m'y mets.

Elle se leva puis étira ses longues jambes et son ventre bronzé. Mon sexe apprécia aussitôt le spectacle. Je me remémorai la douceur de sa peau, la moindre partie de son corps.

Quand elle s'agaça de mon attitude, je lui souris d'un air malicieux.

— Ne m'en veux pas, *piccola ragazza*. Nous avons couché ensemble, après tout.

— Tu disais que c'était terminé, tout ça.

Encore des provocations. J'émis un léger grondement, et ses iris s'embrasèrent.

Elle partit à pas de loup, contournant la cabane de draps en coton égyptien accrochés aux tabourets et au canapé. Je me délectai de la vision de ses fesses.

Nous allions devoir trouver une solution pour ne pas céder à la tentation. Inutile d'aggraver une situation déjà complexe.

Elle revint s'asseoir près de moi avec le dossier.

— Je vais lire à voix haute pour me concentrer, annonça-t-elle en se raclant la gorge. J'ai parfois du mal à me focaliser sur ces trucs-là.

Je haussai les épaules, peu soucieux qu'elle trouve cela ennuyeux.

— Il y a beaucoup de choses à retenir.

— Je suis souvent dans la lune, avoua-t-elle en plissant le nez.

Je haussai de nouveau les épaules quand elle se mit à rougir. J'ignorais pourquoi.

— Chacun ses points forts. Comment t'en tenir rigueur ? Je n'aime pas forcément ça, moi non plus.

Cette remarque me valut un sourire radieux puis Morina ouvrit le dossier. Au bout de deux pages sur la routine journalière de la compagnie, ses paupières s'alourdirent.

— C'est toi qui as écrit ça ? ronchonna-t-elle.

— Non, dis-je en me redressant. J'en ai compilé une partie, et Cade a trouvé des informations en ligne. Une de nos équipes a tout rédigé.

— Faut-il vraiment que je retienne tout ? J'ai du mal à croire que grand-mère s'en souvenait.

— Ce n'était pas le cas. D'où notre problème. Pour nettoyer la compagnie, nous devons tout savoir. Tu aimerais que ta ville résiste au passage du temps, non ?

— Bien sûr, Bastian, répondit-elle en se levant d'un soupir pour aller remplir un verre d'eau. Mais je ne pense pas avoir quoi que ce soit d'utile à apporter. Explique-moi ce que tu comptes changer et pourquoi.

— Me croiras-tu sur parole ?

Pas très sage en affaires.

— Oh ! Seigneur, pourrais-tu me regarder autrement ?

Elle versa le verre entier dans les plantes. Je fis la moue. Elle n'allait pas les sauver de cette manière.

Je pris le temps de couvrir Ivy, endormie par terre avant de rejoindre Morina près de l'îlot central.

— Ne les arrose pas quand tu es énervée.

— Comment ? s'étonna-t-elle en me foudroyant du regard. Je ne suis pas énervée.

— Frustrée. Et tu as vidé un verre plein à un seul endroit. Comment veux-tu que les racines de ton orchidée boivent toutes ?

Elle leva les yeux au ciel, mais m'observa quand j'arrosai la terre tout autour de la tige.

— Tu disais que tu n'avais pas la main verte. M'aurais-tu menti ? Peut-être que tu devrais t'en occuper à ma place.

— Pas de souci.

— Si tu es là, bien sûr.

— C'est de bonne guerre, m'amusai-je. Je t'en accorde encore une ? Je m'excuse de m'être absenté.

— Encore une quoi ? Une pique ? Et ensuite ?

Cette façon de me mettre en cause… J'étais à deux doigts de la prendre sur mes genoux pour lui montrer. Je me renfrognai, déjà sur le point de lui expliquer quelle punition l'attendait.

— Laisse tomber, soupira-t-elle sans m'en donner l'occasion, en s'accoudant sur le plan de travail. Si j'ai le droit d'inviter des amis ou…

— As-tu beaucoup d'amis ?

Je cernai de plus en plus son côté solitaire à l'esprit libre. Si elle refusait d'adopter un chien et n'avait appelé aucune copine depuis des jours, son entourage s'avérait sans doute restreint.

— Et cette fille qui était là quand nous avons…

Je me tus face à son regard en coin.

— Linny travaille énormément.

— Linny t'a laissée monter à bord d'un jet avec un inconnu.

— Tu t'es montré très convaincant, Bastian. Et elle ferait confiance à n'importe qui. Elle voyage en préférant croire en la bonté, pas en la méchanceté. Elle a déjà pris un taxi à Mexico avec trois armoires à glace et sans son téléphone.

Elle me poussa gentiment du bout du doigt.

— Et puis n'oublie pas que tu sais te montrer persuasif. Tu lui as donné ta carte et tout.

D'autres en auraient fait autant.

— Ne fais jamais confiance à quelqu'un comme ça, dis-je tout bas.

— Personne ne s'est jamais embêté pour moi. D'habitude, je trouve un coin rec…

— Je me passe des détails, la coupai-je en secouant la tête, le ventre soudain noué, avant de retourner auprès d'Ivy. Viens regarder la fin du film.

— Ce truc de princesses ? s'étonna-t-elle.

— Ne veux-tu pas savoir la suite ?

J'avais un peu honte d'apprécier ce dessin animé. Morina bâilla puis acquiesça avec nonchalance. Avant de me rejoindre, elle prit un briquet et un bâtonnet dans un petit vase sur le plan de travail. Elle l'inséra dans une planchette.

— Qu'est-ce que c'est ?

— De l'encens. C'est censé...

— Crois-tu en tous ces trucs ?

— Évidemment. C'est prouvé, les diffuseurs d'huile fonctionnent à merveille et ça, c'est aux agrumes et à la menthe poivrée. Tu as aimé mon smoothie, si je me souviens bien.

Je hochai la tête. Voilà sans doute d'où venait l'odeur qui avait imprégné tout le jet.

— Eh bien, on peut obtenir le même effet avec les sens olfactifs. Le goût et l'odorat sont très liés.

— Aurais-tu emmagasiné tout ce savoir en une seule fois ?

— Oui, mais... Essaierais-tu de me faire lire ce dossier de la mort ?

— Allez. Si le film ne t'intéresse pas, autant travailler et me demander de t'expliquer ce que tu ne comprendrais pas.

Elle tapa du pied telle une enfant capricieuse, cependant elle revint lentement s'asseoir avant de prendre les documents sur ses genoux. Je dus bien lui accorder qu'elle parvint à se concentrer sur une page entière.

— On parle d'une sacrée somme si grand-mère possédait réellement toutes ces actions.

Effectivement. Elle parcourait un passage encore et encore, à la recherche de quelque chose.

— Comptes-tu sincèrement me payer autant pour quelques parts de Tropical Oil ?

— C'est la dernière compagnie sous le joug de mon père, lui expliquai-je sans hésiter. J'ai tout fait pour œuvrer dans la légalité et nous assurer des revenus dont on ne verra jamais la fin. Mon héritage sera propre.

— Tu ne recherches pas que le profit, alors ?

— Je n'ai besoin de rien si je dispose d'assez de fonds pour te racheter tes parts, ne crois-tu pas ?

— Peux-tu m'expliquer tes intentions envers ma ville ? soupira-t-elle en se passant les doigts dans les cheveux.

— Bien sûr, dis-je en m'adossant pour lui détailler ma vision des choses. Le Royaume-Uni a adopté cette stratégie, et je nous pense capables de faire de même aux États-Unis. J'ai parlé à des ingénieurs. Leurs plans sont dans ce dossier, mais pour rester simple, nous visons une transition vers des énergies vertes. Ce serait plus sûr pour Coralville ainsi que pour tous les ouvriers qualifiés des environs. Nous établirions les bases suffisantes pour opérer des années durant puis nous inciterions le gouvernement à nous rejoindre. Le conseil d'administration doit approuver cette décision. Ronald, le patron de SeashellOil et actionnaire de Tropical Oil, refuse. Sans ta voix ou la mienne, ils risquent d'user les installations jusqu'à la corde et de provoquer une marée noire ou une catastrophe du même ordre.

Je marquai une pause à contrecœur afin de lui laisser le temps de tout intégrer.

— Tu y crois sincèrement, on dirait.

— Nous avons appliqué ce modèle en Californie et tout s'est déroulé à merveille.

— Qu'en pensait grand-mère ?

— L'idée lui plaisait, je dirais. Elle ne me faisait pas confiance, en revanche.

— Pourquoi ?

— Mon père était une fouine. Loin de tenir parole après une poignée de main. Plutôt du genre à te poignarder dans le dos au détour d'une ruelle sombre.

Elle se mordilla la lèvre, m'observa un instant puis hocha la tête.

— Nous pouvons nous montrer meilleurs qu'eux, je crois. Après notre mariage, allons voir l'usine, et je tiens à être présente quand tu appelleras le gouvernement. Entamons les procédures, et tu obtiendras mes parts.

— Je te les rachèterai.

— Ça ne changera rien à ma vie, Bastian. J'en tirerai simplement ce que je veux. Seule la prospérité de ma ville compte.

Sur ce, elle lut encore cinq pages avant que sa tête se pose sur mon épaule et que ses yeux se ferment. Elle ne les rouvrit pas.

Elle m'avait fait confiance très rapidement, comme si elle me connaissait, comme à un homme de parole. Je ne revenais jamais sur une promesse faite à mes associés. Je m'efforçais jour et nuit de ne pas devenir le portrait craché de mon père. J'avais toujours fulminé quand on me comparait à lui et qu'on se méfiait de moi.

Or, avec Morina, je me sentais obligé de ralentir. Elle n'aurait pas dû vouloir me confier une telle fortune de la sorte. Avait-elle perdu l'esprit ?

Ou étais-je le seul fou dans cette histoire, à bien insister pour mettre les points sur les I au nom d'une transaction parfaite ? Si elle comptait foncer tête baissée dans un accord bancal et ne rien en tirer, alors tant mieux pour moi.

Non ?

Morina devenait peu à peu bien plus qu'un obstacle. Je n'avais pas l'habitude d'une telle gentillesse ni d'une telle bizarrerie. Elle ne se méfiait de rien et me paraissait bien excentrique avec ses perles et son encens.

Elle habitait une jolie plage couverte de châteaux de sable où il faisait bon surfer et câliner des petits chiens.

De quoi attirer l'avarice et le vice inhérents à l'argent.

Une ombre noir pétrole polluerait les eaux cristallines de Morina, et moi, je voulais l'en sortir sans la blesser.

Mon père ne s'était jamais donné autant de mal.

Je ne désirais rien d'autre.

À la fin du film, la princesse découvrit la magie d'être soi-même. Je soupirai et me tournai vers Morina, dont le souffle lourd se posait encore contre moi.

Je devais les mettre au lit, elle et Ivy.

— Morina ? chuchotai-je, la faisant remuer légèrement. Tu devrais aller te coucher.

Elle refusa en silence et s'installa sur mes genoux sans ouvrir les yeux. Elle parvint à se rouler en une boule minuscule, lovée contre moi.

Bon sang, ses fesses se frottaient à mon sexe, me rappelant le bonheur de dormir derrière elle.

— Tonton, retentit une petite voix.

Je portai alors mon attention sur la fillette aux yeux remplis d'étoiles.

— C'est ta princesse.

Elle avait posé le menton sur ses doigts noués, soupirant face à ce qu'elle croyait voir.

— J'aime bien quand vous êtes ensemble.

Elle se coucha de nouveau d'un coup puis remonta la couverture sur ses épaules.

— La barbe..., grognai-je quand Cade arriva et prit Ivy dans ses bras.

— Je l'installe dans la chambre d'amis et je t'emprunte ton lit, vous n'avez pas l'air de vouloir bouger.

— Lâche-moi, pestai-je.

Cependant, mon frère, mort de rire, s'engouffrait déjà dans le couloir avec notre nièce.

Je penchai la tête en arrière, les yeux fermés.

Quelques minutes ou quelques heures plus tard, je sentis Morina s'allonger et m'entraîner avec elle. Je me réveillai en une seconde, les mains directement sur ses hanches. Ses pupilles étincelaient dans la lumière tamisée tandis qu'elle se mordillait la lèvre.

— Morina, l'arrêtai-je d'une voix grave.

— Oui ?

— Ne me tente pas, *ragazza*. Notre contrat de mariage compte trop pour ça.

— C'est toi qui me tentes, Bastian, continua-t-elle en se frottant à mon entrejambe. Inutile de mélanger la compagnie et le plaisir, de toute façon. Je suis trop tendue et n'ai pas l'habitude de me retenir. Penses-tu vraiment que nous allons résister six mois ? On pourrait… tu sais… une fois de temps en temps. Ce n'est pas comme si on n'avait jamais rien fait.

— Morina Bailey.

Cette fois-ci, elle sourit, une malice langoureuse dans les iris. Elle flottait encore entre sommeil et réalité. Victime de ce qu'elle pensait que la nuit cacherait.

— Tu le regretterais, demain matin, affirmai-je en essayant de dormir.

Je sortis de ma torpeur en entendant un bruissement. Elle s'était retournée, avait mis la main entre ses cuisses et soulevé son T-shirt. J'éprouvai tout à coup le besoin de découvrir ce qui se cachait dessous.

— Sérieusement…

Elle ne s'arrêta pas, mais se contenta de se cambrer, d'appuyer ses reins contre mon sexe tendu en se masturbant. Son regard bleu d'abysse s'ancra au mien par-dessus son épaule.

— S'il te plaît, Bastian…

Si elle s'oubliait dans son extase et ses rêves noirs, je me perdais en elle, pris dans les filets d'une sirène irrésistible. Je lui empoignai les hanches, mais elle me fit enfoncer deux doigts en elle.

— Je t'excite tant que ça, Morina ? lui susurrai-je, lui arrachant un cri silencieux. Dis-moi si c'est pour moi, que je puisse te faire jouir.

Je devais l'entendre.

— Rien que pour toi.

Elle se tourna et gémit dans mon cou quand je la caressai avec un doigt supplémentaire. Je la laissai se déhancher contre ma main tout en lui titillant aussi le clitoris, et elle me mordit au moment où l'orgasme la frappa.

Lorsqu'elle redescendit enfin sur Terre, je crois qu'elle ne voulut pas lever la tête pour croiser mon regard. Je distinguai le rouge sur ses joues même dans la pénombre, même si elle tentait de se cacher sous mon menton.

J'ôtai ma main en douceur.

— *Ragazza*, regarde-moi.

Le souffle court, elle s'exécuta.

Je m'assurai qu'elle voie bien la façon dont je prenais en bouche les doigts responsables de son plaisir. Je goûtai son extase sur ma peau, sucré-salé aux accents de perfection.

— Tu es délicieuse, chérie. Tu ne devrais pas en avoir honte.

Je lui déposai alors un baiser sur le front.

— Bastian, je...

Je fis non de la tête, sur le point de basculer.

— Je ne coucherai pas avec toi. Dors.

— Mais tu n'as pas joui, toi.

Bordel...

— J'ai envie d'aller et venir en toi toute la nuit. Je veux t'entendre hurler mon nom haut et fort, pas dans mon cou. Mais il faut que tu me fasses confiance, *ragazza*. Allez, dors. S'il te plaît.

Sans un mot de plus, je fermai les yeux en plaçant sa cuisse autour de ma taille. Je passerais la nuit le plus près possible de celle que je convoitais sans pouvoir l'avoir.

À force de me jeter dans les flammes, peut-être ne m'attireraient-elles plus.

Peut-être qu'au petit jour, je déménagerais en fin de compte. Morina devenait cette satanée tempête que je fuyais.

Le soleil se lèverait pour me tirer de ce conte de fées où elle vivait.

La réalité nous rattraperait bien assez tôt.

Chapitre 19

Morina

J'enfouis le nez contre son torse quand une petite voix couina dans la cuisine.

Mon nez ?

Contre son torse ?

J'ouvris un œil pour me rendre compte que Bastian m'enlaçait sur le canapé.

Ses solides bras tatoués m'avaient prise en tenaille, sa joue mal rasée me grattait la peau.

J'eus la chair de poule quand son souffle se posa sur un point sensible de ma clavicule.

Ah ! qu'il sentait bon, même au réveil, sensation exacerbée par ses muscles tout contre moi.

Il avait dû nous couvrir, car je sentais la chaleur d'une couette jusque sur mes épaules. Heureusement... Ivy n'avait pas à savoir ce qui s'était passé en dessous. Il valait mieux censurer la main de Bastian bien cramponnée à ma cuisse.

À côté, la fillette piaillait autour de Cade qui semblait en train de lui préparer son petit déjeuner tandis que je tentai d'échapper à Bastian sans un bruit.

Comment avais-je pu m'assoupir avant de lui grimper dessus en pleine nuit ?

J'avais même complètement perdu la tête à me faire jouir devant lui.

Mais bon sang, j'en avais besoin.

Pour ma défense, ce dossier m'avait sans doute poussée dans mes retranchements. Je n'avais ni surfé, ni appelé Bradley, ni quoi que ce soit d'autre depuis des jours.

Voilà tout. Bastian aurait pu se laisser aller, lui aussi. Cela ne m'aurait pas dérangée.

Ma cuisse se frotta à son sexe, je me pris à frissonner. Je n'avais pas oublié la sensation de lui en moi.

Je gémis légèrement en songeant à sa manière de se lécher les doigts, trop consciente de devoir le côtoyer six longs mois sans pouvoir me jeter sur lui.

Sa poigne se raffermit et il ouvrit les yeux. Tout de miel, d'ambre et de douceur caramélisée.

— Ce genre de petits cris si près de mon oreille, Morina, c'est une supplique pour te donner une raison de gémir.

Incroyable. Cette voix.

— Sérieusement, ce n'est pas juste, murmurai-je en lui appuyant sur le torse.

— Quoi ?

— Je ne devrais pas me réveiller auprès d'un homme si je ne profite pas de lui à 100 %. Et pourquoi faut-il que ce type, ce soit toi, avec ta voix qui sent le sexe dès le lever ?

Un grondement semblable à un rire lui échappa.

Je m'humectai les lèvres, d'autant plus frustrée face à ce rire si attrayant. Je fis mine de me lever, cependant il me serra de nouveau la jambe, m'indiquant de ne pas bouger. Je le dévisageai puis mes yeux passèrent de lui à la cuisine.

— À quoi joues-tu ?

— J'essaie de faire taire cette voix qui me dicte d'emmener ma fiancée dans ma chambre pour un peu d'intimité.

— Oh ! mon Dieu. Qu'est-il arrivé au type qui, il n'y a pas si longtemps, affirmait à ma grand-mère que je n'étais qu'une gamine dont personne ne voudrait ?

Tout était bon pour nous calmer.

— Tu sais très bien que je ne le pensais pas, surtout quand tu me chevauchais une semaine auparavant. Je me suis léché les doigts après t'avoir caressée, hier soir.

Il posa immédiatement la main entre mes jambes. Je n'aurais même pas dû songer à coucher avec lui. C'était là tout le problème de la torpeur matinale, cependant. Une partie de la conscience somnolait encore pour laisser les pulsions sauvages primaires l'emporter.

Je fis rouler mon bassin contre lui, il s'embrasa. Les iris chocolat-caramel devinrent lave en fusion.

— Tonton Bastian ! cria Ivy en arrivant devant le canapé. Petit déjeuner et puis on va faire du tapis volant et du bateau, et tonton Cade a dit qu'on peut voir une bagarre de pirates !

Cette intervention suffit à lui faire retirer sa main et à se tourner vers sa nièce surexcitée avec un regard tranquille. Je m'assis à côté de lui, assez généreuse pour ne pas enlever la couverture de ses genoux. Je tirai sur mon long T-shirt en sautant du canapé.

— Je vais prendre une douche. Ne m'attendez pas pour manger.

Je me réveillai sous les torrents d'eau chaude. Je m'immergeai et m'intimai d'aller taquiner les vagues dès que j'aurais fini la lecture de ce dossier. D'après les documents, je devrais bientôt assister à des réunions et galas. Nous devrions porter nos masques de couple marié, néanmoins suivre Bastian sur ce terrain de luxure ne nous mènerait à rien de bon.

Il avait raison.

Je ne pouvais pas prendre le risque de mêler mes sentiments à cette histoire, pas quand la ville attendait que je trace son avenir.

Cela constituait un premier pas vers la sagesse.

On me verrait en public avec Bastian et ses proches. De quoi marquer les esprits.

— Dites, ma tenue conviendra-t-elle ? leur demandai-je en sortant de la salle de bains, inquiète à l'idée d'être photographiée.

— Comment ça ? gronda Bastian.

— C'est parfait, me rassura Cade en me regardant, lui.

— Qu'est-ce que vous racontez, tous les deux ? reprit Bastian en se concentrant sur son frère.

— On va évaluer votre relation, s'expliqua le cadet avec insouciance en me tendant une assiette.

— Merci, fis-je en bavant devant le lard et les œufs cuits à la perfection. Ça a l'air délicieux.

— Ce n'est rien d'extraordinaire, s'amusa-t-il. Maman nous aurait tués si elle avait vu avec quoi Bastian remplit les placards, franchement.

— Tais-toi, répondit son aîné en se servant sans le remercier.

— Maman serait furieuse. Tu le sais très bien.

Bastian et Cade, deux hommes capables de faire fondre n'importe quelle femme au monde, se toisaient. Je me posais beaucoup de questions quant à leur famille. Ma curiosité devrait toutefois rester en cage. Elle ne me servirait à rien.

— Mon papa dit que Bastian aime pas parler de sa maman parce qu'elle est plus là, chuchota Ivy en se penchant en avant. Il a plus de papa, non plus.

Elle me passa aussitôt la main sur le visage, comme si me rassurer moi suffirait à calmer Bastian. Je jetais un coup d'œil dans sa direction, mais sa nièce avait attiré son attention.

— J'aime parler d'elle, *bambina*. Ne dis pas ça, d'accord ? Je l'adorais. J'évite simplement le sujet depuis qu'elle n'est plus là.

— Ça veut dire qu'elle est morte, Morina, m'indiqua-t-elle généreusement tandis que je me focalisais sur mon petit déjeuner afin de ne pas prendre part à la discussion. Et je crois que quand les gens meurent, tonton ne parle plus d'eux... On doit pas parler d'eux, hein, tonton Bastian ?

— Oui, Bastian, éclaire notre lanterne, s'il te plaît, ajouta Cade d'un air diabolique, les bras croisés. Moi aussi, j'aimerais savoir.

La mâchoire de Bastian remua de bas en haut un moment... Avant de répondre, il alla prendre une bouteille d'eau dans le réfrigérateur pour se désaltérer. Il la posa plus brusquement que nécessaire sur le plan de travail en granit.

— Ivy, ma mère était très gentille. Elle nous aimait plus que tout, mon père et nous. Quand ton papa venait, elle nous préparait des cannoli et nous rigolions toute la journée. Mais elle est partie, maintenant. Il faut tourner la page.

— Mais c'est ta maman, hésita la petite.

Face à tant de confusion, je la pris par l'épaule et fusillai du regard Bastian, qui me rendit aussitôt la pareille.

— Oui, et elle aimerait que je profite de ceux qui sont encore là. Allez, termine ton petit déjeuner.

Son ton n'accordait aucune place à la discussion. Et si Bastian s'avérait plus meurtri qu'il ne le laissait voir ? Son frère baissa les yeux, et moi aussi.

Nous mangeâmes en silence puis Cade annonça l'arrivée des chauffeurs. L'ascenseur nous amena à la voiture où j'avais cru que nous nous entasserions, mais c'était deux gros véhicules qui nous attendaient, cernés de gardes du corps et d'hommes en costume noir. Je me pétrifiai, à moitié sûre de me faire assassiner dans la seconde.

Bastian leva les yeux au ciel comme s'il avait deviné mes craintes.

— Ils nous accompagneront au parc. Nous surveillons la fille de Katie. Certains ne la portent pas dans leur cœur. Elle tient à sa sécurité.

— Ouah...

On atteignait un tout autre stade de maman ours, là. Malgré tout, le moindre aspect de cette petite sortie devenait de plus en plus stressant.

— On vous déteste donc à ce point ?

— Dans certains milieux, oui, hésita-t-il sans trop savoir que me révéler, apparemment. On va nous photographier, aujourd'hui. Mais c'est une bonne chose. Ça va solidifier notre relation. Plus personne n'osera s'attaquer à toi.

Nous arrivâmes assez vite à destination, étant donné que le parc se trouvait à quelques heures de route. Bastian se plaignait que nous n'ayons pas pris le jet.

— Le trajet en voiture, c'est ce qui rend l'expérience plus réelle, lui expliqua Cade.

— Arrête donc. Tu n'as rien vécu de réel depuis des années à force de passer le nez sur ton téléphone.

— Tu serais surpris, grand frère, répondit-il avec le sourire du chat du Cheshire.

Une fois sur place, les véhicules nous déposèrent directement devant les files d'attente. Un employé du parc nous demanda nos empreintes.

Ma vie normale n'impliquait jamais des palpitations au moment d'entrer où que ce soit. Si on nous rejetait, il faudrait sortir de la queue puis aller acheter des billets. Et encore patienter. Le talent de Cade devait frôler le divin cependant, car on nous donna le feu vert et nous passâmes les portes sans encombre.

Ivy dansait tout autour de nous dans sa petite robe à la jupe bouffante.

— Qui la lui a offerte ? m'étonnai-je.

— Elle en a des millions, chez ses parents, répondit Cade sans sourciller. J'en ai pris quelques-unes.

— Un tonton parfait, le complimentai-je en lui donnant un petit coup d'épaule.

— Et probablement le mari idéal. Désolé que tu sois coincée avec mon frère.

Bastian marmonna dans sa barbe, mais nous prêta peu attention au cours de la balade. Sans doute se réjouissait-il de ne pas avoir à me faire la conversation.

— Le château ! s'exclama Ivy d'une voix aiguë. Le château ! C'est moi la princesse ! C'est moi la princesse !

Bastian et Cade levèrent les yeux sur le parc devant nous, et je crois que la réalité de la chose nous percuta tous les trois en même temps. La foule s'agglutinait partout tels des troupeaux autour d'un point d'eau.

— Êtes-vous déjà venus ici ? leur demandai-je en inspirant.

Ils firent non en silence puis Cade prit la petite main d'Ivy dans la sienne pour l'emmener gambader un peu plus loin. Il se retourna au bout de quelques pas.

— Allumez vos téléphones. Je vais chercher une poussette pour la princesse. Nous vous rejoindrons après quelques manèges.

— Pourquoi ne les accompagnons-nous pas ? demandai-je à mon merveilleux mari factice qui les saluait déjà.

— Nous attirons assez l'attention. Faisons semblant de nous amuser.

— Quoi ? m'exclamai je en observant les alentours.

Je ne voyais personne de suspect. Aucun appareil photo dans les buissons ni journalistes armés de micros, prêts à nous bombarder de questions.

— Il n'y a pas de caméraman, Bastian.

Il se pinça l'arête du nez, je le laissai se calmer.

Les gens s'écartaient de nous en entrant dans le parc. Les vastes allées accueillaient difficilement l'afflux de visiteurs enthousiastes. Certains venaient déguisés, d'autres couraient pour arriver les premiers aux manèges, d'autres encore prenaient photo sur photo du château au loin.

— Les paparazzis se servent aussi de leurs téléphones, de nos jours. N'oublie pas les petits gangs, les indépendants ou les hommes d'affaires qui nous surveilleraient. Il leur faut des preuves, et les médias veulent des images.

Mes yeux sautaient d'un point à l'autre de façon incontrôlable, à l'affût des espions.

— Tu ne les repéreras pas, Morina. Cade saurait, il s'y connaît.

— Alors, quand il complimentait ma tenue, ce matin… commentai-je, en comprenant ma bêtise.

— Ça voulait dire que tu es habillée comme il faut. C'est une sortie en couple. Main dans la main, etc. D'accord ?

— Je n'ai peut-être pas envie de te tenir la main.

— Mais si. Nous irons faire les boutiques et un ou deux manèges.

— Aimes-tu les montagnes russes ?

— Mes parents ne m'emmenaient pas dans ce genre d'endroits. Et une fois adulte, je n'ai plus eu le temps.

— Navrée pour ta mère, murmurai-je avec douceur. Oui, ça n'aide pas vraiment, on me l'a répété je ne sais combien de fois. Ça me donne envie de frapper la personne ou de lui crier que les mots sont inutiles. Mais bon, je ne sais pas quoi dire d'autre.

Il acquiesça puis sortit ses lunettes de soleil de sa veste de costume. Le bouclier parfait pour abriter le vide inhérent à tous les orphelins.

— J'ai grandi depuis. La douleur s'est estompée.

— Étiez-vous proches ?

Je compris à sa manière de se mordiller la joue, de fourrer les poings dans ses poches.

— C'était elle qui unissait tout le monde. Elle nous offrait une vie normale et heureuse. Mon père a fini par aspirer son âme, malheureusement, au point que je l'ai retrouvée par terre dans la salle de bains, à côté d'un flacon de médicaments.

Je me raclai la gorge. Mon cœur se serra pour Bastian, tout comme pour moi, à l'époque.

— Elle est morte de chagrin, parce qu'un type plus vicieux que le diable lui a ôté la vie, reprit-il d'une voix basse pourtant empreinte de haine, de violence. Mon père méritait de pourrir en enfer.

— Alors, j'espère que c'est le cas, assurai-je en lui donnant une tape sur l'épaule, le regard tourné vers le lointain.

— Même sans cela, il doit se retourner dans sa tombe en me voyant reconstruire son empire et me l'approprier.

— Allons-y pour ta mère, alors, dis-je en me forçant à la bonne humeur. J'imagine que nous prononcerons nos vœux pour elle.

— Si tu veux, Morina, s'égaya-t-il. Si tu veux.

Je sentis son regard se poser sur moi derrière ses Ray-Ban fumées.

— De quoi sont morts tes parents ?

— Un accident de la route, répondis-je à contrecœur en me reculant.

— Hmm. Ça craint… Je suis désolé, moi aussi. T'emmenaient-ils dans des parcs d'attractions, eux ?

— Non.

Je ne me sentais pas prête à lui parler de leurs problèmes d'addiction. Les gens les jugeaient trop vite, sans voir qu'ils me couvraient d'amour quand ils ne s'absentaient pas. Ce n'était pas l'idéal, mais cela comptait un peu.

— Je ne sais pas si c'était une question de temps. Mais mes parents n'étaient pas du genre à…

— À quitter la ville ? s'amusa-t-il, se les imaginant comme moi, manifestement.

— Bien au contraire.

Cet aveu restait douloureux, car ils me mettaient leurs voyages incessants sur le dos. Je les entendais se disputer avec grand-mère, affirmer que j'étais trop excitée, intenable. Certes, ils me chérissaient et je les adorais, cependant ils devaient souffler. Mes notes relevaient du médiocre, et m'enseigner quoi que ce soit les épuisait.

Ils compensaient par la fête, la drogue et les voyages.

Chaque fois qu'ils partaient, grand-mère me disait que je n'y étais pour rien. Pourquoi s'en aller, dans ce cas ? Pourquoi tous les autres parents restaient-ils quand les miens disparaissaient sans cesse ? Tous mes bulletins se ressemblaient : « problèmes de concentration ». Le simple fait d'y repenser me donna mal au ventre.

Je voulus jouer avec une de mes pierres, mais Bastian me prit la main.

— Qu'y a-t-il ? Je t'énerve déjà ?

Je m'éclaircis la voix, hypnotisée par les familles montées sur le carrousel de licornes.

— Je parle rarement d'eux.

— Je comprends.

Ses doigts se resserrèrent sur les miens, mais je ne sus s'il s'agissait d'une mise en scène ou d'un véritable geste de réconfort.

— Je n'évoque pas souvent ma mère et mon père.

— J'avais deviné d'après ta réaction avec Ivy, plaisantai-je, n'obtenant pas l'effet désiré. Pardon. C'est... Tu t'en es bien sorti avec elle, aujourd'hui. Le tonton parfait.

— Toi aussi. Tu aimes les enfants, ça se voit. Penses-tu en avoir, un jour ?

Il paraissait sincèrement vouloir apprendre à me connaître, tel un véritable ami.

— Oui. J'adorais passer du temps avec mes parents quand ils étaient là. J'avoue les détester parfois, mais je garde également de merveilleux souvenirs. Je traînerai mes enfants à la plage tôt le matin, comme mon père avec moi.

— Tu ferais une excellente mère.

— Et toi, un excellent père, affirmai-je en le poussant avec gentillesse. Vraiment, Ivy t'adore.

— J'essaie de ne pas lui mentir, admit-il en haussant les épaules. Mes parents manquaient parfois de franchise. C'est ce qui a coûté la vie à mon père.

Je me figeai aussitôt et portai mon attention sur lui. Je n'allais pas lui poser de questions. Je connaissais trop le sentiment de subir un interrogatoire au sujet de mes parents. Étaient-ils drogués au moment de l'accident ? Me manquaient-ils malgré leurs absences régulières ? Avaient-ils encore bu ?

Rien de cela n'importait.

Ils étaient partis.

— Alors, nous avons bien fait de venir, repris-je en faisant face au château, brillant même en plein jour. Voyons ce que l'univers nous réserve.

— L'univers se moque bien de nous, *piccola ragazza*, assura-t-il avant de me montrer un grand huit et de m'y emmener.

La fatalité de ses paroles s'insinua en moi. Bastian ne me croyait pas assez importante pour intéresser le cosmos, mais le moindre grain de sable de cette planète entraînait les étoiles dans une direction différente.

Chapitre 20

Bastian

Il n'y avait rien de tranquille, ici. Cade m'avait écrit pour me prévenir qu'il nous rejoindrait dans une heure, avancer avec une poussette s'avérant quelque peu difficile. Il pensait tout pouvoir contrôler depuis son téléphone et oubliait devoir manœuvrer dans le réel, parfois.

Heureusement, il nous avait obtenu des billets coupe-file. Morina et moi décidâmes d'essayer le plus grand manège du parc. Un des plus connus, du genre où on pouvait acheter des photos à la sortie.

Un regard aux écriteaux et j'emmenai ma fiancée dans la bonne file. On nous demanda nos tickets et empreintes digitales, mais Cade avait assuré, et on nous laissa passer sans problèmes. Malgré cela, nous attendîmes une dizaine de minutes.

Observer le parc depuis ce point avait de quoi faire relativiser. Un homme disait à son fils de se faire le plus grand possible pour avoir le droit de monter à bord du manège. Morina semblait fascinée par le duo.

— Crois-tu qu'il passera ?

Je secouai la tête quand la déception ultime les frappa. L'employé du parc leur refusa l'accès. Le père se mit à crier sur son garçon qui se décomposa.

— Oh ! bon sang..., fit Morina, visiblement stressée.

Sa main abandonna la mienne, après l'avoir tenue plusieurs minutes, pour chercher les perles à son poignet.

J'aurais pu cogner le père, sinon pour le petit, pour Morina.

Je n'aurais pas dû m'agacer pour si peu, mais ce genre de réactions semblaient inévitables à l'avenir.

— Il n'y peut rien, marmonnai-je.

Mon père m'avait toujours accusé de tout. Il prenait un malin plaisir à me faire porter le chapeau pour des choses qu'on ne pouvait imputer à un enfant. Cela m'avait bien plus affecté que je ne l'aurais souhaité.

Morina m'entendit malgré tout.

— Non, tu as raison. Mais son père est humain lui aussi. Il doit avoir ses problèmes. Enfin, au moins, ils sont là.

Je jetai un œil alentour, à moitié assourdi par la musique d'ambiance du parc. Tous ces parents se baladant avec leurs poussettes, sortant sandwichs et goûters de leurs sacs à dos, tous souriants. Absolument rien à voir avec Mario Armanelli. Il ne m'aurait jamais emmené dans un endroit pareil. Ce parc incarnait le désir de ces gens de faire plaisir à leurs enfants.

Mario avait voulu m'entraîner, pas m'aimer.

— C'est clair, nous ne serions jamais venus ici.

Morina avança dans la file. Cette attraction était connue pour arroser les visiteurs. Si je ne brûlais pas d'impatience de repartir avec un costume trempé, les photos crédibiliseraient notre mascarade.

Morina réfléchit un instant, la jambe fléchie pour taper du pied en douceur.

— Peut-être que nous, si, si mes parents s'étaient montrés un peu moins égoïstes. Va savoir.

Elle ne parut plus si chagrinée que tout à l'heure.

— Se sont-ils jamais vraiment intéressés à toi, au moins ?

Elle se détourna. Ah, la voilà, cette blessure du passé que nous partagions.

— Nous reparlerons de nos problèmes familiaux une fois mariés.

Ma remarque lui fit tourner la tête dans ma direction d'un seul coup.

— Il faudrait décider d'une date.

Le vent lui soufflait dans les cheveux, exhibant son cou. J'y décelai une fine teinte pourpre, comme si aborder notre arrangement la gênait.

Je me pris à vouloir de plus en plus lui donner ces couleurs, de toutes les façons imaginables.

— D'après le dossier, le conseil d'administration se réunira dans quelques semaines et le testament nous oblige à organiser la cérémonie, me rappela-t-elle.

— Nous y travaillons, lui expliquai-je, conscient de devoir l'inclure dans les préparatifs. Tout est arrangé. Le programme mis en place fonctionnera à merveille.

Elle hocha la tête puis lança un coup d'œil à une petite famille. Un enfant criait dans les bras de sa mère, et le second tirait sur la jambe de son père en se plaignant d'avoir faim... Parfait, personne ne nous prêtait attention.

— Tu sais, ce serait sympa de parler de tout ça à ta fiancée.

— Ma fiancée ? Ma fiancée ne tient pas vraiment à organiser notre faux mariage, si ?

— Eh bien, je ne veux pas qu'on me force à quoi que ce soit, continua-t-elle en serrant les doigts autour de la main courante. Ce gala marquera notre entrée dans le monde.

— C'est la meilleure solution, je crois. Nous pouvons nous y rendre ensemble ou séparément, comme tu voudras. On pourrait se donner en spectacle.

— C'est-à-dire ?

— Il faut montrer à tous que je ne laisserai rien t'arriver.

— Parce que ton père a fait de même avec ma grand-mère ?

— Voilà.

Je me fustigeai de lui mentir avec une telle aisance. Il avait profité d'elle, mais l'avait tout de même protégée.

— Pourquoi ne pourrait-on pas adopter un accord similaire ?

— Tu serais bien moins à l'abri. Maribel connaissait du monde à l'étranger et dans des raffineries à travers le globe. Toi, tu te retrouves sans aucun allié.

— Sauf toi.

— Exactement.

— Grand-mère aurait dû me laisser te vendre mes parts dès le départ.

Morina se frotta le front comme si toute cette histoire l'embrouillait et l'agaçait en même temps.

— Tout à fait. Je n'ai qu'une parole.

— Oui, mais tu sais, elle n'était pas idiote. Elle ne tarissait pas d'éloges à ton sujet, cela dit. J'ai l'impression qu'elle cherchait à nous faire tomber amoureux pour que nous prenions cette décision à deux.

— Elle manquait légèrement de discernement, ronchonnai-je en avançant non loin du quai d'embarquement. Une idylle restait un coup osé. En revanche, elle avait raison de vouloir veiller sur toi et sur le fait que ça me rendra service, en fin de compte. Je verrai au moins dans quoi je m'engage avant de signer.

— Envisagerais-tu de rebrousser chemin si la compagnie ne te plaît pas ?

— Non. Plutôt de modifier ce qui ne convient pas pour faire évoluer le port. C'est une sorte de sursis.

— Ne pourrais-tu pas négocier avec d'autres actionnaires ?

Elle avait beau jouer les jeunes électrons libres incapables de se concentrer, ses questions s'avéraient sensées.

— D'humeur curieuse, aujourd'hui, hein ?

— Toujours. C'est une vraie malédiction. Je ne suivrais pas les lapins blancs sinon.

Je me mis à rire, car nous arrivâmes sur le quai au même moment. On ne nous donna presque pas de consignes quand nous montâmes dans une barque en forme de bûche, placée sur une rivière artificielle. Je tirai la barre sur nos genoux et l'arrêtai sur les hanches de Morina.

Elle se crispa au contact de ma main sur sa cuisse.

Mes dents se serrèrent, tous mes muscles se raidirent. Une simple caresse suffisait à nous électriser tous les deux. Je n'avais ni couché ni discuté avec aucune femme depuis la lecture du testament.

Il me fallait un exutoire.

Ces six mois allaient s'avérer longs, et nous n'étions même pas encore mariés. Tout ce jeu allait rendre difficile, voire impossible, de trouver quelqu'un avec qui m'amuser.

Sentir sa peau soyeuse au moment de vérifier que la barre ne bougeait pas suffit à annihiler tout désir pour qui que ce soit d'autre.

Morina, si douce, savait me combler à la perfection.

La bûche se mit en route, nous engouffrant dans le repaire de créatures psychédéliques. Des ours se repaissaient de miel dans une musique omniprésente, mais mes pensées déraillaient déjà quand je m'imaginais le goût de ce même miel sur le corps de Morina.

— L'atmosphère a changé du tout au tout, murmura-t-elle, les yeux écarquillés. Oh ! c'est pas vrai, Bastian, regarde !

Je me penchai pour la voir redevenir une fillette pleine de joie, émerveillée par ce décor pour enfants.

Ses bagues de topaze et autres étincelèrent quand elle agita les mains dans tous les sens. J'ignorai la signification profonde de chacun de ses bijoux.

— Moi qui croyais que ce serait gnian-gnian !

L'ambiance l'était assurément, cependant je ne pensais pas voir autant de détails... Ce parc avait sans doute peaufiné tous ces éléments plus que d'autres. De toute manière, qui étais-je pour jouer les rabat-joie ? Elle sautillait à côté de moi et nous nous cognions tellement que je passai le bras sur son épaule.

Un vrai petit couple, seulement personne ne s'intéressait à nous. Les autres se concentraient sur les automates en plastique ou les couleurs vives, et quiconque nous aurait regardés se serait perdu dans les étoiles au fond des yeux de Morina.

Au bout d'un moment, la bûche se pencha en arrière, accrochée au rail qui nous fit monter, monter et monter tout au sommet.

— C'est vraiment très haut ! couina-t-elle en se tournant vers moi, légèrement désemparée. Ah ! mais ça doit être le moment de la photo. Je... Il faut que je te serre contre moi, j'imagine.

Quelque chose dans ce désarroi soudain, dans le fait d'oublier l'enfant en elle pour endosser ses responsabilités, me donna envie de remonter le temps de quelques minutes. De partager ces émotions avec elle.

Je n'aurais pas dû lui saisir le menton comme je le fis à cet instant-là, mais tant pis.

— Souris à la caméra, Morina, lui susurrai-je.

— Bastian, souffla-t-elle, sans doute consciente de la suite des événements, consciente de ne rien pouvoir y faire.

Je posai les lèvres sur les siennes.

L'aura de Morina déteignait sur moi.

Son baiser me foudroya, sa bouche si douce me rappelant sa peau de pêche. Mes doigts se perdirent dans son cou, elle trembla et me mordilla tout juste avant que la bûche entame la descente. Elle étouffa un cri, mais je l'étreignis plus fort, en profitant pour intensifier notre baiser.

Je goûtais à ce trip psychédélique nommé Morina.

Seulement, je devais m'en extirper avant que la situation dégénère.

Chapitre 21

Morina

Il m'embrassa comme le seul maître de mes lèvres, du manège, des papillons dans mon ventre et de tout l'air alentour.

Je me laissai porter par la vague. Je m'efforçai de ne pas trop m'agacer ni de céder à des émotions trop vives. Cela demeurait le plus simple.

Malgré tout, Bastian avait saisi un instant où je débordais trop de vie et il s'était jeté dans la danse, poussant mes sentiments à un seuil critique.

Une chute de quinze mètres durant laquelle j'embrassais un des magnats les plus influents et les plus douteux du pays.

Je ne sentis même pas les éclaboussures tout en bas.

J'étais trop perdue dans l'autorité de sa bouche, dans la façon dont ses mains flottaient autour de mon cou et s'agrippaient à moi comme si elles en avaient le droit.

Mon cœur tambourinait avec la violence d'un marteau-piqueur à plein régime, d'un engin prompt à détruire la perspective de l'épouser pour le paraître.

Quel gâchis pour ces lèvres, pour ces mains, à la fois si fortes autour de mon cou et si tendres sur ma clavicule, qui devraient se priver de donner du plaisir si longtemps.

Je gémis en me tortillant sur la banquette, me languissant de le sentir plus près de moi. Nous avions passé l'appareil photo, je cédai simplement à la gourmandise en lui caressant les cheveux afin de m'emparer de ce qui ne m'appartenait pas.

Les chants se turent peu à peu, nous sortîmes de la caverne aux merveilles pour regagner le soleil, et Bastian me libéra.

Je le lâchai d'un coup sec puis m'essuyai la bouche en me détournant.

— Pardon.

Je m'étais quelque peu emballée, à le mordre, à vouloir lui monter dessus malgré la barre de sécurité.

Quand celle-ci se releva, je sautai de la bûche comme si elle avait pris feu. C'était le cas, en quelque sorte.

Je n'accordai pas même un regard à Bastian en fonçant vers la sortie. Je n'aurais cependant pas dû m'attendre à éviter la question ni à l'oublier. En sinuant entre les barrières, je vis les photos sur les grands écrans.

— On dirait qu'on a bien fait d'en profiter pour s'embrasser, affirma Bastian en nous montrant du doigt.

Nous avions l'air indubitablement amoureux… à vomir, même. Rien en moi n'aurait dû se serrer à cette idée. J'osai lui adresser un regard. Cette mâchoire crispée, cet air inquiet et ces lèvres pincées n'exprimaient aucune joie vis-à-vis de notre baiser.

— D'autres que nous vont l'acheter.

— Quoi, en guise de preuve ? m'étonnai-je, sidérée par une telle absurdité.

— Tout juste. La veux-tu pour chez nous ? Elle serait bien sur le réfrigérateur.

Je me mordillai la lèvre. On ne parlait plus d'une mise en scène, à ce stade-là. Par ailleurs, cela exhiberait quelque chose que je ne désirais peut-être pas voir en permanence.

— Je m'en passerai, sauf si tu y tiens.

Il émit ce bref bourdonnement caractéristique chez lui, enfonça les mains dans ses poches puis se balança sur les talons.

— Sinon, tu peux acheter un souvenir à Ivy. Elle ne dira sans doute pas non à un jouet et quelque chose à grignoter. Je vais secouer le responsable des photos afin que la nôtre reste à l'affiche un peu plus longtemps.

Je hochai la tête ; sa façon de se renfermer trahissait sûrement ses envies de se retrouver seul quelques instants. Compréhensible, j'avais manqué le tailler en pièces.

Je me précipitai vers un bout de miroir sur un présentoir de lunettes bon marché afin de me recoiffer du mieux possible. Mes lèvres étaient encore roses de bonheur.

— Ressaisis-toi, grognai-je avant de me mettre en quête d'une peluche pour Ivy.

Bastian me rejoignit à la caisse où il paya avant de me guider à l'extérieur.

Nous retrouvâmes Ivy et Cade, tout sourire. Ses tatouages sur les bras, les mains et le cou étaient sans doute une des raisons pour lesquelles personne ne nous approchait. Ou cela tenait peut être aux trois gorilles qui nous suivaient à la trace.

— Ils ne servent absolument à rien, m'apprit Bastian en me voyant les fixer. Tout le monde ici se soucie trop de ne pas entendre ses enfants pleurer dans les files d'attente. Avec toutes ces familles, personne ne tentera rien.

— Est-ce que ça t'inquiéterait, sinon ?

J'essayai de me rappeler les paroles de ma grand-mère : les hommes d'affaires avaient remplacé les impitoyables malfrats.

— Plus vraiment.

— Le food truck ?

Je me sentais encore comme dans un film. M'aurait-on torturée ou assassinée sur place ?

— Rien à voir avec quelqu'un du milieu. Un groupe clandestin trop mal organisé. C'est réglé.

Je ne lui posai plus de questions. Je préférais profiter de la journée.

— Tonton Bastian, on reste pour la parade, ce soir ? s'enquit Ivy une minute plus tard. Le château s'illumine et il y a les feux d'artifice, puis une petite fille a dit qu'il y avait toutes les musiques des films.

— Nous avons beaucoup discuté avec une famille avant notre dernier manège, précisa Cade.

— Ta maman et ton papa voudront te voir avant, ma grande, lui expliqua Bastian en lui ébouriffant les cheveux quand elle parut triste.

— Mais maman et papa peuvent venir aussi.

Elle souffla en se laissant retomber dans la poussette. La parfaite fillette de quatre ans.

— On dirait qu'elle s'est vite habituée à ne pas marcher, se plaignit Bastian à son cadet. Je vais la pousser. Peux-tu vérifier s'il y a du neuf dans nos affaires ?

Cade lui cédait déjà sa place quand je l'arrêtai.

— Je m'en occupe.

Je fis donc déambuler la petite afin de laisser les deux frères discuter derrière nous. Peu après, un homme me percuta si fort que je lâchai un léger cri et me retournai pour savoir quel était son problème.

— Regarde où tu vas, la grosse ! pesta-t-il, énervé.

Puis il tenta de s'éloigner en vitesse. Je pensais en rester là, cependant mon faux fiancé l'attrapa par le bras quand l'inconnu passa près de lui. Bastian parut bien plus grand, plus imposant et menaçant quand il lui murmura :

— Excuse-toi.

— Quoi ? fit l'autre, les yeux écarquillés, en regardant tout autour de lui.

Bastian lui saisit le menton, le força à me faire face. Mon pouls s'accéléra… à cause de cet esclandre ou parce qu'on prenait ma défense ? Bastian lui écrasa les joues, et le type devait avoir mal au bras, au vu de sa tête.

— Je ne te le répéterai pas. Excuse-toi.

— Pardon. Désolé, bégaya-t-il quand il distingua les gorilles en train de s'approcher.

— Regarde où tu vas, il y a des femmes et des enfants, connard, conclut Bastian avant de le repousser tel un ver de terre.

Je réfrénai ardemment mes envies de l'embrasser pour nous avoir défendues, moi et les femmes en général, quand il vint poser la main dans le creux de mon dos.

— Je prends la poussette, *ragazza*, murmura-t-il.

À la fois si féroce et si gentil, rien que pour moi.

Je me perdis dans ses yeux et m'éloignai pour ne pas faire une bêtise.

Il avança alors derrière sa nièce, penché en avant sur la petite poussette rose à auvent tout en parlant avec Cade. Je n'entendais rien de leur conversation. Le soleil brillait, les gens allaient et venaient, heureux, de la musique joyeuse retentissait partout et Bastian s'occupait d'une fillette toute mignonne.

Toujours en costume, tout en muscles et tatouages, mais avec sa nièce pour seule priorité à cet instant.

Il circulait dans la foule avec aisance, ou peut-être les visiteurs nous évitaient-ils, mais en tout cas, nous avancions sans problème.

Nos billets coupe-file nous permirent d'essayer presque tous les manèges. Cade devait avoir piraté le parc, car j'entendais des familles se plaindre qu'elles n'avaient pu réserver des places qu'à des horaires fixes. Pas nous.

Ivy monta sur les tapis volants et s'éleva toujours plus haut à bord des éléphants avec Bastian.

Elle adorait ses oncles et ils le lui rendaient bien. Nous ne connûmes pas un seul instant de panique jusqu'au moment où elle dut faire pipi.

Bastian voulut l'emmener chez les hommes et lui donner un marchepied, mais je levai les yeux au ciel et intervins.

— Ivy, on va aux toilettes ? lui demandai-je.

Elle accepta, confia sa sucette géante à Cade et me prit la main avec un grand sourire.

Ce parc recelait une magie dont un enfant se souviendrait à vie. Or je crois que nombre d'adultes y venaient pour graver le visage heureux de leurs petits dans leur mémoire. C'était cette innocence, le vrai miracle de ce lieu.

Elle s'endormit au coucher du soleil, si bien que nous nous dirigeâmes vers la sortie.

— Tant pis pour les feux d'artifice, fit Cade avec un haussement d'épaules. Je reviendrai avec elle quand nous n'aurons plus Rome et Katie sur le dos.

Bastian marqua une pause pour y songer. Son regard passait du château à sa nièce blottie contre sa veste roulée en oreiller de fortune. Elle avait beau coûter quelques milliers de dollars, il n'avait pas hésité une seconde quand il avait vu sa position peu confortable.

— Crois-tu qu'elle s'est amusée ? Avons-nous bien fait ?

Il me le demandait à moi.

Je ne savais pas forcément non plus, mais j'observai la petite.

— Elle a l'air exténuée.

— Effectivement, acquiesça Cade sans se détourner d'elle.

Nous restâmes plantés là, dans la culpabilité de rater les feux d'artifice. La magie du parc consistait également à inciter les parents à tout donner à leurs enfants. Une stratégie commerciale infaillible.

— Monsieur, Rome et Katie attendent au garage, chez vous, nous apprit un des gardes du corps.

— C'est donc décidé, soupira Bastian, soulagé de ne plus avoir à gérer ce dilemme.

Nous regagnâmes ainsi le parking, installâmes Ivy dans son siège auto puis rentrâmes.

D'autres grosses voitures noires nous rejoignirent à notre arrivée. Je me demandais si les hommes d'affaires possédaient autre chose.

Cade détacha Ivy qui se réveilla. Une portière s'ouvrit et la fillette cria à pleins poumons.

— Maman ! Papa !

Elle s'évada des bras de son oncle pour filer tout droit vers Katie qui l'attrapa au vol pour la faire tourbillonner. Derrière ses tatouages et vêtements déchirés, son sourire trahissait son amour infini pour sa fille.

Un homme encore plus costaud que les gardes du corps se tenait derrière elle. On aurait cru un loup en train de veiller sur sa meute. Il posa un regard froid sur Cade.

— Tu cherches à finir avec une balle dans le crâne ?

— Oh ! lâche-moi. Elle voulait visiter cette saleté de parc.

— Refais-la monter à bord d'un avion et tu regretteras d'avoir vu le jour, gronda-t-il.

— Ouais, ouais, ouais.

Cade balaya cette menace puis s'avança vers ce type comme si de rien n'était. Je restai sidérée, pétrifiée. L'autre allait le cogner, voire plus.

Mais non, Cade le prit dans ses bras.

— Tu te ramollis. Je m'attendais déjà à ce que tu me pointes ton pistolet sur le front.

Je me détendis quand le père d'Ivy éclata de rire pour rendre son accolade à Cade. Bastian les observait d'un air amusé à mes côtés. C'était la première fois depuis un bon moment que j'avais oublié sa présence.

— Lui aussi aboie beaucoup quand on parle de ses chéries.

Je tentai un « d'accord », sans trop savoir comment interpréter la scène.

— Je te présente mon mari, Rome, fit Katie en se tournant vers moi.

Celui-ci vint serrer la main que je lui tendis par réflexe.

— Bienvenue dans la famille.

— Ah ! je ne suis... enfin... merci ?

Étais-je prête à jouer la comédie parmi eux ou non ?

— Nous montons, nous avons des choses à voir, leur apprit Bastian après avoir pris Rome dans ses bras.

Aucune formule de politesse, rien.

J'ignorais si je devais m'excuser au nom de Bastian, cependant je préférai me taire. Il s'agissait de ses proches, et je ne les croiserais sans doute plus jamais.

— Morina..., me dit Katie tandis que nous nous avancions déjà vers l'ascenseur.

— Oui ?

— Merci d'avoir veillé sur ma fille. On ne peut pas compter sur ces deux débiles.

— Morina m'a emmenée aux toilettes et on s'est lavé les mains, annonça Ivy.

Katie m'adressa un regard plus tendre. Puis celui-ci se durcit et fondit en piqué sur Bastian.

— Tu t'occupes de tout, hein ?

J'ignorais si je devais le mauvais pressentiment que je ressentis après leur départ à ces seules paroles.

Dans la soirée, Bastian et moi échangeâmes quelques mots, mais nous nous retirâmes chacun de notre côté.

Cela ne m'empêcha pas de penser au fait que nous partagions le même toit. Ni mon esprit de vagabonder vers les souvenirs de ce baiser au parc.

Il ne m'avait plus embrassée par la suite, mais m'avait pris la main à quelques reprises, juste assez pour me faire croire que tout cela était réel.

Seulement, ça ne l'était pas.

Une mascarade, rien de plus.

Un contact si simple n'aurait pas dû éveiller tant de sentiments contraires, et pourtant mon cerveau aimait se torturer avec ces interrogations.

Je me tournai sous les draps en essayant de penser à autre chose.

Chapitre 22

Bastian

— Bonsoir, Morina. Ta journée s'est-elle bien passée ?

Notre excursion au parc d'attractions remontait à une semaine et, depuis, j'étais rentré tous les soirs. Je voyageais sans cesse entre Chicago, Los Angeles et New York. Toutefois, revenir à Coralville servait la crédibilité de notre histoire.

M'y étais-je résolu afin de prouver quelque chose à nos adversaires ou en raison de la colère de Morina ? Je ne savais pas trop.

Je paressais sur mon téléphone, allongé sur le canapé, quand elle arriva dans le couloir pour me saluer. La presse à scandale nous avait filmés plusieurs fois ensemble devant l'immeuble, et notre sortie au parc enflammait tous les réseaux.

Elle grommela quelque chose à propos d'une journée à somnoler, son T-shirt de nuit froissé lui effleurant les cuisses. Elle trouvait son charme dans le négligé, presque une deuxième nature pour elle.

— Apparemment, on nous a pris sur le fait, lui appris-je en lui tendant mon portable.

— Bizarre qu'ils n'aient pas publié la photo à bord du manège, s'étonna-t-elle en jetant un œil.

Je ne répondis pas. Cet instant devait rester entre nous.

Toutefois, je fis défiler des clichés de nous main dans la main, les yeux dans les yeux. Chacun semblait saisir un moment intime.

— On nous croirait presque amoureux, c'est fou, s'amusa-t-elle en les désignant. Sauf celle-là.

Elle gloussa puis se laissa tomber à côté de moi, assez près pour me montrer qu'elle s'ouvrait peu à peu.

— Là, on dirait que tu m'engueules, continua-t-elle avant d'imiter la voix d'un journaliste. Déjà du grabuge entre Bastian Armanelli et Mo la Médiocre.

Je lus la légende en l'écoutant.

— J'aurais plutôt vu « papa Bastian remet la petite Mlle Mo à sa place », mais... c'est pas vrai, ils ont essayé de deviner mon poids ? Rien que mes fesses pèsent plus que ça.

Elle m'arracha un gloussement, et la tension dans ma nuque se relâcha. Elle n'en avait absolument rien à faire des médias. Son insouciance me donnait envie de lui empoigner les hanches et lesdites fesses.

Même si ce désir n'aurait pas dû être de la partie, je ne pus m'empêcher de la taquiner.

— S'ils savaient à quel point elles sont fermes et pas médiocres !

Ses joues mates rougirent aussitôt puis elle s'humecta les lèvres comme si elle n'attendait qu'un signe de ma part. Lorsqu'elle releva la hanche, ma main se posa dessus de son propre chef. Son téléphone tomba sur la table.

— Bastian...

Ce gémissement me fit la lâcher en une seconde. Je lui avais parlé de ma mère, je me rappelais la façon dont celle-ci était follement éprise de mon père, la manière dont elle avait oublié sa passion pour le monde au nom de cet homme.

La même énergie animait Morina, peut-être davantage encore. Elle était jeune et pleine de vie, je préférais ne pas l'entraîner plus profondément dans cette famille que je m'efforçais de remettre sur le droit chemin.

— Pardon. Désolé, *ragazza*. Je vais me coucher.

— J'avais oublié à quel point tu étais vieux, c'est vrai, ironisa-t-elle en tentant de s'allonger en travers de mes genoux.

— Va dans ta chambre, jeune fille, soufflai-je, sur le point de céder.

Je l'entendis rire même une fois sa porte refermée, comme si elle trouvait cela très amusant. Pour elle, peut-être.

Moi, je devais ne pas perdre la tête, m'assurer qu'elle garde les idées claires pour me vendre ses parts. Celles-ci auguraient d'une énergie et d'un héritage propres. Quand bien même je désirais le corps de Morina, j'allais devoir exulter autrement. Car il ne s'agissait pas uniquement de ses courbes. Je l'appréciais de plus en plus. J'allais devoir faire preuve de prudence, à l'avenir.

J'allai me coucher, frustré, obnubilé par ses fesses.

Le lendemain, je faillis toquer à sa porte dans le but de remédier à ma frustration.

Je me contentai finalement de préparer le petit déjeuner en lisant le journal. Je prenais soin de ses plantes, et j'avais même fait des recherches à propos de cette maudite orchidée qui refusait de refleurir. Il devait bien exister une solution.

Morina se traîna lentement dans la cuisine en marmonnant qu'il lui fallait de l'eau. Je me levai pour lui servir un verre.

— Non, non, non, m'arrêta-t-elle d'un geste. Il faut que je surfe pour me réveiller. Je t'ai déjà expliqué.

Nous discutions effectivement de temps en temps. En général, moi penché sur mon ordinateur, elle devant son téléphone ou en train de s'agiter dans l'appartement.

La veille, elle avait accroché un tableau de Bouddha. Je lui avais demandé s'il s'agissait de sa religion, mais elle avait répondu que non en riant. Elle m'avait expliqué qu'elle l'avait vu dans une boutique et l'avait trouvé mignon.

C'était tout Morina. Une solitaire libre, prête à satisfaire ses moindres caprices et instincts sans retenue.

— Rappelle-moi pourquoi tu dois surfer, le matin.

— Parce que sinon, je suis comme ça, cracha-t-elle, de mauvaise humeur.

Cette fille volait vers chacune de ses émotions avec une énergie malsaine. Là, elle s'animait soudain d'une haine dirigée contre elle-même et passait frénétiquement ses doigts entre ses mèches en bataille.

Dès notre rencontre, j'avais voulu la prendre sur mes genoux, et ce jour-là ne faisait pas exception. Je la trouvais belle même sans maquillage, peut-être plus magnifique encore. Ses lèvres pulpeuses étaient délicatement dessinées au-dessus d'un menton ciselé, ses yeux bleus perçaient mon âme derrière ses longs cils. Son visage aurait émerveillé n'importe qui, bien qu'elle cherchât à le cacher sous cette masse de cheveux noirs ondulés.

Son corps m'aguichait malgré ce pull ample. Un dessin en noir et blanc des mascottes du parc ressortait sur la couleur unie. Elle aimait les hauts deux fois trop grands pour elle, et le fait que Cade lui ait offert ce sweatshirt dans une taille trop large m'agaçait pour quelque raison absurde.

Cerise sur le gâteau, je distinguais quand même sa poitrine opulente sous le tissu. Je n'aurais pas dû lorgner dessus.

Je dus la regarder avec trop d'insistance, car ses deux saphirs se posèrent sur moi avec toute la noirceur du monde, comme si j'étais sourd-muet.

— Tu m'écoutes, au moins ?

— Mais oui. Voudrais-tu aller surfer ?

Sa mine réjouie illumina la pièce quand elle alla prendre son briquet sur le haut du réfrigérateur. Les volutes d'encens dansèrent autour d'elle.

— Ce matin, je me suis levée avec le besoin d'en finir avec ce dossier.

Ah ! voilà donc le véritable coupable de sa mauvaise humeur. Morina haïssait ces documents tel un artiste qui aurait craché sur de l'aquarelle car il ne désirait que du marbre. Elle vivait pour l'action, pas pour la lecture.

— Je vais t'aider, affirmai-je avec nonchalance en sirotant mon café.

Elle s'égaya tout d'abord, puis son sourire retomba comme une tonne de briques.

— Tu as du travail.

— Ah bon ? m'enquis-je en lui tendant ce que j'avais cuisiné. Tiens, des crêpes aux fraises.

— Des crêpes aux fraises ?

— Tout à fait, acquiesçai-je.

— D'accord..., dit-elle en allongeant le « o » comme toujours quand elle hésitait.

Malgré tout, elle alla remplir deux verres d'eau et les posa côte à côte sur l'îlot central. Elle se tourna alors vers moi en grimaçant.

— On mange ensemble ? Désolée, j'avais l'impression que tu...

— Je mangerai avec toi le plus souvent possible, dorénavant.

Encore en train de jouer avec ses cheveux, elle soupira avant de nous chercher des couverts.

— Ne te sens pas obligé, tu sais. J'ai un peu craqué, la semaine dernière, mais ça va.

— Ça nous permettra d'apprendre à nous connaître, lui expliquai-je en m'asseyant sur le tabouret à côté du sien. Nous pourrons également discuter de la suite des événements. Il faut que tout soit clair. C'est pourquoi nous lirons le reste de ces papiers ensemble. Tout va bien, d'accord ?

Elle avala une autre bouchée avant de reprendre la conversation. Conversation qui prit immédiatement fin lorsqu'elle poussa un gémissement comblé.

Il s'agissait d'une simple crêpe à l'extrait de vanille, au sucre glace et peut-être quelques ingrédients mystères. Ma mère nous avait appris tout ce qu'elle savait.

Je me réjouis intérieurement de voir ma fausse fiancée écouter ses pulsions à ce moment précis, notamment si cela me valait d'entendre les plus ravissants des cris de plaisir.

Mon sexe les reconnut aussitôt.

Bon sang, cette façon de s'éclairer, les couleurs sur ses joues quand elle nageait dans le bonheur... Je commençais à croire qu'elle réagissait avec une satisfaction sincère à chacun de nos échanges.

Morina s'adonnait sans doute au plaisir tout comme moi. J'avais simplement plus d'expérience.

Le fait qu'elle sache ce dont elle avait envie sans même réaliser ce que je lui ferais la rendait d'autant plus irrésistible.

Bordel...

Je ne devais plus rien lui faire.

Je l'épousais afin de procéder à une transaction légale. Rien de plus.

Je m'éclaircis la voix et gigotai sur ma chaise dans l'espoir de calmer mon entrejambe.

— Ce n'est qu'une crêpe. Je te donnerai la recette, si tu veux.

— Oui, carrément, s'exclama-t-elle, en complète admiration face à son assiette. En temps normal, je refuserais. Que des smoothies, tu vois. Mais ça... ça, je prends. J'apprendrai parce que c'est trop bon. Vraiment, vraiment délicieux.

Mon sexe ne souhaitait décidément pas me sauver la vie. Je mangeai donc en vitesse sans un mot de plus. Je la laissai terminer pour aller chercher ce satané dossier.

Je m'installai sur le canapé puis l'appelai, la tête tournée vers l'arrière.

— Abrégeons le plus possible. Je t'expliquerai les grandes lignes, que tu puisses oublier ce couperet sur ta nuque.

— Il y a trop d'informations, se plaignit-elle, sa fourchette en l'air pour appuyer sa remarque. Je ne vois toujours pas ce que je dois ou ne dois pas faire.

— Nous pouvons établir un plan sur six mois.

La simple évocation d'un « plan » sembla l'écœurer. Je souris.

— Ce n'est rien de très complexe ou de contraignant, Morina. Rassure-toi.

— Mais… les plans me rendent folle. Rien ne se déroule jamais comme prévu ou quelqu'un finit par laisser tomber les autres.

— T'a-t-on déjà laissée tomber ?

— Non, répondit-elle bien trop vite. Explique-moi simplement quoi faire. Ça m'importe peu, mais je dois savoir.

Elle suivait le cours que je lui imposais. En toute honnêteté, elle était bien trop candide et se moquait trop de tout. Quoique, pas toujours… Qu'on me vienne en aide si je jetais à la poubelle ses lampes et les fleurs de sa grand-mère.

Ces dernières reprenaient vie, d'ailleurs. Peut-être parce que j'avais commencé à m'en occuper à sa place. Je me félicitais de la résurrection de l'orchidée. Je m'étais dit que Morina en aurait besoin, comme un hommage à sa grand-mère ou pour se sentir bien ici, cependant son seul sourire quand elle les regardait me suffisait.

— Nous participerons au gala de charité annuel de la compagnie. Rien de plus idéal pour annoncer nos fiançailles. Nous nous marierons rapidement après, vivrons ensemble puis suivrons les clauses du testament. Tu pourras prendre part aux réunions du conseil et ouvrir le food truck, pendant ce temps.

— Je peux retourner au camion ? s'enquit-elle en s'arrêtant de manger.

— Oui. Cade a retrouvé tes agresseurs. Ils ne poseront plus problème.

— Par pitié, dis-moi que tu ne les as pas…, s'exclama-t-elle, les yeux ronds.

— Tués ? m'amusai-je devant son hésitation.

Elle se mordilla la lèvre.

— Et si je te répondais oui ?

J'inclinai la tête de côté et attendis. Je l'admets, j'aurais voulu les éliminer.

— Je ne sais pas, moi, s'écria-t-elle en lâchant sa fourchette, les mains levées en un geste d'incompréhension. C'est inquiétant, c'est sûr.

— Nous ne sommes pas allés aussi loin, ricanai-je. Je les ai fait tabasser pour qu'ils ne commettent plus l'erreur de toucher à ce qui m'appartient.

— C'est mon food truck.

— Ce qui est à toi est à moi, chérie.

Songer qu'on puisse lui faire du mal me donnait envie de tout casser, éveillait une violence que j'avais crue anéantie depuis longtemps.

— Bien, on va dire que tes plans et le fait que je retourne au food truck comme si nous menions une vie normale, ça fera joli devant les caméras, dit-elle avec un geste de dédain. Tu as parlé d'un gala avec tes « associés ».

Elle insista sur ce mot pour en marquer le caractère factice.

— Les membres du conseil viendront eux aussi, continua-t-elle. Nous devons transmettre un message. Si tu me demandes ma main lors de cette soirée, comment justifierons-nous ton empressement ? Réfléchis, on nous a à peine aperçus devant l'immeuble et au parc d'attractions. Ça me paraît un peu précipité.

— Qu'est-ce qui pousse un homme à agir précipitamment, alors ?

— Grand-mère disait toujours qu'il s'agissait d'une question de fierté, de jouer à qui a..., m'expliqua-t-elle avant de s'arrêter pour finir sa crêpe.

— Le plus d'ego, Morina ?

Quelle tragédie de ne pas la voir rougir quand je savais qu'elle pensait à mon sexe... Elle m'avait taquiné sur le sujet, à bord du jet. Je me souvenais encore de sa stupéfaction ou de sa façon de me prendre au fond de sa gorge avec maestria. Je dus tirer sur mon pantalon.

— Nous verrons les détails plus tard. Dans les faits, nous devons officialiser notre relation lors du gala. Il nous faudra nous marier moins d'une semaine après, puis tu participeras à ta première réunion.

— Pourrais-tu m'accompagner ?

— Ils sont plutôt vieux jeu. Ils acceptent les partenaires, surtout les époux.

La parité en affaires chancelait encore. Cependant, je me moquais bien de connaître l'avis de Morina sur la question.

— Quelle connerie...

Bon, j'avais ma réponse. Elle se leva afin de rincer son assiette.

— Passons. Que dois-je savoir pour la réunion ? Les terminaux fonctionnent correctement, non ?

— Les raffineries mettent la pression pour acheminer davantage de pétrole à Coralville. Je ne trouve pas ça nécessaire. Il faut tout restructurer. En somme...

— En somme, pencher vers des eaux et un air plus propres.

— Oui, peu à peu.

Je lui détaillai notre stratégie quand elle me rejoignit sur le canapé. Je lui donnai le dossier qu'elle voulait consulter.

— Ce sera long. J'aimerais néanmoins sensibiliser toute la Floride à cette cause. Cet État, parmi d'autres, doit moins polluer.

— Pourquoi ? s'étonna-t-elle, me toisant d'un air suspicieux. Tu perdrais des partenaires et te ferais des ennemis.

— Je compte bien me faire des alliés dans le camp adverse, en contrepartie. Je tiens à réparer les torts de mon père.

— Nous en a-t-il fait à tous ?

— Sans exception. Il ne connaissait pas la vertu.

— Mais grand-mère...

— Ne le réalisait sans doute pas.

— Elle n'était pas idiote, assura-t-elle d'un ton plus ferme qu'à l'accoutumée. Elle aurait tout fait, quitte à mal agir, pour sauver Coralville.

Je hochai la tête. Je partageais son avis. Je ne me fiais pas non plus aux votes de Maribel, à travers les années.

Cade avait retrouvé des traces de ses échanges avec les Irlandais et mon père. Elle avait pris des décisions discutables, sans doute en raison de ses ententes.

— Alors, pour quoi voterai-je ? Pourrai-je visiter les ports, au préalable ?

Je réfléchis un instant tandis qu'elle repliait les genoux sur sa poitrine et les enfouissait dans son pull.

— Nous devons tout d'abord nous marier. Ce n'est qu'ensuite que tu obtiendras tous les droits, selon le testament. Nous allons au gala. Nous nous donnons en spectacle. Nous échangeons nos vœux la semaine d'après. Tout doit rester crédible pour garantir ta sécurité. Les journaux nous surveilleront, et d'autres hommes d'affaires se renseigneront à ton sujet. Tu comprends ? Le plan doit ne pas changer et se dérouler à la perfection.

Morina se tortilla dans son cocon, le regard fuyant, comme si toute cette histoire l'angoissait.

— Oui, oui. Ça devrait fonctionner.

— Tout ira bien.

— Je n'ai pas l'habitude, voilà tout, précisa-t-elle en toussotant, une main en l'air.

— Je t'apprendrai à t'y faire, d'accord ? ajoutai-je avant de changer de sujet pour la rassurer. Veux-tu aller surfer ?

— J'ai le droit ?

— Si je t'accompagne.

— Tu as du travail, fit-elle en écarquillant encore plus les yeux. Et puis, je... je ne crois pas que ce soit une bonne idée.

— Pourquoi pas ? demandai-je, moi aussi surpris.

— Tu ne sais pas surfer, si je ne m'abuse, glousa-t-elle.

— Je me débrouillerai.

Elle s'esclaffa un long moment puis ses jambes sortirent de sous son pull.

— Très bien, Bastian. Allons voir ça.

Plus facile que prévu. Cette femme peu ouverte aux activités de groupe acceptait sans crier gare que je me joigne à elle.

J'avais bel et bien du travail. Des appels à passer, une visioconférence au sujet de mes investissements. Cependant, je pouvais décaler.

Broken Vows

Aujourd'hui, je devais montrer à Morina que je savais nager. Le surf ne tenait à rien d'autre. Battre des bras et garder l'équilibre sur un bout de bois.

Chapitre 23

Morina

Il ne parviendrait pas à se lever sur la planche même si sa vie en dépendait, je le sentais. Je lui avais demandé s'il avait déjà fait du paddle ou autre. Il m'avait répondu de ne pas m'inquiéter.

Je dus cacher ma surprise quand il sortit de sa chambre en T-shirt gris et short de bain. Bien évidemment, il restait toujours plus élégant que moi dans mon haut trop grand sur lequel Jimi Hendrix semblait chanter « 'Scuse me, while I kiss the sky ». Il se pouvait qu'il eût autrefois appartenu à un de mes amis. Qu'importe, il me descendait à mi-cuisse et constituait la tenue parfaite pour une journée à la plage.

Une fois sur place, je sortis de la voiture à toute vitesse, impatiente de sauter dans l'eau. Cela faisait trop longtemps.

— Tu sais, quand j'étais petite, mon père a dû m'empêcher de me noyer plusieurs fois. Il me répétait de rester prudente. Elle est magnifique, mais si tu manques de concentration, elle te mangera tout cru.

— Il m'aurait sans doute dit la même chose à ton sujet, ironisa Bastian.

— De quoi ? m'enquis-je, les yeux plissés tandis que nous arrivions à hauteur du food truck.

— Morina Bailey, tu es comme l'océan. Naturellement belle, attirante sans le vouloir, et tout aussi dévastatrice. Tu me dévorerais tout entier.

Je ris à sa plaisanterie sans trop savoir si je devais y voir un compliment. Malgré tout, ses paroles me réconfortèrent même si je m'efforçais de ne pas y accorder d'importance.

Je sortis ma planche de mon camion abandonné avant d'en faire le tour.

— Tu peux prendre la deuxième de Bradley.

Il parut un brin irrité.

— Tu gardes sa planche ?

— Je suis directement sur la plage. D'autres me le demandent aussi.

— Sauf que la sienne est là tout le temps.

— Oui, répondis-je avec un haussement d'épaules en la décrochant. Il surfe avec moi le matin quand il vient.

Moi, j'étais aux abonnés absents depuis des lustres, mais cela ressemblait bien à Bradley de ne pas prendre de mes nouvelles. Nous partagions une espèce d'amitié paresseuse. Parfois, il ne se manifestait pas pendant toute une semaine, lui non plus. Pour une fois au moins, il avait pu anticiper au moment de me faire la pancarte de fermeture.

— De retour, Mo ?

Mon vieux camarade Jonah nous rejoignit, son corps marqué par l'âge. Pour un septuagénaire, il se maintenait dans une forme plus olympique que nous tous réunis.

— Pas pour les smoothies, malheureusement. Désolée. Il faudra encore attendre quelques semaines.

— Tu nous l'as volée, fit-il à Bastian, l'air renfrogné.

Je m'esclaffai.

— Quelqu'un a saccagé le camion, en fait.

Bastian m'effleura le dos. Quand je tournai la tête vers lui, il m'adressa un clin d'œil, tout à coup déterminé. Il escomptait que je joue le jeu, visiblement.

— Et puis nous sortons ensemble, marmonnai-je.

— Il paraît, acquiesça Jonah en secouant ses cheveux gris en bataille. J'espère qu'il te traite bien. Mais n'oublie pas, il faut que je retrouve mes smoothies très bientôt.

Il me donna une tape sur l'épaule avant de s'en aller, sans doute en quête de vagues toujours plus hautes.

— Viens, suis-moi, dis-je à Bastian en lui montrant un coin plus calme. Je n'ai jamais vu de contre-courants ici, mais si tu tombes à l'eau, ne lutte pas.

— Ne lutte pas ? répéta-t-il, les sourcils levés.

— Oui, les flots peuvent paraître écrasants quand on coule. Ne panique jamais. Je dis toujours que si on se laisse porter, alors c'est un sport amusant et sans danger.

— Et sinon ?

— Eh bien, on ne domine pas l'océan, Bastian. On ne négocie pas, non plus. C'est la mer, le boss. Traite-la en tant que telle.

— La ?

— Oui. Seule une femme peut supporter autant de mecs et leur passer dessus, en fin de compte, tu ne crois pas ?

Ma blague le fit rire, mais je le pensais sincèrement. Je me figurai l'océan comme une belle dame ; puissante, complexe, sombre, la gardienne de secrets inimaginables. Elle avalait les déchets du monde entier sans rien perdre de ses charmes.

Je désignais l'horizon scintillant à Bastian.

— Sais-tu que le golfe du Mexique compte plus de quatre mille plateformes pétrolières et oléoducs offshore ? Tous ces forages, toute cette pollution… Nous nous en passerions. C'est un de mes rêves. En fait, tous les habitants de Coralville ont dû mettre la main à la pâte après une marée noire, il y a quelques années. Des centaines de milliers de barils d'essence. Comment faire face à une telle catastrophe ? Les animaux… un vrai carnage.

— Je veux bien te croire, commenta Bastian, le regard perdu dans le lointain.

Je me tournai vers mon camion. Les lettres sur l'écriteau de Bradley s'effaçaient déjà à moitié, la peinture en bombe n'étant pas de taille face à l'air marin.

— Nous entretenons une relation d'amour-haine avec le port et les terminaux. Nous en vivons, mais ils gâchent le paysage.

— Selon moi, nous pouvons tous faire en sorte de changer tout ça, murmura-t-il, apparemment sincère.

— Dans ce cas, il va falloir que j'ouvre très vite le food truck si la ville se met à fleurir.

Il porta son attention sur moi, l'air intrigué, cependant quelque chose changea en lui et ses interrogations semblèrent disparaître.

— J'enverrai une équipe pour tout réparer et des gardes du corps quand tu viendras travailler.

— Je n'ai pas besoin de gorilles.

— C'est ma seule condition pour t'y autoriser, Morina.

— M'y autoriser ?

Ce mot m'ébouriffa le poil.

Bastian observa le vol d'une mouette blanche dans le ciel bleu.

— Pour des questions de sécurité, pas de contrôle.

Je cédai avec un soupir, hésitant à lui tenir tête à ce sujet. Si j'ignorais combien cela lui coûterait de faire surveiller le camion, je tenais tout de même à gagner mon maigre salaire, et mes clients me manquaient, tout comme les journées à la plage ou les smoothies.

Nous nous approchâmes de l'eau en silence, ne sachant sans doute pas comment aborder ce futur mariage et les mesures ridicules à prendre pour permettre la vente des actions.

Avant d'avoir les orteils trempés, je lâchai ma planche, et Bastian m'imita.

— Bradley est un peu plus grand que toi, mais ça devrait aller.

Il plissa les yeux d'un coup. Tandis que je l'observais, engloutie par son ombre, je me corrigeai intérieurement, car il me dépassait bien d'une tête.

Il ôta son T-shirt d'un geste lent.

Je profitai du spectacle, cette fois-ci. Oui, j'aspirai ma lèvre inférieure entre mes dents tel un chien affamé. Des muscles sur des muscles, des abdos sur des abdos, et cette veine dans la région pelvienne, qui se prolongeait sous son maillot et me distrayait trop.

J'avais déjà couché avec lui.

Je me remémorais encore chaque sensation. Sa taille et son habileté.

— Morina, m'appela-t-il d'une voix rauque, faisant glisser un doigt depuis ma clavicule jusqu'à mon menton pour que je lève les yeux vers lui. Tu ne devrais pas regarder, *piccola ragazza*. Évite, chérie, surtout si tu n'en profites pas.

Je fis un pas en arrière en me raclant la gorge. Mon désir d'accepter son offre n'avait rien de sain. Lui et moi le savions pertinemment.

— Désolée. D'habitude, tu portes un costume, tu ne..., me justifiai-je avec un geste vers ses tablettes. Tu ne t'exhibes pas autant.

— Tu ne mates pour aucune autre raison ?

— Non.

Je préférais éviter ce genre de questions gênantes. Je me terrais dans l'appartement depuis bien trop longtemps. Lui courait partout pour son travail et ne se privait sans doute pas de draguer. Je ne pouvais quand même pas ramener un mec chez nous.

Nous allions devoir en discuter.

Cette perspective faisait brûler un feu ardent, furieux, dans mes entrailles. Je retirai donc mon T-shirt à mon tour, et il fut hypnotisé par mes formes, lui aussi.

Tant mieux. Je n'étais pas la seule. Je l'avais espéré, j'avais même prié pour cela, en toute honnêteté. J'avais enfilé un bikini plus petit, couleur corail, différent de mes sempiternels maillots noirs et blancs.

J'ignorais pourquoi j'avais voulu attirer son attention, ce jour-là, mais il devait me regarder comme s'il me trouvait belle. Peut-être parce que j'étais très consciente de ses charmes ou que je ne savais pas si j'avais simplement été chanceuse d'atterrir au bon endroit et au bon moment, le premier soir.

Je ne ressemblais en rien aux diamants avec lesquels il sortait d'habitude. Mes vêtements trop larges délavés. Mes ongles non manucurés, mon comportement pas toujours très féminin. Mon amour pour l'astrologie et les huiles dans mon gagne-pain.

La plupart des hommes me trouvaient facile, plutôt banale. J'étais là, disponible, ouverte, et pas précieuse comme un oiseau rare. Cela ne me dérangeait pas, je les considérais de la même manière. Je n'avais rien désiré de plus chez mes conquêtes passées.

Aujourd'hui, il me restait six mois à passer auprès d'un homme que j'appréciais un peu en tant qu'ami. En tout cas, j'adorais ses crêpes, autant l'avouer.

Là, au bord de l'eau, je lui expliquai les bases du surf. Il n'avait pas eu l'air de me croire quand je lui avais assuré que ce serait difficile.

Il arborait son sourire en coin, à l'image du patron qu'il pensait être ici aussi.

Ah ! mon petit Bastian, tu en as une très grosse dans d'autres domaines, mais personne ne contrôle l'océan.

Ainsi, je le laissai s'immerger toujours plus profondément dans son arrogance avant de l'envoyer prendre sa première vague.

Il cracha, chercha de l'air après s'être fait renverser par les monstres marins.

Même là, il s'arrangea pour ressembler à un Poséidon au regard noir, tout de muscles et de colère, tandis que des gouttelettes perlaient sur son visage.

Je dois bien l'admettre, ses six ou huit tablettes de chocolat me distrayaient, et je ne lui donnai pas le meilleur des cours. En dépit de tout, il essaya et essaya encore. Au bout d'un moment, il jaillit à la surface avec le bras écorché, ses tatouages couverts de sang.

— Mince, tu t'es ouvert ! m'exclamai-je avec une grimace, réalisant que nous nous trouvions plus proches de rochers que je ne le pensais.

— Ce n'est rien, fit-il avec insouciance.

— Il y a des requins, grognai-je face à cet homme qui semblait ne pas savoir quand s'arrêter.

— Et quelles sont les chances qu'ils fassent de moi leur cible au milieu de cette mer infinie ?

— Tu saignes.

— N'est-ce pas un mythe ? ajouta-t-il, appuyé sur sa planche.

— Peut-être, soufflai-je. Reprenons plus tard.

— Parce que tu me crois incapable.

— Pour l'instant, oui.

Je nageai paresseusement sur le dos autour de ma planche pour m'imprégner du soleil, ballottée par les vagues.

— Ça viendra si tu t'entraînes.

— Quand est-ce qu'on recommence ?

Je le fixai du regard. Sa colère tournée vers la planche tandis qu'il laissait ses mains errer dessus me montra un homme peu habitué à l'échec.

— Je t'emmène quand tu veux, le rassurai-je en tirant sa planche et en l'entraînant lui aussi. Tu t'en es bien tiré. Mieux que la plupart des débutants, même. La première fois, Bradley voulait abandonner et assurait qu'il s'agissait d'un sport débile.

— Et toi ? demanda-t-il, les paupières mi-closes comme pour saisir la moindre de mes expressions.

— Mon père était doué, répondis-je en tournant la tête. Il avait du sang samoan et haïtien. Il parlait peu de ses parents, mais ils habitaient près de la mer. Je tiens de lui.

— T'a-t-il tout appris ?

— Un bien grand mot. Nous aimions tous les trois profiter de la plage. Papa, maman et moi avons toujours surfé, d'aussi loin que je me souvienne… puis plus du tout.

— D'accord.

Bastian n'insistait jamais. Il ne me posait pas de questions au sujet de ma famille. Parce qu'il préférait éviter que j'en fasse autant, je crois.

Nous abordions le passé à tâtons, car nous n'avions pas d'avenir, aussi toutes ces histoires comptaient peu.

Pourtant, curieusement, je faillis lui expliquer. Mon cœur le voulait.

Cela finit par me torturer. Pour la première fois depuis très longtemps, je ne me laissai pas porter par le flot de mes sentiments. Je les réprimai, trop apeurée par ce qui pouvait advenir.

— On rentre ? Le soleil va se coucher.

Je nageais déjà vers le rivage.

Il me suivit sans discuter.

Chapitre 24

Bastian

Mère Nature ou Mère Océan m'avait prouvé sa supériorité. J'aurais souhaité crier à Morina que j'y passerais la nuit s'il le fallait.

Mais dans ce petit bikini, elle pouvait m'emmener n'importe où. Je nous ramenai chez nous sans même me soucier d'inonder les sièges de la Rolls-Royce.

Mon esprit errait en terre inconnue à force de l'avoir observée dans l'eau.

Morina aurait aisément pu être une sirène, dans une autre vie. Sans compter sa façon de jaillir à la surface telle une déesse capable de marcher sur les flots. La planche ne la portait pas, Mo fusionnait avec elle, et ses muscles ne semblaient fournir aucun effort.

Elle avait conquis les vagues puis m'avait adressé un signe, comme si c'était du gâteau.

Il fallait le reconnaître, elle m'avait prévenu de la difficulté et même des dangers. J'aurais pu accuser mon matériel, le reflux ou n'importe quoi d'autre, mais je connaissais la vérité. Je n'excellais pas dans cette discipline.

Ce qui était rare.

Je pouvais inciter la plupart des gens à m'obéir. J'avais appris auprès des meilleurs dans tous les secteurs où j'œuvrais, et si je ne parvenais pas à mes fins, disons que ma famille pouvait forcer les choses.

— Tu ne dis rien, fit Morina en enroulant ses cheveux humides en chignon. Tu es fâché ?

— Frustré.

Je souhaitai aussitôt m'être tu. Trop tard, ce mot flottait entre nous.

Elle acquiesça sans insister. Elle semblait savoir quand se lancer dans la bataille, et celle-ci ne l'intéressait pas.

Nous fîmes le reste du trajet en silence puis allâmes nous laver chacun de notre côté.

Cade me téléphona afin de faire le point sur la journée. L'entendre m'énumérer des soucis divers me remémora mes priorités. Je retrouvai mon autorité d'un coup. Je savais facilement résoudre ces problèmes.

Une bonne piqûre de rappel. Nos univers ne se mélangeaient pas en dehors du petit monde que nous avions créé provisoirement, mais tout allait bien.

Je raccrochai, un poids envolé de mes épaules. Morina passait le temps dans sa chambre. Je pris des œufs, de la farine, de l'huile et du sel. Elle avait voulu m'apprendre à surfer, j'allais lui rendre la pareille en lui préparant à manger.

Ma mère aurait été fière. Je me persuadais cependant que seul mon appétit me guidait. Il s'agissait d'une solution facile, d'un geste aimable, sachant que nous devions parfaitement nous entendre pour le gala.

Elle sortit dans le couloir, vêtue d'un autre de ses T-shirts trop amples... J'aurais juré qu'elle les portait pour me rendre fou. Je me demandai s'ils cachaient un short ou une simple culotte, facile à retirer.

Cette amitié platonique devenait un véritable calvaire.

— Des pâtes, ça te va ?

— Les prépares-tu toi-même ?

Elle contourna l'îlot central puis fonça droit sur moi. Je perçus immédiatement sa chaleur puis son absence de soutien-gorge à la manière dont ses formes s'agitaient.

— Je ne connais pas de meilleure façon. Et toi ?

— Je ne crois pas que ce soit une bonne idée, assura-t-elle en secouant la tête sans pour autant quitter des yeux mes mains occupées à pétrir la pâte.

— Pourquoi donc ? m'enquis-je, m'efforçant d'ignorer l'odeur de sa chevelure humide.

Depuis qu'elle avait emménagé, je percevais trop ses parfums partout. De son encens à son shampooing, tout me stimulait au point de me rendre nerveux. Ces arômes censément apaisants produisaient l'effet inverse sur moi. Dès que je sentais ses cheveux, je désirais les empoigner pour intimer à Morina de se mettre à genoux.

— Je risque de tomber amoureuse de toi si tu continues à me préparer des petits plats, Bastian. Ou alors, je ne tiendrai plus sur une planche. Je serai toute boudinée et je ne peux pas me permettre d'assister à un gala avec cinq kilos de plus.

Elle m'avait répondu si vite que je me demandai si elle plaisantait ou non.

— C'est dans quelques jours, Mo. Tu ne grossiras pas autant en si peu de temps. De toute façon, je serai ravi de t'avoir à mon bras quoi qu'il arrive.

Elle se fendit d'un rire moqueur, ses pupilles empreintes d'une lueur incrédule, condescendante.

— Inviterais-tu à une réception une femme que tes collègues qualifieraient de grosse, pour lui demander sa main ?

Peut-être à cause de son scepticisme flagrant, ou de sa manière de croire que cela me dérangerait tant, j'allai sortir du réfrigérateur un cannolo préparé par le chef.

Je portais le dessert à sa bouche.

— Ouvre grand, chérie.

Elle plissa les yeux, et mon sexe s'emballa lorsqu'elle murmura d'une voix soudain sensuelle :

— J'ai déjà entendu ça.

— Je ne plaisantais pas la première fois et je ne plaisante pas ce soir, non plus.

Elle s'humecta les lèvres et obéit.

Je glissai mes doigts dans sa chevelure pour poser en douceur le cannolo sur sa langue.

— Croque, *ragazza*.

Elle s'exécuta et, forcément, volontairement ou non, elle poussa un gémissement de plaisir. Je m'en délectai une seconde avant d'essuyer le glaçage sur sa bouche. Elle me regarda me lécher le pouce.

— Mange donc ce que tu veux, la rassurai-je, sincère.

Elle hocha la tête, toujours dans cette transe renversante.

Si je l'embrassais, me rendrait-elle mon baiser ?

Je connaissais la réponse, conscient de devoir nous imposer des limites. À ce train-là, nous ne tiendrions pas jusqu'au gala.

Je reportai donc mon attention sur ma pâte.

Elle se tourna vers ses fleurs puis, sans me laisser le temps de réagir, alla les arroser doucement après avoir touché la terre.

— Tu apprends, affirmai-je avant d'attraper un couteau sans dents pour découper les nouilles.

— Grâce à mon professeur exceptionnel, répondit-elle en allant dans le salon afin d'allumer sa lampe de sel. C'est bien mieux comme ça.

Je cachai mon sourire.

Elle le vit malgré tout.

— Tu peux dire ce que tu voudras, mais ne te sens-tu pas plus à l'aise quand je les allume ?

— Si c'est le cas, c'est uniquement parce que ça te met de meilleure humeur, toi.

Elle leva les yeux au ciel et retroussa ses manches en me rejoignant.

— As-tu besoin d'aide ?

— Tu peux faire bouillir de l'eau. Je vais commencer à cuire la viande pour la sauce *ragù*. Il doit y avoir du coulis de tomate dans le réfrigérateur.

— Est-il fait maison ?

— Le chef l'a préparé, mais d'après la recette de ma mère. Est-ce que ça compte ?

— Ça me va.

Elle me donna un petit coup de hanche, je lui souris. Nous travaillions en harmonie aux fourneaux, presque destinés à cuisiner ensemble. Lorsque nous passâmes à table, je levai les yeux vers elle.

— Je ne me vexerai pas si tu n'aimes pas.

— C'est moi qui me vexerai si je n'aime pas, protesta-t-elle. Tu es fou.

Sur ce, elle prit sa première bouchée.

J'attendis le gémissement, cependant le silence régna tandis qu'elle mâchait, les paupières fermées.

Peut-être avais je perdu la main.

Puis elle se tapa la tête sur le comptoir.

— Non. Je ne tiens plus. Je suis morte.

— Qu'y a-t-il ?

— Je suis amoureuse. Je n'en reviens pas d'avoir droit à ça pendant six mois. Incroyable !

Elle resta affalée sur le plan de travail en énumérant toute une liste de divinités dans sa barbe.

Bon sang, il me fallait un défouloir. Sa voix se parait déjà de sensualité au naturel, mais voilà qu'elle me rappelait à quel point j'adorais encore plus Morina quand mon sexe était dans sa bouche.

— Un peu de sérieux, maugréai-je. Mange.

Elle tourna la tête sans la relever et ouvrit un œil.

— Je suis on ne peut plus sérieuse, Bastian. Comment avaler autre chose, après ça ?

— J'aime varier mes repas.

Mes plats valaient ceux de ma mère. Elle passait des heures à perfectionner des recettes italiennes que personne n'aurait su égaler. Nous cuisinions avec amour, et cela exigeait fierté, patience ainsi qu'une patte experte.

— Comment vais-je faire dans six mois ?

Cette façon d'admettre qu'elle serait triste quand nous devrions nous séparer m'incitèrent à envisager ce que j'avais toujours cru impensable.

— Je t'apprendrai.

— Sérieusement ? s'exclama-t-elle en se redressant.

— Oui, assurai-je en la pointant du bout de ma fourchette. Si tu m'apprends à faire des smoothies, d'accord ?

Le sourire immédiat sur son visage m'alla droit au cœur. Je n'appréciais pas cette affection nouvelle à son égard ni sa manière de s'égayer en ma présence comme si je ne la blesserais jamais.

Nos univers restaient différents. Un homme né dans la crasse n'aurait pas dû côtoyer une sirène épargnée par la pollution de mes villes.

Chapitre 25

Morina

Bastian me parla du gala pendant le dîner. Trois jours encore à attendre, en jouant la comédie. Pour l'heure, lui faisait semblant et moi, je me sentais tout bonnement perdue.

Je ne parvenais pas à me concentrer sur ses paroles.

Il savait préparer les pâtes.

De ses solides mains. Il m'avait souri quand j'avais affirmé vouloir apprendre, et il m'avait demandé les recettes de mes smoothies.

Puis son téléphone sonna, mais il ne décrocha pas. Il l'éteignit, comme si je comptais plus que ses affaires.

Quand je me levai pour mettre les assiettes dans le lave-vaisselle, il vint m'aider à les rincer avant de les placer dans la machine. Il se trouvait tout près lorsqu'il me proposa de regarder un film.

Je lançai un cycle de lavage et me retournai pour l'observer, ses iris brûlants, ses lèvres m'implorant de céder.

J'aurais pu dresser toute une liste de raisons de refuser, cependant je n'avais pas pour habitude d'être pessimiste ou d'hésiter dans la vie.

Des décisions rapides.

Je posai ma bouche sur la sienne puis le tirai par le col.

Peut-être désirais-je le sentir me soulever pour me ravager sur le comptoir. J'espérais au moins qu'il m'enlace.

Mais rien.

Au bout d'un long baiser sans protestation de sa part, je me dégageai.

— Tu m'as embrassé, commenta-t-il d'un ton à la fois interrogateur et factuel.

D'habitude, je ne rougissais jamais, du moins cela ne se voyait pas sur ma peau hâlée, néanmoins il perçut le rose à mes joues. Cette gêne brûlante empourprait le haut de ma poitrine jusqu'au visage.

— Je... Pardon. J'ai cru que...

Il se frotta les lèvres, puis afficha un air rembruni. Je me mis à balbutier.

— C'est juste que tu étais souvent là, ces derniers temps. Enfin, tu vois, nous sommes allés au parc d'attractions. Nous nous sommes embrassés.

— Pour les photos, Morina, précisa-t-il avec un signe de tête.

— Je sais, c'était une mise en scène. Quand même, nous avons dormi ensemble sur ce maudit canapé et tu... Oui bon, tu t'en souviens ! Je sais que je suis responsable, mais le manque de sexe et... Oh ! vraiment, je ne sais plus. Tes pâtes, là, et cette électricité dans l'air...

Il tenta de prendre la parole, cependant je me mis à déblatérer.

— Je me sentais cloîtrée, nous sommes allés surfer et tu t'en es plutôt bien sorti. Ensuite, j'ai failli te révéler des choses à propos de ma famille, ce que j'aurais fait en temps normal parce que je ne me pose jamais de questions, mais là, rien. C'est une preuve flagrante que quelque chose cloche chez moi.

— C'est pour cela que tu m'as embrassé ? s'étonna-t-il en me dévisageant.

— C'était une mauvaise idée ! m'écriai-je en levant les mains.

Je fonçai chercher mon briquet sur le réfrigérateur. Il me fallait sentir l'odeur de l'encens pour me calmer.

— Sauf que tu es là, et moi aussi, et je n'arrête pas de me dire que je pourrais aller m'occuper du food truck pour t'éviter, mais est-ce qu'un autre mafieux ne va pas me tomber dessus ?

Si je vais surfer, viendra-t-on essayer de me noyer, sans toi ? Ça a l'air absurde, mais l'est-ce vraiment ?

Il ne réagit pas, comme s'il attendait que je résolve ces doutes par moi-même. Je me penchai vers lui et murmurai :

— Ces parts valent des millions, Bastian. Des millions.

— Oui, Morina. Comment ta grand-mère serait-elle devenue actionnaire majoritaire, autrement ?

— Soit, mais pour ma défense, je ne savais rien de tout ça avant l'ouverture du testament, rétorquai-je, prise d'une envie de le cogner pour son pragmatisme. Je n'ai simplement pas imbriqué les pièces du puzzle. Je...

— Tu as fermé les yeux parce que tu avais peur.

— Ne dis pas ça comme si je ne faisais que fuir en permanence. Je fais tout et n'importe quoi. Je suis le courant.

— Hormis quand le courant t'effraie.

— N'importe quoi ! J'ai accepté cette saleté de mariage factice alors que ça me fiche la trouille. Mon instinct m'a hurlé de refuser. Je l'écoute toujours, en temps normal. Et je pourrais ajouter que ça n'a pas été de la tarte, compris ? Je... Tu n'étais pas là, je me sentais seule. Maintenant, tu es à la maison, et j'ai l'impression que tu es partout. Partout et nulle part à la fois. Dans mon espace, avec ta cuisine, ta voix et ton corps omniprésents, mais moi, j'avais une vie sexuelle des plus saine avec Bradley et les mecs qui...

— Je t'arrête tout de suite, intervint-il, sa mâchoire soudain de granit, tendue et ciselée. Je ne veux rien savoir de ta vie sexuelle, Mo.

Il semblait fou de rage, voire un brin dégoûté.

— J'essaie simplement de t'expliquer. D'habitude, j'appelle Bradley ou je sors. C'est une ville touristique. Les mecs viennent pour ça, et moi...

— Stop.

Cette fois-ci encore, je perçus une émotion dans sa voix, contraire à son stoïcisme habituel. Il tira sur le col de sa chemise puis se frotta le front.

— Peut-être as-tu besoin de te défouler.

Je restai dubitative. Que diable entendait-il par là ? Voulait-il être ce défouloir ?

Il soupira et se passa une main dans les cheveux. J'envisageai de les lui attraper pour le mettre à genoux entre mes jambes et acceptai sur-le-champ l'idée de me rouler dans le foin avec lui.

— Je ne rigole pas, pesta-t-il. Je ne peux pas vivre avec toi et tes envies permanentes sans te satisfaire.

Quelle ordure ! Je le foudroyai du regard, les poings sur les hanches, déjà prête à le détruire.

Il couvrit mes lèvres d'une main puis s'avança contre moi. Nous nous retrouvâmes tout à coup poitrine contre torse, corps à corps. Je devais lever les yeux pour les ancrer aux siens. Ma gêne vis-à-vis de lui s'envola quand je sentis son désir contre mon ventre. Long, gros, dur comme la pierre.

— Peut-être ai-je moi aussi besoin de me soulager, me susurra-t-il en retirant sa main.

Je me mordis la lèvre pour réprimer une nouvelle envie idiote. Il se tenait si près… J'inspirais, il expirait. Nous combattions tous deux des pulsions indésirables, entretenues par notre façon de nous comporter avec l'autre.

Il donnait la priorité à ses alliés et associés. Il vivait selon des règles alors que je me laissais porter par mes envies. Nous nous transformions peu à peu en couple infernal. Ce soir-là, en allumant mes bougies, je rappellerais à grand-mère qu'elle n'avait pas le moindre talent d'entremetteuse.

Il prit une longue inspiration et ma poitrine se gonfla au même moment. Les pupilles de Bastian se dilatèrent en se posant sur mon corps. Mon T-shirt laissait peu de place à l'imagination et son sexe palpitant envoyait le mien dans des contrées sauvages. Il saisit alors une de mes mèches.

— Je présume que personne ne se doute de ce qui se passe.

Il me lâcha les cheveux pour fourrer les mains dans les poches.

— On t'a vue aller et venir en ville. Pour les journaux à scandale, notre relation s'apparente à une tornade. Attirons l'attention en nous rendant au gala séparément, et en attendant, tu pourras faire ce que tu voudras. Ça peut fonctionner.

— D'accord.

Je m'étais forcée à lui répondre, agacée à l'idée qu'il allait s'éloigner au lieu de me baiser sur place. Je fulminai. Quitte à voir d'autres personnes en cachette, autant créer un véritable scandale.

— Pourquoi ne pas aller au gala avec le partenaire de notre choix ? Tu te trouves quelqu'un avec qui batifoler, et moi aussi. Je prends Bradley.

Son expression se durcit.

— Bradley ?

Commençait-il à sentir la frustration, lui aussi ? Il s'éclaircit la voix et se radoucit.

— Comme tu voudras, Morina.

Je suis sûre que mes yeux s'écarquillèrent. Je lui tournai le dos puis attrapai de quoi essuyer le comptoir. Je devais m'occuper pour écraser cette boule de nerfs en moi.

— Je vais l'inviter et nous ferons ce que bon nous semble. Parfait.

— Parfait ? chuchota-t-il, apparemment choqué par ma façon de voir les choses.

Il ne pouvait s'en prendre qu'à lui. Il lui aurait suffi de quelques mots pour faire machine arrière.

Demande-moi d'être ta cavalière.

Je le fixai, il s'humecta les lèvres. Ce type se cramponnait au plan de base : ne rien partager et cohabiter six mois sans aucun problème.

Les six mois en question risquaient de s'avérer plus compliqués en raison de notre attirance mutuelle.

— Aurais-tu prévu quelque chose pour la fin du gala ? Comme m'avouer ton amour après m'avoir vue au bras d'un autre homme, ou quelque chose dans le genre ?

— Ce serait en fait assez crédible, souffla-t-il sans me regarder. Vas-y avec qui tu voudras. Nous rentrerons ensemble quoi qu'il arrive. Fais ce qu'il te plaira en cachette, en attendant. Je te demanderai ta main devant tout le monde.

— Et toi ? l'interrogeai-je en le montrant du doigt. Tu ne vas pas venir seul.

Son visage tout entier se pinça face à cette remarque apparemment ridicule.

— Je n'ai pas envie d'inviter qui que ce soit, Morina.

— Allons, comme si tu ne savais pas qui emmener, insistai-je avant de tenter de nous convaincre tous les deux. Ce serait nous rendre service. J'ai besoin que tu invites quelqu'un, Bastian. Ce n'est que justice que nous prenions du bon temps.

Il grinçait des dents.

— Ça va mal finir.

— Mais non, le rassurai-je, confiante. Et au bout de six mois, nous nous séparerons officiellement. Nous ferons comprendre au public que nous vivons une relation ouverte. C'est crédible, non ?

Il souffla et se massa la nuque avant de répondre.

— Si on pense que nous nous respectons et tenons l'un à l'autre, alors il n'y aura pas de problème. Tu resteras intouchable à tout jamais. Nous reparlerons de la compagnie et je t'aiderai à étudier ce dossier. Je t'emmènerai volontiers faire le tour des terminaux pour t'expliquer mes projets.

Je fermai les yeux. Bastian me rassurait et faisait ce compromis au nom de la ville. La déception me mit les nerfs en pelote. Pourquoi avais-je voulu qu'il m'invite ? Nous étions déjà sortis ensemble. Pourquoi ne pas recommencer ?

Je l'avais embrassé. Je l'avais échauffé, si bien qu'au lieu d'en attendre plus de ma part, il cherchait à se cacher de moi derrière d'autres partenaires.

Cela restait la meilleure solution. La plus logique.

Cela dit…

— Je n'ai pas besoin de ce genre de protection, Bastian. J'ai l'impression que nous nous privons trop, tous les deux. Si tu t'inquiètes pour moi, c'est inutile. Le shérif est au courant pour l'effraction au food truck, et je sais... Tu n'as pas besoin de te sacrifier pour assurer ma sécurité.

— Je suis là, non ?

Il me prit le menton puis attendit que j'ouvre les yeux. Pourquoi, dès qu'il me montrait un tant soit peu d'affection, paraissait-il plus jeune, tout aussi mature que moi, tel un homme capable de m'intéresser et avec qui je pourrais vivre ?

— J'ai accepté nos fiançailles de mon plein gré. Je veux faire fructifier cette compagnie et avoir la mainmise dessus. Nous pouvons nous marier et coucher ailleurs. D'autres le font bien.

Cette froideur, ce rejet si rapide même après que je lui en avais donné le droit, me fit hocher la tête.

— Très bien.

— Très bien ?

Il chercha quelque chose au fond de mon regard. Je me détournai, en quête d'un verre dans le placard. Il fallait qu'il s'éloigne, ce qu'il fit dans la seconde. Je garderais mieux les idées claires sans sa présence.

— Oui, ajoutai-je. C'est même parfait.

Je vidai mon verre d'une traite avant de le poser sur le bord de l'évier. Je me précipitai dans ma chambre.

J'écrivis à Bradley pour l'inviter au gala.

Le train se mettait en marche.

Je priais simplement pour que mon cœur ne déraille pas.

Chapitre 26

Morina

— Désolée de ne pas avoir été là, Mo.

Mon amie semblait peinée au téléphone. Il s'agissait de notre appel bimensuel, entre deux de ses extraordinaires voyages autour du monde.

— Aucun problème.

Elle n'avait rien à se reprocher. J'avais assez pleuré grand-mère et je lui en voulais à mort, désormais.

— Elle a fait diffuser du Eminem.

— Quoi ? s'exclama-t-elle en éclatant de rire. Tu plaisantes ? Une légende, cette femme.

— Je sais, soupirai-je. Mais elle m'a laissé un bordel sans nom sur les bras, et délibérément. Je te jure, elle l'a fait pour me hanter.

— Du Maribel tout craché, fit-elle remarquer avant qu'un silence s'installe. Je suis quand même navrée que tu aies perdu ta meilleure amie. Je serai toujours la deuxième, même pas trop présente, promis.

Je lâchai un rire moqueur en m'appliquant du fard à paupières. J'ajoutai les dernières touches à mon look avant de me rendre au gala.

— Sinon, je vais à une soirée de Tropical Oil, tout à l'heure.

— Oh ! mon Dieu, hurla-t-elle d'une voix aiguë. À cause de ton étalon de chéri ? Qui aurait cru que mon défi finirait ainsi ?

Elle pensait connaître toute l'histoire. Elle en était loin.

— Des journalistes vous ont-ils déjà contactés ? Ils vous adorent, tous les deux. Je t'ai vue en couverture des magazines, Morina.

Cela l'enthousiasmait bien plus que moi.

— Tu sais ce que c'est…, marmonnai-je en mettant du gloss.

— Oh ! Seigneur. Sérieux, tu arrives encore à marcher, au moins ? Vous devez vous sauter dessus comme des lapins.

— Quoi ? criai-je d'une voix aiguë, consciente que la plupart des gens ne verraient pas la supercherie. Non ! Enfin, nous prenons notre temps.

— Pardon ? Vous avez emménagé ensemble, Mo ! La presse en parle.

— La presse exagère. Je ne dors là-bas que quelques nuits par semaine.

Nos fiançailles deviendraient bientôt officielles et publiques, cependant je sortais avec Bradley ce soir, selon le plan.

— Mieux vaudrait le baiser tous les jours. Ne va pas faire n'importe quoi. Tu t'engages. Lui s'est investi à travers cet appartement. Maribel danse sans doute dans sa tombe, à l'heure qu'il est.

J'aurais souhaité tout lui expliquer, mais ce n'était pas le moment. Peut-être l'année prochaine, une fois toute cette affaire terminée.

— Ça n'a rien à voir, Linny, renâclai-je en entrouvrant ma porte. Il possédait déjà cet immeuble.

— Quoi ? Je lis les magazines. Ma grande, je sais combien il l'a payé. Il est blindé.

Je toussotai. Il fallait que j'aille vérifier sur Google, mais inutile de le lui avouer, car sa fiancée aurait dû connaître le prix de ce penthouse et savoir quand il l'avait acquis. La presse à scandale mentait, cela dit. Bastian l'avait sans doute acheté avant notre rencontre.

Cette conversation pénible constituait un bon entraînement, j'imagine. Je me sentis un peu mal de cacher des choses à mon amie, mais elle finirait par me pardonner quand je lui révélerais la vérité, après mon divorce.

Divorce. Je soufflai à cette simple idée.

— Auriez-vous des problèmes au lit, par hasard ? m'interrogea Linny en interprétant de travers mon soupir.

Il ne se passait rien au lit. Voilà le problème.

— Nous prenons notre temps.

— Est-ce qu'il attend ou quelque chose dans le genre ? me demanda-t-elle avant de chuchoter quelque chose à quelqu'un. Il faut que j'attrape mon vol. Mais j'ai la solution idéale pour vous. Je te l'envoie. Il me faut simplement le numéro de l'appartement. Écris-moi, *chica*. Je t'aime ! Bye.

Elle raccrocha sans me laisser le temps de protester. Je ne comptais pas rouspéter, de toute manière. Inutile. Elle trouverait mon adresse quoi qu'il arrive.

Bastian toqua à ma porte avant d'ouvrir.

— Seras-tu prête dans une heure ?

— Et si j'avais été nue ?

— Je l'espérais.

Bastian Armanelli se tenait sur le seuil, bien rasé, dans des chaussures sans doute fraîchement cirées et un costume taillé pour son physique digne d'une statue antique. Un régal dévastateur.

Je levai les yeux au ciel, mais fis tournoyer ma robe en soie bleu nuit commandée en ligne pour la soirée.

— Eh non ! Je suis presque prête, en fait.

Il se fendait d'un sourire moqueur, mais son regard commença à errer sur mes courbes et il s'appuya contre le chambranle de la porte, l'air soudain plus sérieux.

La fente de ma robe laissait voir mes cuisses, et le tissu moulait aussi mes hanches et ma poitrine. Bastian me dévora des yeux, deux fois, puis une troisième, et se concentra sur mes formes bien mises en valeur.

— Le bleu fait ressortir tes yeux, *ragazza*. Tu es à tomber.

Je réfrénai mes envies de lui sauter au cou après ce compliment.

— J'espère bien, je me prépare depuis des heures.

— C'est sincère, tu sais, avoua-t-il avant de prendre une longue inspiration, les yeux fermés. Je ne vais vraiment pas jouer l'abstinence, ce soir.

— C'est-à-dire ? demandai-je, voulant m'assurer de ne plus agir bêtement, en l'embrassant par exemple.

— Rien, rien. Que te reste-t-il à faire ?

Et revoilà le monstre de sobriété. Je poussai un soupir avant de fouiller dans un tiroir pour en sortir cinq pierres.

— Penses-tu que nous aurons besoin de calme, ce soir ?

— Pour affronter les membres du conseil ? s'étonna-t-il en haussant les épaules.

— Oui.

Je n'attendis pas sa réponse et remis deux cristaux à leur place.

— Ces trois suffiront. Sexualité, beauté et détermination.

— Sexualité ? Vraiment ?

Ses sourcils se levèrent brusquement, signe d'un commentaire à venir.

— Oui, oui. Pour mon cavalier. Je dois avoir l'air plus ravissante que toutes tes conquêtes passées et paraître crédible en compagnie de Bradley, non ? Nous nous offrons en spectacle.

Sa mâchoire se crispa mais il ne répondit pas. Il marmonna simplement qu'un chauffeur patientait en bas. Je le suivis sans lui adresser la parole.

Je montai à bord de la grosse voiture noire conduite par Dante puis arrivai chez Bradley après un trajet silencieux. Il m'attendait dans un costume mal ajusté, contrairement à ceux de Bastian. Mon ami ne s'était jamais senti très à l'aise dans des vêtements guindés. Il vivait pour son short de plage et rien d'autre.

— Ça ira ?

— C'est très bien, Bradley, répondis-je en lui effleurant l'épaule avant de remonter en voiture. Merci de m'accompagner.

— Qu'est-il arrivé à ton copain ?

— C'est compliqué.

Je faillis jouer avec mes cheveux avant de me rappeler que je m'étais coiffée pour la soirée.

Je ne pouvais pas non plus compter sur mes bottes ni sur mes bracelets. Je les avais troqués contre des talons noirs à sangles et un petit sac à main où tenaient mon téléphone, quelques cartes et mes pierres.

— Mais vous êtes toujours ensemble, Mo ?

— Je me sers peut-être un peu de toi, avouai-je en grimaçant sans le regarder.

— Quoi, comme un mec de transition ? s'amusa-t-il avant de lever l'index. Non, attends. Dis-moi qu'il s'agit d'un coup d'un soir pour te venger. J'aimerais que ce soit clair.

Dante souffla à l'avant, tandis qu'il circulait dans le trafic bondé.

— Bradley, l'arrêtai-je, agacée. Tu devrais m'en vouloir de te faire ça. Je m'en veux, moi.

— Pourquoi ? s'étonna-t-il, indifférent, en me prenant par l'épaule. Nous nous servons l'un de l'autre depuis toujours. Ce n'est pas comme si nous espérions plus. On se ressemble trop pour ça.

— Comment ça ? m'exclamai-je en me dégageant pour le fusiller du regard. Je ne suis pas comme toi.

— Bien sûr que si. Nous ne nous éloignerons jamais de l'eau et nous refusons l'engagement. Tu me rappelles beaucoup tes parents. Ils n'affirmaient jamais vouloir accomplir quoi que ce soit. Te souviens-tu que ton père fuyait toute responsabilité, même si personne ne le voyait ainsi ? Un vrai charmeur. J'adorerais avoir son talent.

Cette anecdote le fit sourire. Moi, je grimaçai.

Combien de fois mon père avait-il embelli une de leurs virées en me promettant de me rapporter des bonbons, une veste ou n'importe quoi dont je rêvais depuis des mois. Je l'aimais tant quand il restait auprès de moi. Maman et lui m'admiraient comme si j'étais leur univers. J'y croyais, même, jusqu'à ce qu'ils ressortent les pipes à eau, les seringues, et qu'ils reprennent leur minibus vers on ne sait où.

Même la dernière fois où ils étaient à la maison, je pense m'être accrochée à cet espoir. Mon père m'avait promis de vite revenir, mais j'avais quinze ans et avais insisté pour les suivre.

Je les avais suppliés, à vrai dire, cependant grand-mère en avait assez. C'en était fini de tenter de les raisonner. Elle m'avait ramenée à l'intérieur de force. Je l'avais simplement entendu leur ordonner d'arrêter leurs conneries et de revenir uniquement s'ils se sentaient prêts à rester. Je lui avais hurlé dessus.

Puis, des jours plus tard, nous avions pleuré ensemble parce qu'ils avaient eu un accident.

— Tu voudrais être comme mes parents ? murmurai-je, incapable de passer outre ses paroles.

Elles m'écorchèrent, me poussèrent dans un abîme de douleur. Bradley m'effleura le bras.

— Hé, je disais ça comme ça.

— C'est bon, ne t'en fais pas, assurai-je d'un signe de tête, consciente que toute la ville avait aussi dû les supporter. Mon père n'était pas fiable, et ma mère aspirait la vie de tout le monde. Je vois ce que tu veux dire néanmoins. Ils entreprenaient peu de choses parce qu'ils savaient qu'ils n'iraient pas jusqu'au bout.

— Oui, mais l'amour guidait leur existence, Mo. Ils écoutaient leur cœur et leurs sentiments. Ils sont morts comme ils ont vécu.

— C'étaient des junkies, Bradley.

— Et ? Les junkies n'ont pas de cœur ?

Je n'argumentai pas. Inutile. Certaines personnes adoraient sincèrement mes parents, en ville. Moi aussi, à ma façon. Et je leur en voulais. J'avais emmuré mes souvenirs d'eux. Je les fuyais, même quand ils auraient pu m'aider à mieux me comprendre. Si je ruminais les raisons de leur absence, si je me demandais trop pourquoi ils refusaient de s'occuper de moi... si je cherchais encore et encore ce qui clochait tellement chez moi... je sombrerais dans l'abysse, dans des ténèbres dont nul ne s'échappe.

— Bref, ça devrait être sympa, ce soir. C'est une récolte de fonds pour la compagnie pétrolière. Grand-mère possédait... des actions. Je vais donc devoir passer la pommade à quelques personnes.

— Elle était actionnaire ? s'étonna-t-il.

La vérité n'allait plus tarder à éclater au grand jour.

— Majoritaire, je crois.

— Impossible, répondit-il, les yeux écarquillés. Ce... cette entreprise vaut des millions, Morina.

— Je sais, admis-je après avoir pris une longue inspiration.

— Alors, tu...

— Je me moque de Tropical Oil ou de l'argent, je veux simplement protéger notre ville.

Il acquiesça sans pour autant sembler comprendre.

— Bradley ? dis-je en claquant des doigts devant son visage. Elle avait gardé son identité secrète au sein de la compagnie, et je ferai de même le temps de me débarrasser de tout ça.

— Bordel. C'est une sacrée responsabilité. Tu aurais plutôt dû inviter ce Bastian. Je ne saurai absolument pas amadouer ces gens-là.

— Et moi donc, ricanai-je. J'y vais pour les apparences et parce que les magazines commencent à parler de ma relation avec Bastian.

— Tout ce que je peux te proposer, c'est la meilleure nuit de ta vie pour le rendre jaloux.

Il rit à sa blague. Je le frappai avec gentillesse puis m'esclaffai aussi. Une mise en scène, oui, Bradley l'avait bien compris.

— Peut-être.

Nous évoquâmes encore quelques souvenirs. Il ne me tenait pas rigueur de me servir de lui.

Nous arrivâmes une demi-heure plus tard devant un grand manoir, aux abords de la ville. Un des actionnaires principaux de Tropical Oil organisait la réception.

Bras dessus bras dessous, nous nous engouffrâmes au milieu de la foule et passâmes les portes de verre pour entrer dans un vestibule merveilleux. Une femme qui se présenta comme l'épouse de Ronald nous accueillit. Je ne connaissais ni Ronald ni Patty, aussi ne sus-je pas trop quoi dire.

Bradley prit les choses en main en la félicitant pour cette demeure extraordinaire.

Elle redonna du volume au col de sa robe, orné de véritables plumes. D'un bref regard alentour, je remarquai que la plupart des autres invitées portaient aussi des tenues fabuleuses.

Opulence, luxe, extravagance.

Des plateaux d'argent chargés de flûtes de champagne en cristal circulaient au pied de l'escalier double cernant l'entrée.

Nous laissâmes Patty accueillir de nouveaux arrivants puis Bradley se tourna vers moi.

— Tu entres dans la cour de personnes plus influentes encore que les amis de Linny.

— Je n'irai pas jusqu'à dire que j'entre dans leur cour.

Nous nous postâmes à un endroit en retrait, d'où je pus examiner la scène. Je ne connaissais personne et n'éprouvais aucune envie de changer cela. Comment participer à des réunions avec ces gens ?

Un instant plus tard, Ronald vint se présenter. Cet homme d'âge mûr à la mâchoire carrée, aux cheveux d'argent, nous adressa un sourire parfait de golden boy.

— Ma femme dit que vous êtes Morina, fit-il en me tendant la main, exhibant une chevalière en or similaire à celle de Bastian. Ronald, de SeashellOil et Tropical Oil.

Les lèvres de Bradley se pincèrent. Tout le monde savait que Ronald était responsable de nombreux problèmes sur les terminaux. Il usait les installations jusqu'à la corde, et je me demandais désormais si grand-mère avait donné son accord.

— Ravie de vous rencontrer. Je suis la petite-fille de Maribel. Merci pour l'invitation.

— Ma foi, vous faites partie de la famille, dorénavant, assura-t-il en portant son attention sur Bradley. Et vous ? Sans doute son heureux cavalier. Cela m'étonne vu ce qu'on lit partout dans les magazines.

Quel culot ! Il dévoilait peu à peu ses véritables raisons de venir me parler. Bradley lui serra toutefois la main, prêt à jouer le jeu.

— Bradley. Et oui, j'ai beaucoup de chance.

Il m'attira contre lui. Ronald nous adressa un sourire trop parfait, trop blanc pour être sincère. Un peu à l'image de cet échange.

Le vieil homme continua de discuter avec mon cavalier sans me prêter attention. Il lui indiqua que des enchères sous pli cacheté avaient lieu au fond du couloir et qu'une salle d'eau était à disposition. Il nous invita ensuite à déambuler librement dans ce palace avant de nous expliquer son rôle dans l'entreprise.

Un de ses amis, plus proche de mon âge, nous rejoignit. Quinton. Il me salua et posa sur moi des yeux bleus et un sourire en apparence légèrement plus sincères.

— Morina, j'ai déjà rencontré votre ex, Bastian, par le passé, affirma t il.

— Eh bien, ravie de ne pas être venue en sa compagnie, dis-je sans lui demander de précisions.

Bastian connaissait beaucoup de monde, je n'en doutais pas. Je me trouvais dans son milieu, pas le mien.

Bradley et moi acquiescions et répondions vaguement à des moments stratégiques tandis que Ronald et Quinton affirmaient devoir étendre les terminaux à Coralville en raison de la topographie idéale de la ville.

— Vous savez, c'est votre petite amie qui mène la partie, Bradley, dit Ronald.

Mon cavalier avait beau hocher et hocher la tête, son esprit vagabondait déjà ailleurs.

— Bradley, et si tu allais nous chercher un verre et quelques canapés ? lui demandai-je.

Il sauta presque littéralement sur l'occasion, s'excusa puis fonça tout droit à l'autre bout de la pièce, vers les serveurs.

Je souhaitais m'enfuir moi aussi, rejoindre Bastian, me trouver partout ailleurs sauf là.

— Morina, en toute franchise, nous avons contacté des huiles du gouvernement et nous pourrions opérer une transition en douceur sans Maribel. Je me rends compte que c'est énorme pour vous. Votre grand-mère ne vous avait pas parlé de tout cela, j'ai l'impression.

Il me donna une tape sur le bras comme à une enfant. Je m'éclaircis la voix en reculant, un regard noir posé sur les deux hommes.

— C'est énorme pour tout le monde, cependant je me réjouis de porter la ville et la compagnie vers la prospérité.

— Naturellement, acquiesça-t-il vigoureusement avant de se pencher pour continuer plus bas. Quinton et moi serions prêts à vous racheter vos parts afin de vous libérer. Je suis content de voir que vous n'êtes plus avec cet Armanelli. Un véritable caillou dans nos chaussures, celui-là, depuis cette histoire avec son père.

— Quelle histoire ?

— Ah ! vous savez...

— Ronald. Quinton.

Sa voix dans mon dos nous interrompit, grave, pleine d'assurance. Un frisson me remonta le long de l'échine.

Je me retournai vers l'homme dont je cherchais secrètement la présence depuis mon arrivée. Il se dressait de toute sa taille dans son costume bleu marine en soie. Sa chemise blanche mettait son corps en valeur, ses boutons de manchettes dorés étincelaient sous la lumière du lustre.

Bastian appartenait à ces gigantesques maisons où on servait le champagne dans des flûtes en cristal. Plus encore, sa place se trouvait auprès d'une beauté époustouflante telle que celle qui se tenait à ses côtés à ce moment-là.

Grande, mince, elle portait des talons qui la haussaient à la taille idéale pour que Bastian puisse confortablement poser le bras sur ses épaules. Sa longue chevelure auburn cascadait sur le torse de son cavalier.

Il lui susurra quelque chose à l'oreille, elle lui sourit de ses lèvres rouges soulignées à la perfection.

— Bastian Armanelli, le salua Ronald, semblant se retenir de cracher avant de lui tendre la main malgré tout. Merci d'avoir accepté notre invitation.

— Un plaisir.

Il lui serra la main en étudiant nos visages. Il ne sourcilla pas, demeura impassible et fit comme s'il ne me connaissait pas.

— Ravi que tout le monde ait pu venir. Et merci de nous accueillir.

— Moi de même, moi de même. Notamment au vu des circonstances.

— Quelles circonstances ? demanda sa cavalière.

Sa voix d'hôtesse du téléphone rose me donna l'envie subite de rentrer.

Comment avais-je pu croire que Bastian voudrait de nouveau m'embrasser ou coucher avec moi quand il sortait en général avec des filles pareilles ?

— Elizabeth, vous avez dû voir les magazines.

Ronald et cette fille se connaissaient donc. Elle appartenait à cet univers, elle.

— Vous savez que ces deux-là partagent, disons, un passé commun.

Ronald rit comme s'il cherchait à irriter Elizabeth, cependant elle leva les yeux sur Bastian, sa main délicate posée sur son torse.

— Allons, Ronald, tout le monde s'en moque.

Bastian lui sourit d'un air amoureux avant de lui chuchoter quelque chose d'autre à l'oreille, à quelques centimètres de son cou. Ces deux-là n'étaient pas simplement amis.

Il me fallait soudain de l'air. Ou une pause. Quelque chose. Ma main se posa sur mon ventre tandis que je prenais une grande inspiration.

— Je vais devoir...

— Bébé ! cria Bradley par-dessus la cohue, nous rejoignant d'un pas rapide, muni de deux verres de champagne. Désolé, on m'a parlé de notre plage. Un type qui ne savait pas que tu surfais et que tu allais intégrer Tropical Oil.

Bradley m'adressa un clin d'œil, conscient de ma détresse. Je me collai à lui lorsqu'il me prit par l'épaule. Il ferait office de bracelet de pierres. C'est lui qui me donnerait de l'aisance dans ce milieu inconnu où tous cachaient leur jeu, feignaient la gentillesse pour mieux se détruire les uns les autres.

— Je vous prive de ma cavalière le temps d'une danse, reprit Bradley sans leur laisser l'occasion de réagir.

— Merci, soufflai-je, le suivant aussi vite que me le permettaient mes talons.

Bradley m'attira contre lui quand nous arrivâmes sur la piste.

— Tu as vu sa tête ?

— De qui ?

— Du mec que tu essaies de rendre jaloux, Mo, répondit-il en me serrant plus près. Bastian fulminait, j'ai cru qu'il allait me tuer.

— Ne t'emballe pas...

Je n'avais rien remarqué, ni changement dans son expression ni trace de sentiment à mon égard.

— Il est amoureux de cette Elizabeth.

— Comment lui en vouloir ? Elle est canon, Mo.

Je tentai de lui marcher sur les pieds. Nous avions l'habitude de danser ensemble sur les airs du juke-box du Tiki-bar, complètement ivres. Il esquiva mon coup.

— Tais-toi et danse.

Nous restâmes ainsi sur la piste une chanson entière, guidés par le groupe de jazz installé dans un coin de la grande salle. D'autres personnes se joignirent à nous, encouragées par un animateur qui leur rappelait que les enchères se terminaient. Bastian et Elizabeth arrivèrent. Lorsqu'il l'attira près de lui, elle se lova contre son torse, presque à sa place. Le regard sombre de Bastian se détacha d'elle pour me fusiller.

Il ne semblait pas jouer la comédie. Il devait connaître cette femme, avait dû coucher avec elle vu la façon qu'elle avait de mettre les mains à son cou, dans ses cheveux, en lui murmurant de douces inepties à l'oreille avant d'enfouir le nez contre son épaule.

Mon cœur se gela. Nous nous étions bien amusés, cependant je ne me jetterais pas dans le tunnel de l'amour ni ne profiterais de lui plus que de raison.

Bastian était mieux avec elle. Et moi avec un Bradley. Deux univers qui se percutaient ne fusionnaient jamais à la perfection. Je vivais pour l'océan, pur et rédempteur, lui pour ses grandes villes foisonnant d'argent sale et de luxe.

Quand Bradley me dit quelque chose à l'oreille, Bastian en profita pour déposer un baiser dans le cou d'Elizabeth.

Cette douceur ne lui ressemblait pas. Une bise au lieu d'une morsure, cela n'entrait pas dans ses méthodes. Mon ventre se noua lorsque je réalisai que je ne le connaissais pas aussi bien que je le pensais. Je l'avais embrassé, m'étais fait jouir devant lui. Sans doute pendant que lui s'amusait avec Elizabeth tout le long.

Je comprenais mieux ses hésitations.

J'eus un haut-le-cœur, tous mes muscles se raidirent.

— Mo, elle est jolie, fit Bradley en se penchant dans mon cou. Je te l'ai dit, et tu t'en rends compte. Mais toi, tu es incroyable. Elle ne t'arrive pas à la cheville. Bastian le sait pertinemment. Ne les laisse pas t'atteindre.

J'essayai de me sentir rassurée par ses paroles. Malgré tout, je rouspétai.

— Dit celui qui a conscience que je suis sa seule chance de conclure.

Il se mit à rire puis, me voyant tendue, il me chatouilla la taille. Je tressaillis et rompis le contact visuel avec Bastian en gloussant avant d'ordonner à Bradley d'arrêter.

— Détends-toi, Mo. Ce n'est que pour ce soir, d'accord ? N'oublie pas, tu peux encore te laisser porter. Ça ne tient qu'à toi, tu sais.

J'eus alors un déclic. Ces mots résonnaient en écho à ceux de grand-mère. Je prenais tout le temps des décisions rapides, sur l'eau.

Je domptais les vagues.

Je prenais des risques.

Tout à coup, j'en eus assez de danser, de me priver, d'épier un homme qui ne voulait pas de moi. J'entraînai Bradley loin de la piste.

— Allons explorer le manoir.

— Comment ?

Je le guidai dans un couloir. Nous dépassâmes les toilettes, puis la salle à manger où se tenaient les enchères autour d'une grande table de chêne.

Nous tournâmes à l'angle et trouvâmes une porte entrouverte. Parfait. Des livres à couvertures rigides bordeaux et vertes, sûrement des éditions originales, s'alignaient le long des murs. Le bureau sur le tapis persan placé au cœur de la pièce ferait l'affaire.

Je tirai mon cavalier par le col pour l'embrasser fougueusement. Je reculai vers le meuble en vue de pouvoir m'y asseoir en temps voulu.

Bradley avait un goût de sécurité douillette, comme toujours. Il sentait la mer, ce lieu où j'étais chez moi.

Je lui griffai le dos, en quête de ce que j'avais ressenti avec Bastian. Je désirais qu'il m'empoigne avec force comme si j'étais sienne, et qu'il me le dise.

Rien de tout cela n'arriva. La langue de Bradley taquinait la mienne en douceur, il me caressait les bras de haut en bas, prenant tout le temps du monde. Je lui mordis la lèvre et le sentis sourire, puis il se recula.

— Es-tu bien sûre d'avoir envie de moi, Mo ?

— Mais oui, nous l'avons fait des millions de fois, affirmai-je en sautant sur le bureau pour l'entraîner entre mes jambes. Amusons-nous un peu sur les documents de ce vieux puis allons-nous-en de cette fête infernale.

— Ce n'était pas si terrible.

Il m'embrassa de nouveau, j'agitai les hanches contre lui en gémissant.

Il se donnait du mal. Vraiment.

Cela dura un instant encore, néanmoins quand je voulus déboutonner son pantalon, il m'arrêta.

— Tu n'as pas envie de te venger, Mo. Ça se voit. Tu es plus raide que ma planche de surf et je ne dirais pas non, mais je n'ai pas l'impression que tu apprécierais autant que moi.

Je relâchai les épaules en fermant les yeux.

— Bradley, si seulement tu étais une ordure, parfois.

Il écarta une mèche de mon front en riant.

— Je vais appeler un taxi et retourner au bar. Calme-toi puis va trouver ton pingouin pour lui dire d'arrêter ses conneries. On se verra à la plage, un autre jour.

Je me mordis la joue puis hochai la tête, les yeux fixés sur la soie de ma robe.

Je frappai du poing sur le bureau. Tout le but de la soirée consistait à évacuer la tension entre nous avec quelqu'un d'autre.

Je n'étais pas censée désirer Bastian. Je devais avoir envie de n'importe qui.

Seul problème, je sentais encore ses caresses, me languissais encore de la brûlure de ses fessées, me rappelais sa manière de m'agripper la cuisse, sur le canapé. Bastian avait pris possession de ma libido, et je voulais la lui reprendre.

D'un coup d'œil rapide vers la porte, je vis que Bradley l'avait refermée presque entièrement.

Mes doigts effleurèrent le tissu de ma robe. Si douce et légère, elle me glissait sur les jambes tel du caramel. À l'image des yeux de Bastian quand il me caressait du regard.

Je pris une nouvelle décision en urgence. Je voulais jouir et rien ne m'en empêcherait. Je passai la main en vitesse dans ma culotte.

Il ne me fallut qu'une minute, imaginant les lèvres de Bastian sur les miennes, ses doigts rugueux sur mon corps et en train de me tirer par les cheveux pour que j'atteigne l'orgasme.

Les paupières closes, je gémis son nom, perdue dans les étoiles tant convoitées.

Cela me suffirait pour les mois à venir. Je pouvais me faire du bien et en finir avec tout cela dès que possible.

— Tu t'amuses ?

Je bondis du bureau et trébuchai contre Bastian à cause de mes talons.

— Que fais-tu ici, bon sang ?

— Tu voulais qu'on voie d'autres personnes et nous l'avons fait. T'a-t-il donné du plaisir ?

Il me parlait d'un ton sec, rude.

— Depuis quand es-tu là ? pestai-je, prête à répondre à sa méchanceté par ma rage.

— Depuis assez de temps pour savoir que tu n'as pas pu profiter de lui, *ragazza*.

Ce surnom trancha l'air.

— Tu as maté ?

Je fis les gros yeux. M'avait-il observée ? Cette perspective ne m'avait même pas traversé l'esprit.

— Où est ta copine ? Vous rigolez bien ?

Je tentai de lisser un pli de ma robe en attendant sa réponse.

— Bien sûr. Elle est douée, elle, contrairement à ton ami.

Une aiguille me creva le cœur d'un coup si vif que je ne le sentis pas sur le moment, même quand le sang se mit à perler.

— Super, murmurai-je tel un ballon en train de se dégonfler.

Je n'allais pas rester là à le regarder se pavaner. Je voulais rentrer, noyer cette soirée sous une bonne douche. Qu'il aille séduire toutes les femmes de la Terre, si ça le chantait.

Je ne l'épousais pas pour lui faire plaisir, après tout. Je ne devais pas l'oublier.

— Je vais chercher ma veste, fis-je en essayant de m'en aller.

Il m'attrapa par le bras.

— Prononces-tu toujours mon nom en jouissant, *ragazza* ?

Ce murmure coula sur moi au point de me faire me contracter pour lui.

— Pardon ?

— Tu m'as très bien entendu.

— Et toi, tu as dû halluciner, rétorquai-je en levant le menton par défi.

Qu'il aille au diable avec son ego. Je ne crierais plus jamais son nom après ce soir-là.

— N'importe quel beau gosse peut me donner du plaisir.

— Arrête, Morina. Ne mens pas.

Il me tira en arrière et me retourna pour me mettre face au bureau, les fesses contre son sexe.

— Tu veux que je te montre comment on s'y prend ?

— Tu t'es déjà amusé avec une autre, ce soir, murmurai-je quand il effleura ma robe.

— C'est toi qui l'as demandé, répondit-il, sa joue mal rasée me picotant la nuque. Elizabeth n'est là que par ta faute.

— Tu étais d'accord, soufflai-je lorsque son autre main me saisit la taille.

— Je ne lui ai rien fait, Morina, assura-t-il en m'empoignant la cuisse. Impossible quand je ne désire que toi. Ici. Dans cette robe. Au lieu de ça, j'ai dû te voir en embrasser un autre. N'as-tu toujours pas compris que je n'aime pas partager ?

— Partager quoi ? chuchotai-je.

— Tout, gronda-t-il.

Adieu, les provocations innocentes. Il devint plus avide, son regard se fit menaçant quand son pouce s'agita sur mon clitoris par-dessus ma culotte. Je frôlais la surchauffe, encore sensible après mon orgasme, mais déjà prête malgré tout.

— Bastian, il ne s'agit que d'une mise en scène, répliquai-je comme si je devais soudain me défendre.

Sa façon de me toucher était différente cependant. L'homme de l'avion qui m'avait donné des fessées et proclamée sienne venait de réapparaître. Dans la lumière tamisée, Sebastian Armanelli, parrain de la mafia, allait s'emparer de son dû.

Nous entrions dans des eaux inexplorées sur lesquelles je ne savais pas naviguer. Tandis que sa voix grondait contre ma nuque et qu'il me touchait, je lui dis :

— Tu voulais rester professionnel. C'est la meilleure solution. Nous nous défoulons ailleurs. Je trouverai quelqu'un...

— Tu n'y arriveras pas, *ragazza*. Tu le sais. Moi aussi. Tu es à cran et ne peux plus prendre de plaisir depuis que tu me connais.

— Bastian, ça ne fait pas partie du plan, insistai-je par-dessus mon épaule.

Sa langue passa sur ses dents comme s'il les polissait avant de mieux anéantir ma résolution à coups de crocs.

— Vraiment ?

Il fondit alors sur mon cou et écarta ma culotte. Il mordit un point sensible et inséra son doigt en moi si vite que je dus m'accrocher au bureau, penchée en avant en lâchant un cri de plaisir, effrayée de m'effondrer par terre.

L'homme d'affaires prétendument gentil, dans cette pièce sombre, se muait en patron possessif et inflexible.

— Et si on nous surprenait, Bastian ?

— C'est le but, *piccola ragazza*. Montrer que tu m'appartiens.

Je ne distinguais plus les faits de la fiction, la réalité du mensonge. Agissait-il pour notre image ? Mon esprit s'embrouillait à force de tisser des toiles de conte de fées et de mariages arrangés.

— Nous ne serons mariés que quelques mois, Bastian, grognai-je en me frottant de plus en plus vite à lui, sur le point de jouir.

— Oui, mais peut-être ai-je besoin de te détruire tout comme tu me détruis. Je ne peux plus en baiser une autre sans m'imaginer des boucles noires en bataille ou des yeux de saphir. Je ne peux plus caresser de fesses si elles n'épousent pas parfaitement la forme de ma main comme les tiennes.

Il m'empoigna alors plus fort avant de faire remonter ses doigts le long de mon dos pour m'attraper les cheveux.

— Quelle fiancée feras-tu, hein ? Je te veux sans pouvoir t'avoir, mais tu écartes les jambes pour un autre si vite que je ne suis pas certain de supporter ce petit jeu bien longtemps.

Possessif et cruel.

— Sebastian Armanelli, soufflai-je, lui arrachant un rire de dément.

— On croirait qu'on se connaît à peine, à t'entendre.

— N'est-ce pas le cas ?

Je rejetai ma chevelure en arrière pour lui lancer un regard noir sans me priver de me coller à son sexe. Il s'agissait d'un homme différent. Lui et moi le savions. Celui que j'aurais pu fuir ou affronter avec bravoure.

Des décisions rapides. Je ne voulais rien de plus.

Les yeux sombres, enragés, teintés d'un sentiment indescriptible, il répondit à voix basse.

— Exactement. Le parrain des Armanelli. Sur le point de te faire jouir et te rendre un service afin que personne d'autre ne risque sa vie pour en faire autant.

Il me pénétra avec un doigt de plus, assez long et solide pour me pousser à accélérer le mouvement, ignorant ses paroles. Quel rythme magique ! Son pénis contre moi attisait encore plus mon plaisir, et sa voix vicieuse me couvrait d'obscénités et de compliments.

— Je n'ai besoin de personne pour ça, dis-je sans m'arrêter.

J'en aurais été incapable. Je préférais mille fois ses caresses aux miennes.

— Personne ne te comblera plus que moi, *ragazza*, ajouta-t-il en se retirant tout juste au moment où j'allais hurler son nom. Souviens-t'en.

Je le vis défaire son pantalon et enfiler un préservatif. Avant de me pénétrer, il plaça devant ma bouche ses doigts encore marqués par ma volupté.

— Ouvre grand.

Je me perdais en lui à ce moment-là, dans mon propre monde chaotique où rien d'autre n'importait que de le sentir en moi. Je lui obéis et, quand il posa ses doigts sur ma langue, il se pencha en avant.

— Lèche.

Et je m'exécutai.

Je savourai mon extase mêlée à sa peau, un nectar qu'il venait de créer.

— Brave fille. Tu as bon goût, ne trouves-tu pas ? Sucrée. Trempée. Rien qu'à moi. Voilà l'effet que je te fais.

Quand je gémis, il repassa sous les plis de ma robe afin de me soulever la jambe pour s'enfoncer en moi avec férocité.

Il jurait et jurait encore en me prenant, comme s'il n'en revenait pas.

Je n'y croyais pas non plus.

Ce n'était pas ce que nous avions prévu, pourtant je le baisais moi aussi, car je me trouvais bien incapable d'arrêter.

Broken Vows

Sebastian Armanelli.
Le seul apte à retenir mon attention.
Et il l'accaparait.

Chapitre 27

Bastian

Morina Bailey m'avait poussé à bout en quelques semaines. Il avait fallu très peu de temps à ce petit esprit libre pour accomplir un exploit encore inédit. Je désirais la punir et lui faire l'amour, en même temps.

Son mode de vie se résumait à suivre ses instincts, au point d'écouter sa colère et soumettre l'idée que nous venions au gala avec des partenaires différents.

Quand je lui avais proposé de nous y rendre séparément, je ne cherchais qu'à établir une distance professionnelle, sans pour autant manquer d'amabilité l'un envers l'autre.

Elle m'avait craché au visage avant de sous-entendre qu'elle se porterait tout aussi bien avec n'importe qui entre ses jambes.

Je ne comptais pas la blesser, elle, mais j'aurais tué le type en question. Je voulais lancer un contrat sur Bradley pour cette même raison.

J'avais vu rouge quand elle l'avait emmené à l'écart.

Par orgueil ? Je devais m'en persuader. Mélanger affaires et plaisir, et risquer l'héritage familial pour quelque chose d'aussi frivole que mes sentiments envers elle, s'avérait inacceptable.

Bradley m'avait serré la main et souri au bras de la femme qu'il m'avait entendu appeler ma fiancée, la semaine précédente.

Peu importe ce qu'elle avait bien pu lui raconter, je l'aurais abattu sur place, dans une autre vie. Avec mon père ou n'importe quel mafieux, il serait déjà mort.

Je voulais encore le tuer après avoir pris Morina.

Sa bouche avait touché la sienne et il l'avait tenue par les hanches.

Qu'importe s'il avait arrêté ou si elle avait prononcé mon nom en se masturbant.

Perdu dans un sentiment encore supérieur à la jalousie, j'arrachai son plaisir à Morina comme je l'entendais.

La raison n'existait plus, dans ce bureau. Elle m'avait appelé par mon vrai nom. Sebastian Armanelli, parrain de la mafia. Ce nom de famille rimant avec violence et danger. À cet instant, cela m'allait à merveille.

Mince.

Elle me poussa quand nous terminâmes. Je ne la rattrapai pas. On ne pourrait me tenir responsable de mes actes, à ce stade.

Elle s'enfuit, sa robe bleue volant derrière elle tant elle marchait vite.

Je frappai le mur.

— À quoi joues-tu ? pestai-je tout bas avant de faire les cent pas.

Il ne s'était même pas passé un mois depuis le début de notre accord.

Je devais l'épouser. Conclure l'entente. Avancer sans flancher, ne plus céder à mes caprices. Elle avait déjà assez confiance en moi pour me vendre ces parts et deviendrait intouchable. Cela s'annonçait difficile, cependant si nous restions bien droits dans nos bottes, tout se passerait sans encombre. Cette compagnie n'avait pas besoin d'histoires de cœur. Morina devait s'en remettre à moi sans me chevaucher.

J'appelai mon frère.

— Je l'épouserai demain. Si les papiers ne sont pas prêts, occupe-t'en.

— Demain ? Je croyais qu'il nous restait une...

Je raccrochai puis contactai également mon avocat pour lui dire de prévenir le tribunal.

J'en avais assez de marcher sur des œufs.

Je retournai dans la salle de bal. Morina attendait près d'une petite table dominant la piste de danse.

Un homme l'aborda, et ma colère s'éveilla de nouveau en la voyant s'égayer.

Elle ne semblait pas saisir que nous étions désormais liés de manière inéluctable, jusqu'à la fin de ses jours.

Mon intouchable.

Ses yeux croisèrent les miens quand je m'avançai vers elle. Je n'attendis pas qu'elle me présente l'autre type. Non, je lui pris la main et, de l'autre, sortit l'écrin de ma poche.

Je me penchai sur elle puis vis la trace de mes dents dans son cou. Mon sexe se réveilla.

— Souris, *ragazza*, lui susurrai-je.

Je mis alors un genou à terre.

Je lui parlai en italien. Je lui expliquai qu'elle était belle comme la mer, que je ne pourrais jamais l'avoir comme j'en rêvais, car nul ne saurait mettre l'océan en bouteille.

Ni elle ni personne ne comprendrait.

J'ouvris la petite boîte où du velours foncé caressait l'alliance. Au centre trônait un diamant en coupe princesse cerné de pierres.

— Du quartz rose, de la howlite et d'autres dont je ne me souviens plus, *ragazza*. Les mêmes que tes bracelets.

Je m'étais donné cette peine afin de la mettre à l'aise tout au long de notre accord.

La joie sur son visage disparut.

— Mes bracelets, Bastian ? balbutia-t-elle.

Puis une larme solitaire coula sur sa joue. Et alors, le vrai sourire, celui que j'attendais réellement, illumina ses traits.

C'est bien pour ça que tu as fait ajouter ces pierres à la bague, abruti.

Je lui passai l'anneau au doigt.

Tout le monde applaudit. Les photos circuleraient. La nouvelle aussi.

Notre accord était officiellement scellé.

Elle prit ma main dans la sienne, si petite en comparaison, tandis que je remerciais tous ceux qui nous félicitaient et que je nous menais vers le vestiaire.

— Ton cavalier est-il parti ? lui demandai-je, sachant que j'avais renvoyé Elizabeth chez elle.

Elle me le confirma sans un mot, apparemment peu encline à parler. Sans doute le choc des événements de la soirée. Ou la gêne.

Et tout était ma faute. J'aurais aussi dû mourir de honte après l'avoir prise dans la bibliothèque de notre hôte. Pourtant, je ne pouvais me résoudre aux regrets.

Nous rentrâmes, silencieux lors de la première moitié du trajet. Elle faisait tournoyer son alliance autour de son doigt encore et encore.

— Merci pour les pierres, murmura-t-elle enfin.

— Je me suis dit que tu en aurais besoin pour de pareilles occasions, quand tu n'emportes pas tes bracelets.

— Je t'achèterai une bague, moi aussi, continua-t-elle, les mains sur les genoux.

— Inutile, assurai-je en cognant doucement la vitre avec ma chevalière, symbole si lourd de mes responsabilités. J'ai celle-là. C'est bon.

— Ce n'est pas une alliance.

— Elle représente ma famille. Ce à quoi je dédie réellement ma vie.

— D'accord, mais tu te consacreras aussi à notre union pendant quelques mois pour obtenir mes actions, non ? Dans ce cas, tu peux porter une bague que je t'aurai offerte.

Elle comptait m'acheter quelque chose dont je n'avais pas besoin. Je n'en voulais même pas.

— Un tel rappel ne servira à rien, Morina.

— Ça n'a rien à voir. Il s'agit d'un symbole de confiance. C'est nécessaire. Surtout après ce soir.

— Ce soir ? m'étonnai-je dans la pénombre du véhicule.

Je distinguai la chair de poule sur ses bras.

— Tu m'as traitée en public comme ta chose, Bastian ! C'était n'importe quoi du début à la fin. Tu n'as même pas envie de moi. C'est toi qui as instauré des limites, dès le départ.

Je renâclais en tapotant la vitre.

— Ton ami était au courant de notre relation.

— Et alors ?

— Alors, il n'aurait pas dû t'embrasser.

— Tout l'intérêt de sortir avec d'autres gens consistait justement à coucher avec eux discrètement afin de relâcher cette tension sexuelle, s'écria-t-elle en frappant la banquette.

— Je ne m'en sens pas capable quand je te vois avec des types qui savent que tu m'appartiens.

— Tu ne voulais même pas m'embrasser, il y a quelques jours ! s'écria-t-elle, les poings serrés.

Je hochai la tête, conscient de passer pour un fou.

— Et je crois encore que nous devrions nous abstenir. C'est déjà assez insupportable de t'avoir dans mes pensées en continu, de t'imaginer avec un autre, de vivre si près de toi sans pouvoir te toucher, te sentir, Morina. Te rends-tu compte que j'ai failli lire mon horoscope, aujourd'hui ?

— Tu es malade, grommela-t-elle. Je préfère ne pas te parler pour l'instant. Tu n'es qu'un gros taré. Je veux simplement aller me coucher.

— Génial.

Moi aussi, je souhaitais voir le jour se lever afin de me remettre du plomb dans la tête, car je perdais les pédales.

Chapitre 28

Morina

— Nous nous marions demain.

Il suspendit sa veste au portemanteau et dénoua sa cravate quand nous rentrâmes chez nous. Il m'avait fait sursauter après un si long silence.

Il semblait pressé en retirant ses chaussures sans me regarder.

— Bastian ?

Comme il m'ignorait encore et se dirigeait vers sa chambre, je lui criai après.

— Bastian, tu me fais quoi, là ?

— Ce que je te fais ?

Il se retourna, la lave en fusion dans ses yeux me carbonisant. Il se planta à quelques centimètres de moi pour m'attraper par le cou.

— Nous nous marions demain. Toi et moi. Ma fiancée. Tu deviendras ma femme. Tu comprends ?

— Tu as l'audace de te comporter comme ça ? demandai-je en analysant son regard. De me les casser parce que tu es en colère ? Tu oses me traiter ainsi alors que tu t'es pavané avec ta copine qui te susurrait des mots doux toute la soirée. Tu riais à ses blagues. Tu te pendais à son cou. Je t'ai vu. Tu as même affirmé qu'elle savait ce qu'elle faisait avant de me prendre.

Je lui frappai l'épaule quand sa poigne se resserra autour de mes cheveux.

— Rien de tout ça n'importe plus, *ragazza*. Nous nous marions demain, et donc tu n'écarteras plus les jambes pour personne.

Nous restâmes ainsi, le souffle court, à bouillonner, nos regards furieux ancrés l'un à l'autre. Si j'avais allumé une bougie, la colère et la jalousie tourbillonnant dans la pièce auraient suffi à l'éteindre.

— Tu ne penses qu'à ce qui est à toi, alors ? Je suis ton jouet, dorénavant ? Va te faire voir, Sebastian Armanelli.

Je dégageai sa main d'un geste et partis d'un pas lourd dans ma chambre. Je claquai la porte et criai.

Il ne me courut pas après, bizarrement. Je l'entendis aller se coucher.

Tant mieux.

Qu'il pourrisse de son côté, je m'en fichais.

Seulement, j'eus l'impression de dépérir toute la nuit. Je me jouais tous les scénarios imaginables et je butais sur le plus urgent.

Le lendemain, j'épouserais un homme que je n'aimais pas, sans mes amis, sans ma famille, ni même une robe ou de belles chaussures.

Des décisions rapides allaient s'imposer.

— Tu avais bien raison, grand-mère.

Je dus sombrer dans les bras de Morphée en tentant d'invoquer Maribel dans mes songes, histoire de lui jeter quelque chose au visage. En vain. Je ne rêvai pas d'elle, cette nuit-là.

Je me réveillai puis lus mon horoscope, le Sagittaire en moi prêt à s'entêter dans la vengeance après que Bastian m'avait imposé la date de notre mariage sans me donner le temps d'organiser quoi que ce soit. Je savais que nous allions au tribunal, cependant j'enfilai un T-shirt ample par-dessus un bikini. J'avais l'air d'être en route pour la plage.

Lorsque je sortis de ma chambre, le petit déjeuner m'attendait dans la cuisine. Ces satanées crêpes divines patientaient, pliées, parfaitement recouvertes d'une délicate couche de sucre glace.

Lui faisait la vaisselle en costume, prêt pour cette folie dans laquelle nous nous jetions.

Il se retourna, m'étudia, mais j'étais déjà parée à le recevoir. Sebastian Armanelli allait sortir de sa carapace et m'ordonner d'aller me changer.

J'attendais sa remarque en prenant place devant mon assiette.

Il remplit un verre d'eau et le vida lentement dans les pots de fleurs, s'assurant bien de verser le liquide tout autour des tiges.

Sa maîtrise de soi me parut irréelle.

Le soir, nous le savions tous les deux, elle disparaissait entièrement.

— Nous avons rendez-vous dans deux heures pour signer les papiers.

Je levai les yeux au ciel en prenant la fourchette posée à côté de l'assiette. Il alluma mon encens puis s'assit à mes côtés comme si tout allait bien.

— Désolé pour hier soir.

J'en fis tomber ma fourchette.

— Quoi ?

— Je t'envoie des signaux contraires.

Ses iris redevenaient de chocolat et de miel. Le gentil Bastian arrangeant était de retour.

— Sans blague !

— J'aurais aussi dû te prévenir plus tôt au sujet du mariage, ajouta-t-il en s'éclaircissant la voix.

— Si nous allons au tribunal, alors aucun problème, ronchonnai-je sans trop savoir comment accueillir cette attitude soudaine.

— Je t'emmènerai voir les terminaux aujourd'hui, si tu veux. Je t'expliquerai mon objectif.

Je plissai les yeux.

— Tu m'as baisée, hier soir, Bastian.

— Je sais, Morina, fit-il avec un signe de tête. Je n'aurais pas dû. Tu dois garder les idées claires pour prendre ta décision, et je t'en empêche.

— Sérieusement..., lançai-je, blasée face à ce retour dans le périmètre professionnel. Imbécile, coucher avec toi ne va pas me rendre complètement gaga. Je ne vais pas mélanger les affaires et le plaisir.

Il me dévisagea puis jura quand l'écran de son téléphone s'alluma. Il le mit dans sa poche.

— Tu peux répondre. Je m'en moque.

Il m'accordait toujours toute son attention, mais dans quel but ? Nous n'étions qu'associés.

— Pas moi. Tu mérites que je sois entièrement présent quand je suis là. Et je ne prends pas cette discussion à la légère. Nous devons corriger le tir et rester amis le temps de cette transaction.

— Entendu.

Tout cela me paraissait logique, même si, curieusement, mon cerveau n'arrivait pas à comprendre pourquoi il écartait ses affaires en mon nom. Quelque chose clochait mais je ne savais pas quoi.

Cependant, Bastian était assis près de moi, alerte, on ne peut plus raisonnable, quand moi, je flottais dans un fatras d'incompréhension. Quelqu'un avait manifestement mieux dormi que moi. Il semblait frais et dispo, tout apprêté.

— J'irai me changer après mon petit déjeuner.

Je mangeai ma crêpe, peu désireuse de montrer mon trouble à Bastian. Je me concentrai sur le sucre fondant dans ma bouche, la légèreté de la pâte, ce goût qui s'accordait parfaitement avec la confiture de fraises.

— Morina.

Je lui adressai un bref regard lorsqu'il souffla mon nom. Il serrait le poing et les dents.

— Oui ?

Je plongeai alors les yeux dans les siens si perçants. L'alchimie entre nous électrisait tout l'appartement. Ressentait-il autant que moi cette attraction, ce besoin ? Ou cela allait-il à sens unique ?

Je me levai d'un bond sans finir mon assiette et débarrassai. Bastian n'ajouta rien, aussi changeai-je de sujet.

— J'imagine qu'il y aura des photographes devant le tribunal, n'est-ce pas ?

— Tu n'as pas terminé ta crêpe.

— Non, dis-je en me forçant. Je n'ai plus faim.

— Elle n'est pas bonne ? Tes gémissements de plaisir indiquaient le contraire, s'étonna-t-il, les sourcils froncés.

Je sentis le rouge me monter aux joues. Parfois, le fait d'adorer sa cuisine à ce point s'avérait des plus gênant.

— Ça va.

— Donne, je vais goûter.

— Pardon ? fis-je en baissant les yeux sur mon assiette avant de la poser. Non. Tu ne... Si je ne mange pas, c'est pour ne pas paraître boudinée sur les photos.

— Comment ?

Il se leva, son tabouret crissant sur le carrelage, puis il me rejoignit.

— On va nous voir dans tous les magazines, et je ne veux pas avoir l'air d'une...

Il piqua la crêpe sur sa fourchette en prononçant un chapelet de jurons italiens. Sa main libre se posa sur ma nuque.

— Ouvre, *ragazza*.

— Bast...

Il profita de ce que j'avais la bouche ouverte pour y glisser la crêpe sans me laisser le temps de réagir. Je ne protestai pas. Un vrai régal, sans surprise. Je lui tirai le poignet en arrière et secouai la tête pendant que je mâchais.

Il se concentra sur mes lèvres puis m'attira contre lui, les doigts dans mes cheveux.

— Je te veux ainsi. Entière. Les yeux pétillants, libre. Ne change rien. Ni tes vêtements. Ni ta coiffure. Rien. Nous partons dans vingt minutes, d'accord ?

Sur ce, il me lâcha et disparut dans sa chambre.

J'en restai sans voix, le cœur bringuebalé dans tous les sens une fois de plus, assez agité pour anéantir mes doutes à propos de la journée à venir.

Je regagnai mes quartiers où je coupai un bracelet de pierres. Je gardai ensuite assez de fil pour faire de ce bijou une alliance.

Sebastian Armanelli porterait ma bague, lui aussi. Bastian, l'homme conciliant, appartenait à sa famille ; Sebastian, lui, dominateur et possessif, m'aspirait dans son orbite. Suivant les conseils de grand-mère, je pris une décision rapide, curieuse de voir où il m'emmènerait.

La cérémonie ne dura pas longtemps, notamment parce que nous nous tenions main dans la main devant le juge, sans vœux à prononcer. Ces choses-là importaient peu. Nous nous pliions aux clauses d'un testament afin que j'obtienne ces actions et les lui vende.

Devant le tribunal, un bombardement de flashs nous accueillit. Des questions volaient dans tous les sens au milieu de la horde de paparazzis lâchée sur nous. Même si Bastian s'en moquait réellement, je me réjouissais d'avoir enfilé une robe de plage blanche.

On avait dû les informer. Bastian me prit sous son bras pour fendre la masse. Soudain, des gorilles nous encerclèrent afin de nous escorter vers la Rolls-Royce. Mon mari me fit monter en voiture, une main dans mon dos. Puis il se tourna pour sourire à tous ces hommes et femmes en train de nous photographier.

— Morina Armanelli est une véritable beauté, ne trouvez-vous pas ?

Sa voix porta par-dessus la cohue.

— Elle est sublime, et elle est à moi. Aujourd'hui et à tout jamais. Assurez-vous de bien retranscrire ceci.

Il me rejoignit ensuite sur la banquette.

Les gardes du corps empruntèrent une autre grosse voiture noire et quand notre chauffeur manœuvra loin de la foule, je retrouvai mon souffle.

— Bon sang, c'était un peu tiré par les cheveux, m'exclamai-je en portant mon attention sur Bastian. Surtout ta petite intervention.

Il ne répondit pas, il ordonna simplement à son employé de nous conduire sur le site de Tropical Oil.

— On a l'air d'être dans les temps.

Je tournai et retournai l'alliance de fortune à mon pouce. Je ne la lui avais pas donnée, ne sachant pas trop que dire face à un juge qui comprenait sans doute le caractère purement tactique de cette union.

— C'est la manière idéale de répandre la nouvelle, Morina. Tu es désormais intouchable. Les journaux se chargeront de l'apprendre aux syndicats et familles.

— D'accord.

J'enfouis ma main dans la poche de ma robe, hésitant à lui offrir ce bijou.

— Pendant très longtemps, il s'agissait d'un titre honorifique pendant. Dans le milieu, il s'applique encore.

— Tes parents étaient-ils mariés ? m'enquis-je.

J'ignorais si je tenais à le savoir, cependant il avait l'air de vouloir m'apprendre quelque chose en parlant de son monde.

— Ma mère..., commença-t-il. Elle aimait mon père et avait accepté de lui donner sa main au bout de quelques mois seulement. Il n'était pas un bon mari, mais elle était une épouse exemplaire. Elle l'a même appelé *amore mio* le jour de sa mort.

— Alors, ils s'aimaient ?

— Oui. C'est certainement ce qui l'a tuée.

Le chagrin noircissait ses mots. Peut-être qu'une part de lui avait disparu avec elle.

Les gens s'en allaient et nous les laissions dans la mort. Pas toujours par choix. Je me le rappelai tous les jours.

— Elle t'aimait, toi aussi. C'est évident.

— Elle aurait surtout dû se soucier assez d'elle-même pour partir et nous emmener, affirma-t-il fermement. Parfois, ça a du bon d'oser s'opposer à ceux qu'on chérit le plus.

Le pensait-il sincèrement ?

— As-tu déjà agi ainsi ? Tu as l'air de tout faire pour tes proches, y compris t'occuper de l'entreprise familiale.

— J'ai tué mon père, Morina.

Il lâcha chacun de ces mots en me fixant, la noirceur grandissant dans ses iris.

— Je lui ai ôté la vie dans l'espoir de laver notre nom dans le sang.

J'ouvris la bouche, en vain. Je cherchai une réponse adéquate.

Rien ne me vint à l'esprit.

Se trouver face à un homme qui a assassiné son père vous prive de mots, et un serpent de terreur s'enroule autour de vous. Se trouver face à un meurtrier que l'on croit comprendre et apprécier sincèrement transforme l'âme en une chose inconcevable.

Je sentis ce changement s'opérer en moi durant le trajet vers les fermes et terminaux pétroliers. Je tremblais à la fois de peur et d'excitation, d'adrénaline, et aussi d'un besoin de le consoler malgré mes craintes.

Cet homme venait tout juste de m'épouser puis il m'avait avoué son plus grand péché sans hésitation. Et voilà qu'il m'observait, à l'affût de ma réaction. Il secoua la tête devant mon silence.

— Tu es sous le choc. Je comprends. Tu aimes jouer, *ragazza*. Tu crois que coucher avec moi et me donner ta main ne comporte aucun risque.

Je me mordis la joue.

— Tu ne devrais pas provoquer quelqu'un de ma trempe. Je te le dis uniquement parce que tu as le chic pour toucher mes cordes sensibles. Je ne veux plus avoir à tuer pour protéger ma famille.

— Serais-tu en train de me menacer, Sebastian ? lui demandai-je, si bas que j'ignorais s'il m'avait entendue.

Il se referma aussitôt.

— *Piccola ragazza*, l'image que tu as de moi me fait de la peine. Je ne te blesserai jamais. Je tuerais pour toi, par contre. C'est toi, ma famille, désormais. Ta vie est précieuse, chérie. Tu es en sécurité avec moi. Mais les hommes de ton entourage... Je leur mettrais une balle entre les deux yeux avant que tu aies le temps de pousser un gémissement.

— Tu dépasses les limites, Bastian, lui fis-je remarquer, incapable de m'en empêcher.

— Bien au contraire. Nous sommes mariés, maintenant.

— D'ailleurs..., commençai-je en jouant avec la bague à mon pouce avant de la lui tendre. C'était un de mes bracelets. J'ai raccourci le fil, mais il est élastique. C'est de la tourmaline. C'est censé bloquer les énergies négatives et te protéger. Ça donne également de la force.

Il semblait hypnotisé par le petit objet, les traits déformés, apparemment perplexe et dégoûté à la fois.

Je refermai le poing sur la bague et retirai ma main.

— Je n'avais rien de mieux. J'ai improvisé...

Il m'attrapa alors le poignet telle une vipère. Il me donna une tape sur les phalanges.

— Ouvre.

Bon sang, mon corps réagissait de façon inappropriée quand je l'entendais prononcer ce mot. Je lui obéis et il prit l'alliance.

Il l'examina, retira sa chevalière pour la mettre à sa main droite puis enfila les perles aplaties sur son annulaire, jusqu'à ce qu'elles reposent douillettement à leur juste place, affirmant que cet homme était marié.

Nous observâmes tous deux cette marque, ce symbole, puis Bastian murmura :

— Ma mère aurait tout donné pour mon père. Je ne comprenais pas parce qu'il n'en aurait jamais fait autant. Selon elle, si on tenait à quelqu'un, on l'aimait même sans rien obtenir en retour. Je pense que je commence à mieux la cerner.

Mon cœur se pinça pour l'enfant dans l'incompréhension et pour l'homme qui endurait aujourd'hui la douleur de ce garçon.

— Aimer et être aimé inconditionnellement est si rare.

— Tout à fait, *ragazza*, dit-il en reprenant son souffle et en déglutissant. Tu sais, mon père lui a imposé un ultimatum, mais elle l'a pris à son propre piège. Il lui avait dit : Tu t'en vas, tu meurs. C'est exactement ce qui s'est passé, cependant elle ne lui a pas accordé le plaisir de se laisser tuer. Cela valait mieux. Ce mariage avait déjà signé l'arrêt de mort de ma mère.

— Ce sera différent avec toi, j'en suis sûre, le rassurai-je en effleurant sa nouvelle bague.

— Oui, répondit-il en me serrant les doigts. Je te protégerai, Morina. Je te protégerai.

Je pris une longue inspiration avant de lui faire part de mes pensées concernant ses parents.

— Je suis navrée qu'elle n'ait jamais eu le choix de partir. Ça n'a pas dû être facile pour toi.

Bastian se mit lui aussi à faire tournoyer son alliance. Pourvu qu'elle lui octroie un peu de force.

Nous arrivâmes aux terminaux. Les structures métalliques, containers et citernes massifs le long de la côte nous rappelaient à la perfection la raison de notre venue.

Nous visitâmes les lieux après avoir montré nos papiers au point de contrôle. Bastian m'expliqua où ses concurrents agrandiraient l'exploitation si je ne lui vendais pas mes parts.

— Si tu les cèdes à Ronald ou les gardes pour toi, sache qu'il fera tout pour bénéficier de subventions. Ils cherchent à se développer jusque dans les villes plus importantes. La communauté en profiterait à court terme. Des emplois, de l'argent, d'éventuelles aides ponctuelles. Vous renforceriez les partenariats avec les raffineries, aussi.

Il me parlait tout d'abord de ce que je pouvais en tirer, toujours prévenant. Il tenait à ne pas influencer ma décision. Je commençais à voir pourquoi il s'occupait du bien-être des autres avant le sien.

— Fantastique. Et quelles seraient les raisons de refuser ?

— À l'instar du Royaume-Uni, nous pourrions adapter ces infrastructures à l'énergie durable. Reconvertir les fermes rendrait tout le complexe plus lucratif sans qu'on ait à étendre les installations. Ça exigerait davantage d'employés, mais produirait plus d'énergie et engendrerait des profits plus importants dès le dixième mois.

— C'est ce qui est expliqué dans le dossier, non ?

— Oui. C'est plus clair en situation réelle, je trouve.

Il m'adressa un sourire taquin, conscient que ma capacité de concentration et ces documents ne s'entendaient pas.

— Effectivement.

Au même moment, un homme passa non loin. Il nous repéra et changea de direction pour venir nous accoster.

— Seriez-vous Bastian Armanelli ?

Bastian adopta une posture différente. Il se plaça légèrement devant moi tout en étudiant l'inconnu.

— J'ai des yeux partout. Dont deux tireurs d'élite. Inutile de tenter quoi que ce soit.

L'homme siffla entre ses dents.

— Vous savez reconnaître quelqu'un du milieu, vous. Je ne viens pas verser mon sang irlandais. J'aimerais simplement vous signifier que certains d'entre nous partagent vos ambitions. Ma famille adore cette ville, nous vous soutiendrons si le partenariat se concrétise.

Sur ce, il repartit à reculons sans nous quitter des yeux jusqu'à tourner derrière une citerne.

— C'est quoi, ce bordel ? m'exclamai-je. Des tireurs d'élite ? Qu'est-ce que tu racontes ?

— Ils nous protègent, *ragazza*.

— Suis-je dans le collimateur d'assassins, moi aussi ? criai-je d'une voix aiguë, mon cœur battant plus fort que les tambours d'une fanfare.

— Il y aura toujours un sniper pour veiller sur toi, si c'est ça ta question. Je ne courrais plus le risque de te perdre.

— Tu exagères. Non, tu es fou, voilà tout. On a voulu m'attaquer une seule fois.

— C'est déjà trop, rétorqua-t-il en se dirigeant vers la voiture.

Je me précipitai derrière lui dans mes bottes militaires et ma robe blanche. Le contraste entre sa tenue et la mienne aurait donné lieu à une photo iconique. Je me figurais déjà les gros titres : « Ça chauffe entre le magnat et la hippie. » Les journalistes trouveraient quelque chose de plus vendeur, bien sûr, mais c'était l'idée. Nous n'avions pas l'air assortis.

Je ne remis même pas ses arguments en doute sur le chemin du retour. Au lieu de cela, je lui demandai :

— Donc, quand j'ouvrirai le food truck demain…

Il tenta de me couper, cependant je l'arrêtai en levant la main.

— Je dis demain parce que tu as précisé que tu me protégerais dès l'instant où je deviendrais ta femme. Est-ce qu'on me surveillera ?

— Oui, ces salauds de paparazzis et tous les autres. Tu ne peux pas retourner à ton camion pour l'instant.

— Je veux travailler.

— Non.

— Te moquerais-tu de moi ? Ne dois-tu pas gérer tes affaires, toi aussi ?

— Si, mais tu peux rester à l'appartement pendant ce temps.

— Heureusement que ça ne durera pas jusqu'à ce que la mort nous sépare, déclarai-je en croisant les bras.

— En es-tu si sûre ? répliqua-t-il. Peut-être que je refuserai le divorce pour te forcer à me supporter à vie, petite maligne.

— Quels magnifiques vœux ! Trop fière d'être ta femme. Je devrais te réciter toutes les promesses possibles pour bien clarifier la situation.

Je tapai lourdement du pied avec mes grosses chaussures.

— Je te jure de rester à tes côtés six mois. Je fais le serment de n'étreindre nul autre que moi et moi seule tout le long, et jamais toi.

— N'oublie pas la maladie et la santé.

Un rire m'échappa. J'avais toujours trouvé l'échange des vœux ridicule, cependant les nôtres allaient forcément prendre une tournure différente.

— Pour la maladie, je jure de ne pas te laisser entrer dans ma chambre pour ne pas partager tes microbes. Pour la pauvreté ou la richesse, disons que tu seras riche et moi, pauvre jusqu'au bout, alors débrouille-toi.

Bastian se mit enfin à sourire puis éclata de rire.

— Je te promets de te rendre aussi riche qu'il le faudra, *ragazza*, s'amusa-t-il. Mais tu peux également m'enlacer quand tu voudras.

Nous nous esclaffâmes tous deux, conscients de nos rapports viciés. Ma tête tomba sur son épaule quand nous reprîmes notre calme.

— Je tiens tout de même à te promettre une chose, Bastian.

Il se mit à me caresser les cheveux, attitude de plus en plus fréquente. Je m'éclaircis la voix.

— Je jure sincèrement de te faire confiance, car je crois en tes ambitions. J'espère que tu le sais.

Il me déposa un baiser sur le crâne. Platonique, tendre, un signe d'amitié. Quand bien même j'aurais souhaité y voir plus et me l'imaginais sans doute.

— Mon vœu sera de te protéger, *ragazza*. Même de moi.

Chapitre 29

Bastian

Quelques semaines plus tard, une nouvelle Morina Armanelli papillonnait chez nous. Nous avions trouvé une sorte d'étrange harmonie, unique en son genre et bâtie sur des partenariats improbables, mais viables.

Elle bourdonna dans la cuisine ce matin-là, comme si on lui avait ôté un poids terrible des épaules ou qu'elle avait rencontré Jésus.

Elle me remercia d'avoir allumé ses lampes et préparé le petit déjeuner, ma nouvelle habitude. Le cristal de sel illuminait la pièce, émettant une curieuse et agréable lumière en accord avec le lever du soleil.

Je lisais le journal tous les matins et discutais avec elle tandis qu'elle brûlait de l'encens et manipulait une espèce de diffuseur commandé en ligne.

— Bastian, m'appela-t-elle avec prudence. Je vais ranger le food truck et acheter de quoi rouvrir, je pense. Ça fait presque deux mois, il faut que j'y retourne. Je ne serai plus dans tes pattes dans une heure environ.

— Dans mes pattes ? Je travaille à domicile pour toi.

Deux mois ? Cela signifiait que nous étions mariés et nous supportions depuis trois semaines sans une dispute.

Nous avions adopté une routine. Je me levais, cuisinais et gérais mon empire. Elle fabriquait des bracelets, mélangeait des huiles et étudiait le dossier. Elle relevait la tête de temps à autre pour me poser une question. Nous cohabitions tranquillement.

Travailler depuis l'appartement ne me dérangeait pas. Elle s'avérait de bonne compagnie, en général. Silencieuse, dans son petit monde, parfois elle flânait autour de moi afin de me faire sentir quelque chose parce que je stressais. Elle parvenait très souvent à lire en moi, de façon inquiétante.

Le soir, elle me parlait de ses horoscopes, encore et encore. Elle avait l'incroyable capacité de se plonger dans un loisir ou une idée pour s'y adonner pleinement environ vingt minutes. Puis elle passait à autre chose.

— Morina, c'est toi qui disais que tu te sentais seule, ici. C'est pour ça que j'ai réarrangé des tonnes de choses, dans le but de ne plus me déplacer autant.

— Oui, mais nous sommes mariés, maintenant. La situation s'est tassée. Je devrais donc retourner travailler.

— Pourquoi ? m'enquis-je en la regardant jouer avec ses bracelets.

— J'ai l'impression qu'on s'entend très bien et… je suis presque sûre d'avoir bien intégré le dossier, finit-elle après avoir repris son souffle. J'ai tout lu, j'ai fait des recherches. Je cerne le principal. Je ne voulais rien faire avant d'être certaine de bien tout comprendre. Maintenant que c'est réglé, je ne sais plus comment occuper mes journées, Bastian.

— Tu as terminé ?

Je lui souris. Comment faire autrement ?

— Morina Armanelli, toi qui disais ne pas pouvoir finir quelque chose qui t'ennuyait.

— N'en fais pas tout un foin, répondit-elle, les joues rouges.

Je me levai et pliai mon journal. Ses yeux étincelaient, sa poitrine se soulevait comme si elle cédait à l'excitation. Je me postai devant elle et lui caressai les cheveux, m'abandonnant à une envie tenace vieille de plusieurs semaines.

— Félicitations, *piccola ragazza*. Ce dossier était criminellement barbant.

— Trop barbant, murmura-t-elle.

Ses lèvres m'hypnotisèrent. Bon sang, je ne pensais pas pouvoir ignorer cette femme à long terme.

— Je suis fier de toi.

Elle acquiesça et se recula. Ma main retomba, je devais rester prudent. Je ne pouvais risquer de gâcher cet équilibre entre nous.

Je retournai à mon journal.

— Donc, tu dois ranger le food truck ?

Elle n'aurait pas à fournir le moindre effort. J'avais engagé une équipe pour le faire. Je ne le lui avais tout simplement pas encore appris.

— Encore une fois, il faut que je travaille, et maintenant que nous sommes mariés, que j'ai lu le dossier, je serai prête pour la réunion des actionnaires, le mois prochain. Voilà...

Elle haussa les épaules dans son T-shirt Jimi Hendrix trop ample. Il était véritablement trop grand pour elle, une vraie robe.

Sans doute celui d'un ancien copain. Je voulus aussitôt lui ordonner de l'enlever.

Impossible après ces semaines de bonne humeur.

— C'est une mauvaise idée.

Cela allait suffire à nous replonger en territoire hostile.

L'énergie et son expression changèrent en un instant.

Le fait que je pense en termes d'énergies posait déjà problème.

— Il faut que j'y retourne, Bastian.

— Pas du tout, assurai-je en secouant mon journal pour tourner la page. Tu vas devenir multimillionnaire rien qu'avec tes actions. Tu pourrais aussi vendre la maison de ta grand-mère.

J'ignorais si elle l'avait déjà envisagé.

— Mais quel génie ! ironisa-t-elle. Et où vivrai-je, après tout ça ?

— Ici, bien évidemment.

Le faisait-elle exprès ? Je n'allais pas rester dans cet appartement indéfiniment.

— C'est chez toi. Je déménagerai à la fin de cette histoire.

— C'est chez nous, *ragazza*.

— Pour l'instant.

Elle brancha une petite boule qui crachotait des huiles essentielles dans l'air, ou quelque chose comme cela. Lorsqu'une bouffée de brume s'en échappa, Morina poussa un couinement ravi.

— Parfait. De la lavande. De quoi nous détendre.

Je pris une grande inspiration, dans l'espoir que les effets de sa machine s'avèrent immédiats.

— S'il n'était qu'à moi, comment voudrais-tu que je me débarrasse de ces odeurs après ton départ ?

— Je ne sais pas. Fais brûler de la sauge, par exemple. Je n'y ai même pas eu recours en m'installant. J'aurais dû, tu as sans doute couché avec d'autres femmes ici et apporté de mauvaises...

— J'ai emménagé en même temps que toi, la coupai-je en écrasant le journal sur le plan de travail.

— Quoi ?

Ses yeux s'écarquillèrent et elle se figea devant l'îlot central, à moitié devenu le rayon bien-être d'un magasin de décoration.

— J'ai acheté cet appartement pour nous deux.

— Faux. Je me suis installée, tu m'as fait visiter..., me corrigea-t-elle en faisant non de la tête.

— Je venais tout juste de l'acquérir. Je m'étais dit que ce n'était pas loin et que tu aimerais le carrelage au motif marin.

Un vrai crétin, on m'aurait cru à sa botte dès le départ.

— Le carrelage ? s'étonna-t-elle, bouche bée. Bastian, je n'ai pas les moyens de payer ma part.

— Je ne te demande rien, assurai-je en me frottant les yeux. Je te dis simplement que cet endroit t'appartient si tu en as besoin après le divorce. C'est tout.

Elle s'approcha pour baisser le journal que j'avais replacé devant mon visage et plongea son regard dans le mien.

— Tu n'es pas obligé de le garder pour moi, mais merci de l'avoir acheté.

Un changement s'opérait entre nous malgré notre bonne entente. Je dévalais une pente glissante qui me conduirait à voir en Morina plus qu'une alliée pour six mois. J'ignorais comment reprendre pied. Ou même si je le pouvais encore.

Elle prit son souffle et tapa des mains en s'éloignant.

— Bref, je rentrerai dans la soirée...

Soit, elle ne changerait pas d'avis.

— Mon chauffeur te conduira, lui indiquai-je en retournant à ma lecture. Il peut également monter à bord du camion pour veiller sur toi.

— Tu veux que ce mec traîne dans mes pattes ? s'étonna-t-elle, comme devant une idée absurde. Oublie.

Mon regard se posa sur mon alliance. Morina m'avait écouté lui parler de mes parents sans sombrer dans le dégoût quand j'avais évoqué le meurtre de mon père. Elle acceptait une part de moi que je n'acceptais pas toujours moi-même.

Rien que pour cela, je veillerais sur elle, avec ou sans son accord.

— Morina, ne me contredis pas par pur principe, s'il te plaît. Qu'est-ce que ça change d'avoir quelqu'un avec toi ?

— D'une, c'est trop petit, et de deux, m'aidera-t-il à vendre mes smoothies ?

— Si tu le lui demandes, oui.

Elle leva les mains au ciel puis alla les poser sur sa lampe en cristal de sel. Elle ferma les paupières un instant sans bouger avant de me dévisager tout à coup. Ses yeux bleu nuit m'apaisaient.

— C'est uniquement parce que je commence à t'apprécier que j'accepte.

Je lui souris, elle fit la moue puis se dirigea vers le couloir.

J'observai ses fesses tout le long, dans l'espoir que son T-shirt se soulève assez haut.

— Mets un short, Morina, lui criai-je pour préserver ma santé mentale, avant de vite trouver une raison plus pragmatique. Il y aura sans doute des paparazzis.

Lorsqu'elle partit en coup de vent quelques minutes plus tard, vêtue d'un bikini et d'un short de bain, je m'enorgueillis de ne pas lui hurler d'aller se changer.

Je restai assis une bonne heure sans l'appeler et me fis même du café avant d'aller enfiler mon maillot.

Elle aurait dû mettre un T-shirt. Elle l'avait fait exprès pour me rendre fou, et tant pis si je cédais à la paranoïa.

J'arrivai à la plage plus vite que de raison puis, quand je m'avançai vers le food truck, je dus faire la queue tant sa simple présence ameutait la foule.

Malgré les paparazzis avec leur appareil photo autour du cou, je reconnaissais surtout des habitués venus lui montrer à quel point elle leur avait manqué.

Cette solitaire lunatique… Je n'avais même jamais entendu Morina au téléphone avec Linny, mais tout le monde semblait accepter son caractère.

Je laissai les clients se disperser le temps d'arriver devant le comptoir. Une odeur riche me percuta.

— Servirais-tu du café, aujourd'hui ?

— Oui.

Elle se rembrunit comme pour m'intimer de ne pas discuter. D'habitude, je n'aurais rien dit. Je préférais les compromis. Je m'en étais mieux sorti que mon père grâce à cela, en de nombreuses occasions.

— Et les smoothies ?

— Tu sais, il va commencer à faire plus froid, mais ce n'est pas vraiment pour ça que je fais du café. Non, en vérité, c'est parce que…

Elle se retourna en agitant les bras.

— … j'ai une superbe machine toute neuve, Bastian !

Son sourire aurait oblitéré le soleil sur les vagues ; radieux, tranquille et aveuglant. Je ne voyais plus les barrages ni les obstacles sur notre route quand elle affichait cette mine. Rien que Morina Armanelli, libre, merveilleuse, pleine de vie.

Elle se pencha par-dessus le comptoir afin de me tirer par le col.

— Tout ça, c'est grâce à toi, alors je me permets.

Elle m'embrassa sans retenue. Rien ne l'en aurait empêchée, là, dans la brise marine. Elle y mit toute sa fougue puis me poussa en arrière et lâcha un cri de joie.

— Je l'adore, Bastian. Il y a aussi un mixeur ! Un modèle de luxe. On m'a même installé une étagère pleine à craquer d'huiles essentielles. C'était une idée à toi ?

— J'ai demandé à ce que tout soit fonctionnel, *bellissima*, répondis-je plutôt que d'admettre qu'elle avait vu juste.

Je la regardai alors me montrer toutes ces nouveautés qui la rendaient folle de joie. Puis elle secoua la tête, ses cheveux bouclés gigotant dans tous les sens.

— C'est plus que fonctionnel. C'est parfait ! Et maintenant, je peux te faire un café. Tu en veux un ?

Je grognai, conscient de ne pas avoir droit à un bon smoothie bien frais, désormais.

— Pourrais-tu me préparer un smoothie ?

Pourvu que cela éteigne ce feu en moi.

Morina soupira en passant les doigts dans sa chevelure.

— Non. Ce n'est pas au menu du jour. Regarde.

Elle me montra sa pancarte, les sourcils arqués, l'air de dire « tu as vu mon beau tableau tout neuf ». Effectivement. On lui avait installé un tableau noir plus grand sur lequel écrire la carte.

— Nous servons désormais du café, du thé et même du moka.

— Nous vivons dans un climat chaud, *ragazza*, lui rappelai-je gentiment, ravi de voir cette étincelle dans ses pupilles.

— Oui, et tu te trouves sur une plage, face à une fille qui te fera un café et rien d'autre.

Elle croisa les bras. Ce geste tendit son bikini noir, exposant son généreux décolleté.

— Tu le veux glacé ? C'est possible.

— Ce n'est pas comme ça que tu feras du chiffre.

Un homme arriva dans mon dos, il se pencha légèrement de côté puis poussa un cri de joie en voyant Morina.

— Tu es de retour, ma jolie !

— Marco ! Salut. Approche.

Il ne m'adressa pas la moindre attention. Il m'ignora et donna l'accolade à Morina à travers la fenêtre. Bon sang, ces types ne venaient pas uniquement pour ses smoothies. Ils l'adoraient, et cela me mettait en rogne.

— Moi qui pensais que la vie de star t'éloignerait de nous.

— Tais-toi donc, s'esclaffa-t-elle, penchée en arrière.

— Je t'ai vue en couverture d'un magazine, j'ai cru halluciner. Tu fais peut-être la une, mais ta place reste avant tout sur cette plage.

Elle leva les yeux au ciel, et je me demandai s'il savait que son mari se tenait juste là.

— Bref, Marco. Je sers du café, aujourd'hui.

Il se plaignit, apparemment aussi frustré que moi de ne pas avoir autre chose.

— Je préférerais un smoothie.

— Va te faire voir, Marco. Un café ou rien.

Il se mit à rire, comme s'il trouvait cette attitude convenable. Tout ce que voulaient ses clients, c'était discuter avec elle.

— Elle est de mauvaise humeur, aujourd'hui, on dirait, marmonna-t-il à mon intention.

Cependant, il ne protesta pas et paya le café qu'il n'avait pas demandé.

Il repartit en invitant Morina à passer au Tiki-bar.

Ensuite, elle s'accouda à l'ouverture, posa la tête entre ses mains et me fixa, ses iris plus bleus que jamais, sa bouche de la couleur des cerises.

Je me penchai malgré moi pour bien entendre ce qu'elle avait à me dire.

— C'est chez moi ici, je fais ce qui me plaît, décréta-t-elle en humectant ses lèvres pulpeuses.

— Bon, sers-moi un satané café glacé.

Elle se mordit la lèvre, laissa ses dents traîner dessus et me dévora des yeux. Mon entrejambe tressaillit. Rien de plus normal, elle venait tout juste de m'embrasser. Elle pivota alors puis s'affaira une minute avant de me servir.

Je fis mine de la payer, mais elle m'arrêta avec une grimace ; elle regarda le garde du corps posté juste derrière le camion puis, sans me laisser le temps de réagir, elle sortit par la fenêtre.

— Bordel. Passe par la porte !

Cela dit, je la tenais déjà par la taille afin de l'aider à descendre.

— À quoi bon si tu veilles sur moi ? plaisanta-t-elle avec un clin d'œil du côté du garde du corps. Et puis, il m'agace à aller et venir en me rabâchant qu'il doit rester aux aguets. Ce n'est plus la peine, maintenant.

— As-tu fini ta journée ?

— Je t'emmène surfer, Bastian, je ne sais pas comment te remercier pour le food truck. C'est ça ou je te prends à même le sable, mais on en profiterait pour nous filmer, et autant éviter qu'on raconte partout que la hippie a perdu la boule.

Son esprit partait dans une dizaine de directions différentes en permanence, mais je me surpris à rire tandis qu'elle décrochait deux planches du camion.

Les perles multicolores de son bracelet s'entrechoquaient, toutes taillées dans des pierres différentes. Celles-ci, en plus de son bikini, s'imposaient comme un symbole d'audace, en une façon pour elle de montrer au monde qu'elle était libre de porter et de faire ce qu'elle voulait.

Je me demandai alors si elle serait la même dans quelques mois, si je désirais sincèrement qu'elle ne change pas.

— Hé, lançai-je à mon homme de main derrière elle. Fermez la boutique et verrouillez. On veille déjà sur nous. Vous pouvez y aller.

Nous descendîmes sur le rivage tandis que je me plaignais encore une fois de devoir utiliser le matériel de Bradley.

— Achète-t'en une si ça te dérange, dit-elle avec nonchalance en se faisant une natte. Mais tu ne t'entraînes pas assez souvent, ce serait du gaspillage.

Elle ne s'en rendait pas compte, mais il me suffisait de venir une fois pour vouloir acquérir une planche. Hors de question d'utiliser les affaires d'un autre.

— Il ne s'en sert même plus, de toute façon, ajouta-t-elle.

Là n'était pas le problème.

Nous nous immergeâmes dans les eaux froides puis elle m'expliqua que je devais sauter sur place quand les vagues déferlaient sur nous. Je suivais ses conseils et essayais encore et encore, sans trop de bonne volonté. Je m'inquiétais trop qu'elle surfe en bikini comme la dernière fois. Aujourd'hui, j'aurais préféré qu'elle soit plus habillée.

En toute franchise, il me paraissait impossible de pratiquer ce sport en maillot. D'accord, j'avais vu des gens le faire dans des films ou en compétition, mais c'étaient de véritables champions.

Morina n'entrait pas dans cette catégorie.

Elle était censée être une fille standard qui avait grandi en bord de mer.

Comment diable pouvait-elle ne serait-ce que se lever sur sa planche quand j'avais essayé maintes et maintes fois en vain ? Sa façon d'y parvenir et de garder ses seins sous ces minuscules bouts de tissu tenait du miracle.

Quant au fait que je me torture autant, cela restait bien le plus grand de tous ces mystères.

— Mo, j'arrête.

Je me laissai ballotter par les flots à côté de la planche, ayant encore échoué à garder mon équilibre.

— Quoi ?

Elle sauta à l'eau en passant à côté de moi puis refit surface et s'ébroua.

— Non ! Tu y es presque.

Je trouvai alors son sourire contagieux. Il éclairait son visage de manière inédite. Elle me regarda sans se renfrogner ni se rembrunir, et ses pommettes étaient plus hautes qu'à l'accoutumée. Le soleil luisait sur sa peau douce, l'eau étincelait sur sa poitrine presque nue, hypnotique, en une sorte de défi.

Merde, qu'elle était belle dans son élément !

Plus que jamais, je déposais les armes devant elle. Elle dégageait une clarté inhabituelle pour moi. Toute ma vie, j'avais avancé dans l'ombre, dans le sérieux, la peine.

Mon père m'avait formé à reprendre le flambeau et j'assumais sacrément bien ce rôle.

Coexister avec une femme si naïvement étrangère à cette noirceur s'avérait stupéfiant, enivrant.

Elle vibrait d'énergie quand elle nagea vers ma planche pour passer le bras autour.

— Tu vas y arriver. Je t'offre n'importe quoi si tu gardes l'équilibre aujourd'hui.

— Si je quoi ? m'exclamai-je en tendant le menton. Aujourd'hui ? Tu te moques de moi ? La plupart des gens mettent des semaines pour y arriver.

Je refusais de l'admettre, mais je m'étais renseigné depuis la dernière fois.

— Il te suffit d'un tout petit effort, et aucun de mes élèves n'a réussi à se tenir debout avant une semaine d'entraînement. Je l'avoue, je ne donne pas souvent de cours, mais allez ! Ce serait génial pour moi.

— Pour toi ? m'enquis-je en la pointant du doigt. Tu devrais te réjouir pour moi, ton élève.

— D'accord. Qu'est-ce que l'élève réclame à sa professeure ?

Elle redressa les épaules pour me fixer d'un air si neutre que je ne pus que me moquer d'elle.

— Une récompense de la part de ma professeure, alors ? m'amusai-je en jetant un œil alentour.

Les flots bleus nous balançaient en douceur. Le soleil nous brûlait la peau, et dans l'air aux parfums si légers j'en oubliais presque ma colère.

Puis je la regardai et me souvins qu'on reluquait ma femme.

— Une seule.

— Tu mets un maillot une pièce, la prochaine fois.

Elle baissa les yeux sur sa poitrine puis releva la tête. Elle éclata immédiatement de rire.

— C'est mort, Bastian. Mes seins, mon spectacle.

Vas-y, prends-moi pour un imbécile.

— Très bien. J'arrête.

Je nageai vers le rivage avec ma planche. Morina me rattrapa.

— Oh ! c'est pas vrai. Coupons la poire en deux. Bon sang, quel vieux râleur, parfois ! Te rends-tu compte que les filles viennent souvent seins nus, par ici ? Il y a une plage pour ça, plus loin. Veux-tu y aller ?

— Ne te moque pas de moi, Morina. Nous sommes mariés, désormais.

— Oui, je sais, je sais. Bien. Je mettrai une brassière. Content ?

Un compromis.

Ma façon de faire, en général.

Avec Morina, j'envisageais de déchirer tous ses bikinis pour les jeter à la poubelle.

Je décidai de rester, cela dit.

Je m'allongeai de nouveau sur la planche.

Elle m'avoua même que si je le lui avais demandé, elle m'aurait supplié à genoux de ne pas abandonner.

La tentation fut très forte. Son impétuosité déteignait sur moi.

Chapitre 30

Morina

Au bout d'un autre mois de vie commune, Bastian rentrait pratiquement tous les soirs. Il partait parfois travailler, parcourait peut-être le pays dans la journée, mais il dormait chez nous.

Moi, je m'occupais du food truck.

J'allais également au refuge. Le Dr Nathan m'avait appris que Luna ne trouvait pas de famille d'accueil, car les gens n'aimaient pas les rottweilers croisés pitbull. Je donnais donc plus d'affection à ma petite qu'aux autres.

Bastian et moi avions développé une étrange symbiose. Selon mon horoscope, je devais m'y accrocher.

Le jour venu, je me rendis à la réunion du conseil d'administration seule, malgré l'insistance de Bastian pour m'accompagner. Je détestais ces méthodes archaïques, ce monde voulant nous persuader qu'une femme devait se reposer sur son époux. Je tins bon.

Je crus mourir d'ennui pendant que Ronald papotait avec les autres actionnaires, presque tous de l'âge de grand-mère. Ce jour-là, on ne décidait pas encore si l'État devait être impliqué ou non, encore moins d'une éventuelle transition écologique. Pourtant, Ronald passait la brosse à reluire à tout le monde, même à moi.

Il vint me voir à la fin, me souriant de ses fausses dents blanches.

— Je compte sur vous pour notre prochaine fête, Morina. Elle aura lieu sur la plage de Tybay.

La seule, l'unique plage seins nus de la région. La façon dont cet homme lorgnait ma poitrine me suffit à bien le cerner.

— J'y songerai.

— Superbe. Fantastique. J'aimerais vous parler de vos parts. Je sais que Bastian et vous êtes mariés, avez-vous encore votre mot à dire ?

Obtenir des informations avec subtilité ne semblait pas être son fort. Je souris et saluai de la main deux membres du conseil quand ils partirent. Bastian ne m'avait pas tout à fait autorisée à venir seule. Mon garde du corps rôdait dans les parages, naturellement.

— C'est un sujet dont je discuterai avec mon époux.

Je tournai les talons et sortis. Une décision rapide, encore une, afin de semer ce type dans le vent.

Mes parts de marché reviendraient à quelqu'un de bien. Bastian n'avait rien d'une ordure comme ce Ronald. Il avait senti l'océan. Il connaissait la plage de Coralville. Il avait souri sous le soleil et, mince, il avait fini par conquérir une vague.

Je l'avais taquiné en lui promettant une récompense autre que de porter une brassière. Seigneur, je m'attachais à lui. Ce magnat des affaires si arrangeant avec tout le monde, le jour, et Sebastian Armanelli quand je l'avais poussé à bout, une nuit… L'homme sous le costume, tatoué, vicieux, dominateur, possessif.

Il s'était retenu un moment, tout comme moi. J'avais chassé tous ces instincts vers lesquels je fonçais tête baissée en permanence. Je ne l'avais embrassé qu'une seule fois sur la plage, mais j'aurais assurément fait de même avec quiconque qui aurait réaménagé mon camion de cette façon.

Nous nous entendions à merveille.

Ce qui valait mieux pour nous, selon lui, mais pour le contrat également. Il voulait récupérer mes actions sans entourloupes.

Je les lui aurais données quoi qu'il arrive.

Je ne savais plus trop si mon équilibre mental tiendrait le choc, cependant.

De retour à l'appartement, je racontai la réunion à Bastian. Je lui épargnai la roublardise de Ronald, mais lui parlai de ce rassemblement prévu pour dans deux semaines.

Mon mari me dévisagea tout le long, comme pour disséquer le moindre mot. Puis il attrapa un brumisateur près des pots de fleurs, que je n'avais encore jamais vu.

— D'où est-ce que ça vient ?

Il alla faire couler de l'eau et en testa la température avant de remplir son ustensile.

— Je l'ai acheté.

— Pardon ? murmurai-je, sans trop savoir comment appréhender la situation.

Il haussa les épaules dans sa chemise aux manches retroussées puis resta planté là, abasourdi par ma stupeur, un satané brumisateur en main pour arroser les fleurs de ma grand-mère.

— C'est pour les orchidées. On n'arrête pas d'inonder la terre alors qu'il faut répartir l'eau de façon égale.

Il claqua de la langue et revint humidifier ces fichues fleurs.

Je crus avoir un orgasme.

Le parrain de la mafia jardinait comme si de rien n'était. Il manipulait les feuilles avec une telle délicatesse que je faillis hurler, réprimant ma jouissance.

Pourquoi ce mec touchait-il le divin, bon sang ? Un dieu vivant, excitant, gentil, mais possessif.

Une main sur ma lampe, je pris de longues inspirations afin d'évacuer les ions négatifs et me permettre de me ressaisir.

— Crois-tu vraiment que ce truc t'aide ? s'enquit Bastian en désignant le cristal de sel.

— Ça absorbe les ions négatifs. Ces mêmes ions que l'on retrouve près des cascades et en bord de mer. Il se trouve que l'océan me détend, alors pourquoi pas ça ?

— Il n'existe aucune preuve scientifique.

— Aurais-tu fait des recherches ? demandai-je, les paupières plissées.

Il se racla la gorge.

— Quand aura lieu cette fête sur la plage ?

— Dans deux semaines. Nous n'aurons pas besoin de nous préparer, je pense.

— Je dois m'absenter quelques jours, mais je serai revenu à temps.

J'acquiesçai en me mordillant la lèvre. Bastian faisait chambre à part, mais il ne manquait jamais le dîner. Il éteignait son téléphone. Il me parlait.

Nous étions devenus des amis mariés.

— D'accord, très bien, dis-je en jouant avec mon alliance avant de hausser les épaules. Je dois passer au refuge et m'occuper du food truck, de toute manière.

— Je demanderai à un de mes hommes de te surveiller. Appelle le numéro que je t'enverrai.

— Génial, répondis-je en toussotant avant de jeter un œil dans le couloir. Je me lève aux aurores, je vais me coucher.

Je me rendis dans ma chambre d'un pas rapide, le cœur mystérieusement lourd de savoir qu'il s'en irait quelques jours.

Même sans me toucher, Bastian mettait mes sentiments sens dessus dessous.

Des décisions urgentes à propos de cet homme au brumisateur m'attendaient certainement, et j'allais sans doute les regretter plus tard.

— Merci beaucoup, grand-mère, tout est ta faute, pestai-je en me couchant.

Chapitre 31

Morina

— C'est une plage seins nus, Bastian, maugréai-je en tapant du pied.

Il arrosait les fleurs et ne leva même pas la tête.

— Je ne veux rien savoir, Morina. Mets un pull, une robe ou un de tes T-shirts découpés. Mais tu n'y vas pas en maillot de bain.

— Eh bien, franchement, je crois que je ne devrais pas porter de haut.

Cela lui fit lever les yeux. Il grinçait des dents.

Tant mieux. S'il tenait à me taper sur les nerfs, alors j'en ferais autant. Je pouvais moi aussi l'agacer avec cette fête.

Ronald l'avait organisée pour célébrer l'arrivée de l'hiver. Depuis la réunion du conseil, Bastian s'était absenté une semaine puis avait passé la suivante à travailler comme un forçat, ses gorilles ne me lâchant pas d'une semelle. Je m'étais rendue au Tiki-bar un soir, mais ils avaient prévenu leur patron qui m'avait appelée pour m'ordonner de rentrer.

J'avais accepté au nom de notre bonne entente, mais là, je ne tenais plus. À quoi s'attendait-il de ma part, après notre divorce ?

Que je ne sorte plus jamais ?

Était-ce la vie pour laquelle j'avais signé ?

— J'y vais en bikini, déclarai-je en regagnant ma chambre, furibonde, tandis qu'il jurait en italien.

Tant pis.

Le trajet se déroula dans un silence fâché jusqu'au moment où je lui posai la question qui me trottait dans la tête.

— Tu ne me tiendras pas toujours en laisse. Je fais ce que je veux. Que crois-tu qu'il se passera quand tout sera terminé ?

— Tu resteras intouchable à tout jamais, *ragazza*. Tu devras agir en tant que telle.

— Nous aurons di-vor-cé. Je suis déjà allée dans des bars ou sur des plages de ce type. Et j'y retournerai.

— Alors, sois plus discrète à l'avenir, lança-t-il avec insouciance avant de me faire l'affront de sortir son téléphone.

Une insulte directe. Il l'ignorait toujours en ma présence, d'habitude. Et moi aussi.

— À l'avenir, j'irai où bon me semble, je ferai ce que bon me semble et verrai qui bon me semble... au cas où tu ne saurais pas ce qu'implique un divorce.

Il rangea son portable puis ancra son regard au mien.

J'y décelai sa fureur. Sa domination.

J'avais fait sortir Sebastian de sa tanière.

— La lune de miel prend donc fin, *ragazza*. Deux mois de mariage et tu penses déjà à ce que tu feras quand tu seras seule.

— La lune de miel n'a jamais commencé, renâclai-je.

Sans même parler de ma colère, j'éprouvais une frustration sexuelle absolument permanente aux côtés de Bastian.

Il répondit par un de ses « hum » et me dévora des yeux, s'attardant trop longtemps sur ma poitrine. Mes tétons durcirent, visibles sous le tissu très fin de mon haut.

— J'ai bien envie de faire demi-tour.

— Mais ça n'arrivera pas. Tu vas jouer la comédie devant tous tes partenaires. Et moi, je sourirai comme si tout allait bien dans le meilleur des mondes. À moins que je commence à suggérer que notre idylle touche à sa fin, en donnant aux journaux de quoi s'enflammer.

Il fronça les sourcils.

— Intéressant, *ragazza*, fit-il en se redressant, une main dans son épaisse chevelure noire. C'est peut-être une bonne idée.

Il ne m'adressa plus la parole après ça. J'observai la côte, folle de rage.

Une fois à destination, il m'ouvrit la portière, mais je ne le remerciai pas. Je tirai sur ma jupe transparente qui flottait au vent et m'éloignai de Bastian.

Mon haut de maillot en révélait bien moins que ceux de la plupart des autres femmes. Ronald avait fait installer des parasols et des tables dorées sur le sable. Des filles entièrement nues, couvertes d'or, se tenaient sur des piédestaux tout autour de nous, étincelantes sous le soleil.

J'attrapai immédiatement du champagne sur un plateau doré et vidai ma flûte d'une traite quand une femme du conseil m'aborda.

— J'ai connu votre grand-mère, déclara-t-elle.

Cette sexagénaire avait opté pour une jupe à mi-cuisse. Sans rien d'autre. Elle avait respecté le code vestimentaire, à l'instar de la moitié des convives. J'aurais pu l'enlacer, car elle s'en tirait bien mieux que la plupart, malgré son âge.

— Elle détestait ce genre de fêtes, ajouta-t-elle.

J'observais les invités qui se ciraient les pompes, imperméables aux charmes de l'océan à peine distant de quelques mètres.

— Je la comprends.

— Je ne les supportais pas non plus jusqu'au jour où j'ai décidé de ne plus trop m'en inquiéter, affirma cette fausse blonde avec un sourire et une tape sur mon épaule. Depuis, j'adore.

J'acquiesçai, ne sachant que répondre. Je n'aurais plus à assister à ce genre d'événements très longtemps. Elle me montra un homme à peine plus vieux que moi.

— Voyez-vous ce garçon, là-bas ? La dernière fois, j'ai couché avec lui dans une chambre d'amis, chez Ronald.

Je fis les yeux ronds.

— Je n'ai rien à perdre, s'expliqua-t-elle, indifférente. Je suis célibataire et sans enfants. Je fais ce qui me plaît.

— Super, affirmai-je en portant mon verre à mes lèvres par réflexe, ne comprenant pas où elle voulait en venir.

— Faites-en autant. Maribel vous y aurait encouragée. Voilà pourquoi elle vous a fait épouser cet homme. D'après elle, vous ne sortiez jamais de Coralville et ne vous attachiez à rien à cause de vos parents.

— Hmmm...

Elle en savait bien trop. Je jetai un œil alentour, inquiète à l'idée qu'on l'entende.

— Oh ! ne vous en faites pas. Personne ne me prête attention. Je ne suis qu'une vieille chouette. Mais pas Maribel. Elle trouvait que vous teniez trop à vos parents, que leurs absences répétées vous avaient traumatisée.

Je tentai de l'arrêter, mais elle leva la main.

— Je sais qu'elle vous a imposé cette union avec Bastian. Un plan infaillible, à mon avis. Allez, faites encore un effort et assurez-vous d'envoyer à Ronald un bon coup dans les parties en donnant vos parts à votre époux. Ne nous décevez pas.

J'écarquillais une fois de plus les yeux devant cet aveu. Tout le monde avait loué les ambitions de Ronald, et j'avais cru que Bastian ne trouverait aucun soutien. En vérité, il s'attirait la sympathie des membres du conseil un à un, et tout seul.

Je remerciai la dame en lui effleurant l'épaule puis tentai de repérer Bastian. Je devais lui dire que nous y arriverions, que tout se passerait bien en fin de compte, que ma ville et son héritage perdureraient.

C'est là que je le vis.

Avec Elizabeth. Dans son petit maillot rose, seins nus.

Elle pivota pour se frotter à lui en lui racontant quelque chose.

Il ne se dégagea pas, non, il la guida vers un couple en posant la main dans son dos.

Ce fut peut-être la perfection qui se dégageait d'eux qui me fit mal. On aurait cru un tableau, avec l'océan pour trame de fond.

Mon océan.

Ma plage.

Leur présence les salissait.

Puis il tourna la tête et croisa mon regard. Il ne s'éloigna pas d'elle. Il resta là où il était.

Elle n'aurait pas dû se tenir à son bras. Nous le savions tous les deux.

C'était moi, sa femme. Ma liberté d'esprit l'avait peut-être trompé. J'étais certes plus jeune, plus bête, pas aussi belle, je voulais bien le reconnaître, mais Bastian n'en était pas moins mon mari.

Mon cœur se souleva telle la terre dans les abysses, un tsunami menaça. Les séismes sous-marins, invisibles, donnaient naissance à la douleur, à la souffrance, au pouvoir étouffant de ces déferlantes titanesques.

Plus jeune, je rêvais de surfer sur la crête de l'une d'elles. Je désirais glisser sur la puissance pour voir le monde tout en bas.

Bastian avait dû choisir de lancer le premier acte de notre séparation.

Dans ce cas, je n'allais pas me gêner.

Oui, je voulais ébranler son univers. Le noyer dans la jalousie, lui faire sentir cette fureur en moi.

Il tenait à ce que je me fonde dans la masse sans attirer l'attention, moi son intouchable. Jamais ! Je suivais le flot de la ville et m'imprégnais de la vie partout où j'allais. Je ne m'attachais peut-être à rien, mais je m'étais attachée à être moi.

Libre.

J'enfonçai les pieds dans le sable puis savourai l'air marin. Les vagues léchaient le rivage, lentes, tranquilles, contrairement à celle qui se soulevait dans mon cœur. Le raz-de-marée allait frapper et ouvrir les portes des enfers. Surfer au-dessus d'un tel monstre s'avérerait dangereux. Tomber amoureuse de Bastian représentait la même menace.

Sur une planche, on se faisait toujours balayer, mais là, j'allais me faire souffler comme jamais.

J'étais pourtant prête à filer sur cette crête le plus longtemps possible avant cela.

Je reconnus un des membres du conseil.

— Quinton ! le hélai-je avec une moue joviale en jouant avec la ficelle dans mon cou. Pouvez-vous m'aider ?

Je me tournai lentement, il n'hésita pas. Il détacha ce nœud tel un soldat désamorcerait une bombe.

Les triangles fins sur ma poitrine tombèrent. Le soleil me réchauffa tout de suite la peau, faisant se tendre mes tétons.

Quinton ne les regarda même pas, tout sourire quand je lui fis de nouveau face.

— Vous et Bastian venez semer le trouble, j'ai l'impression.

Je ne le connaissais pas depuis longtemps, mais il savait dans quoi il s'aventurait, visiblement. Vu son air, il comptait jouer le jeu. J'allai m'asseoir sur une chaise longue à proximité. Je pris mon temps pour m'étendre, fermai les yeux et attendis.

Que se lèvent les vents du chaos ! Je fendais le sommet de ma vague. Je dominais le monde, à cet instant-là.

Si Bastian trouvait son chemin jusqu'à moi, tant mieux. Sinon, d'autres viendraient me faire la conversation.

Plus important encore, je redevenais moi-même. Voilà qui j'étais, et je ne changerais pas. Je ne resterais pas intouchable à jamais, pas dans le sens où Bastian l'entendait.

Le soleil me rappela qui j'étais. La mer me parlait, les mouettes me criaient après, le sable me faisait garder les pieds sur terre.

— Je vous trouve vraiment très belle ainsi, me complimenta Quinton, debout près de moi.

J'ouvris un œil.

Ses iris bleus semblables à un ciel nocturne et ses cheveux blonds foncés me rappelèrent une poupée Ken.

— C'est-à-dire ?

— Votre mari nous observe, répondit-il en claquant de la langue. Il a serré les dents et les poings au moment où il s'est rendu compte de ce que vous faisiez.

Je demeurai impassible, cependant mon ventre se noua et mon cœur se mit à tambouriner. Je refermai les paupières afin de ne rien dévoiler.

Mon mari flirtait ouvertement avec Elizabeth et il avait probablement déjà couché avec elle. Moi, je m'étais montrée trop naïve à rester sagement chez nous, à croire à ce lien naissant entre nous.

— Intéressant, fis-je remarquer au lieu d'alimenter la conversation.

Mes pensées s'empêtraient dans un méli-mélo de sentiments nouveaux, aussi ignorais-je comment réagir en sachant que Bastian me regardait.

— Le plus intéressant demeure le fait qu'il ne soit pas encore là.

— Une question d'orgueil et d'apparences, dis-je pour moi-même également.

Si Bastian se moquait bien de mon comportement, il avait peur que je le fasse passer pour un imbécile.

— Croyez-vous vraiment ? me demanda Quinton tout bas.

Je fixais les flots pour me calmer au rythme des vagues, au rythme du monde. Cela ne fonctionna pas, cette fois-ci ; mon cœur battait trop fort et ma colère m'agitait le sang.

— Je ne vois pas de quoi il s'agirait autrement.

— Eh bien, je suis venu décompresser, ajouta-t-il en hochant la tête. Et franchement, je vous admirerai aussi longtemps que vous m'y autoriserez.

Son honnêteté m'amusa. D'autres se seraient efforcés de me regarder dans les yeux ou auraient été gênants. Quelque part, cet aveu me détendit. Dans un monde différent, je l'aurais apprécié, j'en aurais attendu plus de sa part.

Dans un monde sans Bastian.

— Quand vous êtes-vous fait tatouer l'épaule ? s'enquit-il en prenant place sur la chaise longue voisine.

Il me tendit de l'huile solaire, que je m'étalai sur la poitrine et le ventre avant de lui répondre.

— J'avais seize ans, je venais d'accepter l'idée de ne plus voir mes parents.

Je refermai les yeux et tentai de savourer sa compagnie, même si j'aurais préféré discuter avec un autre.

— Où sont-ils passés ?

Cette journée avait mystérieusement altéré mon cœur, et le franc-parler de Quinton me poussa à ne rien lui cacher.

— Ils prenaient toujours la fuite. Ils me laissaient des semaines entières. Quand ma mère était là, elle débordait de vie, et mon père l'adorait. Puis d'un coup, ils disaient qu'ils allaient faire des courses et s'absentaient de nouveau. Je n'ai compris qu'à l'adolescence...

Je m'arrêtai, je commençais à déblatérer.

— Et donc, que s'est-il passé ? Ne me laissez pas en plan, il faut que je sache la suite.

Je soupirai, les yeux toujours fermés.

— Ils se droguaient. Je les détestais à moitié quand ils revenaient. Ils justifiaient leurs absences par mon hyperactivité ou mes mauvaises notes. Je m'en voulais autant qu'à eux.

— J'espère que vous avez compris que vous n'y pouviez rien, souffla Quinton, comme s'il compatissait un peu.

— Parfois je doute encore, dis-je en haussant les épaules. Je ne sais pas. Un jour – ils étaient absents depuis longtemps –, un appel est arrivé pour annoncer qu'ils avaient eu un accident, quelque part dans le pays. Les journaux en ont peu parlé. Une histoire tragique de gens consumés par la drogue. Moi, je n'étais qu'une gamine. J'ai continué à croire qu'ils rentreraient. Je me suis fait tatouer quand j'ai compris.

Quinton m'écoutait intensément, même si je ne portais pas de haut à cette fête à la noix.

— Morina, fit une voix cinglante.

C'était Bastian. Enfin une réaction.

— C'est l'heure de rentrer, ajouta-t-il.

J'ouvris les paupières subitement et découvris mon mari, posté entre les deux chaises longues. On aurait pu trancher de la pierre sur sa mâchoire crispée. Il pinçait les lèvres en m'observant de pied en cap.

Je crus sentir de la lave m'engloutir tandis qu'il intégrait la moindre de mes courbes. Je tendis le menton, prête à le défier.

— Bastian. C'est une place de choix. Quinton et moi admirions la vue.

— M'est avis qu'il n'admirait pas la même vue que toi.

Derrière lui, Quinton émit un léger rire puis se releva.

— Morina, la prochaine fois que vous vous sentez seule, appelez-moi.

— Ma femme ne se sent pas seule avec moi. Un peu de respect.

— Qu'est-ce que le respect, Sebastian ? répliqua l'autre. Ne pas réagir quand on s'occupe de votre femme à votre place ? À moins qu'il ne s'agisse de négligence ?

Bastian changea de posture. Ses muscles se tendirent d'une façon que je n'avais jamais vue. Quinton dut le percevoir lui aussi, car il se recula, les mains levées.

— Ravi d'avoir fait votre connaissance, Morina.

Il prit congé, me laissant en compagnie de cet homme à sang-froid pourtant sur le point d'exploser.

— Nous rentrons, insista Bastian entre ses dents, sans me regarder.

Il fixait les eaux, comme moi quelques minutes plus tôt. Le vent commençait à soulever des vagues plus hautes.

Des vagues enragées.

La marée montait comme si elle se soumettait elle aussi à Bastian.

Quelques mèches de cheveux me collaient aux épaules et aux seins. Je les écartai, mais ma peau réagit à cette caresse ou peut-être au regard de Bastian, tout à coup posé sur ma main.

Mes tétons durcirent quand je le vis s'humecter les lèvres, et il fronça les sourcils.

— Morina, je te jure, la colère te rend sublime, et je comprends, commença-t-il d'une voix éraillée. Mais si tu n'arrêtes pas, tu auras beau te débattre et hurler, je te prends sur mon épaule et te traîne jusqu'à la voiture.

Je glissai une main le long de mon ventre, centimètre après centimètre. J'arquai les lèvres en me les mordillant, m'arrêtant à la limite de mon maillot. Nos regards se posèrent là, eux aussi, le sien furieux, le mien teinté d'un désir inattendu.

Je voulais qu'il me touche, qu'il partage ma jalousie et mes envies.

— Pourquoi rejeter les avances des autres, Bastian ? Nous pourrions prendre du bon temps et entamer la séparation.

Il sortit alors mon haut de sa poche. Il avait dû le ramasser. Il me jeta la boule de tissu.

— Rhabille-toi.

— C'est une plage seins nus. Tout le monde est...

Il bougea si vite que je ne le vis pas passer sa grande main sous mes cheveux. Il me les serrait fort à la racine. Quand il s'agenouilla, il me piégea en me saisissant également le menton. Il prit l'avantage facilement puis s'approcha de mon oreille.

— Je n'hésiterai pas à montrer à tous que tu es ma femme, ici et maintenant, si tu y tiens. Oublie tes histoires de séparation. Tu veux profiter des caresses d'un autre, *ragazza* ? Je te ferai me supplier de te toucher devant tout le monde.

Je le dévisageai, tout à coup traversée par un éclair semblable à de la peur. Bastian était censé être l'allié de tous, la douceur, en opposition à la rudesse de son père.

Bastian avait disparu.

Le parrain des Armanelli me tenait sous sa coupe.

Ses tremblements, son air fou, je ne les avais encore jamais vus.

J'ouvris la bouche, prête à acquiescer. Cependant, il ne m'en laissa pas l'occasion.

— Tais-toi, chuchota-t-il calmement alors qu'il me faisait presque mal. Couvre ce qui m'appartient.

Pourquoi mon corps tenait-il tant à le défier, le pousser à oublier toute maîtrise de lui ? Il dut saisir mon hésitation, car il tira encore un peu sur mes cheveux.

— Tout de suite, m'ordonna-t-il.

Je replaçai prudemment les ficelles sur ma nuque et commençai à faire un nœud.

Avant que j'ajuste le maillot, Bastian fit couler ses doigts le long dc mon cou. Son autre main erra sur un de mes seins, se referma dessus, et il caressa mon tatouage du pouce. Le tissu constituait une barrière trop mince.

Il me titilla au point de m'arracher un cri sans que je puisse me couvrir la bouche.

Non. Je ne lui ferais pas ce plaisir. Il ne le méritait pas... Cependant, mon corps cédait déjà.

— Pourquoi refuses-tu de coopérer ? demanda-t-il d'une voix qui me parut très lointaine. Pourquoi me provoquer avec d'autres hommes quand tu sais que tu dois rester sage quelques mois à peine ?

Il me caressa alors le ventre, sur la piste que j'avais tracée. L'huile me semblait plus chaude désormais, réchauffée par le soleil ou par mon envie de ce séducteur dont j'étais l'otage. Il ne m'en fallut pas plus pour me cambrer.

J'avais été si longtemps privée de ce contact. J'en avais rêvé, je me languissais de lui. J'en arriverais vite au point de l'implorer. Je le savais, cela n'avait rien de sain, nous nous écraserions sur une ville dévastée.

Notre tsunami enflait et grossissait à en devenir monstruosité.

Les doigts à l'orée de mon maillot, Bastian me mordilla l'oreille.

— Vais-je devoir te forcer à me supplier devant tous ces gens ? Voilà ce que tu cherches vraiment ? Obtenir ce dont tu as envie en plein milieu de la foule ?

— Bastian, murmurai-je. Nous sommes en public.

— Ce qui ne t'a pas empêchée de t'exhiber, si je ne m'abuse.

C'était ma punition. Bastian me faisait une démonstration de force. Il dominait peut-être le monde d'une autre manière, mais son emprise sur moi restait sexuelle. Un rapport entre propriétaire et propriété. Il voulait que je comprenne le respect, que je comprenne que je lui appartenais.

Je gigotai quand son auriculaire s'invita sous le tissu.

— Tu n'oserais pas, sifflai-je.

Il se fendit d'un sourire vicieux.

Et plongea la main dans ma culotte. J'ignorais si on nous observait. La plupart des convives se trouvaient derrière lui, un peu plus loin, près du bar.

Mais n'importe qui aurait pu arriver.

Le Bastian aimable s'était envolé. Quant à celle qui aurait jugé bon de ne pas se masturber en public, eh bien, autant dire qu'elle l'avait suivi.

J'étouffai un hoquet de stupeur quand il glissa un doigt en moi.

Un tsunami entamait toujours sa course sous forme de vaguelettes. Puis les flots ne tardaient pas à s'agiter. C'était le séisme de Bastian, séisme qu'il entendait bien me faire sentir. Il se trouvait au sommet du raz-de-marée et moi, tout au fond, en train de regarder, sidérée, cet homme en costume sur mesure. Il régnait sur nous tous, moi y compris.

— J'oserai n'importe où, *piccola ragazza*. Je devrais te ligoter et te séquestrer.

— Si seulement tu en avais la force, n'est-ce pas ?

Je gémis et m'agrippai à son poignet pour lui prendre hâtivement ce que je désirais.

— Prononce le nom de ton mari quand tu trembles, *piccola ragazza*, me susurra-t-il. Montre à tout le monde à qui tu es accro.

Je le fixais encore quand il glissa un autre doigt en moi et joua avec son pouce sur mon clitoris.

— Sebastian Armanelli, soufflai-je.

— Jusqu'à ce que la mort nous sépare.

Je ne le contredis pas.

Chapitre 32

Bastian

Elizabeth n'aurait pas dû se coller à moi, mais Morina était allée trop loin.

Merde.

J'avais vraiment eu envie de la traîner au milieu de la foule et crier à quiconque la regarderait qu'elle m'appartenait.

Désormais, nous avions repris la route et je l'écoutais se plaindre parce qu'elle voulait passer au refuge pour animaux.

Cet endroit l'apaisait. Elle s'y rendait sans doute si souvent afin de garder ses distances.

Je ne voulais plus de ce fossé entre elle et moi. Seulement Morina, ses pierres, ses bikinis, ses T-shirts trop grands, rien qu'à moi. En la voyant sur cette plage avec Quinton, j'avais réalisé que cette femme serait toujours libre, mais je pouvais quand même faire en sorte de lui appartenir.

Elle est à moi, bordel !

C'était là toute la différence entre elle et mes conquêtes passées. Je ne m'en étais pas rendu compte auparavant. Elle s'imposait comme l'océan agité par le vent. Nul autre que moi ne saurait la dominer. Je deviendrais Poséidon s'il le fallait. Je ne la laisserais pas m'échapper si facilement.

Nous allions régler cette histoire de parts.

Nous trouverions un terrain d'entente.

Je tournai le volant en direction du refuge.

Il semblait que c'était à elle que cet endroit servait d'abri, encore plus qu'aux animaux. J'avais découvert qu'elle en revenait toujours heureuse, pleine de vie et souriante. Elle me parlait des chiens et de Luna dont personne ne voulait. Je doutais que quelqu'un l'adopte un jour.

— Que dois-tu y faire, ce soir ?

Elle ne répondit pas tout de suite, l'air agacé.

— Je préfère y aller seule.

— Dommage.

— Tu n'es qu'un sale con. Tu le sais ? Tu te plies en quatre pour n'importe qui. Tu fais des ronds de jambe et te montres prévenant. Mais moi, je n'ai pas droit à tout ça.

Elle marquait sans doute un point.

Pour ce que j'en avais à faire.

Je la laissais faire son caprice. J'en avais assez, moi aussi. Elle avait dépassé les bornes et je n'allais pas ramener la paix entre nous pour l'heure. Quand Morina descendit de voiture en trombe, je soufflai en tapant sur le tableau de bord.

Tu vas finir par faire une crise cardiaque à cause d'une femme qui souhaite ta mort.

Je la suivis puis la regardai remplir les cagettes à l'accueil avant de partir vers les chenils d'un pas lourd. Elle alluma ses bougies avec soin.

Elle apaisait l'âme des animaux. Pourquoi ébouriffait-elle la mienne, dans ce cas ?

Mon self-control ne tenait qu'à un fil après que je l'avais vue demander à Quinton de la déshabiller. Il fallait s'y attendre, après tout. Elizabeth m'avait fait des avances trop osées et je n'aurais pas dû la toucher. Je ne l'avais même pas regardée. J'aurais été incapable de décrire sa tenue ni de me rappeler si elle portait des talons ou non. Je ne voyais que la déception et la colère de Morina, assorties aux miennes. Quand bien même, si un type s'était collé à elle à la manière d'Elizabeth... Eh bien, disons que j'envisageais déjà de tuer Quinton.

Elle lui avait parlé de ses parents, à lui aussi. Ceci avait constitué une erreur de trop.

— Mettrons-nous un peu de musique ou profiterons-nous du silence ? murmura-t-elle à un chien.

Les animaux ne lui répondirent pas, mais elle alluma tout de même le lecteur. Elle alla ensuite prendre dans ses bras Luna qui jappait. Ses cheveux cachèrent son visage et Luna aussi. Elle ne pourrait bientôt plus la porter.

Morina poursuivit sa routine, veillant sur chacun de ses protégés avec la même affection, sans jamais me prêter la moindre attention.

Moi, je n'avais d'yeux que pour elle. Ses parents l'avaient abandonnée sans cesse, jusqu'à ne plus revenir. Elle ne m'avait pas raconté cela.

Je comprenais mieux sa peine, mais je le pouvais uniquement parce qu'un autre avait su la faire s'ouvrir.

— Pourquoi ne pas m'avoir dit que tes parents étaient des junkies ?

— Parce qu'en plus tu écoutais aux portes ? fit-elle en me regardant, blasée.

— Réponds-moi, Morina.

— Parce qu'on s'en moque, Bastian. Je te l'ai dit, ils partaient tout le temps. Tu n'as rien demandé, je ne t'ai rien révélé de plus.

— Ils t'ont délaissée.

— Et alors ? On délaisse tous quelqu'un en mourant.

— Eux t'ont négligée. Et tu culpabilisais. Ne crois-tu pas que c'est le genre de détails à partager au sein d'une relation ?

— Une relation ?

Ses yeux s'embrasèrent quand elle s'avança soudain vers moi à grandes enjambées, une cagette sous le bras.

— Quelle relation ?

— Nous sommes mariés.

— Ah bon ? fit-elle en allant ranger la boîte. C'est donc pour ça que tu as laissé une autre fille se frotter à toi et que tu lui disais des mots doux.

Ses paroles me percutèrent violemment. Les mains sur les hanches, Morina se tenait prête à me désintégrer sur place.

Soit. Autant en finir tout de suite.

— C'est toi qui as commencé en affirmant que nous devions mettre en scène notre séparation.

— Non, mais j'y crois pas. Alors tu décides de tout, tout seul, désormais ?

— Comme si tu voulais prendre part à ces décisions, grommelai-je, agacé d'avoir tort.

— N'importe quoi. Je me suis donné un mal fou pour ce partenariat à la noix. Je t'ai écouté me bassiner avec ton pétrole, tes énergies durables, tes terminaux, et j'ai visité la compagnie. J'ai assisté à la réunion. Ne fais pas comme si je ne m'impliquais pas.

— Je te l'accorde, tu t'en es sortie à merveille, acquiesçai-je, prêt à oublier cette histoire. Nous devons continuer de coopérer.

— Coopérer ? Allons bon. Coopérer...

Elle secoua la tête, à bout.

— Bastian, Bastian, Bastian. Quel génie ! Toujours à se plier en quatre pour les autres. Dommage qu'il ne soit pas fichu de prendre un véritable risque pour tenter sa chance avec moi. Et donc, j'ai le droit de t'avoir en secret, à l'abri des regards, comme si tout allait s'effacer au matin. C'est ridicule !

— Quoi ? chuchotai-je, sans trop savoir si j'avais bien entendu.

— Je me moque de Bastian. Moi, je veux Sebastian Armanelli, celui qui s'empare de son dû et l'assume. Mais ce n'est pas toi, alors va te faire foutre !

Elle tourna les talons après sa tirade.

Elle avait mis en lumière mes défauts, les avait passés à la moulinette puis me les avait servis sur un plateau. Je souhaitais la punir avant de la baiser pour la réduire au silence, puis lui faire l'amour pour avoir révélé au grand jour ce que personne n'avait su voir. Elle tentait le pécheur et le diable en moi, le parrain de la mafia. Je ne voulais pas le lui cacher. Plus maintenant.

Je tendis la main brusquement.

Bastian avait disparu.

Chapitre 33

Morina

Il me tira contre lui pour conquérir ma bouche, dévorant ma fureur.

Il me prit le visage en coupe comme pour me garder à tout jamais puis m'embrassa le cou et le mordit, la douleur servant sans doute de rappel que j'étais sienne.

— Tu me rends fou, *bellissima*.

Il me parla en italien quand je l'enlaçai afin de ne pas tomber. Son corps se pressait contre le mien, ses doigts s'égaraient partout dans mon dos et sur mes fesses.

Nous nous perdîmes tout en nous griffant l'un l'autre, après des semaines de frustration.

— Encore, encore, encore, l'implorai-je sans trop savoir ce que j'attendais de lui.

Il se libéra, me tenant à bout de bras pour étudier mon visage dans la faible lumière de l'accueil. Sans me laisser réagir, il me prit sur son épaule.

— Mais que... Où m'emmènes-tu ? balbutiai-je.

Désormais à l'envers, avec sa main qui me caressait la cuisse, je ne luttai pas. J'avais envie de lui.

Ici. Ou chez nous.

N'importe où.

Cela nous pendait au nez depuis longtemps, il en découlerait un cœur brisé dans un avenir proche, mais je m'en moquais.

Des décisions rapides s'imposaient.

— Loin de l'entrée, au cas où quelqu'un déposerait un chien.

— Hum, tout à coup, on ne veut plus de spectateurs, le provoquai-je.

— Je ne supporte pas l'idée qu'on puisse voir le moindre centimètre de ta peau, Mo, assura-t-il en me claquant les fesses.

Il avança vers la salle où on gardait les animaux, mais je lui indiquai la direction opposée.

— Allons à l'arrière. Il n'y aura pas de chiens pour nous aboyer après.

Je me mis à bouger l'entrejambe contre son épaule, prête à lui arracher toute maîtrise. Il grogna en passant les portes battantes. Il me fit descendre contre lui, prenant bien son temps pour profiter de mes courbes avant de me poser.

— Ce corps est à moi, Morina, affirma-t-il tout bas.

Je tressaillis sous la chaleur que laissaient ses doigts sur ma peau.

— Quelques mois encore.

— En es-tu si sûre ?

J'acquiesçai lentement.

— Tu l'as dit toi-même, nous serons mariés jusque-là. Mais n'oublie pas...

Je lui tournai autour une fois puis lui pris la main pour tapoter l'alliance de fortune.

— Tu n'auras plus à porter ceci par la suite. Tu seras libre, et moi aussi.

— En attendant, tu es mienne.

Je me concentrai sur mes ongles pour feindre l'indifférence face à ses règles.

— Il s'agit d'un mariage arrangé, Bastian. Pour que tu puisses acquérir des saletés d'actions en Bourse.

Je me montrai peut-être rude, mais je le détestais encore.

Lui aussi, d'ailleurs. Et c'était cette part de lui que je cherchais. J'étais prête à passer toute la nuit avec Sebastian. Je désirais son plaisir, sa douleur, son tourment.

Je voulais ce qu'il dissimulait à tous les autres.

Il me montra les dents, lentement, en une espèce de sourire. Pourtant, quelque chose clochait. Je n'y décelai aucune joie. Il avait beau essayer de le cacher, ma remarque l'avait énervé. Je n'agissais pas vraiment en épouse modèle ni en épouse du tout. Je l'agaçais et rien d'autre.

Avant que je comprenne ce qui se passait, il m'attira contre lui afin de m'embrasser et me plaquer contre le mur au fond d'un chenil. Je pris entre les miennes ses lèvres à la fois si douces et si avides pour savourer ce dont on me privait depuis maintenant des semaines.

Puis, sans crier gare, il se libéra et un éclair de surprise me traversa. Il s'essuya la bouche et ressortit rapidement de la cage. Je m'avançai, mais il me ferma la porte au nez.

Nous nous observâmes à travers le grillage. Je m'accrochai au fil de fer, incrédule.

— Que fais-tu, Bastian ?

— Je t'enferme pour que tu réfléchisses à ce que tu as dit.

— C'est moi qui ai les clés, gloussai-je face à son idée grotesque.

— Parlerais-tu de ces clés ? me demanda-t-il en desserrant le poing.

Je regardai d'un œil vide le trousseau sinistrement similaire au mien.

La lumière vacilla en bourdonnant avant de mourir. Mon châtiment. Forcément, les néons devaient s'éteindre à cet instant précis. Seule la lune éclairait encore la salle.

Bastian, l'homme d'alliances plein de bonnes manières devant le reste du monde, se dressait face à moi tel un démon dans les ténèbres de sa colère. Les angles de ses pommettes et cette bouche pleine capable d'embrasser avec une rudesse insoupçonnée devinrent lugubres.

— Ha, ha, m'amusai-je en feignant l'indifférence. Très drôle. Ouvre la porte.

— N'y compte pas, Morina. Tu vas devoir fournir un minimum d'efforts. Montre-moi que tu as compris.

— Compris quoi ?

— Comment traiter ton mari.

— En quel honneur ? Parce que j'ai dit que ce n'est qu'une farce ?

— Ajoute ça à la longue liste de tes conneries du jour.

— Tu m'en veux encore à cause de Quinton ? demandai-je avec un sourire.

— Je ne te le pardonnerai jamais, *ragazza*.

— Bastian, pour la dernière fois, c'était une plage seins nus. Ça te dérangeait moins avec Elizabeth.

— Jalouse ?

— Donc, tu ne t'excuseras pas ?

Les accents rauques de ma voix trahirent légèrement ma tristesse, et Bastian s'en rendit forcément compte.

— Tu ne comprends vraiment pas, Morina, reprit-il en secouant la tête et en jurant en italien. Je n'y peux rien si une femme me drague. Et je ne pensais pas que tu étais possessive. Je m'entêtais à agir selon les règles de notre accord, mais j'ai dérapé.

— En quoi as-tu dérapé ? À cause de tes sentiments pour moi ? Parce que tu peux me dire ce qu'ils sont ?

— Tu écoutes tes instincts et tes émotions, chérie, fit-il en passant le doigt sur un fil de fer. Moi, non.

— Avec moi, si, répondis-je avec un haussement d'épaules.

Son regard s'ancra au mien. Le silence régnait des deux côtés de la porte.

— En es-tu si sûre, *ragazza* ? Tout à l'heure, j'ai failli arracher les yeux d'un type parce qu'il t'a vue à moitié nue.

— Ah ! je n'en doute pas, commentai-je en arquant les sourcils. Peut-être que j'aurais dû lui demander de mieux mater.

— Ne comprends-tu pas que je suis ton mari ? Qu'il a regardé ce qui est à moi avec trop d'insistance ?

Ah ! il s'agissait donc d'une question de respect envers lui.

Il n'était pas jaloux, en vérité. Il s'en moquait.

J'ignorai pourquoi cela me chagrinait tant. Peut-être parce que j'avais constaté qu'une autre fille lui convenait mille fois mieux.

— Nous ne sommes pas vraiment mariés, pestai-je, blessée. Mon mari ne se serait pas promené avec une autre femme à son bras.

Il inspecta mon visage puis appuya le front contre le grillage.

— Je t'ai fait du mal, murmura-t-il.

Je hochai la tête et optai pour l'honnêteté.

— Oui.

Cet aveu sembla lui faire l'effet d'une gifle.

— Tu as évoqué une séparation, j'ai mal réagi. Ce n'est pas une excuse. Je suis navré, Morina. Je comprends désormais que je ne veux pas voir ta peine, pas quand elle est si dévastatrice dans ton regard.

Ceci suffit à anéantir la colère dans mon cœur. Même dans sa noirceur, il trouvait un moyen de me montrer son attachement. Il détestait mes fleurs, mais les arrosait. Il riait de ma lampe en cristal de sel, mais l'allumait. Il n'était pas parti alors que je l'avais agacé toute la journée.

S'il ne me restait que quelques mois à passer à ses côtés, je voulais l'avoir tout entier, même pour si peu de temps.

Je soupirai et lui embrassai le front.

— Tout va bien.

Il plissa les paupières en me regardant avec un sourire en coin.

— On rentre, *ragazza* ?

— Oui. Ouvre-moi.

Il se mordilla la lèvre avant de répondre.

— Montre-moi d'abord que tu sais qui est ton mari.

— Et comment voudrais-tu que je te le prouve, Bastian ? pestai-je en tapant du pied.

— Je me suis excusé, je crois que toi aussi, tu devrais.

— Ah ! vraiment ?

— Oui, Morina. Mets-toi à genoux comme une épouse docile.

Sa voix se teintait de menace, mais je me demandai si j'avais déjà ressenti une telle excitation, car l'adrénaline passa de zéro à cent en une seconde, en un éclair foudroyant.

Je me mordis la joue, cependant je n'hésitai pas longtemps. Il verrait qui était sa femme. Je lui montrerais à quel point j'avais tout autant dérapé que lui, qu'il m'appartenait tout comme je lui appartenais.

S'il s'agissait d'une chance d'obtenir ce que je désirais de lui, alors je la saisirais. J'avais couché avec assez d'hommes pour savoir que c'était Sebastian Armanelli dont je rêvais.

Je l'avais poussé à bout. Le soir de notre rencontre, nous ne cherchions qu'une passade, de quoi évacuer le stress. J'avais ensuite découvert ses sentiments réprimés, ce lieu qu'il gardait pour lui et lui seul.

Dans un mariage, néanmoins, il n'existe aucun secret.

Il détacha lentement sa ceinture, je regardai le cuir brun usé glisser de la boucle. Chaque geste était calculé, comme s'il s'attendait à ce que je lui dise que c'était mal et irrespectueux.

— Est-ce ce que tu veux, Morina ? Te soumettre à mes ordres en toutes circonstances, que je réclame mon dû et te montre tout ce qui ne va pas chez moi ?

— Je veux le vrai toi, murmurai-je en m'humectant les lèvres le temps qu'il se décide enfin à déboutonner son pantalon.

— Tu en obtiendras plus.

— Nous verrons si tu arrives à tenir parole.

— Rampe à mes pieds, *bellissima*. Viens. Ici. Tout de suite.

Il pointa le sol du doigt. Je m'avançai, lentement, tandis qu'il ouvrait sa braguette.

Son sexe jaillit, si épais, si long que je me demandais s'il passerait entre les mailles du grillage.

Il glissa le bras entre la porte et la barre afin de m'attraper par les cheveux. Il me tira d'un coup sec devant lui.

Son autre main inséra son pénis de mon côté de la cage si bien que je n'eus accès à aucune autre partie de son corps.

— Ouvre, *ragazza*.

Je levais les yeux vers lui. Nous nous défiions du regard, je faillis ne pas m'exécuter, plongée dans une rébellion tenace.

— C'est toi qui vois, quoi qu'il arrive. Fais ton choix.

Une décision rapide : lui ou Bastian, son alter ego.

Quand j'ouvris grand la bouche pour Sebastian Armanelli, il y enfonça son sexe beaucoup plus brusquement que je ne m'y attendais.

Sa taille faillit me donner des haut-le-cœur, cependant je ne reculai pas et l'accueillis du mieux possible. Je faisais courir ma langue sur ses veines, sentant le goût salé du liquide préséminal. Son pénis palpitait contre mon palais, je m'enroulais autour de lui pour en obtenir toujours plus.

J'observais son visage, son cou de plus en plus tendu tandis qu'il accélérait les va-et-vient.

Gémir contre son érection me mit en position de pouvoir, même à genoux, accrochée à une cage, prisonnière.

— *Ragazza. Bellissima. Amore mio.* Ma femme. Mon amour. À moi.

Il prononça tous ces mots d'une traite en me prenant la bouche, se déhanchant de plus en plus vite.

Mais juste avant d'éjaculer, il me tira la tête en arrière au point de me faire me cambrer, tendant bien ma poitrine en avant dans mon bikini. Il laissa sa semence jaillir sur mes seins en criant mon nom.

Son front s'écrasa contre le grillage, il me lâcha et déverrouilla.

L'esprit encore embrumé, je ne bougeai pas quand il vint me soulever comme un bébé afin de m'emmener aux toilettes.

Il me reposa puis prit des serviettes en papier qu'il humidifia avant de me tourner face au miroir, concentré sur mon reflet.

Sa semence coulait sur ma peau pour me marquer.

— Si je pouvais ne pas l'enlever, je le ferais, *ragazza*.

Il m'embrassa le cou avec douceur en essuyant la preuve de sa présence sur moi.

Quelle scène !

Je me demandai tout à coup si j'allais l'oublier, dans quelques mois. Une peur atroce m'habita alors à l'idée d'avoir été abîmée par cette histoire.

Qui enfermerait son épouse dans une cage, quelle femme en apprécierait chaque seconde ?

— Ça ne me plaira pas de divorcer, chuchotai-je.

Il releva les yeux sur ma poitrine avant toute autre chose. Il l'avait entièrement nettoyée, débarrassée des traces de nos ébats.

— Moi non plus, Morina.

— Pourra-t-on rester amis ? m'enquis-je après une respiration difficile.

Il m'offrit un baiser aérien.

— Bien sûr, *ragazza*. Bien sûr. Viens, rentrons.

Chapitre 34

Bastian

Morina et moi regagnâmes nos chambres respectives sans un mot, ce soir-là. J'avais attendu de voir si elle allait m'inviter dans la sienne, en vain.

Et à raison. Je l'avais enfermée et marquée.

Je me levai aux aurores le lendemain puis partis travailler. Je devais aller visiter une raffinerie au Texas qui cherchait à s'étendre dans notre secteur. Nous pouvions nous en occuper pour l'instant, cependant j'allais proposer aux dirigeants de passer par l'État dans un avenir proche.

— L'as-tu dit à Morina ? me demanda Cade au téléphone.

— Quoi ? l'interrogeai-je, le regard perdu sur le hublot de l'avion.

Je n'avais pas la tête aux affaires. Je songeais à une fille aux yeux bleus chagrinés, qui m'avait offert une partie de son cœur, la veille. Je crois qu'à ce moment-là elle possédait le mien tout entier, même si elle ne le savait pas.

— Que tu vas établir un partenariat avec la raffinerie en attendant d'obtenir le feu vert du gouvernement.

— Pourquoi lui en parlerais-je ? Elle se moque de tout ça. Elle veut ce qu'il y a de mieux pour Coralville et se fie à mon jugement.

— Je croyais, étant donné que tu lui as expliqué tes projets de transition énergétique.

Je réajustai mes boutons de manchettes et décidai de ne pas m'attarder sur sa vision de la situation.

— Je préfère ne pas me disputer avec elle.

Notre relation ne tenait qu'à un fil, dernièrement.

— Cet accord avec les Texans ne durera pas longtemps. Le moment venu, je rejetterai la proposition pour nous concentrer sur la restructuration des terminaux.

— Je dis simplement que ces gars comptaient parmi les anciens associés de papa. Il va falloir marcher sur des œufs avec chacun d'entre eux.

— Je te l'accorde.

Mon frère savait de quoi il parlait et veillait au grain. Toutefois, ses conseils me mirent sur la défensive à l'heure de la rencontre.

Quinton siégeait à la table ronde aux côtés de Ronald et quelques autres. M. Crow, le patron de la raffinerie, vint me serrer la main, sa paume était moite. Une bague en or étincelait à son doigt. Nous en portions tous. Irlandais, Italiens, Arméniens, Russes et j'en passe. Le sceau incrusté différait, pas le sens.

Une famille. La crasse. Et l'argent. Les syndicats s'étaient rassemblés ici, attirés par les gains possibles.

Le président des États-Unis en personne y aurait demandé un siège s'il avait pu.

— Je ne sais pas si nous pouvons commencer tout de suite ou s'il nous faut attendre que Bastian devienne actionnaire officiel de Tropical Oil, plaisanta M. Crow.

— Ce n'est pas encore acté, nota Ronald. Je tiens de source sûre que cette jeune femme n'est pas obligée de vous céder ses parts en vertu d'un contrat de mariage.

— Ronald, ne boudez pas, commentai-je en faisant craquer mes phalanges. Vous n'avez jamais été bon perdant, cependant je compte bien multiplier nos profits, même si mes méthodes ne vous plaisent pas.

— Nous verrons bien si je ne vous coupe pas l'herbe sous le pied, répliqua-t-il.

Il poussa un soupir agacé, mais s'installa dans un des fauteuils rembourrés autour de la grande table de conférence en bois.

John, un autre actionnaire de la raffinerie, nous invita à prendre place.

— Bien, bien. Ce ne sera pas long. Assurons-nous que nos alliances soient bien en ordre. J'ai demandé à mes gars d'acquérir de la monnaie numérique, et j'aimerais que nous abordions ce sujet.

Certains se mirent à maugréer, cependant ce commentaire souleva un débat houleux au sujet de qui monopolisait quoi et essayait de blouser les autres.

Des requins sans foi ni loi se rassemblaient ici. Nous représentions chacun nos familles et voulions nous assurer de les nourrir à leur faim.

L'un d'eux haussa le ton en accusant les Armanelli de ne pas tout révéler au sujet de ladite monnaie. Nous en avions obtenu bien plus qu'eux.

— Le secret consiste simplement à engager la bonne personne, répondis-je d'un geste nonchalant. Cade faisait ça tout bébé déjà.

— On ne peut pas être le meilleur et accaparer le dessus du panier, Bastian, affirma M. Crow.

Dans son costume à carreaux, il m'observait, paupières plissées, derrière ses lunettes à fine monture métallique. C'était principalement pour lui que j'étais venu. Il possédait la raffinerie avec qui je briserais toute relation un jour ou l'autre.

— J'aimerais simplement œuvrer de concert avec tout le monde, monsieur Crow. Vous y compris.

— Dans ce cas, allez-vous nous donner l'autorisation de faire transiter davantage de pétrole dans vos ports ? Je trouve inacceptable que Tropical Oil n'utilise pas son plein potentiel.

Le silence s'installa. Tous connaissaient mon avis sur la question : surexploiter les terminaux ne mènerait à rien.

— Qu'aurais-je à y gagner ?

Il se pencha en avant en tortillant sa moustache comme s'il devait réellement y réfléchir.

— Plus d'argent, par exemple.

— Je n'en ai pas besoin, monsieur Crow.

— Allons, allons, tout le monde en a besoin, lança-t-il, hautain, avant de resserrer sa cravate. Qu'exigeriez-vous de plus ? Ces terminaux ne sont que broutilles pour vous. Prêtez donc vos jouets. Retournez dans le froid du Nord. Nous savons très bien nous occuper de notre golfe.

— Eh bien, voyez-vous, commençai-je en me penchant en arrière afin de tous les observer, je viens d'épouser une femme de Floride. Elle adore l'océan et cette entreprise. Je m'y investis donc, désormais.

Cela souleva quelques plaintes.

— Importez-vous autre chose ? ajoutai-je sans rompre le contact visuel.

Je soutenais son regard avec une telle intensité qu'il ne se détourna pas non plus. Dans le cas contraire, j'aurais obtenu ma réponse.

— Si vous voulez une part sur...

— Mettez surtout un terme aux imports illégaux, le coupai-je.

— C'est une de mes sources majeures de...

— Vous y mettez un terme ou je m'en vais sur-le-champ, l'arrêtai-je en me levant.

C'était le seul point sur lequel je ne fléchirais pas. Tout le monde ici le savait.

— Entendu, fit M. Crow en se redressant, saisissant sa chance. Augmentez notre plafond d'apports vers les terminaux, et les transactions illégales cesseront.

Il me tendit la main par-dessus la table. Je l'observai. Une poignée de main entraînait parfois de lourdes conséquences. Celle-ci sous-tendait des échanges de millions de dollars. Il me faudrait ralentir mes plans de transition énergétique pendant quelques mois supplémentaires, alors que je ne possédais même pas encore les parts de marché nécessaires.

Or, son trafic ne pouvait plus durer. Je devais réduire en charpie la dernière trace de mon père.

Nous œuvrerions légalement, selon la volonté de ma mère et de mon frère.

— Parfait, répondis-je en lui serrant la main.

J'allais devoir expliquer la situation à Morina. Elle comprendrait.

Chapitre 35

Morina

Bastian était déjà parti quand je me levai, mais il avait préparé des crêpes et allumé ma lampe.

Je suivis ma routine en essayant d'oublier les événements de la veille. Nous nous étions poussés à bout et, dans un déluge de sentiments, avions perdu le contrôle.

Rien de plus, rien de moins.

Si ce n'était cette douleur inédite quand je pensais à lui. Il m'était devenu plus cher que Linny.

Après une journée à surfer et à m'occuper du food truck, j'appelai mon amie dans l'espoir de lui parler entre deux vols.

Elle répondit sans un bonjour.

— Tu as de la chance que je ne me couche jamais tôt. Il est minuit, ici.

— Où es-tu ? lui demandai-je en m'allongeant sur le canapé.

— Si tu me suivais sur Instagram, tu saurais que je suis à Berlin. Il fait un peu froid, mais je suis allée visiter la porte de Brandebourg, c'était spectaculaire.

— Il faudra que tu me montres des photos quand tu reviendras.

Elle marmonna de nouveau quelque chose à propos de ses réseaux, consciente que je n'irais pas.

— Enfin bref, quoi de neuf ? Bastian et toi attendez un bébé ?

— Oh ! mon Dieu. Non. Pourquoi dis-tu ça ?

— Je ne sais pas. Je me demande pourquoi tu m'appelles. Tu le fais une fois par an, ou uniquement en cas d'urgence.

— Non, il n'y a rien d'urgent. Je suis… Penses-tu que je sois destinée à finir seule ?

— Non, tu es mariée. En principe, tu ne seras plus jamais seule.

— On pourrait divorcer.

Cela ne tarderait pas.

— Mais non. Je vous ai vus dans les magazines. Bastian ressemble à un loup-garou capable de se jeter sur n'importe qui pour toi.

— Toi, tu as encore lu de la bit-lit.

— Oui, un roman génial, assura-t-elle comme si elle savourait une glace délicieuse en même temps.

— Tu me le prêteras. J'en aurai besoin.

— Ça ne va pas entre vous ?

— Si, mais… je… j'ai enfin compris ce que je veux. Mais je n'ai jamais rien désiré avant lui. Et je ne connaissais pas l'hésitation non plus. Pourquoi faut-il que je doute de tout ?

— Parce que tu te lances dans quelque chose de vraiment difficile. L'amour n'a rien d'aisé, tout comme les relations. Tu as toujours fui tout ça, Mo.

— Je ne fuis pas.

— Oui, parce que tu t'assures de n'avoir personne à quitter. Tu suis le cours des choses en évitant les difficultés.

Je secouai la tête, prête à réfuter.

— Tes parents t'ont bousillée. C'est normal. Ton père en a fait autant avec la moitié des habitants de la ville, je crois. Ils l'adoraient pour mieux le haïr quand il partait avec ta mère. Elle, c'était une satanée étoile qui illuminait tout Coralville. Et lui, il est venu la ravir.

Je me souviens que les jours où elle me souriait et m'enlaçait comptaient parmi les plus agréables. Mon père se faufilait en douce chez grand-mère après des mois d'absence pour m'emmener surfer à l'aube. Durant ces périodes, je l'aimais plus que l'océan, le sable et ma planche réunis. Le bonheur nous habitait, puis ils disparaissaient de nouveau sans un au revoir.

— Peut-être que j'ai véritablement peur de m'attacher.

— C'est derrière toi, tout ça. Tu es mariée. Arrête de te torturer. Et rappelle-toi, tu ne te drogues pas, tu t'en sors déjà mieux qu'eux.

Nous n'aurions pas dû en rire. Du moins, je n'aurais trouvé cela amusant avec personne d'autre. Seulement, Linny et moi avions grandi ensemble. Ses parents aussi étaient des junkies. Elle avait connu le comportement ridicule des miens.

— Sérieusement, continuai-je. Tu te rappelles la fois où ils étaient tellement défoncés qu'ils ont essayé de cambrioler le Tiki-bar et de repartir avec l'alcool ? Pas la caisse, l'alcool.

— Ils ne tenaient même pas debout, le shérif les a enfermés le temps qu'ils redescendent, commenta Linny, hilare.

— Ç'aurait pu prendre une éternité.

Linny soupira quand son rire mourut.

— Franchement, on aurait dû les laisser en cellule avec les miens. Personne ne les a revus depuis des années. Maman m'a appelée il y a environ deux semaines, mais je ne comprenais rien à ce qu'elle me racontait.

— Sérieusement ? Elle va bien ?

— Qui sait ?

J'entendis un bruissement à l'autre bout du fil.

— Bon, écoute, si tu te poses des questions, souviens-toi que c'est une réaction normale face aux personnes auxquelles on tient le plus. Tu t'es attachée à lui. Ne fuis pas. Savoure ces sentiments. Je dois te laisser. Surveille ton courrier. Le colis a mis un peu de temps à partir, mais tu devrais le recevoir tôt ou tard. Je t'aime, salut !

Je soupirai et raccrochai, me demandant pourquoi j'avais eu besoin de lui parler de ça. Je m'étais engagée, je n'avais pas pris la fuite.

Dorénavant, et malgré cette situation terrible, je désirais rester, et l'avouer à Bastian. Mon cœur avait coulé à pic, j'avais essayé de plonger pour le rattraper, cependant il s'enfonçait toujours plus loin et plus profondément dans l'abysse de Sebastian Armanelli.

Je voulais m'y immerger afin d'y dénicher chaque part de ce trésor enfoui. Cela m'imposait d'accomplir d'abord le plus ardu.

Je devrais m'avancer sur la planche pour apprendre à Bastian que je ne souhaitais pas divorcer et espérais farouchement que lui non plus. Mais la peur déchirait les voiles de mon assurance. Assez pour que je ne sache plus ce qui était le pire, devoir me passer de l'homme que j'aimais ou découvrir que lui ne me chérissait pas en retour.

Il nous restait deux mois. Deux mois à orchestrer notre séparation si je ne lui déclarais pas ma flamme, deux mois avant la prochaine réunion où je pourrais éventuellement annoncer que je lui cédais mes parts. Nous n'avions pas établi de plan, même si cela me paraissait le moment idéal.

Il me fallait simplement comprendre en quoi consistait le plan.

Moi, qui de base haïssais cela, devais décider du sort d'une entreprise multimillionnaire et de mon cœur brisé… écrasé par le rejet ou les remords.

Me reposer sur mes lampes de sel et mon encens en me morfondant me parut la seule solution, en attendant.

À 22 heures, je me demandai si Bastian allait rentrer. Il ne découchait jamais sans me prévenir.

Je m'endormis sur le canapé.

Le lendemain, je me réveillai au lit, au chaud sous les couvertures.

Bastian Armanelli, doux et attentionné. Je relevai les draps, regrettant de ne pas avoir eu droit à Sebastian, qu'il n'ait pas profité de moi.

Je quittai ma chambre d'un pas lourd dans mon T-shirt de nuit usé, pour trouver des crêpes une fois de plus.

Et pas de Bastian.

Ce manège dura encore deux jours.

Je passais le temps comme d'habitude. Je testai de nouvelles recettes de smoothies et appelai même Bradley, simplement pour discuter. Il ne répondit pas, mais je lui laissai un long message.

En fin de compte, au crépuscule du troisième jour, je craquai.

Morina : Tu rentres, ce soir ?

Il m'écrivit dans la seconde.

Bastian : Oui, toujours.

Morina : Tu arrives plus tôt, d'habitude. On ne s'est pas vus, dernièrement.

Bastian : Tu notes l'heure de mes allées et venues, alors…

Son humour me fit lever les yeux au ciel, un poids dont j'ignorais l'existence s'envola soudain.

Morina : Quand penses-tu arriver ?

Bastian : Nous sommes coincés dans les bouchons. J'en aurai pour environ trente minutes.

Morina : Je vais essayer de ne pas m'endormir. Je ne te promets rien.

Bastian : Je te réveillerai peut-être, alors.

Morina : J'en doute. On me porte au lit avec une telle délicatesse que ça ne me dérange pas, même si je voudrais autre chose.

Bastian : *Ragazza*, tu ne devrais pas tenter un homme comme moi.

Morina : Vas-tu me punir, ou…

Bastian : Rien que pour ça, oui. Je vais te faire rougir les fesses pour que tu implores mon pardon. Mais avant ça, il faut qu'on parle.

Un vide innommable se creusa en moi. Le pensait-il sincèrement ? Avait-on fini de prendre des pincettes ?

J'ignorais si je devais répondre ou attendre ma fessée et restai donc assise à ne rien faire, le regard perdu sur la porte.

Je n'avais jamais été si concentrée de ma vie.

Je patientais sur le sofa, à songer à ce qu'il me dirait, balançant les pieds d'avant en arrière.

Peut-être pourrions-nous partager le même lit dorénavant, coucher ensemble, et tout le reste.

Ou peut-être voulait-il aborder le sujet de notre séparation légale.

Lorsque la serrure cliqueta, je me jetai sur mon téléphone, en vue de paraître moins au désespoir.

Au lieu du bruissement de sa veste qu'il déboutonnait habituellement avant de l'accrocher, j'entendis un jappement.

— Mais que..., m'exclamai-je en sautant du canapé quand je vis Luna.

Bastian s'arrêta dans l'entrée, des poils bruns sur son costume, la chienne à ses pieds. Il la tenait au bout d'une laisse rouge d'une main, portait une boîte de jouets sous le bras, et laissa tomber un gros sac de croquettes.

— Bastian, dis-je en faisant un pas en arrière. Que se passe-t-il ?

— Eh bien, quoi ? Tu disais que Luna ne trouvait pas de foyer. Je m'en suis donc occupé.

— D'accord, répondis-je, mon cœur battant trop vite. Chez qui ira-t-elle ?

— Chez nous. Je lui ai fait faire pipi en bas, elle doit avoir sommeil. Notre troisième chambre devrait lui convenir à merveille. Inutile de lui acheter un panier, elle a un lit.

— Attends, excuse-moi... Pourrais-tu éclairer ma lanterne ? Que fait-elle ici ?

— Nous serons sa famille aimante.

— Non ! m'exclamai-je en secouant la tête, abasourdie.

Je reculai encore et trébuchai contre l'angle du canapé.

— Oublie. Allez, préviens le refuge. Nous la ramenons.

Luna geignit en tirant sur sa laisse pour essayer de me rejoindre. Je m'agenouillai pour l'appeler. Elle avait bien grandi et se rapprochait de plus en plus d'un vrai rottweiler.

— Tu dois retourner au chenil pour que nous te trouvions une maison, lui chuchotai-je.

— Qu'est-ce qui ne va pas chez nous ? s'enquit Bastian en sortant une écuelle du sac en plastique.

— Non, mais tu as perdu la tête ou quoi ?

À peine avait-il posé la gamelle que je la reprenais pour la remettre dans le sachet.

— Sais-tu à quel point ça bave, les chiens ?

Il écarta le sac d'un geste vif.

— Tu es vraiment mal placée pour la critiquer, Morina. Tu es plus bordélique qu'un animal.

— Pardon ? m'exclamai-je, vexée, par-dessus le tintement de l'écuelle qui venait de tomber. J'ai laissé mon bazar dans ma chambre dès le premier jour.

— J'ai vu, hier soir et avant-hier, quand je t'ai mise au lit. Un véritable désastre...

— Ne me porte pas sous les draps, si ça te dérange, criai-je, faisant peur à Luna.

— Je borde ma femme si j'en ai envie, gronda-t-il, se penchant tout à coup au-dessus de moi.

— Tu es impossible, continuai-je en désignant la chienne. Ça ne va pas, ça.

Il renâcla puis la prit dans ses bras. Je le regardai la porter au fond du couloir, avec son fessier de rêve moulé à la perfection dans son pantalon. Il disparut dans la chambre et j'attendis son retour afin de lui expliquer à quel point la chienne serait malheureuse, toute seule dans l'appartement. Cinq minutes plus tard, il revint m'annoncer :

— Elle dort comme un loir sur les oreillers de plumes.

Je n'avais jamais rien vu de plus vaniteux que son maudit sourire. Je me rendis près de l'évier d'un pas lourd.

— Ça va être trop triste pour elle.

Et pour moi. Je ne voulais pas l'abandonner, et le fait qu'il l'ait ramenée ici fit s'éveiller en moi une petite voix détestable qui me criait de dire « je t'aime » à Bastian. De lui raconter mon envie qu'on vive heureux pour toujours avec notre rottweiler croisé dans une maison entourée d'une clôture blanche.

— Pas forcément. Pourquoi penses-tu que c'est une si mauvaise idée ?

— Eh bien, tout d'abord, je partirai dans deux mois, et toi aussi. Je ne veux pas m'attacher encore plus à elle si je ne peux pas la garder.

Il retira sa cravate, la posa sur le plan de travail, ôta ses chaussures et s'approcha du réfrigérateur. Comme si j'étais du genre à lui avoir préparé son dîner !

— Je n'ai pas cuisiné, il n'y a rien. M'écoutes-tu au moins ?

— J'ai déjà mangé, s'amusa-t-il.

Il semblait comprendre que je ne me risquerais jamais à lui faire à manger. Il avait sans doute raison.

— Et je t'écoute, oui. Nous devrions toutefois nous calmer et discuter avant que tu partes en vrille, à parler vingt fois plus vite que d'habitude, ou que nous dépassions les bornes une fois de plus.

Je soupirai et posai une main sur mon ventre, dans l'espoir que le reiki fonctionne.

— Voudrais-tu un smoothie ?

Cela nous détendrait tous les deux et me distrairait de mes pensées troubles.

— Volontiers.

Il s'installa à table et me regarda sortir tous les ingrédients du réfrigérateur.

Un mixeur dernier cri occupait un coin de la cuisine. J'adorais la vitesse à laquelle il pilait la glace. J'y lançai les fruits avec mes mélanges en attendant que Bastian reprenne la parole.

— Recommençons depuis le début, d'accord ? Nous devrions sans doute reparler de la dernière fois, au refuge, parce que même si j'ignore comment, nous avons réussi à nous glisser sous la peau l'un de l'autre.

— Moi, je sais comment, fis-je d'un rire narquois. Nous avons dû nous installer ensemble après des ébats torrides à bord d'un jet. Je n'ai jamais mis aussi longtemps à virer un mec de ma vie…

— Entre nous, ce n'est pas une aventure. Tu es vraiment ma femme. Je tiens à toi. Je ne dors pas la nuit parce que je pense trop à te traîner dans ma chambre.

J'appuyai plus fort que nécessaire sur le bouton du mixeur en râlant.

— Si seulement…

— Voilà notre problème, assura-t-il quand j'éteignis pour répartir le mélange dans deux verres.

Je posai le sien devant lui.

— Explique-toi, Bastian.

— Tu me sors ce genre de trucs en pensant que ça ne m'affecte pas, que je suis immunisé contre toi.

— N'est-ce pas le cas ?

— Insinuerais-tu que je joue avec toi ?

— Pourquoi n'es-tu pas rentré plus tôt, ces derniers jours ?

— Je travaillais.

— Rien de plus ? Ne cherchais-tu pas à imposer une distance après t'être de nouveau lâché avec moi ?

— Je voulais rester juste envers toi, Morina, souffla-t-il.

Je levai les yeux au ciel. Il n'y avait rien de juste dans tout ça. Ou alors il nous aurait fallu être sur une autre planète, parce que, ici-bas, je ne parvenais pas à me mentir.

— Je te vendrai mes parts parce que j'en ai envie, pas parce que tu m'as manipulée avec de faux sentiments. C'est vexant que tu me croies incapable de tout différencier.

— Je n'ai jamais dit ça…

— Ah ! laisse tomber.

Je pris mon smoothie, y goûtai puis le reposai violemment. Je basculai dans la folie à la vitesse de l'éclair, et l'orage que j'allais provoquer s'avérerait tout aussi dingue.

— Alors, la séparation reste-t-elle de mise ? Il serait temps d'amener doucement cette histoire pour les médias. Nous avons passé quelques jours seuls, j'imagine que tu as pris tes distances dans ce but. Préparons la suite.

Mes mots m'échappèrent comme une allumette lâchée sur une traînée de kérosène. Les flammes se propagèrent en un instant, infernales, vives et féroces.

Bastian s'y brûla visiblement, ses traits déformés en une grimace.

Réprimant mes remarques, je laissai ma boisson de côté le temps de nettoyer l'appareil. Je me mis à le frotter énergiquement au-dessus de l'évier pour chasser ma colère.

Je ne savais même pas si Bastian voulait de moi. Il souhaitait rester mon ami après toute cette histoire, mais sous-entendait-il autre chose ?

C'était peu probable, vu qu'il avait disparu des jours durant après ce moment au refuge.

Je récurai la cruche sans m'arrêter. Elle serait impeccable avant que je la mette dans le lave-vaisselle. Celui-ci n'aurait rien à faire hormis inspecter mon œuvre. Cela me fournissait également une excuse pour éviter l'homme de l'autre côté de l'îlot, en train de me fixer comme si j'allais répondre à sa remarque sur son immunité.

Je voulais lui tordre le cou, lui dire d'aller mourir puis le chasser d'ici. J'en avais assez de cette farce, de faire semblant au point de ne plus savoir si je jouais encore la comédie.

Je le sentis dans mon dos avant de l'entendre. Son torse saillant se pressa contre moi tandis que je lavai le mixeur.

— Mo, peut-on faire machine arrière ?

Je grognai en attrapant une autre assiette, sans prêter attention à Bastian.

— Comment ça ? Tout recommencer et devenir amis ? Oublier que nous avons baisé ?

C'était officiel, nous étions unis par les liens du mariage, nous devions nous désunir.

— Pourquoi es-tu si fâchée ? murmura-t-il contre ma nuque.

Je frissonnai, aussitôt consciente de la proximité de son corps tout entier, notamment de son sexe d'une taille propice à altérer les perspectives.

— Je ne suis pas fâchée.

Je parus plus agressive que prévu. Impossible de ne pas le pousser à bout en permanence. Je savais comment l'agacer et je ne cherchais rien d'autre, à cet instant.

— J'aimerais simplement ne plus avoir à y penser. Je déteste parler d'avenir, tu le sais. Je pense que nous devrions sortir quelques fois ce mois-ci, séparément. Les paparazzis nous photographieront chacun avec quelqu'un d'autre. Nous annoncerons que nous sommes séparés. Si toi ou moi apprécions notre rendez-vous, nous nous appelons pour prévenir que nous ne rentrons…

— Tu dormiras ici tous les soirs, me coupa-t-il.

— Excuse-moi, mais le but est d'aller de l'avant, Bastian. Tu tiens à ce que je garde les idées claires, non ? Dans ce cas, je dois passer à d'autres mecs.

Je me retournai en me séchant les mains.

— Tu peux prendre ton pied et rentrer, Mo, répondit-il. Es-tu du genre à vouloir un câlin après l'amour ?

— Et alors ? le défiai-je en me tenant les hanches.

— Alors je te le donnerai, affirma-t-il en tapant sur le plan de travail, la paume à plat. Tu ne passeras pas la nuit chez je ne sais qui tant que nous serons mariés.

— Donc, je peux coucher avec qui je veux, mais je dois rentrer ? m'écriai-je en croisant les bras, cette discussion devenant de plus en plus absurde. C'est n'importe quoi, Bastian.

— Je refuse que tu te mettes en danger. Des gardes du corps te surveilleront, d'ailleurs.

— Oh ! non. Oublie. Ni Dante ni qui que ce soit d'autre ne me suivra. Ce serait trop bizarre pour mon mec.

— De qui parles-tu, enfin ? Tu penses déjà à quelqu'un, je le sens.

— Oh ! c'est pas croyable. Allons nous coucher.

Il rit puis se passa une main sur le visage.

— Dans ma chambre ou la tienne ?

— Quoi ? criai-je à moitié.

Des pattes d'oie se dessinèrent au coin de ses yeux et les fossettes que j'avais oubliées se creusèrent. Beau et inaccessible à la fois. À l'image d'un diamant rare qu'on admire de loin dans un musée. Cependant, quand il riait ainsi devant moi, il semblait atteignable.

— Tu perds la boule, affirmai-je en secouant la tête.

Il s'essuya les yeux, puis s'approcha. Il me dévisagea quelques instants qui me parurent une dizaine de minutes. Son regard se posait partout sur mon visage comme s'il en mémorisait ou cataloguait le moindre détail.

Mon cœur battait plus fort que jamais lors de ces moments. Toutes mes pensées s'envolaient. Je ne trouvais pas les mots, ne parvenais ni à le provoquer ni à le consoler ou même à le raisonner. Ma poitrine et mes joues se mirent à brûler. Mon ventre et mes reins se contractèrent.

Ce qu'il me dit ensuite résonna en un doux grondement.

— Retourne-toi, Morina.

Il émit un léger bourdonnement quand je lui obéis et posa les mains sur mes épaules. Il massa mes muscles raides, ne faisant qu'accentuer la tension. Je voulais lui hurler de me laisser, mais je me trouvais paralysée. J'ignorais où cela nous mènerait, cependant s'il s'absentait une fois de plus après coup, je ne m'en remettrais pas. Nous foncerions vers le point de non-retour s'il se lâchait de nouveau.

Il ne comprenait pas. Il me voyait comme une fillette à protéger ; moi, je le considérais en dieu vivant avec qui je voulais encore coucher.

Je gémis quand il effleura une zone sensible.

— Bon sang...

— Tu es tendue, s'amusa-t-il.

— Non, tu crois ?

Il fit glisser un doigt au même endroit, et je dus me tenir au plan de travail.

— C'est juste que... Il faut que je...

Mes sens passèrent en alerte rouge. Je vis son reflet dans la fenêtre devant moi et son sourire content trahit le fait qu'il s'en rendait compte.

— Que tu quoi, Morina ?

— Que j'aille me coucher, murmurai-je, sachant tout aussi bien que lui que je mentais.

— Mais qui s'occupera de ces tremblements entre tes jambes, alors ?

— Sérieusement, Bastian.

Je tentai de me dégager, mais sa poigne sur ma nuque se raffermit. Il me serra contre lui afin de me retourner et me bloqua entre le granit de l'îlot central et son corps. Son sexe se pressait contre moi, dur et avide.

Ce fut à ce moment qu'il se recula. Je tournai aussitôt la tête, prête à balbutier son nom, mais il ne m'en laissa pas l'occasion, car il tira sur ma culotte et attrapa sa cravate.

Je me mordillai la lèvre sans trop savoir comment réagir. Ses yeux parcoururent mes cuisses pour s'arrêter sur mon entrejambe.

— Si tu comptes repartir ensuite et agir comme s'il ne se passait rien entre nous, je ne veux pas, Bastian...

Cela me peinait de l'admettre. J'avais l'impression de m'arracher le cœur avant de lui tendre le poignard pour le crever.

— Ah ! mais ne t'inquiète pas. Je prends ce qui me revient de droit. Tu es ma femme. J'aurais dû profiter de ce corps parfait dès les premières minutes. Tu n'arrêtes pas d'essayer d'offrir mon bien à un autre, Morina, et moi je n'ai de cesse de vouloir être gentil avec toi et je te résiste. Et pour quoi ?

Il me prit les poignets pendant qu'il parlait pour les ligoter avec sa cravate de soie.

Je savourai le spectacle, fascinée, quand il tira d'un coup sec sur un côté pour faire claquer mes poignets ensemble, ficelés.

Il me fit pivoter par les hanches puis attacha l'autre bout de mon lien de fortune au robinet.

Je me trouvai soudain prise au piège, bien cambrée, les fesses à l'air pour le plaisir de monsieur.

Il glissa alors la main entre mes jambes, là où nous savions à quel point j'étais déjà trempée.

— Regarde. Tu adores ça. Tu aimes m'appartenir. Pourquoi devrais-je résister ?

Je me mis à haleter en sentant ses doigts s'approcher de mes fesses, en le sentant les pétrir sans répit.

— Je ne t'en ai jamais demandé autant.

— *Ragazza*, tu as apporté des pierres colorées dans mon univers entièrement blanc. Tout devait se dérouler sans complications, proprement.

— Je n'ai jamais rien fait proprement. Sans complications, peut-être.

— Vraiment ? Crois-tu que vivre avec toi et t'entendre parler de tes ébats avec un autre s'avère facile ? Penses-tu que j'ai envie de te partager ?

Il m'empoigna plus fermement.

— T'imaginerais-tu que je ne t'attacherai pas pour te faire rougir les fesses dès que tu parles de les offrir à quelqu'un ?

Son majeur se trouvait si près de mon sexe que je roulai des hanches, en espérant m'y empaler. Cependant, sa main se retira brièvement pour mieux s'écraser sur ma peau.

Pas une fois, pas deux, mais trois.

On ne m'avait jamais donné la fessée avant Bastian. Encore une fois, je me trouvais face au parrain de la mafia italienne, aux commandes de tous les États-Unis, même s'il n'aimait pas ce rôle.

Je dégageai mes cheveux de ma nuque d'un vif mouvement de tête et le regardai.

— M'attacher ne suffira pas à me faire tienne. Tu dois le dire, Bastian, ou je pourrais disparaître du jour au lendemain.

La petite fille en moi, sans cesse abandonnée, devait l'entendre. Voulait-il de moi ou non ? Comptait-il me prendre pour le plaisir ou pour solidifier notre relation ?

Sa mâchoire se crispait, les tendons de son cou se raidissaient. Je distinguais dans ses yeux la rage de l'autre soir derrière sa maîtrise. Tout le monde pensait que son défaut consistait à tisser des alliances, à être le parrain le plus arrangeant de l'histoire. Peut-être étais-je la première à découvrir cette colère enchaînée au plus profond de lui.

Mon sexe se contracta tandis que nous nous toisions. Je puisais dans une force féroce que nul n'avait jamais vue. Comme avec la lune, le soleil, les étoiles, les planètes, je suivais le rythme de cet homme.

Les émotions vives en lui m'évoquaient l'astre du jour. Si brillant, si grand. Je voulais l'approcher, me trouver au plus près de ces émotions. Cela me brûlerait, me tuerait sans doute et me réduirait en cendres, cependant l'attirance restait trop forte.

— Tu es à moi, *ragazza*. Écarte les jambes pour un autre et je le traquerai.

Il devenait vicieux, comme je l'aimais.

— Je ne désire que toi, continua-t-il. À toi de décider si tu ne veux que moi. Je ne suis pas un saint. Je ne l'ai jamais été, mais j'essaierai pour toi, *ragazza*. Je vais essayer.

Il se mit à genoux puis me demanda de crier son vrai nom. Je m'accrochai au robinet quand il me fit jouir en me léchant. Je lui dis que je ne tenais plus.

Il rit de plus belle.

— Prends ce que je te donne. Encore et encore et encore. Je compte t'offrir le monde. En attendant, hurle mon nom. Je ne veux rien entendre d'autre de toute la nuit.

Chapitre 36

Morina

Je perdis le cours du temps ensuite. Bastian me porta dans ma chambre pour me mettre à genoux, m'étouffer avec son sexe et me prendre toute la nuit.

— Tu restes pour un câlin ? lui demandai-je quand il me serra contre lui.

— Je ne vais plus nulle part. Jusqu'à ce que la mort nous sépare.

Je soupirai puis m'endormis entre ses bras tatoués.

Je me réveillai quand il sauta du lit pour sortir Luna. Elle jappait devant la porte. Elle avait apparemment appris à être plus ou moins propre, au refuge.

Je sombrai de nouveau, sans doute Bastian reviendrait-il vite contre moi, mais quand il se glissa sous les draps, il était bien plus tard.

— Où étais-tu ?

— Luna ne devait pas vraiment faire ses besoins, elle voulait se promener, rien de plus.

— Ah ! parce que tu sais ce qu'elle veut, maintenant, m'amusai-je.

— Elle m'a traîné autour de l'immeuble cinq fois de suite, Morina.

— As-tu déjà eu un chien ? Ce n'est pas elle le chef, normalement. C'est à toi de la traîner et de dire non.

Sa joue mal rasée me gratta quand il enfouit le nez dans mon cou.

— Essaie un peu de lui refuser quelque chose avec ses grands yeux. Je suis censé être un gentil papa.

— Un papa ou un « papa » ?

— Arrête. Nous devons manger et nous reposer avant de recommencer.

Ce fut donc ce que nous fîmes.

Le lendemain, nous suivîmes un programme similaire.

Des semaines de félicité s'écoulèrent alors. Je pris même l'habitude de lui lire son horoscope au lever. Il ne m'apprit jamais sa date de naissance, uniquement son signe : Taureau. Fort et têtu. Le truc avec Bastian, c'est qu'il se montrait dévoué et digne de confiance.

Lorsque nous sortions d'un de nos lits, le matin, Luna venait le voir. Elle l'avait adopté et comptait sur lui, comme tout le monde. Cade l'appelait toujours. Katie et Rome également. Il gérait les affaires de chacun comme ils l'espéraient.

Tout un univers dépendait de lui, mais il ne flanchait jamais. Ses sentiments semblaient ne jamais peser dans la balance, même si son père avait blessé sa mère. Bastian agissait uniquement pour contredire cet homme.

Un jour, dans la cuisine, je l'interrompis pendant qu'il étalait de la sauce sur de la pâte à pizza.

— Ton père appréciait-il les plats de ta mère ?

Il pinça les lèvres. S'il existait une personne qui rechignait autant que moi à parler de ses parents, c'était bien lui.

— Oui, mais il l'exploitait. Il la faisait tout le temps cuisiner pour de grandes réunions de famille.

— Je vois...

Je ne cherchais pas à lui rappeler de mauvais souvenirs, simplement à mieux comprendre leur dynamique.

— Elle m'a enseigné ses recettes quelques semaines seulement avant de nous quitter. Je crois qu'elle avait tout prévu.

Elle voulait que Cade et moi nous souvenions d'elle ainsi. C'était sa passion, après tout. En plus de nous.

— Elle avait l'air fantastique.

Il acquiesça en enfournant la pizza faite maison.

— Elle t'aurait adorée. Mon père aussi.

— J'aurais aimé les rencontrer.

Il posa les yeux sur moi un moment.

— Quand nous sommes allés l'exécuter, il m'a dévisagé, tu sais. L'homme qui lui pointait son arme sur la tempe m'a demandé si je le voulais vraiment. Je n'ai pas hésité.

Je le regardai revivre cet instant ; à ses sourcils froncés et sa façon de se frotter le menton, il paraissait encore hanté par ce souvenir, malgré sa résolution.

— Il donnait dans le trafic de femmes, alors qu'il m'avait juré ne pas tremper là-dedans. Katie en a été victime alors qu'elle appartenait déjà à la famille, sans doute depuis toujours en quelque sorte. Je ne pouvais le laisser en vie, rien que pour ça. Peut-être l'ai-je aimé, un jour, ou ai-je tenté de le comprendre, mais ça, ça a anéanti d'un coup toute l'affection que je lui portais.

— Katie..., murmurai-je en revoyant cette beauté si féroce.

Cette révélation ne la rendit que plus impressionnante à mes yeux.

— Elle s'est mise en colère après ça. Elle aurait voulu que nous lui pardonnions.

Il émit un léger rire cynique.

— À toi de décider si tu peux rester avec quelqu'un comme moi plus longtemps que le stipule le testament. C'est ça, ma vie, rectifier les erreurs passées, m'efforcer de laver le sang sur mes mains au nom de l'avenir.

Je fis le tour du plan de travail afin d'aller l'embrasser. Un baiser lent, affectueux, pour nous imprégner de qui nous étions réellement. Il devait savoir que j'avais déjà accepté toutes ses facettes. J'avais accepté Sebastian Armanelli.

— Mes parents me charmaient puis s'enfuyaient tout le temps, Bastian. Ne commets pas la même erreur, et je serai toujours là pour toi, à t'attendre. Voilà peut-être le seul vœu que j'aimerais formuler.

Nous nous perdîmes ensuite en belles paroles et promesses mutuelles. Nous nous étions embourbés dans cette fausse vie maritale, à finir par y croire. Nous appelions Luna notre fille.

Empêtrés, à patauger dans notre petit monde, trop aveugles pour voir qu'il s'agissait d'un mensonge.

J'ouvrais le food truck puis rentrais le soir pour lui faire l'amour à lui en faire perdre la raison.

Certains jours, je devais l'attendre tandis qu'il arrosait les fleurs ou sortait Luna. D'autres fois, c'était lui qui patientait cinq minutes pendant que je lui préparais un smoothie, à contre cœur cependant.

Il tombait amoureux de moi et inversement. Nous aviserions pour la suite.

J'en avais fait mon mantra. J'acceptais le positif de mon horoscope et bloquais le négatif. Lampes de sel, pierres et bracelets œuvraient d'arrache-pied afin de nous protéger, et la perfection nous bénit tout un mois durant.

Chapitre 37

Morina

— Mario Armanelli s'est joué de votre grand-mère, affirma Ronald un jour, en secouant la tête, accoudé au comptoir de mon camion. Ne vous a-t-elle donc rien expliqué ?

En essuyant ledit comptoir, je sentis retomber sur moi le poids incommensurable de Coralville, du bien-être des enfants, de tout ce que je ne voulais pas avoir à porter.

— C'est faux.

— Renseignez-vous. Vous rappelez-vous la marée noire d'il y a cinq ans ?

Comment l'oublier ? On nous avait amené des animaux au refuge. Pour un organisme bénévole, il s'agissait d'un véritable branle-bas de combat. Je commençais à peine mon travail là-bas à cette époque, je n'avais pas mesuré la gravité de la situation.

Pas avant de devoir me débrouiller avec le premier savon qui me passait sous la main pour nettoyer les bêtes pleines de pétrole. Canards, bébés mouettes et tortues s'échouaient sur la plage. Je me rappelle encore mes mains, cette odeur impossible à chasser, et cette tortue que j'avais frottée des heures et des heures durant, pour finalement la retrouver morte, empoisonnée, le lendemain.

Malgré mon jeune âge, j'avais compris le prix d'une telle catastrophe pour le golfe. Nous ne pouvions plus surfer, les boutiques faisaient grise mine par manque de touristes et de vacanciers, et grand-mère avait même pleuré.

Elle avait versé toutes les larmes de son corps, mais j'avais cru que c'était pour la ville alors que la raison s'avérait peut-être différente.

— C'était la faute de votre grand-mère et de Mario Armanelli. On lui a forcé la main, comme à vous. Voudriez-vous répéter les mêmes erreurs ? Aimez-vous vraiment cet homme, Morina ? Vous a-t-il séduite pour vous manipuler ?

Je m'étais déjà posé la question plusieurs fois, cependant on ne me l'avait jamais demandé à voix haute.

— Il n'oserait pas.

Je me tins bien droite, même si je puisais la force de mon bracelet noir. Cette fois-ci, je ne jouai pas avec la bague à mon doigt en quête d'énergie.

— D'accord, d'accord. Seulement, nous nous sommes vus au Texas il y a un peu plus d'un mois et nous avons conclu un accord visant à faire transiter davantage de pétrole par Coralville. Lui avez-vous demandé ce qu'il comptait faire à propos du trafic illégal qui arrive encore dans nos ports ?

— Vous feriez mieux de partir.

Je jetai un œil par la porte, en direction du parking où j'avais ordonné à mon garde du corps d'attendre. Il m'écoutait enfin depuis quelque temps. Il téléphonait, peu attentif à ce qui se tramait ici. Nous nous trouvions pourtant bien dans sa ligne de mire. Ronald devait ressembler à un client lambda, de loin.

— Bastian compte entamer une transition énergétique, reprit-il. Est-ce bien ce qu'il raconte à qui veut l'entendre ?

Il afficha un sourire éclatant de requin.

— Dans ce cas, pourquoi ce partenariat avec une raffinerie texane, Morina ? Réfléchissez-y. Je ne signerai rien, hormis un contrat d'expansion avec le gouvernement. Je vous rachèterais vos parts à un bon prix, vous le savez. Avec un bonus de 10 %.

Il glissa le chèque sur le comptoir, je restai ébahie devant tant de zéros. Tellement de zéros…

Cet argent ne m'intéressait pas, mais je fis les yeux ronds malgré tout.

— Pensez-y, c'est tout. Posez les bonnes questions. Mon offre tiendra aussi longtemps que nécessaire.

Il me laissa son chèque puis s'en alla, tête haute, visiblement persuadé d'agir pour le bien.

Je refermai la fenêtre, qui claqua plus fort que prévu.

Avais-je été trop naïve ? J'avais lu le dossier. Je m'étais renseignée et avais bien écouté.

Cependant, c'était le domaine de Bastian... Et s'il m'avait vendu de jolis mensonges ? Me charmait-il, se servait-il de la même crédulité dont avaient abusé mes parents ?

L'amour rendait vulnérable. Compter sur les autres rendait faible.

Quelqu'un de fort en profiterait toujours.

Je rentrai en quatrième vitesse, sans trop vouloir savoir la vérité, mais certaine de devoir l'interroger. J'habitais une petite ville ; le pétrole l'engorgerait, la détruirait et souillerait les eaux pures que nous avions eu tant de mal à nettoyer après la marée noire. Il me fallait de quoi me rassurer, des réponses, une meilleure compréhension de la situation.

Luna gémit quand j'arrivai, je lui caressai la tête puis l'emmenai en promenade. J'écrivis à Bastian le temps que notre chien fasse ses besoins.

Notre chien... On aurait cru un mariage banal.

Mais qu'est-ce qui m'avait pris ?

Morina : Il faut que tu rentres. Je dois te parler.

Il m'appela directement au lieu de m'écrire.

— Tu me fais peur, *ragazza*. Que se passe-t-il ?

— J'ai discuté avec Ronald, tout à l'heure.

— De quoi ?

— Il est venu au food truck et...

— Y avait-il quelqu'un avec toi ?

— Là n'est pas la question.

— Il ne devrait pas t'approcher, donc si.

— Pourquoi ça ? Je peux encore parler aux gens, non ?

Ma paranoïa s'emballa aussitôt.

— Oui, bien sûr, répondit-il doucement comme s'il réfléchissait. J'arrive, *ragazza*.

Il raccrocha. Bastian savait calmer le jeu et il souhaitait désamorcer la situation en face à face.

Mes pensées filaient à toute allure, dans ces moments-là. Je mis Luna dans sa chambre afin de pouvoir me renseigner au sujet des marées noires, des trafics illégaux et de leurs corrélations. Dans un coin de mon écran, mon horoscope s'afficha pour me signaler de prêter attention aux avertissements.

Mon ventre se noua et je fus prise de nausées en lisant des théories selon lesquelles les Armanelli versaient encore dans toutes sortes de trafics et dans la drogue. Leurs partenariats avec toutes les multinationales du pays parurent soudain douteux, non plus respectables.

— Morina.

Je sursautai quand il m'appela depuis le seuil de ma chambre.

— Tu m'as fait peur, m'exclamai-je, une main sur le cœur.

— Je n'ai pas fait exprès.

Il vint m'embrasser comme toujours depuis plus d'un mois. Je l'ignorai et il m'observa, ses doigts encore dans mes cheveux.

— Tu voulais parler, chérie ?

— Je crois qu'il le faut.

— Bien, allons dans le salon, je vais préparer à manger.

Je le suivis comme une condamnée à l'échafaud. Je m'intimais de garder espoir, me disais que nous trouverions une solution. En dépit de tout, une petite voix me hurlait de fuir, et à toute vitesse.

— Assieds-toi. Que veux-tu manger ?

— Je vais rester debout, répondis-je en secouant la tête. Et je n'ai pas faim.

— *Ragazza*...

— As-tu conclu un accord avec une raffinerie texane le mois dernier, Bastian ?

— C'est très spécifique, tout ça, commenta-t-il, les yeux plissés. Je conclus des accords un peu partout, Morina. Qu'importe ce qu'a affirmé Ronald, il...

— Réponds, je te prie, le coupai-je, une main levée pour l'empêcher de m'amadouer une fois de plus. Sois franc. As-tu autorisé un transit plus conséquent de pétrole par nos terminaux ?

— Pas de façon permanente, Morina, assura-t-il d'un signe de tête prudent. Je t'explique, si tu y tiens.

— Tu m'expliques ? repris-je en jouant avec mes bracelets. Ne crois-tu pas qu'il aurait fallu m'en parler avant ?

— Les moyens employés pour concrétiser notre objectif ne me paraissent pas importants. Il faut y aller doucement avec nos partenaires pour entretenir de bonnes relations. Je ne compte donner mon accord que le temps d'obtenir confirmation que le gouvernement participera à la transition.

— Et si ça n'arrive jamais ?

— Ça se fera, assura-t-il, visiblement peu inquiet.

— Tu n'en sais rien. Et si l'État refuse de s'impliquer, tu te retrouveras forcé de surexploiter les terminaux une fois de plus. Une fois de plus, Bastian. Comprends-tu où je veux en venir ?

— Morina..., fit-il d'un ton rassurant comme s'il s'adressait à une enfant.

— Savais-tu que ton père avait poussé grand-mère à en faire autant, ce qui a provoqué la marée noire ?

Il se détourna, et ses yeux chocolat que j'aimais tant voir dévorer mon corps se teintèrent de culpabilité. Il ne m'en fallut pas plus.

— Ne t'emballe pas, continua-t-il, comme si sa voix douce allait me calmer.

Il alluma même la lampe de sel pour changer l'atmosphère.

— Viens t'asseoir, s'il te plaît, Morina.

Il ne se moquait pas de mes manies. Cela ne lui ressemblait pas. Il semblait apprécier le fait que je sois convaincue que cette lampe et mes pierres pouvaient nous apporter un brin de paix. Il apaisait les autres et s'adaptait à leurs besoins. Il cherchait à border tout le monde dans un lit de bonheur.

— Bastian Armanelli, crachai-je avec mépris en approchant. Penserais-tu obtenir le beurre et l'argent du beurre ? Crois-tu pouvoir acquérir mes parts et entretenir des partenariats avec des entreprises qui ont failli causer la perte de la ville ? Qu'est-il arrivé à Sebastian, l'homme capable de diriger un empire sans céder devant rien ?

Je soulevais la lampe au-dessus de ma tête...

— Tu t'es joué de moi au lieu d'être présent et honnête.

... et la fracassai par terre en mille morceaux.

— Ce mariage de convenance s'est changé en union catastrophique.

— Morina ! s'exclama-t-il en tendant la main vers moi qui me reculai. Tu dramatises.

— Sais-tu à quelle vitesse je dramatise ou cède à mes instincts, Bastian ? D'habitude, plus rapidement encore. En général, je me fie à mes émotions. Pas avec toi. Je t'ai suivi même quand ça me paraissait stupide.

— C'est faux. Pour une fois, tu as emprunté une voie difficile parce que tu as vu les récompenses derrière les risques. Ça n'a pas été tout rose, certes, mais...

— Pas tout rose, imprévisible, et donc stupide, Bastian. Toute cette histoire confine à l'absurde.

Mon cœur s'emballa au point de finir par me faire mal. J'avais l'impression qu'on me le comprimait avec une telle force que j'allais me vider de mon sang d'un seul coup.

— Tu ne vaincras jamais les ténèbres et n'atteindras jamais ta récompense si tu ne t'aventures pas tout au bout du chemin, Morina. Nous avons tellement de choses à faire, toi et moi.

Il fronçait les sourcils, mais gardait les mains dans les poches comme s'il allait ne pas me tenir tête. Ni se battre pour moi. Je ne savais plus trop.

— Quand on cherche des secrets, on en trouve toujours. Ceux-là sont trop importants, Bastian. Ces mensonges et omissions ne valent pas le coup, à mon sens.

— Comment ça ? murmura-t-il.

— Je t'aime.

Je pris une inspiration hésitante, les yeux brûlants de larmes. Cette déclaration n'aurait pas dû se dérouler ainsi. Il aurait dû y avoir des pétales de rose par terre, et non des éclats de pierre. L'air aurait dû être chargé d'amour au lieu de cette méfiance.

— Je t'aime sincèrement, de tout mon cœur. J'avais cru avoir trouvé quelqu'un qui pourrait accepter mes lubies ou le fait que je coure dans dix directions différentes en permanence...

— C'est le cas, affirma-t-il, l'air rembruni. Je suis juste là.

— Cependant, je n'y arrive pas, dis-je en secouant la tête. Je te crois sans te faire confiance. Je veux être avec toi, mais je refuse de l'être.

Mes cheveux me retombèrent sur les joues. Je m'éloignai de lui tandis que les larmes coulaient à flots.

Je l'abandonnai dans le salon, au milieu du cristal, de notre mariage et de nos vœux brisés. Je devais faire mes valises.

J'avais perdu toute confiance en lui, il ne pouvait pas me placer avant ses affaires et se battre pour moi comme je l'aurais souhaité.

Notre histoire était vouée à l'échec avant d'avoir commencé et, si je ne partais pas, je me perdrais en lui à tout jamais.

Chapitre 38

Bastian

Le cœur de Morina se tournait vers moi, tout comme ma mère avec mon père.

Son regard me rappela celui de maman quand Mario lui avait dit qu'elle ne pourrait jamais le quitter, qu'elle devrait s'y faire.

Elle avait cédé à une colère noire à cause d'une livraison et ils s'étaient disputés longuement. Il avait fini par la gifler avec brutalité.

Je venais tout juste d'avoir dix ans. Je me souviens qu'elle m'avait cuisiné un gâteau d'anniversaire, la veille, mais quand il l'avait frappée, elle s'était rattrapée à la table, sa main s'écrasant dans la génoise. Les doigts couverts de sucre et de miettes, elle avait simplement relevé le menton pour exprimer son dégoût.

Les yeux de Mario étaient devenus noirs, on aurait cru qu'il ne supportait pas de voir sa femme réaliser sa bassesse.

Face à un événement traumatisant, l'être humain réagit en faisant face ou en fuyant. Une fois passée la peur de souffrir ou de subir d'éventuelles conséquences, j'avais foncé pour m'interposer. Je connaissais mieux que quiconque la colère de mon père. Je le savais, il allait la frapper une fois de plus. Cade m'avait alors arrêté.

Les yeux bruns de mon petit frère m'avaient supplié tandis qu'il me tenait par le bras à deux mains.

— Papa va partir, et on s'occupera de maman. Si tu y vas maintenant, il va t'emmener.

Je m'étais arraché à son emprise pour filer dans la cuisine. Quand je m'étais opposé à mon père, ma mère s'était mise à pleurer et, selon les prédictions de Cade, Mario m'avait traîné hors de la maison.

J'avais assisté à bien trop d'effusions de sang, ce soir-là, car il m'avait emmené voir le vrai monde des truands.

Son fils aîné ne serait pas un tendre, avait-il décrété. Il avait jugé bon de me l'inculquer le plus tôt possible.

Cet incident nous avait changés, ma mère et moi. Ma famille était passée de championne des cannoli à régente de la mafia italienne.

— Bastian, mon amour, je vais t'apprendre à cuisiner, m'avait dit ma mère quand j'étais rentré.

Le seul cadeau d'adieu auquel elle avait pensé se résumait à la tendresse qu'elle infusait dans ses petits plats.

Aujourd'hui, je restai planté là à me demander si Morina allait emporter quelque chose en me quittant.

Je devais la laisser partir.

Morina Bailey méritait mieux. Un homme capable de faire d'elle sa priorité, qui ne traitait pas avec des démons ni n'incarnait le diable en personne. Malgré tout, j'allai me tenir sur le seuil de sa chambre tandis qu'elle faisait ses bagages. J'avançai vers ma sentence sur les éclats de pierre, persuadé de devoir entreprendre ainsi mon chemin de pénitence.

— Morina, je...

— Ne te justifie pas, Bastian, j'ai déjà tout entendu quand j'étais petite, me coupa-t-elle en fermant les yeux, des larmes lui coulant sur les joues. Tu sais, je gobais leurs moindres mensonges. Quelle idiote je devais être ! Voilà donc comment tout le monde me voit ? Une pauvre poire incapable de se prendre en main.

— Morina, je n'ai jamais pensé ça de toi. Il n'y avait simplement aucun intérêt à te surcharger de détails...

— Pourquoi ça ? Parce que mon cerveau limité ne tiendrait pas le choc ou parce que tu savais que tu commettais une erreur ? Tu ne t'imagines certainement pas que tout ce pétrole supplémentaire ne présente aucun risque pour l'environnement.

— Il y a toujours un risque, rétorquai-je. Je suis prêt à en prendre un pour toi, en ce moment même. Tu en as fait autant le jour où tu m'as épousé.

— Je n'aurais pas dû mettre mon cœur en jeu, m'expliqua-t-elle en s'avachissant.

— Ne dis pas ça, *ragazza*.

Ses mots me donnèrent envie de l'enfermer ici à jamais.

— Je dois aimer ma famille, ce qui requiert de bien réfléchir aux plus infimes décisions. J'ai agi au mieux pour tout le monde. Nous passerons doucement à une énergie verte, sans faire de vagues.

— Et en cas d'accident, Bastian ? Si cette raffinerie commet une erreur ? Tu as accepté alors que tu défends l'écologie. Que va-t-on en penser ?

— Tout ira bien. Je m'en assurerai. Pourrais-tu au moins… Allons au restaurant, tiens. Je t'expliquerai.

Elle m'observa, dans son T-shirt ample et son short minuscule, ses longues jambes campées fermement.

— Je devrais refuser, mais je vais accepter. J'imagine que tu auras toute mon attention le temps d'un dernier repas. Tu devrais t'en réjouir. Mystérieusement, j'arrive à me concentrer avec toi.

Elle passa devant moi afin d'aller enfiler ses chaussures. Je me félicitai en silence de cette minuscule victoire. Je la ramènerais à la raison, j'allais tout arranger.

Je l'emmenai par la suite dans un petit restaurant en ville. Nous nous y rendîmes sans un mot, dans une tension palpable. Elle inspirait et expirait, lentement, régulièrement ; des exercices respiratoires au vu de sa façon de jouer avec ses bracelets. Elle ne toucha pas son alliance… L'effleurerait-elle de nouveau un jour ?

De la verdure grimpait le long des murs et au plafond de l'établissement, les plantes s'accrochant à des structures en verre soufflé.

— Nous ne sommes pas beaucoup allés au restaurant. J'aurais dû t'inviter plus souvent.

— En quel honneur ? Ce n'est qu'un partenariat.

Elle haussa les épaules avant de consulter la carte pour mieux dénigrer notre relation.

— Tu sais bien que non, *ragazza*. C'est plus que ça. C'est un véritable mariage, et si tu veux y mettre un terme, alors soit, mais ne dis pas ça.

J'avais adopté un ton plus ferme que prévu. Je pris une longue inspiration, ce qui lui fit lever les yeux au ciel.

— C'est bien, Bastian. Maîtrise-toi.

Bordel...

J'y comptais bien, même si elle me provoquait. Je ne me comporterai pas comme mon père, les compromis fonctionnaient à merveille.

— Dans mon métier, Morina, il faut savoir garder la tête froide et couper la poire en deux. On ne peut pas toujours se fier à son instinct et prier pour que tout se passe bien.

— Serait-ce ton conseil d'adieu ? s'enquit-elle, un sourcil arqué.

Je lâchai un rire agacé.

— Tu adores me taper sur les nerfs et tu excelles plus que quiconque dans ce domaine. Je te jure, si je n'étais pas amoureux...

Elle étouffa un hoquet. Si cela m'avait échappé dans la colère, je ne comptais pas me corriger pour autant.

— Je t'aime, tu sais. La question ne se pose même pas.

Je soutins son regard en écoutant le tonnerre gronder dans mon cœur.

— J'adore ton incapacité à lire tout un dossier sans commencer un million de choses entre-temps ou ton dégoût sans bornes envers mes dons de négociateur. J'aime que tu ne jures que par l'océan, que tu suives les flots. Je t'aime. Voilà pourquoi je dois te laisser t'en aller.

Elle semblait ne pas en revenir, le visage soudain marqué par ma révélation.

— Tu me laisserais m'en aller ? murmura-t-elle.

Peut-être aurais-je changé d'avis si j'étais resté plus longtemps dans l'envoûtement de ces deux saphirs de mer étincelants.

Cependant, Ronald, qui n'aurait jamais dû parler à ma femme, arriva, ses dents blanches brilllant dans la lumière tamisée.

— Bastian, Morina, nous salua-t-il avant de tirer une chaise derrière lui.

Mes gardes du corps s'avancèrent, mais je les retins d'un geste. Qu'il creuse sa tombe. Je voulais qu'il s'y installe bien confortablement. Il y croupirait bientôt.

Je vibrais d'un sentiment que je n'allais pas pouvoir réprimer longtemps. « Maîtrise-toi », avait dit Morina. Or, Sebastian Armanelli, parrain de la mafia, savait que ce type avait agi dans mon dos, avait tenté de manipuler mon épouse et gâché la seule chose que j'aimais.

— Ronald, fis-je sans le regarder.

Je fixais ma chevalière en or, symbole du poids familial.

— Je mange avec ma moitié. Je ne veux pas vous parler pour l'heure.

— Nous nous sommes déjà vus, cet après-midi. Vous le savez, j'imagine. J'espère ne pas avoir semé la pagaille.

Je tapai la table deux fois avec ma bague, pour essayer de chasser ma colère avant d'exploser. Je faisais partie des familles, mon génie consistait à ne pas m'attirer d'ennemis.

— Pas du tout.

J'avais parlé si bas que j'ignorais si on m'avait entendu. Bastian disparut alors. Il suffoquait dans la fureur de l'autre que je m'efforçais d'enchaîner.

— Bien, tant mieux, fit-il avant de se tourner vers Morina. À la fin de cet arrangement entre vous et Bastian, n'oubliez pas que je vous paierai le double de son prix. Vous êtes à vendre, semble-t-il.

Elle en fit tomber sa fourchette. Ce fut le dernier son avant qu'une voix inconnue même de moi s'échappe de ma gorge.

— Qu'avez-vous dit ? commençai-je en me frottant le menton pour tenter de me calmer.

Ronald nous tança sans oser répéter.

— Excusez-vous, lançai-je, plus fort que prévu.

Un de ses sbires bougea derrière le vieil homme, mais mes gardes du corps se chargèrent de lui. Plus personne n'approcherait notre table. Ronald devrait s'en sortir tout seul.

Il resta assis là, les poings serrés, luttant sûrement avec son orgueil.

La patience ne comptait pas parmi les vertus de Sebastian Armanelli. Encore moins face aux imbéciles. J'en avais assez des ronds de jambe et de m'aligner sur ce système. Franchement assez. Et devant lui, je ne m'y résoudrais plus.

Morina.

Le pistolet dans l'étui de ma ceinture restait l'arme la plus accessible. Je l'attrapai en une seconde par le canon après l'avoir fait pivoter. Je saisis Ronald par l'arrière du crâne et lui écrasai le Glock en plein visage.

Il hurla de douleur.

Je lui accordai une seconde de répit tandis que le chahut se répandait dans le restaurant. Mes hommes indiquaient sans doute aux autres clients de partir. Je m'en moquais. Je me penchai vers Ronald pour lui chuchoter :

— La prochaine fois, je vous collerai le canon sur le front. Et j'appuierai sur la détente. Ne lui manquez plus de respect, c'est clair ?

Du sang lui coulait du nez tandis qu'il essayait de marmonner quelque chose d'inaudible.

— Bastian, dit Morina tout bas, sans doute pour rappeler le gentilhomme.

Il n'est plus là, ragazza.

Quant à Ronald, il ne me suppliait pas encore d'épargner sa vie. Voulait-il que je le tue ? Il le méritait. Je pris le pistolet par la crosse, me levai et le collai sur sa tempe en l'attrapant par ses cheveux grisonnants. Il écarquilla les yeux de terreur.

— Vous ne manqueriez à personne. Ce ne serait pas cher payé pour une telle insulte.

Il m'implorait désormais, me demandant pardon encore et encore.

— Bastian ! cria Morina.

Je me tournai vers elle et vis sa peur face au démon en moi.

— Arrête, Bastian, tu n'as pas le droit.

Je grognai puis giflai Ronald. Un nouveau hurlement de douleur, et je foudroyai Morina du regard.

— On s'en va.

Elle hocha la tête en vitesse puis me suivit dehors sous le regard ahuri des dîneurs.

Le silence régna de nouveau sur le chemin du retour. Elle tenta de me parler gentiment, mais je l'arrêtai.

— Non, laisse tomber.

Une fois chez nous, j'observai la lampe éclatée, symbole de notre union, de nos vœux, de nos promesses et nos ententes.

— Désolée, souffla-t-elle face à ce spectacle.

— De ?

— Je crois que je ne comprenais pas réellement ta vie. Tu... tu as plus de responsabilités que je n'en ai eu de toute mon existence.

Elle m'arrêta lorsque je tentai de répondre.

— Tu es un parrain, Bastian, mais tu ne peux pas tout contrôler en tissant et en défaisant des alliances. Ton aura s'en trouve complètement déréglée. J'ai ressenti ta rage, au restaurant, elle est à la fois catastrophique et fantastique. Tu dois parfois agir en méchant, ou cela détruira bien plus qu'une ville. Cela causerait bien plus de ruine encore.

Sa douce voix semblait teintée de résignation ou de dégoût, mais je ne la contredirais pas, elle avait raison.

Le pensait-elle sincèrement ?

— J'ai fait tellement de sacrifices, Morina. Je me suis forcé à réprimer mes sentiments au nom de tous. Il s'agit de ma famille, de mon héritage. Du fait que tu as également besoin de protection. Je ne peux pas tout mettre en péril à cause de ce que j'éprouve pour toi.

Elle sourcilla.

— Je ne veux pas devenir une source d'inquiétudes. Tes sentiments ne devraient pas représenter un risque, Bastian. Tu devrais t'y fier, car tu mérites d'être heureux, toi aussi.

— Je plongerais tête la première dans la misère si ça devait te protéger de tout ceci, lui avouai-je aussitôt, le pincement soudain colossal dans ma poitrine m'indiquant la sincérité de mes paroles.

— Je ne veux pas de ta protection, protesta-t-elle en secouant la tête.

— Tu es devenue une intouchable, Morina. Où que tu ailles sur cette planète, je veillerai sur toi. Toujours. Voilà le prix que j'ai payé pour notre mariage.

— Le prix que tu as payé ? pesta-t-elle en s'approchant tel un animal enragé. Tu peux garder tes gorilles. Je n'ai rien demandé, moi, je n'ai pas besoin de ça. Recentre-toi donc sur toi-même. Ressens les choses, Bastian. Ressens notre lien.

Elle prit une inspiration balbutiante.

— Tu as failli tuer quelqu'un ! Ce n'est pas anodin.

— Et sans toi, il serait déjà mort. Ne crois-tu pas qu'il s'agit d'un problème, Morina ?

J'avais élevé la voix tout à coup, si bien que Luna vint rejoindre Mo. La chienne avait beau me montrer une certaine fidélité, en fin de compte, elle n'oubliait pas sa mère.

J'observai Morina en train de caresser Luna de façon presque inconsciente, et ce geste innocent éveilla en moi un instinct protecteur que je n'avais connu qu'une seule fois auparavant.

— Je ne t'enfermerai pas ici comme mon père a emprisonné ma mère. Je ne te pourrirai pas la vie, je t'aime trop pour ça. Rester avec moi t'exposerait à trop de crasse, et tu ne le mérites pas.

— C'est à moi d'en décider, il me semble, rétorqua-t-elle, des larmes commençant à lui perler sur les joues.

— Nous devons prendre nos distances quelque temps, *ragazza*.

J'aurais voulu la toucher, lui assurer que tout irait bien, seulement je ne m'en sentais pas la force.

— Tu vas en profiter pour redevenir Bastian, mais moi, celui que je désire, c'est uniquement Sebastian, répondit-elle. Je ne peux pas t'aimer si je ne te possède pas tout entier, tu sais.

— Rien de plus juste, acquiesçai-je, on ne peut plus d'accord avec elle.

— Oh ! ferme-la un peu, maugréa-t-elle en agitant les mains. Essaie donc d'être injuste pour une fois, Bastian. Suis le courant et tu verras à quel point ça te soulagera. Vois où il te porte.

Mettre un animal en cage ne menait jamais à rien. Or, si j'avais pu la ligoter au lit pour la forcer à m'aimer d'une manière ou d'une autre, je ne m'en serais sans doute pas privé.

Au lieu de cela, je devais la laisser s'en aller.

Le lendemain de son départ, je reçus un appel de notre avocat. Le transfert des actions ne tarderait plus à être validé, elle voulait me les donner. Il fallait simplement signer les papiers dès que possible.

Je lui raccrochai au nez pour tenter de joindre Morina. Jamais je ne les accepterai gratuitement. Elle devait comprendre que je comptais lui assurer la stabilité à vie et lui offrir ce qu'elle méritait.

« Essaie de te montrer injuste », avait-elle dit, et voilà qu'elle voulait me forcer la main.

Je maugréais dans l'ascenseur en sortant Luna. Celle-ci n'avait pas cessé de gémir depuis le départ de sa mère, elle restait désormais allongée sur la pelouse au lieu de se soulager.

— Il faudra bien que tu fasses tes besoins à un moment ou un autre, ma belle. Nous bouderons plus tard.

Elle leva les yeux vers moi puis pleurnicha, son pelage noir et brun luisant au soleil. Je lui caressai la tête.

— Tu as pris la défense de ta mère, hier. Je te pardonne, j'aurais fait de même. Je ne suis qu'un abruti.

La chienne soupira avant de se détourner.

Il allait me falloir quelques jours afin de tout arranger.

C'était une virée en enfer qui m'attendait au tournant. Je reçus un appel de mon frère au moment où j'embarquais à bord du jet pour une réunion à Los Angeles.

— La raffinerie de Crow a déplacé ses imports illégaux sur un autre terminal. On a un bateau chargé de femmes, que le FBI vient d'intercepter.

— J'ai serré la main à cette ordure, soufflai-je.

— Je sais. Je crois... Je le tuerais moi-même si je le pouvais. Il y avait des enfants de l'âge d'Ivy à bord.

— Katie et Rome sont-ils avec toi ? m'enquis-je en me pinçant l'arête du nez.

Ce fut Katie qui se manifesta la première.

— Toute sa raffinerie mérite de couler. J'ai bien envie d'en massacrer un ou deux moi-même.

— Bastian ne t'y autorisera pas, déclara Cade. Il faut trouver une solution plus discrète.

Ma première réaction consista à vouloir fermer cette usine. Seulement, les paroles de Morina me revinrent à l'esprit. Elle prenait ce genre de décisions en permanence, elle se laissait flotter. Elle suivait ses instincts plutôt que la logique.

— Je vais mettre un contrat sur sa tête.

— Quoi ? s'écria Cade d'une voix aiguë.

— Rome, tu ne donnes plus là-dedans, mais tu connais sans doute l'homme idéal. C'est ça ou je m'en occupe personnellement.

— Bastian, reprit mon frère, on ne peut pas...

— Et pourquoi pas, Cade ?

C'était à cause de moi qu'il était devenu si conciliant ; je devais désormais lui faire renier sa nature.

— Ils massacrent des familles à longueur de temps. Pourquoi ne pourrais-je pas suivre leur exemple ?

— Nous valons mieux que ça, intervint Katie. Toi aussi. Tu accomplis ce dont nous sommes incapables. Tu vois le verre à moitié plein, Bast'.

— Morina est partie.

— Je sais, avoua Cade. Mais ça s'arrangera. Elle est une intouchable, elle comprendra.

— Que j'ai négocié avec ce type ? Elle m'avait bien précisé de ne pas m'y résoudre.

J'entendis un soupir à l'autre bout du fil.

— Que doit-on faire ? me demanda Rome, presque prêt à relancer un bain de sang. Donne-nous simplement tes instructions.

Néanmoins, il avait une petite fille et une femme qui comptaient sur lui, désormais.

— Faites sauter toute la cybersécurité de la raffinerie. Montrez bien que nous sommes sur le coup, et infestez les réseaux de logiciels rançonneurs. Si Crow ne paie pas cinq fois ce qu'il a gagné sur le dos de ces gens dans les containers, j'anéantirai tout son empire.

— Ce genre de brèche serait du ressort de la sécurité nationale, Bastian. Enfin… Comptes-tu appeler le président ?

— C'est plutôt le président qui va m'appeler, Cade. J'en ai assez de ce foutoir.

Chapitre 39

Morina

Deux jours à errer le long de la côte, et toujours pas d'appel de Bastian.

Le regard perdu sur cette route au bord de mer, je me demandais pourquoi mon food truck ne me manquait pas davantage.

En vérité, je pensais plus à Luna et à lui. À son visage avant d'aller nous coucher, à l'odeur des crêpes au petit déjeuner. Deux jours seulement, et voilà que je songeais à revenir en rampant.

Avec un soupir, je me rangeai sur un énième parking et descendis de mon pick-up. Je surfais de plage en plage, aussi ne portais-je rien d'autre qu'un bikini. Le soleil me réchauffa la peau quand je sortis ma planche puis je m'imprégnai de cette nouvelle étendue de sable presque déserte.

Je soupirai de nouveau lorsqu'une grosse voiture noire arriva. Il allait falloir que je m'habitue à cette surveillance permanente. Bastian en avait parlé avec un tel sérieux qu'il avait été inutile d'en débattre. Je ne m'étais pourtant pas privée.

Je voulais qu'il prenne les rênes, me dise qu'il s'occuperait de tout, que nous vivrions ensemble, que je n'avais pas besoin de partir, qu'il éviterait les ententes bancales.

Peut-être en avais-je trop exigé, cependant j'avais demandé si peu et mon cœur en avait eu envie dès le départ.

Tout ou rien.

Une décision en urgence qui n'appartenait qu'à moi. J'en prenais tous les jours en me lançant sur les flots étincelants. Je sautais sur cette planche, restais bien campée sur mes jambes en écoutant mon corps et le courant pour surfer. La moindre hésitation, le moindre faux pas, et je tomberais.

Je n'avais jamais brillé à l'école ou au travail, ni n'importe où ailleurs que sur l'océan, en vérité. Mon cœur s'accordait avec les vagues.

Mes larmes se mêlèrent à l'eau de mer tandis que je glissais dessus encore et encore, ce jour-là. J'avais épousé un homme et en avais trouvé deux. Bastian était Taureau, fort et têtu, mais toujours fiable. Il ne laisserait rien au monde anéantir son héritage ni ne mettrait sa famille en danger.

Il avait immergé son amour tout au fond des eaux pour l'y noyer, dans le seul but d'accomplir sa mission.

Je ne pouvais vivre avec un homme pareil.

Il me fallait Sebastian Armanelli, obstiné et dominateur. Celui qui savait ce qu'il voulait et s'en emparait.

Mon téléphone sonna au moment où je rangeais mes affaires, une heure plus tard. Je m'installai au volant, du sable encore collé aux jambes, le regard fixé sur un numéro inconnu. Quand on se trouve loin de l'être aimé, ce genre d'appels fend le cœur.

— Allô ?

— C'est Cade.

Je pris une longue inspiration. Les truands n'appelaient pas pour le plaisir ni pour discuter du beau temps.

— Que se passe-t-il ?

J'avais prononcé ces paroles à mi-voix, cependant elles entraînèrent mes pensées dans un maelstrom, ma gorge se serrant à l'idée qu'il ait pu arriver quelque chose à Bastian. Avait-il scellé son destin par une décision regrettable ? L'échauffourée avec Ronald avait-elle mal tourné ?

— Bastian est-il mort ? demandai-je, les larmes me piquant les yeux.

— Comment ? ricana Cade à l'autre bout de la ligne. Est-ce que tu pleures ?

— Quoi ? m'exclamais-je avant de m'essuyer les joues, réalisant tout à coup qu'il m'observait peut-être. Non !

— Oh ! bon sang, mais si. Mais pourquoi t'être enfuie, dans ce cas ? Tu l'aimes au point de pleurer à la simple idée qu'il ait pu lui arriver quelque chose, mais tu t'en vas. En quoi ça te poserait problème ?

— Je l'aime encore ! m'exclamai-je, sur la défensive. Il t'a tout raconté ? Il va bien, alors ?

— Oui, enfin, il m'a tout expliqué comme si je ne t'avais pas vue quitter l'appartement avec tes valises, sur les caméras, assura-t-il, nous prenant sûrement pour des imbéciles.

— C'est vraiment malsain, Cade.

— Oui, bon, il faut que tu rentres chez vous.

— Pardon ? m'étonnai-je en sortant de ma place de parking.

— Il faut que tu reviennes. L'équipe de sécurité peut te récupérer si tu veux. Bastian est au téléphone avec le président à cet instant précis, si je ne m'abuse, mais il a l'air d'être en route pour te rejoindre.

— Je ne me remettrai pas avec lui.

— Mais tu l'aimes. Tu te morfonds en le croyant mort, mais tu préfères ne pas profiter de lui tant qu'il est encore en vie ?

— Ce n'est pas... On peut déplorer la perte de quelqu'un, Cade, mais protéger son cœur, ça n'a rien à voir. C'est décision la plus sage.

— Non.

— Ah ? J'attends tes arguments.

Il m'en faudrait de solides, même si ma volonté flanchait déjà.

— Tu sais, avant de mourir, maman n'a appris à cuisiner qu'à Bastian, reprit Cade. Moi, ça ne m'intéressait pas. C'était lui l'aîné, de toute manière. Mon père l'a puni pour ça, je pense. Mario voulait le priver de toute passion lui rappelant notre mère. Seulement, mon frère et elle étaient très proches. Elle lui passait tout le temps la main dans les cheveux en lui disant :

« Je t'ai transmis mon amour envers le monde, Bast', et Cade a hérité de la cervelle. »

Je retenais ma respiration, là, dans mon pick-up, afin de mieux m'imprégner de chaque détail de leur enfance.

— Je n'oublierai jamais la première fois où Bastian est rentré d'un coup qui a sans doute viré au bain de sang. Il n'a pas prononcé un mot. Il s'est contenté de préparer à manger. Puis, il m'a regardé et m'a dit : « Apprenons à faire la paix. » Et il le pensait sincèrement. Il n'aime pas les conflits. Cependant, il ne les craint pas. Il compte ruiner cette raffinerie, en partie pour toi et en partie parce qu'il a découvert un trafic de femmes. Il va tuer le responsable si tu ne rentres pas. Je sais qu'il n'hésitera pas, Morina.

— Il ne peut pas, murmurai-je.

Je compris tout à coup. Cette paix en lui incarnait sa façon de mener ses combats.

Ses armes étaient le compromis et le calme, et il souhaitait uniquement l'harmonie, pas la haine. Il était possible de baser son règne sur le respect plutôt que sur la peur, et je croyais qu'il devait bien être un des seuls hommes capables d'y arriver... Mais à condition que je chasse sa noirceur dans l'intimité.

Je désirais sa souffrance, son avidité et sa fureur au creux de la nuit, pour mieux le ramener à la lumière dès le lever du jour.

— Je me dépêche de le rejoindre.

Je relançai le moteur, plus déterminée que jamais à retrouver Sebastian.

— Je m'en doutais. Il doit t'attendre sur la dernière plage où tu t'es arrêtée. Je le préviens.

Je raccrochai puis allumai la radio dans l'espoir de me changer les idées. C'était sans compter les informations.

— La raffinerie a été piratée il y a quelques heures à peine, les responsables exigeant des compensations pour les familles victimes de ce trafic, annonça un des intervenants. Nous avons demandé l'avis du public pour déterminer s'il s'agit là d'un acte héroïque ou de terrorisme. La rumeur parle du déclin d'un empire mafieux, de luttes entre syndicats et familles.

— Allons, nous ne sommes plus dans les années 1980, ricana l'autre invité. Ce genre d'organisations a disparu. On parle simplement d'hommes d'affaires qui se font attraper par des gens en quête de justice. Je ne vois aucune objection à cela. J'espère qu'ils finiront par payer cette rançon.

J'éteignis la radio d'un coup sec.

— Respire, Morina.

Cette fois-ci, je fis tourner mon alliance puis fonçai le long de la côte pour pouvoir rejoindre Bastian en moins d'une demi-heure.

Le soleil se couchait au moment où je me garai, et je repérai son costume bleu marine sur le rivage. Il avait encore l'air de venir d'un autre monde, mais je trouvais quelque chose de pittoresque à cette opposition entre la mer et ses vêtements de luxe souillés par le sable.

Je restai là trop longtemps, à songer à nous, laissant mes pensées se mêler. Trop prise dans la confusion et mon amour pour Bastian, je n'entendis pas l'homme arriver dans mon dos avant qu'il me saisisse à la gorge, si fort que je pus à peine crier.

Le canon froid de son arme se pressa contre ma tempe, mais quelqu'un d'autre prit la parole.

Un type aux cheveux si noirs qu'il avait dû les teindre entra dans mon champ de vision.

— Si seulement Bastian avait respecté sa part du marché, nous aurions évité de tels rapports de force.

Je lâchai un chuintement au moment exact où Bastian se tournait dans notre direction.

Environ six mètres nous séparaient, cependant quand un dragon brise ses chaînes pour sortir de son antre, le monde entier se met à trembler.

— Boss..., hésita celui qui me serrait en voyant mon mari s'avancer. Il est entraîné. Mieux vaut faire vite, ses gardes du corps vont débarquer d'une minute à l'autre. Il n'aura qu'un geste à faire à ses snipers.

— Tu tiens la mignonne en joue, gamin, lui répondit son patron. Pas d'inquiétude. Il ne bougera pas le petit doigt. C'est un homme d'affaires.

— Vous vous trompez, soufflai-je.

— La ferme, cracha le gorille en écrasant la crosse de son arme sur ma bouche. On ne t'a rien demandé.

Tandis que des points noirs étoilaient ma vision et que ma lèvre se mettait à saigner, une certitude me frappa.

Nous nous tenions face à Sebastian Armanelli, le roi de la mafia. Mon protecteur. Mon bien-aimé.

Sans laisser à l'autre l'occasion de m'étrangler plus fort, mon époux, debout dos à l'océan, dégaina à la vitesse de l'éclair et pressa la détente.

Je sentis la main se relâcher avant d'avoir pu prendre une inspiration. Un poids lourd s'affala derrière moi.

— Bastian, chuchotai-je.

Cependant, il ne me regardait pas. Il visait déjà l'homme aux cheveux d'encre.

— Tu pensais pouvoir négocier ?

— Bastian, voyons..., dit l'autre, ses yeux s'agitant dans tous les sens. Je te présente toutes mes excuses. Ce gars, je le croyais assez intelligent pour parlementer. Il travaillait pour moi, mais je ne savais pas que...

— Silence, Crow, le coupa Bastian. Tu me prends pour un imbécile ?

— Bien sûr que non.

— Tu oses te servir de ma femme comme moyen de pression ?

— Je pensais qu'il s'agissait d'une vulgaire manigance. D'après les rumeurs...

— Tu n'as aucun droit d'entraîner mon épouse, ni personne d'autre, dans cette histoire.

— Bastian, c'est une sacrée attaque que tu as lancée contre mes entreprises. Soyons justes.

— Justes ? reprit-il comme si du poison s'échappait de ses lèvres. Justes ?

Il s'avança vers Crow, je sus que je devais intervenir.

— Bastian, attends.

Ses yeux sombres se posèrent sur moi, empreints d'une douleur dont je n'aurais pas touché le fond même après une très, très longue chute.

— *Ragazza, amore mio*, j'ai failli te perdre.

À ces mots, ses pupilles se durcirent comme le plus solide des diamants, et il pressa la détente.

Un autre corps s'effondra.

Bastian me rejoignit en rengainant son arme puis me serra à m'en couper le souffle.

— Je vais tuer tous mes agents de sécurité, maugréa-t-il. Et cet abruti de Cade. Que fabriquaient ses gars, bon sang ?

Le nez enfoui au creux de son épaule, j'ignorais quoi lui répondre. J'avais simplement besoin de ses bras. Besoin de le savoir près de moi.

— Tu n'as rien, Morina ? s'inquiéta-t-il en me caressant le dos, percevant sans doute les frissons provoqués par la chute d'adrénaline.

— Ne me lâche pas tout de suite, s'il te plaît.

— Je te serrerai contre moi à tout jamais et plus longtemps encore, tu te souviens ? murmura-t-il contre mes cheveux.

Il m'embrassa les joues pour sécher mes larmes.

— Tu les as tués, dis-je en fermant les paupières afin de ne rien voir.

— Si j'avais perdu ma *ragazza*, il y aurait eu bien plus de victimes.

— Oh ! non..., hoquetai-je en tentant d'assimiler la situation. Je vais devoir te rendre visite en prison.

Il se recula pour me tenir à bout de bras un instant puis se mit à rire comme face à une blague ridicule.

— Morina, c'était de la légitime défense. Je ne passerai pas un jour en prison.

— C'était un meurtre de sang-froid. Je t'ai vu !

— Ah ! tu reprends déjà du poil de la bête, assura-t-il avec un sourire narquois. Et des couleurs.

— Tais-toi donc, rouspétai-je en le poussant gentiment.

Il ferma la bouche, mâchoire crispée. Il essuya ensuite le sang sur mon menton et une autre larme sur ma joue.

— Je ne serai jamais un saint, Morina, soupira-t-il. Cette famille regorge de démons impossibles à enfermer.

Je lui pris la main, là, entre son visage et le mien.

— Dis-moi d'ouvrir grand, Sebastian.

Ses yeux s'assombrirent en se posant sur moi tandis qu'il cherchait à déterminer si tout cela s'avérait juste envers moi. Je lui accordai tout le temps nécessaire. Je pouvais bien endurer une once de souffrance si en échange j'obtenais tout de cet homme. Je patienterai jusqu'à ce que la mort nous sépare.

— Ouvre grand, *ragazza*.

J'obéis pour lécher le sang sur son doigt.

— Je t'appartiens, moi, ton intouchable. Tout mon être est tien. Le bon, principalement le mauvais. Je crois que j'éveille tes penchants sombres tous les jours, et moi, je manque trop d'assurance pour ne pas le désirer.

Le long soupir qu'il poussa tout en étudiant ses chaussures trahissait le poids du fardeau qu'il portait.

— Morina Armanelli, tu es comme l'océan que tu aimes tant. Vive et belle dans chacune de tes décisions. Si rapide. Moi, je me demande comment la mer peut se mélanger au sable, à la saleté. Tu submerges la crasse de ce monde, et je suis comme le sable qui essaie de tout recouvrir pour tout aplanir et embellir les flots. Malgré tout, je laisserai toujours des traces dans mon sillage. J'ignore si nous pouvons survivre ensemble.

— Pourquoi n'y arriverions-nous pas ? Le sable et l'océan vivent en harmonie.

— Tu écoutes tes sentiments. J'ai plutôt tendance à trop cogiter. Aujourd'hui, j'ai cédé à mes émotions. C'est dangereux.

— Tu m'as dit un jour que je courrais plus de risques sans toi, Bastian.

Il soupira, ferma les yeux puis prit son téléphone.

— J'ai besoin qu'on fasse le ménage ici. Contacte les médias et les fédéraux. Je suis avec Morina, nous partons.

Il me guida vers les voitures. L'homme qui m'effleurait le dos venait tout juste d'en tuer deux autres pour moi. J'aurais dû trembler de peur ou regretter leur mort. Cependant, je désirais simplement m'accrocher à Bastian pour lui déclarer mon amour.

— Morina, tu as compris que tout cela a commencé quand j'ai rompu nos accords avec la raffinerie, m'expliqua-t-il en se pinçant l'arête du nez, révélant la noirceur sous son regard. Ils m'ont forcé la main, aujourd'hui, mais le pays ne s'en portera que mieux.

Je lui donnai un petit coup d'épaule et acquiesçai.

— Tu as agi selon ce qui te semblait juste, mais tu as peut-être aussi suivi tes instincts.

— Je n'ai pas réfléchi un seul instant. Ça enverra un message fort.

— T'en remettras-tu ?

Je l'en savais capable, néanmoins j'ignorais si lui le comprenait également. Il m'observa avant de laisser son regard errer sur l'océan.

— Oui. J'ai incité le président à entamer les changements nécessaires vers une énergie verte dans cet État. Ça ne prendra plus longtemps. Ça va aller.

— Tu as dû te faire des ennemis, en revanche.

— Ce ne sont ni les premiers ni les derniers.

— Il faudra sans doute apprendre à te contrôler, à l'avenir.

— Morina, je peux parfaitement...

— Tu peux tout faire, affirmai-je, et je le pensais au fond de mon cœur. Mais tu n'empruntes pas toujours le bon chemin. Toi et moi arriverons certainement à déterminer la meilleure marche à suivre, une fois de temps en temps.

— Alors, tu restes ?

— Je le veux et j'en ai besoin. Mon horoscope du jour me conseillait d'ailleurs d'écouter mes envies et mes besoins. Et Cade m'a raconté que tu faisais la paix en cuisinant.

Ses iris virèrent au chocolat, sa main se posa sur ma hanche.

— Je ne suis pas un saint. Seul Cade le croit.

— Il te voit comme son grand frère, celui qui a redoré le blason d'un empire perverti. Tu lui as appris à cuisiner, et tout le monde compte sur toi pour instaurer la paix. Je suis fière que tu saches aussi quand t'armer et partir en guerre. Ne dénigre pas la moindre de tes actions.

Le compliment le poussa à secouer la tête.

— J'aurais dû te parler de cet accord, Morina.

— Effectivement. Mais, ils auront vu toute l'ampleur de Sebastian Armanelli, l'homme prêt à déchaîner sa fureur rien que pour moi.

Il se mit à rire.

— Tu courras toujours un risque à mes côtés, tu en as conscience ?

— Hmm, hmm. Et donc, comptes-tu agir au mieux et me laisser partir ?

Il se fendit d'un grand sourire avant de me répondre.

— Plutôt mourir.

Épilogue

Morina

— Que fais-tu ?

Ma respiration s'accéléra, dans le salon de l'appartement qui avait fini par devenir notre foyer. Bastian avait racheté la maison de grand-mère, mais je lui avais dit de la revendre. Jamais je n'aurais pu imaginer que j'aimerais tant vivre dans ce gratte-ciel et voir Bastian arroser mes fleurs avec le vaporisateur.

— Je te ligote, répondit-il en me liant les poignets avec de la soie comme s'il s'agissait d'une décision tout à fait normale.

Il me tira ensuite vers lui et je basculai contre son torse en trébuchant.

Luna dormait dans sa chambre. Une vraie princesse quand il s'agissait de ses heures de sommeil. Tous les soirs, elle pleurnichait pour qu'on lui ouvre à 20 heures, et Bastian l'accompagnait dans le couloir, lui donnait une des friandises planquées dans l'armoire puis lui disait « je t'aime ».

Mes cheveux me retombèrent sur le visage, j'observai mon mari de derrière ce voile.

— Tu trouves ça drôle ?

— Si ça ne te plaît pas, dis-le-moi, fit-il en haussant les épaules. J'aimerais mettre ma femme à l'aise, car même si elle se montre parfois ridicule, elle doit savoir que je l'aime.

— Ridicule ? À quel sujet ?

Il nous fit pivoter vers le balcon pour ouvrir la porte-fenêtre.

— Oh ! non, Bastian, m'écriai-je en voyant qu'il m'avait préparé une surprise.

— Oh ! si, Morina. Si tu veux profiter des bienfaits de toutes ces nouvelles lampes en cristal de sel, tu n'auras pas le choix, tu vas devoir t'installer dehors.

— C'est vraiment gentil d'avoir pris cette peine...

Je tentai de me dégager, cependant il m'agrippa par la hanche. Et quand j'essayai de bouger les poignets, il tira dessus.

— ... mais tu vas devoir en profiter tout seul.

— Certainement pas, *ragazza*, me susurra-t-il à l'oreille.

Puis, sans me laisser le temps de réagir, il me souleva pour m'emmener sur le balcon.

Je lâchai un petit cri en m'accrochant à sa chemise. Le vent sifflait tout autour comme pour nous rappeler qu'aucun être humain ne devait se trouver aussi haut.

Je partageais cet avis. Les paupières bien fermées, je murmurai :

— Si je meurs, je reviendrai te hanter comme ma grand-mère avec moi. Je ferai de ta vie un véritable enfer.

— De quoi as-tu donc si peur, Morina ? plaisanta-t-il en se dirigeant vers son rocking-chair en chêne. Les lampes absorbent les ions négatifs.

— Ça ne fonctionne pas comme ça, et tu le sais.

Je me mordillais la lèvre quand il s'assit, effrayée à l'idée que la terrasse cède soudain sous notre poids et nous jette en pâture à la faucheuse au terme d'une chute de cinquante étages. Nous le méritions bien pour avoir mené des existences si décadentes et pour nous être pavanés sur ce sommet tels des dieux.

— *Ragazza*, ouvre les yeux, dit Bastian, une main sur ma joue.

Je pris une longue inspiration et me rappelai que cet homme avait ôté la vie en mon nom, il m'avait placée sous sa protection inconditionnelle, me bordait tous les soirs après m'avoir comblée d'amour et me répétait sans cesse combien il m'aimait. J'entrouvris un œil pour me concentrer sur lui et rien d'autre.

— Je te fais confiance, Bastian.

— Et à raison, acquiesça-t-il en tendant le doigt. Allez, regarde.

De petits cristaux s'alignaient le long de la rambarde. Leur lueur rosâtre évoquait les derniers rayons du soleil.

— Notre crépuscule à nous, murmurai-je.

— Oui, même si ça ne vaut pas l'océan.

— Seulement parce que j'ai épousé un homme qui veut s'assurer qu'on ne le pollue plus.

Je lui embrassai le cou, consciente que les rouages s'actionnaient dans la machine de Tropical Oil. Nous convertissions les diverses plateformes à l'énergie verte, si bien que la ville en récoltait déjà les fruits quelques mois à peine après que les accords avaient été confirmés.

Bastian avait refusé que je lui donne mes parts deux jours après la mort de Crow. Il avait appelé le notaire devant moi pour lui expliquer que personne d'autre que moi n'avait le droit de les posséder.

Je m'y étais opposée de toutes mes forces. J'aspirais à surfer et devenir femme au foyer, ne l'avait-il pas compris ? Je préférais les semaines oisives à celles surchargées de réunions importantes. Bastian avait éclaté de rire face à cet aveu puis m'avait dit qu'il se moquait de qui possédait quoi. Il voulait mon bonheur, rien de plus.

Le soir, nous nous arrangions pour être rentrés à l'heure du dîner. Il en avait fait une mission quotidienne, même quand cela l'obligeait à prendre l'un de ses jets ridicules. Je le regardais ensuite cuisiner avant de lui sauter dessus telle une tigresse affamée. Il passait sa vie recouvert de griffures.

— Si ça te rend heureuse, ça me va. Après six mois de travaux, nous devrions respecter le délai initial de neuf mois.

Je me tortillais déjà sur son sexe, sans m'intéresser à ses histoires de construction.

— On rentre ?

Je lorgnais ses lèvres, désireuses de les conquérir avant même d'avoir mangé ou fait quoi que ce fût d'autre, ce soir-là.

— Pourquoi ? s'amusa-t-il.

J'agrippai le T-shirt ample qui remontait sur mes hanches.

— Je ne sais pas. Peut-être que je voudrais te remercier pour ce beau cadeau.

Il me déshabilla du regard puis reprit la parole.

— Tu as reçu du courrier.

— Ah ? répondis-je avec nonchalance. Qu'est-ce que c'est ?

Il glissa la main dans la poche de sa chemise pour en sortir un petit œuf métallique.

— Linny t'a envoyé ceci. D'après sa lettre, tu en aurais besoin pour régler tes nombreux problèmes au lit.

— Quoi ? m'exclamai-je en tentant de lui arracher l'objet qu'il éloigna de mes mains ficelées. Tu as ouvert un colis à mon nom ?

— Nous sommes mariés, *ragazza*.

Il retira alors sa cravate pour l'attacher au garde-fou à côté de nous. Il serra bien le nœud. Puis il reprit l'œuf.

— Tu devrais savoir qu'aucun paquet ne t'est entièrement destiné.

— Pardon ? m'écriai-je en forçant sur le ruban de soie, en vain. Elle me l'a envoyé à moi.

Il joua avec le cadeau de Linny avant d'appuyer sur un bouton qui le fit vibrer.

— Ce qui est à toi est à moi.

Oh ! bonté divine ! J'écarquillai les yeux devant son air malicieux. Il passa lentement la main sous mon T-shirt.

— Sois gentille, lève le bassin, *ragazza*.

Je me mordillai la joue en sachant pertinemment que je suivrais vite le chemin du plaisir. Je m'exécutai, et Bastian me retira ma culotte avant de la laisser choir par terre. Il fit alors courir l'œuf le long de ma cuisse, et chaque vibration du métal froid m'électrisa.

— Bastian, nous devrions sans doute rentrer, nous n'allons rien faire sur le balcon, hésitai-je les dents serrées, le souffle de plus en plus court.

— Bien sûr que si, mon amour, répliqua-t-il, son majeur jouant avec mon sexe. Sans cela, tu ne serais pas déjà si trempée.

— Ça fait cinq minutes que je te sens contre mes fesses. Forcément, je suis dans cet état. Ça ne veut pas dire que...

J'étouffai un cri quand il frotta le métal sur mon clitoris, en le faisant aller et venir entre mes lèvres.

— Bastian...

— *Ragazza*, dis mon nom en entier quand je m'apprête à te faire jouir. Ton mari aime quand le monde t'entend le prononcer.

— Personne ne m'entendra d'aussi haut, rétorquai-je d'un air de défi.

Il me tira par les cheveux pour me mordre le cou tandis que son pouce titillait ma chair et que l'appareil me poussait vers l'abîme de la folie.

— Dans ce cas, tu ferais mieux de hurler, *bellissima*. Toute la ville doit savoir que ton mari et toi n'avez aucun problème au lit, tu ne crois pas ?

Je gémis quand il se remit à me suçoter le cou. Je me tortillai d'avant en arrière sur son pénis, désireuse de lui arracher tous les plaisirs possibles. Il avait éveillé tous mes sens en m'amenant dehors, en illuminant la nuit de cristaux pour me faire vibrer jusqu'à l'oubli.

— Je te veux tout entier.

Il poussa un léger grognement puis me mit à califourchon sur lui, le regard tourné vers la ville, l'océan, l'horizon.

Il écarta ma chevelure pour me marquer le cou davantage, ses mains perdues sur mes seins et mon clitoris. Ses doigts œuvraient de concert pour me porter à l'orgasme. Je l'atteignis très vite grâce à ce jouet en moi, et Bastian me susurra à quel point il me trouvait magnifique. Il retira alors l'œuf, l'éteignit, le rangea et me pencha assez en avant pour ouvrir sa ceinture.

— Je devrais te ramener dans la chambre pour te baiser correctement, mais si je ne le fais pas devant cette vue, je ne me le pardonnerai jamais.

Sans un mot de plus, il s'enfonça en moi, accroché à ma poitrine et ma taille en même temps. Je pris une grande inspiration de plaisir, comprenant alors qu'aucune barrière ne se dressait entre nous.

Je ne pus résister, la sensation du sexe nu de mon mari en moi m'acheva. Je le chevauchai sauvagement, au rythme de ses profonds coups de hanches incessants.

— Tu me sens bien ? me souffla-t-il à l'oreille. C'est là qu'est ta place, sans rien entre nous. Je bâtirai un empire avec toi, *ragazza*. Fais-moi un bébé, tu veux ? Un enfant à aimer autant que je t'aime.

Je me figeai puis cherchai son regard derrière moi.

— Tu es sérieux ?

— Tu m'as dit que tu en voulais au parc d'attractions, il y a longtemps, répondit-il avec un sourire.

— Tu me donnes ce que je désire ? m'étonnai-je en me mordillant la lèvre.

— J'en ai aussi envie.

Il me déposa un baiser sur la joue. Il m'agrippa ensuite la cuisse et fit palpiter son sexe en moi.

— Faisons un bébé sans plus attendre, Morina Armanelli.

Je repris alors de plus belle mes déhanchements.

— Bordel, gronda-t-il en me tirant les cheveux pour me cambrer plus encore en arrière. Crie mon nom, *ragazza*.

Cela suffit à me faire jouir. Il avait décidé d'un seul coup de me faire un enfant, de réaliser un de mes rêves. Je venais d'atteindre un sommet sur ce balcon en compagnie de l'homme de ma vie.

— Sebastian Armanelli !

Édité par HarperCollins France

Composition et mise en pages
Nord Compo à Villeneuve-d'Ascq

Achevé d'imprimer en août 2024.

CPI
FIRMIN-DIDOT

à Mesnil-sur-l'Estrée (Eure)

Dépôt légal : septembre 2024.

Pour limiter l'empreinte environnementale de ses livres, HarperCollins France s'engage à n'utiliser que du papier fabriqué à partir de bois provenant de forêts gérées durablement et de manière responsable.

Imprimé en France